ÁS DE ESPADAS

FARIDAH ÀBÍKÉ-ÍYÍMÍDÉ

ÁS DE ESPADAS

TRADUÇÃO
Jim Anotsu

PLATA
FORMA 21

TÍTULO ORIGINAL *Ace of Spades*
Copyright © Faridah Àbíké-Íyímídé 2021
© 2021 VR Editora S.A.

Plataforma21 é o selo jovem da VR Editora

DIREÇÃO EDITORIAL Marco Garcia
EDIÇÃO Thaíse Costa Macêdo
PREPARAÇÃO Natália Chagas Máximo
REVISÃO João Rodrigues e Juliana Bormio de Sousa
DIAGRAMAÇÃO Victor Malta e Pamella Destefi
ILUSTRAÇÃO DE CAPA © 2021 by Adeleke Adekunle
DESIGN DE CAPA Elizabeth H. Clark
IMAGEM PADRÃO XADREZ © ARTEFFICIENT/Shutterstock

Dados Internacionais de Catalogação na Publicação (CIP)
(Câmara Brasileira do Livro, SP, Brasil)

Àbíké-Íyímídé, Faridah
Ás de espadas / Faridah Àbíké-Íyímídé; tradução Jim Anotsu. — Cotia, SP Plataforma21, 2021.

Título original: *Ace of Spades*

ISBN 978-65-88343-13-5

1. Ficção inglesa I. Título.

21-77087   CDD-823

Índices para catálogo sistemático:
1. Ficção : Literatura inglesa 823
Eliete Marques da Silva - Bibliotecária - CRB-8/9380

Todos os direitos desta edição reservados à
VR EDITORA S.A.
Via das Magnólias, 327 – Sala 01 | Jardim Colibri
CEP 06713-270 | Cotia | SP
Tel.| Fax: (+55 11) 4702-9148
plataforma21.com.br | plataforma21@vreditoras.com.br

Para todas as crianças negras se afogando no local submerso, tentando desesperadamente encontrar uma saída, este livro é para vocês.

E para minha mãe, que acreditou em mim primeiro e me deu meu amor por fábulas.

"Dizem que a nossa vida é cheia de surpresas. Que os nossos sonhos podem se tornar realidade. No entanto, os nossos pesadelos também..."
— *Gossip Girl*

"Eu só sei que se tiver muita gente branca por perto... eu começo a ficar nervoso."
— *Corra*

HORÁRIOS DE AULAS

Chiamaka Adebayo

DIA/HORA	SEGUNDA-FEIRA	TERÇA-FEIRA	QUARTA-FEIRA	QUINTA-FEIRA	SEXTA-FEIRA
7H45 - 8H	REGISTRO	REGISTRO	REGISTRO	REGISTRO	REGISTRO
1 8H-9H	MATEMÁTICA AVANÇADA	FRANCÊS	INGLÊS	MATEMÁTICA AVANÇADA	BIOLOGIA
2 9H-10H	LIVRE	BIOLOGIA	LIVRE	FRANCÊS	HISTÓRIA
3 10H-11H	QUÍMICA	MATEMÁTICA AVANÇADA	BIOLOGIA	LIVRE	MATEMÁTICA AVANÇADA
4 11H-12H	INGLÊS	MATEMÁTICA AVANÇADA	MATEMÁTICA AVANÇADA	BIOLOGIA	INGLÊS
5 12H-13H	ALMOÇO	ALMOÇO	ALMOÇO	ALMOÇO	ALMOÇO
6 13H-14H	FRANCÊS	HISTÓRIA	FRANCÊS	INGLÊS	QUÍMICA
7 14H-15H	HISTÓRIA	QUÍMICA	QUÍMICA	QUÍMICA	LIVRE

Devon Richards

DIA/HORA	SEGUNDA-FEIRA	TERÇA-FEIRA	QUARTA-FEIRA	QUINTA-FEIRA	SEXTA-FEIRA
7H45 - 8H	REGISTRO	REGISTRO	REGISTRO	REGISTRO	REGISTRO
1 8H-9AM	MÚSICA	INGLÊS AVANÇADO	MÚSICA	MÚSICA	INGLÊS AVANÇADO
2 9H-10H	INGLÊS AVANÇADO	MATEMÁTICA	LIVRE	INGLÊS AVANÇADO	MÚSICA
3 10H-11H	LIVRE	ESPANHOL	LIVRE	INGLÊS AVANÇADO	POLÍTICA
4 11H-12H	MATEMÁTICA	MÚSICA	MATEMÁTICA	ESPANHOL	LIVRE
5 12H-13H	ALMOÇO	ALMOÇO	ALMOÇO	ALMOÇO	ALMOÇO
6 13H-14H	ESPANHOL	LIVRE	ESPANHOL	LIVRE	MATEMÁTICA
7 14H-15H	POLÍTICA	POLÍTICA	INGLÊS AVANÇADO	MATEMÁTICA	ESPANHOL

PARTE UM
A TORRE DE MARFIM

1
DEVON

Segunda-feira

As reuniões do primeiro dia de aula são as atividades mais inúteis do mundo.

E isso significa muito, já que a Academia Niveus é uma escola toda baseada em atividades inúteis.

Estamos sentados no Salão Lion – assim batizado em homenagem a um desses doadores que dão dinheiro para as escolas particulares que não precisam dessa grana – esperando que o diretor chegue e faça seu discurso na ordem de sempre:

1. Bem-vindos a mais um ano – fico feliz que não tenham morrido durante o verão.
2. Aqui estão os Chefes de Turma Seniores e o Líder dos Chefes de Turma.
3. Valores escolares.
4. Fim.

Não me entenda errado. Sou muito favorável à estrutura.

Pergunte a qualquer um dos meus amigos. Correção — *amigo*. Ainda que eu esteja aqui há quase quatro anos, tenho certeza de que ninguém sabe que existo. Apenas o Jack, que costuma agir como se tivesse alguma coisa muito errada comigo. Mesmo assim, eu o considero um amigo porque nos conhecemos desde sempre e o pensamento de estar sozinho é muito, muito pior.

No entanto, voltemos a falar sobre estruturas. Sou um fã. Jack está ciente dos muitos rituais aos quais me submeto antes de me sentar no piano. Sem eles, não toco tão bem. Essa é a diferença entre os meus rituais e as assembleias. Sem isso, a vida em Niveus seria uma torrente infinita de fofoca, dinheiro e mentiras.

O microfone guincha audivelmente, me forçando a erguer a cabeça. Vinte minutos da minha vida prestes a serem desperdiçados numa assembleia que poderia muito bem ter sido um *e-mail*.

Eu me recosto contra a cadeira enquanto um cara alto, pálido, de olhos negros e opacos, cabelo preto oleoso penteado para trás com o que acho que deve ter sido um pote inteiro de gel, e um longo casaco escuro que quase varre o chão do pódio, nos olha de cima como se fôssemos todos insetos e ele fosse um gato.

— Meu nome é sr. Ward, mas vocês devem se dirigir a mim como Diretor Ward — diz o gato, a voz líquida e insidiosa.

Estreito os olhos para ele. O que diabo aconteceu com o Diretor Collins?

A sala se enche de sussurros confusos e rostos nada impressionados.

— Como tenho certeza de que alguns já sabem, o Diretor Collins pediu demissão pouco antes das férias de verão, e eu estou aqui para liderá-los ao longo do seu último ano na Academia Niveus — o felino finaliza, os lábios comprimidos.

— Então os rumores *eram* verdade — alguém cochicha nas proximidades.

— Parece que sim… mas eu ouvi dizer que as clínicas de reabilitação são superelegantes hoje em dia…

Eu nem tinha ouvido falar que havia algo de errado com o Diretor Collins; ele parecia bem antes do verão. De vez em quando, eu sinto que estou tão perdido no meu próprio mundo, que nem noto as coisas que parecem óbvias para as outras pessoas.

— E assim sendo — a voz do Diretor Ward rebomba acima de todo mundo — damos continuidade às tradições de Niveus, começando a assembleia de hoje com o anúncio dos Chefes de Turma Seniores e do Líder dos Chefes de Turma.

Ele se volta em expectativa quando um enrijecido professor de terno se adianta e entrega a ele um envelope cor de creme. Em silêncio, o Diretor Ward o abre, o enrugar do papel amplificado até se tornar um grito nos alto-falantes. Ele tira um cartãozinho e coloca o envelope no pódio diante dele. Eu começo a me desligar.

— Nossos quatro Chefes de Turma Seniores são… — Ele faz uma pausa, as pupilas piscando para frente e para trás que nem moscas numa jarra. — Senhorita Cecelia Wright, o sr. Maxwell Jacobson, senhorita Ruby Ainsworth e o sr. Devon Richards.

De início acredito que ele cometeu um erro. O meu nome *nunca* é chamado em assembleias formais. Normalmente porque as assembleias costumam ser dedicadas a pessoas conhecidas e estimadas pelo corpo estudantil, e se Niveus fosse a locação de um filme, eu provavelmente seria um figurante anônimo no fundo.

Jack me dá uma cotovelada, me tirando do estado de choque, e eu me levanto da cadeira. O ranger dos assentos de madeira preenche o salão à medida que rostos se viram para observar a minha tentativa de avançar pelas fileiras. Murmuro "desculpa" depois de pisar nos sapatos de marca de um cara — provavelmente custavam mais do que o aluguel da minha mãe — antes de chegar lá na frente, onde os professores seniores estavam alinhados, meus tênis rangendo contra a madeira quase preta. Meu coração bate forte, e o leve aplauso constrangedor chega ao fim.

Reconheço os outros três parados adiante, ainda que eu nunca tenha falado com eles. Max, Ruby e Cecelia são clones gigantes, pálidos e de cabelos claros e, perto deles, minha constituição mirrada e a pele escura se sobressaem feito um dedo machucado. *Eles* são os protagonistas.

Fico ao lado do Diretor Ward, que é ainda mais aterrorizante visto de perto. Primeiramente, ele é alto de uma forma inconcebível, e as pernas dele terminam literalmente na altura do meu peito. As pupilas se movem na minha direção, encarando, ainda que o rosto dele esteja para a frente.

Olho para longe dele, fingindo que o Grande Gigante Amigo não possui um irmão emo e assustador chamado Ward.

— Já ouvi grandes coisas acerca da nossa Líder dos Chefes de Turma este ano. — A voz de Ward se arrasta, transformando em eulogia morta, aquilo que, acredito, deveria ter sido um fraseado positivo, alegre de certa forma. — E, assim sendo, não deve ser uma surpresa que a Líder dos Chefes de Turma seja ninguém mais, ninguém menos que Chiamaka Adebayo.

Altos vivas tomam conta do salão de carvalho escuro enquanto Chiamaka caminha adiante. Noto o exército de clones dela sentados na primeira fileira, aplaudindo num uníssono assustador, todas tão belas e de plástico que nem a líder delas. Há uma expressão arrogante no rosto dela ao se juntar a nós. Quase reviro os olhos, mas ela é a garota mais popular da escola, e eu não quero morrer.

Eu me mexo desconfortável, me sentindo ainda mais deslocado agora. Se Max, Ruby e Cecelia são os personagens principais, Chiamaka é a protagonista. Faz sentido vê-los ali. Mas, eu? Sinto como se a qualquer momento alguns caras com câmeras fossem aparecer e dizer que estou numa pegadinha. Faria muito mais sentido do que isso aqui.

Eu sei que coisas como Chefe de Turma são um concurso de popularidade. Os professores votam em seus favoritos todos os anos, e são sempre as mesmas pessoas. Alguém popular, e eu *não* sou popular. Talvez o meu professor de Música tenha falado bem de mim? Não sei.

— Como todos vocês sabem, as funções de Chefe de Turma Sênior e Líder dos Chefes de Turma não devem ser assumidas de forma leviana. Com grande poder vem grande responsabilidade. O trabalho não só está relacionado ao comparecimento em reuniões do conselho comigo, ou à organização de grandes eventos, ou impressionar a universidade de escolha. É, também, ser um aluno modelo ao longo de todo o ano, o que tenho certeza de que os cinco alunos aqui presentes foram ao longo de toda a sua permanência em Niveus e irão, assim espero, continuar sendo quando deixarem Niveus para trás.

O Diretor Ward forçou um sorriso apertado.

— Por favor, outra salva de palmas ao nosso conselho de chefes seniores deste ano — diz Ward, dando início a aplausos mais altos vindos do mar pálido diante de nós.

Sinto alguns olhares em cima de mim e os evito, tentando encontrar alguma coisa de interessante no chão sob os meus pés, ao invés de lidar com o fato de que fileiras e fileiras de pessoas me observam.

Odeio a sensação de estar sendo observado.

— Agora, falemos sobre os valores da escola.

Todos nos viramos para encarar a gigantesca tela atrás de nós, como sempre fazemos, prontos para ver os valores escolares rolando para baixo feito os créditos finais de um filme, enquanto o hino nacional toca no fundo. Em assembleias normais, nós geralmente fazemos o juramento à bandeira, no entanto, sendo esta a primeira assembleia do ano, Niveus faz aquilo que é a sua especialidade: aumenta o drama.

A tela é enorme e preta e cobre a maior parte da ampla janela dupla atrás do palco. Niveus é uma escola feita de elegantes paredes de madeira escura; pisos de mármores; e enormes janelas de vidro. O exterior é antigo e de aparência assombrada, e o interior é novo e moderno, fedendo a riqueza abundante. É como se desafiasse o mundo exterior a dar uma espiada.

Há um clique alto e uma imagem grande preenche a tela: uma carta de baralho retangular com *A*s em cada canto e um símbolo enorme de ases no centro.

Isso é novidade.

Eu me viro para olhar Jack na multidão, desejando dar a ele o nosso olhar *O que diabo é isso*, mas ele está olhando para a tela como se tudo aquilo não fizesse a menor diferença. Todos os outros na multidão parecem tão sossegados quanto Jack. É esquisito.

— Oh, parece que temos algum tipo de problema técnico... — a sra. Blackburn, minha antiga professora de francês, anuncia lá do fundo.

Alguns poucos cliques e tudo volta ao normal. O hino nacional irrompe dos alto-falantes e nós cantamos juntos com as nossas mãos no peito enquanto os valores da escola passam: **Sonho, obediência, mercê, equidade, piedade, resolução, elegância, transcendência e oratória.**

Nove valores que a maior parte das pessoas nesta escola não tem. Inclusive eu.

— Agora, um discurso da nossa Líder dos Chefes de Turma, Chiamaka.

O corpo estudantil enlouquece ao ouvir o nome dela, batendo palmas com mais força do que antes e gritando como se ela fosse uma deusa — o que, pelos padrões de Niveus, ela basicamente é.

— Obrigada, Diretor Ward — diz Chiamaka ao subir no pódio. — Primeiramente eu gostaria de agradecer aos professores por me escolherem como Líder dos Chefes de Turma... é algo que eu nunca esperei que fosse acontecer.

Chiamaka é a Líder dos Chefes de Turma pelo terceiro ano consecutivo; ela foi a Líder dos Chefes de Turma no primeiro ano assim como Líder dos Chefes de Turma do segundo ano... não há nada de chocante na seleção dela, nem de longe. A minha, por outro lado...

Ela volta o olhar para os professores com a mão ainda por cima do peito, desde que cantamos o hino nacional, fingindo surpresa como faz todos os anos.

Meus olhos querem muito, *muito mesmo*, se revirarem para ela.

— Como a Líder Chefe de vocês, vou trabalhar duro para assegurar que o nosso último ano em Niveus seja o melhor de todos, começando com o Baile de Inverno Beneficente dos Seniores no fim do mês. O conselho de chefes de turma deste ano irá se certificar de que seja uma noite sobre a qual todos irão falar por muitos anos.

As pessoas começam a aplaudir, mas Chiamaka não terminou. Ao invés disso, ela arrasta o microfone para frente, o solilóquio dela ainda inacabado.

— Acima de tudo, prometo me certificar de que a maior parte do que arrecadarmos irá para os departamentos certos. Eu odiaria ver toda a generosidade dos nossos doadores sendo desperdiçada. Como Líder dos Chefes de Turma, vou me certificar de que as pessoas certas, os alunos vencendo as Olimpíadas de Matemática, competindo nas feiras de ciências, aqueles que *realmente* contribuem com a escola, tenham prioridade. Obrigada.

Chiamaka termina, exibindo um sorriso malvado enquanto o salão inteiro explode em aplausos outra vez.

Desta vez, eu reviro os olhos sem me importar, e tenho certeza de que a garota na primeira fileira, com laços vermelhos nos cabelos, me olha com desdém por ter feito isso.

Os chefes de turma ficam para trás, esperando para pegar seus distintivos, enquanto todo mundo marcha para fora da assembleia e em direção à primeira aula do dia. Eu os observo com seus uniformes novos, brilhantes, de caimento perfeito, as bolsas feitas de pele de jacaré e os rostos feitos de plástico. Ao olhar para os meus tênis surrados e o meu paletó desfiado, sinto uma pontada.

Tem muita coisa que eu odeio em Niveus, como o fato de ninguém (além de Jack) ser do meu lado da cidade e como todo mundo mora em casas enormes com cercas brancas, cozinheiras que preparam o café da manhã, motoristas que os levam para a escola e cartões de crédito ilimitados nas mochilas de marca. De vez em quando, estar perto de tudo isso faz parecer que as minhas entranhas estão em colapso, rachando e quebrando. Eu sei que nada de bom vem da comparação entre o que tenho e aquilo que eles têm, mas ver todo aquele dinheiro e privilégio, e não ter nada, dói. Eu tento me convencer de que ser um bolsista não faz diferença, de que eu não deveria me importar.

Às vezes funciona.

Os distintivos são todos de cores diferentes. O meu é vermelho e brilhante, com *Devon* escrito debaixo de *Chefe de Turma Sênior*. Os chefes de turma que os professores escolhem no último ano sempre têm notas altas e, como resultado, são imediatamente tomados como os principais candidatos para a escolha de orador da turma, e ainda que Chiamaka provavelmente seja a escolhida, fico contente de ao menos ser levado em consideração. Vai saber, se eu posso ser Chefe de Turma Sênior, o que impede o universo de me dar mais um desejo e me tornar orador da turma?

Eu geralmente não me permito sonhar tanto — o desapontamento é doloroso e gosto de controlar as coisas que parecem mais possíveis do que as que não são. Mas eu nunca estive no radar dos professores antes, ou no radar de ninguém, para ser sincero. Sou excelente em ser desconhecido, nunca sendo convidado para festas ou coisas do tipo. Agora que estou aqui, e uma coisa dessas está realmente acontecendo comigo, não consigo evitar o sentimento de que este ano será bom... ou pelo menos melhor do que os últimos três. Um sinal de que talvez eu vá para a faculdade – deixar a minha mãe orgulhosa.

Ward finalmente nos libera e eu saio correndo do salão, passando por entre uma pequena multidão de alunos que ficou para trás e entrando num dos corredores de mármore mais vazios. Eu só diminuo a velocidade quando uma professora vira a esquina. Ela me dá um olhar afiado, seu elegante corte de cabelo bob fornece a ela a mesma aparência assustadora e julgadora da Edna Moda de *Os Incríveis*. Então, ela passa e eu volto a respirar normalmente.

O som de um armário se fechando com força captura minha atenção, e minha cabeça se vira imediatamente para encontrar a origem. Um cara de cabelo escuro, maquiagem forte e pesada ao redor dos olhos e uma expressão de *foda-se* me encara de volta. Josh? Jared...? Eu não me lembro do nome dele, mas conheço o rosto.

Ele é o cara que se assumiu no ano passado, durante o Baile de Formatura, entrou segurando a mão de seu acompanhante. *O acompanhante masculino dele*. E nem foi um grande assunto. As pessoas ficaram contentes por ele. Mas tudo que me lembro foi de olhar para ele e o acompanhante, de mãos dadas, e sentir muita inveja.

A Formatura é um dos muitos eventos obrigatórios e sem sentido de Niveus, e eu, feito um masoquista, os observei a noite inteira, sentado nos bancos na lateral do salão. Eu os observei dançar lentamente com os braços enrolados um no outro como se estivessem naturalmente seguros ali. Como se nada de ruim fosse acontecer com eles. Como se nenhum dos amigos fora da escola fosse machucá-los ou zombar deles. Como se os pais não fossem parar de amá-los – ou abandoná-los. Como se fosse ficar tudo bem.

Meu peito se apertou enquanto eu me prendia àquele sentimento. Minha visão turvou, as luzes na sala se tornaram círculos vibrantes. Pisquei para conter as lágrimas, rapidamente as limpando da minha bochecha com a manga do terno preto que eu tinha alugado, ainda os observando dançar – que nem um pervertido de marca maior –, desviando o olhar apenas quando doía demais.

– O que foi?

Uma voz grossa corta a memória feito uma lâmina. Eu pisco e vejo o cara no armário me encarando, parecendo ainda mais irritado do que antes.

Eu me viro rapidamente, andando na direção oposta agora, sem coragem de olhar para trás. Porque, primeiro, Jared? Jim? – *aquele cara* – me assusta pra caralho, e segundo... A minha mente volta para a formatura, *os dedos emaranhados deles, os sorrisos*. Eu cerro os olhos com força, me obrigando a pensar em outra coisa. Como na aula de Música.

Subo os degraus até o primeiro andar, onde é a sala da minha aula de Música, incendiando a memória deprimente e atirando as cinzas para fora do meu esqueleto.

Meu corpo formiga quando vejo a porta de carvalho escuro com a placa gravada *Sala de Música*, e a tristeza vai embora. Esta é a minha sala favorita, o único lugar na escola no qual me sinto em casa. Há outras salas de música, a maioria para gravação ou prática solitária, mas esta é a de que gosto mais. É mais aberta, menos solitária.

– Devon, bem-vindo de volta e parabéns por se tornar um chefe de turma! – diz o sr. Taylor quando entro. O sr. Taylor é o meu professor favorito; ele me ensina Música desde o primeiro ano e é o único professor com o qual converso fora de sala. O rosto dele está sempre iluminado, com um sorriso permanente. — Você já pode começar o seu projeto do último ano, assim como o resto da turma.

Meus colegas estão perdidos no mundo da própria música deles, alguns nos teclados e outros com lápis firmemente colados nas mãos ao escreverem melodias em folhas branquíssimas. Deveríamos ter dado início aos nossos projetos do último ano durante o verão, prontos para apresentá-los assim que voltássemos. Mas eu passei a maior parte do meu verão ocupado com a minha peça de audição para a faculdade, assim como outras coisas não acadêmicas.

Vejo minha estação de trabalho no fundo, perto de uma das janelas, com um teclado em cima da mesa e as minhas iniciais, *DR*, gravadas em dourado na madeira. Poucas pessoas se matriculam em Música, por isso todos nós possuímos nossas estações. Eu sempre amei essa sala, porque me lembra aqueles salões dos concertos de música clássica na internet: formato oval, com paredes de tábuas marrons. Estar nessa sala faz com que eu me sinta como se fosse algo além de um bolsista. Como se eu pertencesse a este lugar, nessa vida, ao redor dessas pessoas.

Ainda que eu saiba que isso não é verdade.

— Obrigado — digo antes de caminhar na direção do teclado com o qual sonhei durante todo o verão.

Não tenho um teclado em casa, porque não tem espaço e porque são mais caros do que parecem. Eu tenho certeza de que a minha mãe iria me arrumar um se eu pedisse, mas ela já faz tanto por mim e eu sinto como se a sobrecarregasse mais do que deveria. Ao invés disso, quando não estou na escola, eu improviso; assovio melodias, escrevo notas, escuto e assisto tudo que posso. De qualquer forma, sou mais ligado aos aspectos de composição e escrita musical, mas ainda assim é bom ter um instrumento de verdade na minha frente.

Conecto o piano na parede e ele ganha vida, o pequeno monitor quadrado no canto pisca. Coloco os fones, passando os dedos por cima das teclas de plástico em preto e branco, fecho os olhos e imagino o oceano. Verde-azulado com peixes nadando e plantas marinhas brilhantes. Pulo nele e sou imerso na água.

O sentimento familiar de paz cresce dentro de mim, e as minhas mãos se esticam na direção do piano.

E, então, eu toco.

2
CHIAMAKA

Segunda-feira

O Ensino Médio é que nem um reino, só que ao invés de uma realeza temperamental, tronos dourados e alta-costura vinda da Europa, os corredores estão cheios de adolescentes que falam alto, as salas com fileiras de mesas amadeiradas e estudantes com saias simples horrorosas, calças em azul-marinho e paletós azuis rígidos.

Neste reino, a rainha não herda a coroa. Para chegar ao topo, ela destrói tudo o que for necessário. Aqui, cada momento é crucial; não há conserto. Um erro pode te mandar para a base da pirâmide, junto de garotas que possuem namorados imaginários e usam poliéster de forma não irônica. Parece dramático, mas é assim que as coisas são e como sempre serão.

No Ensino Médio, as pessoas que estão no topo entram nas melhores universidades, conseguem os melhores empregos, lideram o país e recebem o Prêmio Nobel. O resto acaba em empregos sem futuro, com problemas no coração e, então, precisam ter casos amorosos com assistentes para agitar de alguma forma a vida entediante deles.

E tudo isso porque essas pessoas não estavam dispostas a se esforçar para ter destaque no Ensino Médio.

Manter a popularidade num lugar como Niveus não tem a ver com o número de amizades que você tem. É sobre desempenhar o papel, ter as melhores notas e namorar as pessoas certas. Precisa fazer com que todo mundo queira ser você, deseje a sua vida. Eu sei que para alguém de fora isso parece terrível — deixar as pessoas autoconscientes, se alimentar da inveja delas, destruir qualquer um que entre no seu caminho —, mas eu aprendi cedo que é matar ou morrer. E, se tivesse que parar e me sentir mal por todas as vezes em que pisei nos calos de alguém para manter minha coroa, eu ficaria bem entediada.

Além disso, independentemente de ser outras pessoas ou eu, sempre haverá um reino, um trono e uma rainha.

Baixo o olhar para o distintivo com *Líder dos Chefes de Turma, Chiamaka* gravado no metal dourado. É estranho que, depois de três anos lutando para chegar no topo da cadeia, todo o esforço possa ser sumarizado em algo tão pequeno e aparentemente insignificante. Eu me pego sorrindo ao passar o dedo sobre a superfície fria. Ainda que seja uma coisa minúscula no grande esquema das coisas, é tudo com o que eu sempre sonhei desde o primeiro ano, e agora consegui.

— O seu distintivo é muito bonito, Chi. Parabéns — diz Ruby, enquanto saio do Salão Lion.

Ela e Ava, a outra menina com a qual eu ando na maior parte do tempo, estão do lado de fora da porta, esperando. O corredor ainda está cheio de alunos, conversando e matando tempo antes do sinal de aviso tocar. O novo diretor me segurou um pouco mais do que os outros chefes de turma, desejando se apresentar de maneira apropriada.

Espero que eu tenha causado uma primeira boa impressão nele. A primeira impressão que alguém tem de você fica presa na mente dela para sempre, mas o novo diretor não pareceu muito entusiasmado comigo. Ele apenas me encarou friamente, como se eu tivesse insultado o terno brega dele ou dito que a gravata dele não combinava com os sapatos. Eu não fiz nada disso, fui educada. Mas ainda assim...

Enfio o distintivo no bolso do meu paletó e tiro o sorriso do meu rosto com um dar de ombros, não querendo parecer muito desesperada.

— Obrigada. — Olho para o distintivo de Ruby, azul-escuro, preso no peito dela com orgulho. — O seu também.

Ela me dá um sorriso vazio e cheio de dentes, os olhos verdes arregalados ao dizer:

— Obrigada, Chi.

Ergo uma sobrancelha. Geralmente há mais coisas com Ruby, uma leve cutucada que parece inofensiva para a maioria, mas que eu sei que não é.

— Quero dizer, é bem triste que nem sempre certos títulos sejam dados a quem *merece*... mas você vai ficar maravilhosa na foto dos chefes de turma no fim do ano, Chi.

Lá estava.

Sorrio de novo enquanto caminhamos pelo corredor, na direção do meu armário.

— Eu sei que vou. Fico tão feliz de ver que você finalmente estará na foto comigo. Só demorou o quê... três anos?

Os dentes de Ruby ainda estão à mostra ao assentir.

— Isso mesmo, três anos.

Ava pigarreia.

— O que vocês acharam do novo diretor?

Ela pergunta à medida que nos aproximamos do meu armário; uma tentativa clara de desarmar a tensão e parar este estranho jogo de poder que Ruby está tentando jogar comigo desde o ano passado.

Em alguns dias é como se Ruby estivesse rezando pela minha queda; em outros parece satisfeita com a posição que ocupa na escola. De novo, a Ruby é assim. A filha mimada e maliciosa de um senador. Ainda que eu a conheça desde o Ensino Fundamental, a gente só começou a conversar no Ensino Médio, quando me tornei alguém digna de conversa, eu acho. De qualquer forma, ela sempre foi uma vadia, mas talvez seja por isso que uma orbite a outra. Garotas como nós, que não têm medo de falar o que pensam, costumam ficar juntas.

Conheci Ava no segundo ano, quando ela se transferiu para Niveus vinda de alguma escola particular chique da Inglaterra. Ela é uma loira bonita de quem todo mundo gostava de imediato, com aquele sotaque britânico e uma personalidade honesta. Na verdade, eu não ligo muito de andar com ela. Ao contrário de Ruby, ela é legal e honesta — na maior parte do tempo.

— O novo diretor é meio assustador. De onde ele é? — indago, enfiando minha bolsa no armário, feliz de não ter que continuar jogando este jogo exaustivo com Ruby tão cedo pela manhã.

Mal posso esperar para chegar na sala e me afastar dos comentários maldosos dela.

A maioria das pessoas acredita que nós três somos amigas, já que estamos sempre juntas.

Mas não somos amigas.

Nossa relação é uma transação. Eu preciso de um círculo fechado, atraente. Pequeno, porque quanto menor for o grupo, menos as pessoas sabem sobre você — e mais querem saber. E, por sua vez, Ava e Ruby gostam do quão poderosas somos juntas.

Ruby se anima, como sempre faz quando tem alguma informação que eu não tenho. Seus cachos de fogo iluminam-se quando ela sorri, inclinando-se.

— Ouvi dizer que ele é da Inglaterra, era o diretor de algum colégio interno barra-pesada.

— Eu nem sabia que o Diretor Collins iria se afastar — digo, irritada por ter que recomeçar todo o trabalho que tinha feito com ele nos últimos três anos.

Especialmente levando em consideração o jeito frio, pouco receptivo, do Diretor Ward. Pego um hidratante labial no meu bolso no momento em que alguém bate no meu ombro. Eu me viro para encarar uma caloura conhecida e de olhos brilhantes que carregava um suporte para copos com duas bebidas.

— Bom dia, Chi. Peguei o seu *soy latte* e um *latte* de canela no caminho até a escola. Não estava certa sobre qual é o seu favorito… e lembrei que no ano passado você gostava dos dois, mas se mudar de ideia, posso trazer outra coisa amanhã — ela diz, as bochechas fogueadas ao falar e falar.

Pego o de canela, o alívio se espalhando pelo rosto dela.

— Obrigada, Rachel — digo, bebericando o café e me virando de volta para Ruby e Ava.

— Na verdade o meu nome é Moll…

— Ele parecia bem antes do verão — continuo.

— Ouvi dizer que Collins teve algum tipo de colapso mental — Ava se intromete, e eu disparo um olhar que a faz se encolher levemente.

Tudo bem se Ruby souber de coisas que eu não sei; ela está sempre metida nos assuntos de outras pessoas. Mas Ava também? Eu realmente fui relapsa durante o verão.

Antes que eu possa inquirir ainda mais, minha visão escurece, as mãos postas em cima dos meus olhos. Eu nem preciso ver para saber que é Jamie.

— Adivinha quem é — ele diz numa voz baixa.

Uma parte de mim espera que as pessoas no corredor estejam olhando. Eu quase posso ouvir o pensamento delas… *Será que Chiamaka e Jamie ficaram durante o verão? Eles seriam um casal perfeito. Eu mataria para poder ser a Chiamaka...* todos eles se afogando em inveja. Eu sorrio com a possibilidade.

— Humm... alto, cabelo preto, bonito e sem bilhões de células cerebrais? — digo.

As mãos saem e eu posso ver novamente; o rosto de Ruby não está surpreso e Ava dá um sorrisinho.

— Correto — diz ele, antes de beijar minha cabeça e mexer no meu cabelo como se eu fosse o cachorro dele ou uma irmãzinha.

Espero que ninguém tenha visto *isso*. Ajeito o meu cabelo, evitando os olhares de Ruby e Ava.

— A gente provavelmente deveria ir para a aula — diz Ruby, e eu posso ouvir o deleite na voz dela.

Ela ama todo e qualquer momento de fraqueza que encontre, e eu acho que o meu único ponto fraco, apesar de todo o trabalho duro que tive para ser perfeita, é o fato de Jamie ainda ser o meu melhor amigo e não o meu namorado.

Por enquanto, de qualquer forma.

Forço um sorriso.

— Ruby está certa. Não quero dar uma impressão ruim ao novo diretor, especialmente agora que sou a Líder dos Chefes de Turma... não que isso fosse uma surpresa.

Jamie ri, sacudindo a cabeça.

— Você é convencida demais. O que te deu certeza de que seria escolhida esse ano?

Dou de ombros, ainda que saiba exatamente o motivo pelo qual eu tinha tanta certeza. Desde o segundo ano — alunos do primeiro ano não podem ser chefes — eu fui Chefe de Turma. Não é sorte, é ciência. Eu mereço, não importa o que digam.

Eu tiro notas máximas e sou presidente do clube de debates, Jovens Médicos e Modelo das Nações Unidas. Falo quatro idiomas, cinco se você contar o inglês, e vou frequentar Yale durante a pré-Medicina, ou pelo menos é esse o plano. Nenhuma outra pessoa faz tanto sentido para o papel de Líder dos Chefes de Turma quanto eu — e ninguém se esforçou mais do que eu para isso.

Líder dos Chefes de Turma é a cereja do bolo. Isso diz para as universidades como Yale que eu me importo com Niveus — o que é verdade — e que sou uma líder — o que eu também sou. Estou mais do que qualificada para ser Líder dos Chefes de Turma. Ainda que eu saiba que não deveria me importar, me incomoda quando garotas que sabem o que querem e como conseguir são vistas como convencidas. Mas os caras que sabem o que querem? São confiantes ou fortes. O motivo pelo qual eu deveria ser Chefe de Turma é porque mereci, e Jamie, acima de todos, deveria saber disso.

Eu sei que ele não falou nesse sentido, por isso ignoro o comentário dele enquanto saímos do corredor lotado. Como esperado ao longo dos últimos três anos, o mar de pedaços azuis; pessoas se afastando para o lado enquanto passamos, sorvendo nossos rostos, roupas e cabelo. Eu sempre opto por um estilo simples: hoje é composto de meias pretas altas, uma jaqueta Dolce & Gabbana preta e saltos Jimmy Choo. Quanto menos esforço transparecer, melhor. Coloco a mão no bolso do meu paletó, sentindo o distintivo outra vez, a única coisa que tenho para mostrar como resultado de todos os meus méritos. *Tudo que me tornei.*

Sinto essa energia correndo por mim, a animação borbulhando por dentro. Não tenho certeza do que é — talvez seja o fato de finalmente estar no último ano, ou talvez eu esteja sendo *convencida* —, mas algo me diz que este ano será diferente dos outros.

Este é o ano em que todas as coisas ficarão no seu devido lugar; o ano que fará todo sangue, suor e lágrimas valerem a pena.

3
DEVON

Segunda-feira

Uma das vantagens de se estudar em Niveus é poder faltar a algumas aulas para conseguir trabalhar na minha peça de audição para a Juilliard.

Desde que mencionei a possibilidade de tentar a Juilliard, o sr. Taylor tem me ajudado a "consertar" o problema das minhas faltas. Entrar em uma das melhores faculdades é meio que uma prioridade para nós, alunos da Niveus, e por isso não é incomum ver os veteranos perdendo aulas para ter lições extras na área de escolha deles.

Como agora. Depois do fim do primeiro período, o sr. Taylor me deixou ir para uma das salas de prática menores. Eu deveria estar na minha aula de Matemática do quarto período, mas, ao invés disso, estou aqui cutucando notas aleatórias no teclado. Eu giro minha cadeira, pegando mais folhas limpas de partitura no armário atrás de mim, mas quando puxo a gaveta, ela não se abre. Solto um suspiro e me levanto da cadeira. Eu costumo deixar uma pilha de partituras no meu armário para quando preciso rabiscar ideias para novas melodias.

Desço correndo os degraus e passo pelas portas que levam até o corredor onde o meu armário fica, parando de uma vez quando os alunos que estão por ali ficam me encarando. Todos eles. Alguns sorriem com os dentes e outros olham para mim com expressões avaliativas. Como se todo mundo me conhecesse. As pessoas geralmente passam direto por mim, como se o meu corpo estivesse sob uma capa de invisibilidade. É esquisito que não estejam em sala, não que eu possa julgar ou coisa do tipo, já que também não estou numa aula.

Avanço na direção do meu armário, me sentido um pouco confuso e desorientado.

— *Esse é o cara?* — alguém sussurra.

Eu me viro para encontrar alguns olhos ainda postos sobre mim.

Tento focar na combinação da tranca, e não no barulho de alguém ofegando, ou aquilo que parece ser olhares julgadores se cravando nas minhas costas.

1...8...6... eu começo, mas uma batida no meu ombro me interrompe, e eu baixo a minha mão. Encontro Mindy Lion ali, uma menina da minha aula de Música com quem converso de vez em quando, cujos longos cabelos roxos e batom roxo-brilhante são impossíveis de ignorar, quer você queira ou não.

— Ei, Devon... você está bem? — ela indaga, o rosto cheio de pena... o que é estranho porque, primeiramente, eu não faço cara de bunda, logo, assumo que estou com uma boa aparência e, em segundo lugar, Mindy e eu somos no máximo conhecidos.

— Sim, e você? — pergunto porque, aparentemente, nos importamos um com o outro agora.

— Sim, claro. Eu só queria saber de você porque sei como deve ser difícil com aquela foto circulando e tudo mais.

— Que foto?

A boca dela se abre.

— Você não viu? — ela pergunta.

Sacudo a cabeça, tentando não parecer incomodado. Olho para o alto; as pessoas atrás de Mindy estão claramente esticando o pescoço para nos ver melhor.

— Que foto? — Repito, minha voz levemente estrangulada.

É como se meu corpo já soubesse de antemão que não se tratava de uma coisa boa.

Mindy mexe na bolsa vermelha de marca, brilhante, e tira o celular dela, batendo e, então, apresentando a tela para mim.

Eu pisco, olhando de perto para o celular. É uma foto de dois caras. Olho de volta para ela, porque o que é que isso tem a ver comigo? Mas daí um pensamento estranho puxa meus olhos de volta para a foto. Não são apenas dois caras, são duas figuras familiares... uma com o pescoço arroxeado e a outra, um rosto que conheço bem demais. Eu o vejo todo dia no espelho. Estão num quarto, os lábios unidos.

Meu estômago se contorce e gira para fora do meu corpo, todos os batimentos cessando ao mesmo tempo.

Ah, meu deus do céu do caralho.

4
CHIAMAKA

Segunda-feira

Estou dolorida.

    Não é o tipo de dor que machuca por ser algo ruim, mas daquele tipo causado de tanto rir, quando tudo começa a doer.

    Tento desviar o olhar de Jamie, que é a causa de tudo isso. A única parte ruim de ter o meu melhor amigo como parceiro de laboratório é a risada dolorida e a distração das tarefas diante de nós.

    Ele arranca parte de uma página do caderno dele e enrola no formato de um cilindro fino antes de colocar a ponta na chama do bico de Bunsen. Leva até os lábios e finge dar uma tragada.

    — Sou tão torturado. Escuto The 1975. Tingi o meu cabelo de rosa para ser irônico, já que, sabe, a minha alma é preta, e o nome cristão é Peter, mas o meu clã me chama de Pedra Torturada... porque sou obviamente torturado, mas bem durão.

    Ergo a minha mão.

    — Gostaria de pedir um parceiro de laboratório diferente — digo, limpando os olhos com a manga do meu jaleco branco.

    Jamie empurra a minha mão para baixo.

— Admire as suas opções, Chi. — Ele gesticula para as outras mesas ao nosso redor. — Você poderia se sentar com Lance, que quebra todo equipamento que recebe; Clara, que come os materiais; ou comigo: perfeição literal.

Reviro os olhos. Nada daquilo é verdade. Bem, exceto, talvez, a última parte.

Jamie ergue uma sobrancelha para mim, olhos estreitos como se estivessem me desafiando a questionar ele e seu ego inflado. E tem a audácia de *me* chamar de convencida. As sardas douradas dançam em conjunto com o abrir do sorriso dele.

— Acho que você tem razão — digo, desistindo.

Ele parece triunfante.

— Boa escolha, Chi, boa escolha.

Ele muda as chamas de laranja para azul, como dizem as instruções, o pulso coberto com os braceletes de fios coloridos que sua mãe trouxe para ele da última viagem dela para a Índia no verão passado.

Coloco a mão sobre o meu estômago, que ainda dói de tanto rir.

— Comecem a juntar suas coisas, cinco minutos para o fim da aula — o sr. Peterson nos informa.

Jamie geme, fazendo uma careta para o bico de Bunsen que nem uma criança.

Desligo o gás e coloco nosso equipamento na bandeja branca na qual ele veio — muito para o incômodo de Jamie. Ele ama controlar tudo que tem a ver com fogo em nossos experimentos. Acho que a piromania dele começou no segundo ano, depois de um longo verão no acampamento para o qual alguns poucos alunos de Niveus são convidados anualmente, não que eu me importe ou coisa do tipo. Todo mundo sabe que alunos legados são os únicos convidados para tais eventos.

Alunos legados = Alunos de Niveus com pais superpoderosos e gerações de membros familiares que frequentaram a Academia

Niveus. Ou seja, a família inteira de Jamie desde o início dos tempos. Meus pais não são americanos e não possuem o velho dinheiro americano, apenas o antigo dinheiro italiano, e por isso não recebo os mesmos "privilégios" que os alunos legados. Honestamente, as coisas seriam bem mais fáceis se eu fosse uma. Meu futuro seria mais certo e eu não teria que trabalhar tanto.

Desde bebê, Jamie sempre soube que entraria em qualquer universidade da Ivy League que desejasse, herdaria a empresa bilionária do pai, teria contatos importantes em qualquer organização aqui nos Estados Unidos e nunca teria que trabalhar durante um dia em sua vida. Quero que o meu futuro seja tão descomplicado quanto o dele, tudo perfeitamente planejado. O dinheiro só te leva até certo ponto; é preciso poder e influência que o acompanhe, e os Fitzjohns — a família de Jamie — possuíam as três coisas.

— Preciso te contar uma coisa na hora do almoço — Jamie sussurra.

A intensidade na voz dele me faz dar um pulinho. Assinto, o ombro dele esbarrando no meu. Jamie se esbalda em atenção. Cada toque — cada roçar de mão, cada toque de cotovelo, escolha — é de propósito. Ele sabe como se certificar de que seja a única pessoa na qual você presta atenção. Isso e o sorriso vencedor dele são as coisas que o tornam irresistíveis; eu já o vi usar de charme para escapar do dever de casa e das multas de estacionamento. Tenho certeza absoluta de que flertaria com a própria morte se houvesse a menor chance de ele morrer e deixar de ser o centro das atenções.

— Claro, na Lola's? — indago, tentando parecer casual.

Lola's é este lugar imaginário que criamos. Quando ainda estávamos no primeiro ano, achamos que soava como uma cafeteria engraçadinha que você encontraria no meio de uma cidadezinha antiga, na qual as donas de casa se encontram para fofocar e fumar. À medida que fomos envelhecendo, nos demos conta de que *Lola's* parecia um clube de *strip* bem fuleiro. Apesar das conotações, ainda usamos o nome. É a nossa forma de dizer *Vamos falar em particular.*

Lola's pode ser qualquer lugar em que estejamos juntos e sem ninguém por perto. No primeiro ano, quando nos conhecemos, um professor nos colocou juntos e Jamie se apresentou como sendo o cara que arruinaria a minha vida, e eu respondi que ele se achava muito. Quando nos conhecemos pela primeira vez, Lola's era um cantinho numa sala vazia. Sentávamos lá durante o almoço e falávamos mal de gente do nosso ano ou sobre o tipo de pessoa que queríamos ser no quarto ano. Eu queria ser a melhor. Melhores notas, melhores visuais, melhor cabelo, melhor namorado... melhor tudo – a pessoa que todo mundo inveja. Jamie me contou que queria ser alguém que os pais respeitassem.

Então, ao longo de todo o terceiro ano, sempre que não estávamos na escola, Lola's era no quarto dele e na cama dele, sob as cobertas...

– É. – Ele sorri, piscando para mim. – Na Lola's.

O barulho de mensagens de texto enche o ar. Meu celular vibra no bolso. Eu o pego.

[1 nova mensagem de desconhecido]

Olá, Colégio Niveus. Sou eu. Quem sou eu? Isso não importa. Tudo que você precisa saber é... estou aqui para dividir e conquistar. Como todos os tiranos fazem. – Ases

Dividir e conquistar...? Quem é que fala assim? E quem diabo é Ases?

Meu celular vibra de novo.

Desta vez uma foto acompanha a mensagem. Dois caras se beijando. Um com o pescoço bem, *bem* arroxeado. Gritinhos e risadinhas ecoam pela sala. Reviro os olhos. Já é o século 21, gente... isso realmente é algo digno de choque? Mas, então, eu leio a mensagem debaixo da foto.

Acabou de chegar, a imagem diz tudo. Artes dramáticas e música realmente se misturam bem. – Ases.

Aquele é... o Scotty? Com... Devon Richards?

Risos coletivos e altos me tiram da fotografia por um momento. Olho para todos os outros que encaram seus celulares de perto.

– É o Scotty? – indaga Jamie.

Eu balanço a cabeça.

Scotty é um dos meus ex-namorados. Acho que é por isso que ele pergunta, ainda que eu não esteja olhando para Scotty. É para Devon que estou olhando. Ele não é alguém com quem me importe, ou com quem converso, mas é difícil não notar a única outra pessoa preta na escola. O que é mais estranho do que essa foto é o fato de que, até hoje, eu não acho que tenha ouvido Devon falar. Agora, do nada, ele foi escolhido como Chefe de Turma Sênior... e agora isso? Perdi alguma coisa?

– Então... quer dizer que o Scotty é gay? Jogadores de futebol podem ser gays? Bem, ele também participa do Teatro, então acho que...

– Jamie, jogadores de futebol podem ser gays e o pessoal do teatro pode ser hétero. Não seja um desses brancos héteros que falam merda – digo. – Além disso, Scotty pode ser bi.

– Eu só fiquei surpreso, é só isso – diz ele, o que eu entendo.

Eu também estou surpresa. Me sinto tão hipócrita. Dizendo a Jamie para não estereotipar outra pessoa, ainda que uma parte minha esteja questionando se o meu grande choque com Devon seja o fato de ele ser preto e também beijar Scotty.

As pessoas terminam de juntar suas coisas, os olhos ainda grudados nas telas. Sou a Representante Sênior de Ciências, por isso eu ajudo os técnicos de ciência a se certificarem de que todo o equipamento foi devolvido em segurança e guardado. Não é glamoroso, mas faço o que for preciso para que a minha inscrição em Yale seja a melhor. Isso significa que não vou caminhar com Jamie para a aula hoje.

— Te vejo no almoço? — indago.

Ele assente, beijando minha testa.

— Lola's.

O beijo dele é deliberado.

Jamie se afasta e baixa o olhar para mim, e nos encaramos por um breve momento. Eu sorrio, e sou a primeira a desviar o olhar.

— Até mais tarde — ele me diz.

— Até mais — digo.

Eu o observo sair da sala. Minha cabeça ainda quente no lugar em que a boca dele encostou, o coração ainda batendo de forma errática — o olhar dele que me falou tudo que eu precisava saber.

Eu tenho Jamie bem no lugar onde o quero.

Estamos jogando esse jogo há anos, mas acho que hoje é o dia em que Jamie finalmente se dobrará.

♠

É o período antes de irmos para a Lola's. Estou na minha aula de Inglês. Não consigo me concentrar em nada que não seja a perspectiva de me tornar a namorada de Jamie Fitzjohn.

Esperei por muito tempo — três anos, para ser exata — para que Jamie me visse como mais do que apenas sua melhor amiga. Eu vi garotas se derretendo por ele, e o ouvi falando sem parar sobre a sua hipotética garota perfeita, esperando pelo momento em que se viraria na minha direção e se daria conta de que eu poderia ser a garota perfeita dele. E tem sido frustrante; geralmente não tenho medo de dar o primeiro passo naquilo que toca os caras que namoro, mas com Jamie é *diferente*.

A maior parte dos garotos é tão previsível. Eu consigo lê-los direitinho: suas vontades, seus desejos, como funcionam. Meu primeiro namorado foi um cara chamado Georgie Westerfield. Ele era o tipo de cara do qual as meninas gostavam: alto, loiro e tataraneto do dono das Meias Westerfield – em resumo, nadava em bilhões de dólares. No entanto, o que mais importava para mim no primeiro ano eram o fato de ele ser do último ano e o de que todas as garotas queriam ele. Ser a namorada de Georgie me fez ser notada, me fez deixar de ser a garota invisível, sem importância e miserável que eu era no Ensino Fundamental. Quando entrei para Niveus, sabia que queria me transformar em tudo que eu não tinha sido. E ser a namorada de Georgie não apenas me transformou em alguém que as pessoas queriam *conhecer*, mas em alguém que elas queriam ser.

Eu descobri que não era difícil me aproximar de Georgie; primeiro, Jamie era amigo dele e aprendiz por meio do futebol, e segundo, Georgie gostava do fato de eu ser "diferente" – o que quer dizer negra, isso o fazia parecer legal. Ignorei isso, já que só seria capaz de fingir gostar de alguém como Georgie por um tempo limitado, e assim eu me tornei Chiamaka, a garota que conseguiu o cara que todo mundo queria, e a primeira a partir o coração dele e seguir adiante namorando o próximo garoto dourado de Niveus.

Eu sempre os estudo antes de atacar. O valor social deles. Cada garoto trazendo algo de novo. Georgie me fez ser notada e Scotty, o garoto perfeito com acesso a tantos círculos sociais, me tornou mais simpática. Jamie é o único cara de quem já gostei como amigo, o único que eu não odiava em segredo. O único que parecia apropriado para um relacionamento longo. No entanto, é difícil ler alguém como Jamie. Podemos ser melhores amigos, mas eu juro... na maior parte dos dias, não faço a menor ideia do que aquele garoto está pensando. Que é o motivo pelo qual eu decidi esperar, deixá-lo dar o primeiro passo.

E como sempre, o meu plano funcionou.

Finalmente, no início do ano passado – terceiro ano –, enquanto eu ainda "estava" com Scotty, mas queria desesperadamente que

Jamie *me visse*, ele fez isso. Organizou o que seria a maior festa do ano. Nós dois ficamos muito bêbados, tão bêbados que nem me lembro muito daquela noite. Mas me lembro de como Jamie finalmente olhou para mim e nos viu como algo além do platônico. Ele sorriu para mim, colocou uma mecha do meu cabelo atrás da orelha e perguntou se eu queria subir.

E eu respondi que sim. Ele me pediu para encontrá-lo no quarto dele, e ainda que a gente só tivesse se beijado naquela noite, foi o catalisador para o que aconteceu durante o resto do ano. Jamie dando beijos escondidos, sussurrando coisas no meu ouvido, me chamando para ir pra casa dele...

Não sou inocente a ponto de pensar que ficar com alguém significa que a pessoa gosta de você. As coisas são *diferentes* entre Jamie e eu. Eu o pego me olhando de vez em quando, tentando me agitar de propósito, sorrindo amplamente sempre que consegue. Ele me faz rir... olha pra mim como se eu fosse especial.

Passei os últimos três anos me transformando na garota mais popular da escola, a garota que tem tudo, desejando assegurar o final *perfeito* para o meu tempo em Niveus. E agora que sou Líder dos Chefes de Turma Sênior, tudo de que preciso são as peças finais: A Coroa de Inverno, uma carta de aceitação em Yale e Jamie.

Sinto um cutucão de Ava, com quem compartilho a aula de Inglês. De vez em quando, nós zombamos das teorias conspiratórias que a nossa professora, a sra. Hawthorne, cria. Que nem aquela vez em que ela falou que F. Scott Fitzgerald era a reencarnação de William Shakespeare. Ao que Ava respondeu:

— E eu sou a reencarnação do cu de Jane Austen.

Eu ri tão alto que a sra. Hawthorne ameaçou nos separar. Admito, a aula é mais interessante com Ava por perto.

Talvez, se as hierarquias não fossem tão importantes e as pessoas não estivessem constantemente tentando me derrubar, eu confiasse mais nas pessoas, e Ava e eu seríamos mais do que apenas duas garotas se usando mutuamente para sobreviver ao Ensino Médio. Mas a verdade é: Niveus sempre será Niveus. Além disso, eu não inventei esse sistema pervertido que nos coloca uns contra os outros e nos obriga a fazer coisas ruins por *status* — mas eu sei como jogar.

Mas, de qualquer forma, eu tenho Jamie; e não preciso de outros amigos aqui.

— Você nem parece estar tentando ouvir — sussurra Ava.

— Acho que Jamie vai me convidar para sair durante o almoço — digo olhando para ela.

Os olhos de Ava se arregalam.

— Caralho, isso é grande. Mas eu sempre achei que vocês estivessem namorando em segredo mesmo.

Isso me faz sorrir por dentro. Uma coisa é convencer Jamie de que somos perfeitos um para o outro; e outra completamente diferente é fazer os outros acreditarem também.

— Bem, em breve será oficial... assim espero.

Jamie sempre fala sobre encontrar "a escolhida". Ele nunca namorou, porque diz que ainda não a encontrou. As pessoas costumavam achar que ele não gostava de meninas, mas aí ele entrou para o time de futebol — aparentemente isso era confirmação o bastante de que ele era hétero.

Eu meio que acredito em "escolhidos", aquela pessoa que faz suas entranhas brilharem e faz você se sentir como se estivesse perdendo o controle, mas não da forma brega como ele acreditava. Jamie age como se "a escolhida" fosse essa coisa que Deus ou o Papai Noel criaram quando ele nasceu.

Acho que nós é que escolhemos o próprio destino. Escolhemos com quem fazemos amizade, beijamos, namoramos, e acho que eu escolhi Jamie.

O sinal toca e eu me levanto, enfiando o livro na mochila e correndo para fora da sala, sem perder tempo me despedindo de Ava. Eu a vejo mais tarde na cafeteria.

Jamie tem aula de História, por isso eu o espero do lado de fora. Logo ele sai, com um grande sorriso no rosto perfeitamente sardento. Os cachos marrons, fofos, parecem precisar de um corte, mas eu gosto do cabelo dele assim. Ele parece o membro de alguma *boy band* que finjo odiar.

— Bancos? — ele indaga, passando o braço pelo meu.

Balanço a cabeça, tentando me recompor enquanto seguíamos para os bancos no pátio.

Jamie me contou como pretendia convidar "a escolhida" para sair. Ele falou que seria uma coisa romântica, com chocolates e, quem sabe, um poema, se ele tiver coragem — o que acho bem clichê, mas... ainda assim quero ver isso se desenrolar.

O resto do corpo estudantil está saindo das salas enquanto passamos por eles, algumas pessoas olham pra gente como se já soubessem. Primeiro Líder dos Chefes de Turma, e agora isso? O primeiro dia de aula está só na metade e eu já posso dizer que este será o melhor ano do Ensino Médio.

Sentamos um na frente do outro numa das mesas de madeira. Apoio o queixo nas mãos e ele faz a mesma coisa. Onde quer que seja a Lola's, independentemente de quão público, sempre parece íntimo.

— Então — ele começa.

— Então — respondo.

— Acho que encontrei a Escolhida.

— Encontrou? — digo, parecendo ansiosa *demais*.

— Encontrei, sim. Ela é esperta, bela, me faz rir...

— Ela parece incrível — interrompo, meu coração batendo contra as paredes do peito.

— Talvez você a conheça.

É agora.

— O nome dela é Belle Robinson...

Espera... O quê?

— Eu a vejo na escola há anos e sempre achei que ela fosse areia demais pro meu caminhãozinho... — Ele me dá um sorriso tímido, o rosto corando de leve. — Mas daí a gente começou a conversar e eu soube que ela era especial.

As palavras dele somem, passando acima da minha cabeça enquanto ele fala. Não era assim que as coisas deveriam acontecer. Sinto as rachaduras se formando, meu peito doendo. Pisco, lágrimas irritadas caindo. Limpo os olhos rapidamente, não querendo borrar a maquiagem.

— Eu sabia que você ficaria feliz por mim, mas não tão feliz... — ele brinca, apesar da preocupação no rosto.

Não consigo me deter.

— Eu pensei que você iria me dizer outra coisa.

As sobrancelhas dele se unem.

— Que tipo de coisa?

Eu me sinto estúpida.

— Que você gostava de mim — digo, baixinho.

Há alguns minutos de silêncio completo, partidos apenas pelo vento e conversas distantes vindas de dentro do prédio.

O rosto de Jamie se contorce, como se a ideia de nós dois juntos fosse errada.

— Você é a minha melhor amiga, Chi. Você sabe que não te enxergo dessa forma.

Imagens se infiltram no meu cérebro: aquela noite em que ele me pediu para ir ao quarto dele no início do terceiro ano, todas aquelas noites desde então, a conexão que pensei que tínhamos. Deveria ser Jamie e eu no topo da escola. Deveríamos ir para a faculdade juntos, nos casarmos, ser extremamente bem-sucedidos, ter dois filhos extremamente bem-sucedidos, então morrer.

— Estou namorando Belle. Eu pensei que você ficaria feliz por mim.

Belle. A porra da *Belle* loira, olhos azuis, *Robinson*.

Eu a conheço de algumas aulas do ano passado, e ela também está no time feminino de lacrosse. Ela é medianamente popular, não porque se esforce para isso, mas porque é bonita. As pessoas amam recompensar pessoas que são atraentes de forma convencional.

Ele toma a minha mão na dele.

— Você é incrível — ele começa. *Mas eu não sou Belle*, termino para ele na minha mente. — Eu não acho que você goste de mim, Chi. Acho que gosta da ideia de mim.

As palavras dele flutuam mais uma vez, borrando o barulho de fundo. Ele já usou essa fala com tantas garotas; ele as decepciona com facilidade, diz a elas que a ideia de ficarem juntos é uma fantasia. E eu não acredito que caí na fantasia. Sou tão idiota. Eu me enganei ao acreditar que estava acima daquilo. Melhor do que garotas como Belle. Mas, aparentemente, não estou.

Sempre pensei que Jamie rejeitava aquelas meninas porque queria ficar comigo. Eu estava enganada.

Jamie é muito habilidoso em fazer as pessoas acreditarem nele; ele é muito habilidoso em me convencer a fazer as coisas. E é o melhor no que diz respeito a fingir que não há nada de errado quando tudo está uma merda. Me deixando lidar com o resultado.

De repente, ainda que eu não queira, as memórias começam a se acumular na minha cabeça. Terceiro ano, férias de inverno. A noite que venho tentando esquecer desde então... pneus cantando, num volume maior do que a nossa euforia de momentos antes, cantando "Livin' on a Prayer". O barulho de um grito aterrorizado o fazendo girar e bater numa árvore, nos impelindo adiante. Minha cabeça batendo contra o painel...

— Porra! — grita Jamie. — Porra, porra, porra... acho que batemos em alguma coisa.

Meu corpo inteiro treme, o peito chiando à medida que tento respirar e não consigo. O som do carro se destrancando me envia uma onda aguda de náusea enquanto Jamie cambaleia para a estrada.

— CARALHO! — Jamie grita.

Ele tropeça para trás, segurando nos cabelos. O som do rádio o abafa. Eu aperto o botão de desligar desesperadamente.

— Chiamaka, a gente acertou a porra de uma menina!

Eu consigo ouvi-la gritando na minha cabeça de novo — vou vomitar.

Jamie se inclina no carro, o cabelo molhado por causa da chuva que cai do lado de fora, grudando os fios na testa pálida. Ele respira rápido, como se tivesse terminado uma maratona. O cheiro dos assentos de couro do carro misturado com a colônia almiscarada de Jamie está me sobrepujando, pesando o meu cérebro.

— Chiamaka, precisamos fazer alguma coisa. Meu pai não pode descobrir!

Ele está implorando. A chuva martela a estrada enquanto vislumbro o corpo pela janela — o corpo dela. No pequeno riacho eu vejo o rosto dela. Cachos loiros, pele pálida, uma poça escura formando uma auréola ao redor da cabeça. Eu engasgo, segurando o painel duro e frio, fechando os olhos.

Eu me sinto tão enjoada.

Eu deveria sair — ver se ela está respirando. Mas não consigo me mover; meus membros estão presos no mesmo lugar.

— A-a gente deveria ver se ela está respirando. E precisamos chamar uma ambulância, a polícia... — digo, tirando o meu celular do casaco, os dedos tremendo.

Os olhos de Jamie estão desesperados quando ele tira o celular das minhas mãos, enfiando-o no bolso da calça dele.

— Não podemos fazer isso, o meu pai vai me matar! — A voz dele sobe. Eu dou um pulo no assento quando ele chuta a lateral do carro, com força. — Ele vai me matar, caralho.

Jamie se encolhe, a chuva descendo pelo rosto, e coloca as mãos nos joelhos, respirando com mais força do que antes.

— Vai ficar tudo bem... sem polícia e vai ficar tudo bem — diz Jamie, a voz partindo. — Não podemos ir pra cadeia, então nada de polícia. Precisamos fazer alguma coisa. Meu Pa... ele não pode saber disso.

Prisão? Eu nem tinha pensado em prisão.

As palavras esfaqueiam meu peito, impedindo meus pulmões de funcionarem como deveriam. Cada vez que tento respirar, não há ar suficiente; quando tento engolir, é como se houvesse algo alojado na minha garganta.

Eu consigo me ouvir chorando, mas é quase como se fosse outra pessoa. Não consigo sentir as lágrimas, mas sei que sou eu. O rosto de boneca da garota está arranhado na minha mente feito uma imagem distorcida.

Eu deveria sair e me certificar de que ela está bem. Estico a mão para a maçaneta. Preciso ver se ela está viva. Ela não está se mexendo. O sangue. Acertamos ela com força...

A parte seguinte acontece tão depressa. Escuto o som forte da porta batendo quando Jamie de repente surge ao meu lado. O som dos pneus cantando na estrada molhada enquanto ele dá a ré. Há uma pausa e eu olho para ele.

Eu preciso sair...

Há um clique quando a porta se tranca. Eu mexo inutilmente na maçaneta.

— O que você está fazendo? — grito, batendo na janela.

Não podemos deixá-la. Não podemos deixá-la.

Jamie olha pra mim brevemente, os olhos marejados. Então, num movimento rápido, ele circunda o corpo da garota e avança, sem olhar para trás.

— Chi? — diz Jamie, me puxando de volta ao presente.

— Você está certo — digo, tonta, segurando o banco com força enquanto o som de pessoas conversando ao longe toma conta dos meus ouvidos outra vez.

Ele sorri.

Jamie é bom em racionalizar tudo, criando sentido nas rachaduras da realidade.

Especialmente quando são coisas que precisamos esquecer.

♠

Os meus sonhos, desde o acidente, começam sempre assim: a água entra no meu corpo de toda forma possível, inundando meus órgãos, apertando e apertando enquanto grito por ajuda, o que só faz com que mais água entre, queimando meus pulmões, minha garganta, enquanto minha pele queima. Eu me viro e Jamie está ao meu lado no carro, congelado, olhando de maneira vazia para a estrada adiante. Agito meus braços para escapar nadando, mas não estou mais na água. Estou seca e de volta ao banco do passageiro, a observando gritar, os olhos arregalados ao pararmos enquanto ela cai no chão. Nos meus sonhos, eu cambaleio para fora do carro preto de Jamie, as palmas aferroadas quando acertam o cascalho. Tento me levantar. Mas não consigo. Eu me arrasto na direção do corpo, observando o sangue adentrar no cascalho, distante dos cachos loiros — tudo é silêncio. O rosto dela é a última coisa que vejo. O rosto que eu nunca esquecerei.

Então, estou lutando para respirar, engasgando com o ar enquanto me forço a acordar.

Desperto assim todas as noites, no meu quarto escuro, suando e arfando. Em algumas noites, tenho esse sonho mais de uma vez. Em outras, ele é acompanhado por outro igualmente perturbador. Eu aprisionada num quarto escuro, bêbada e desorientada. Centenas de bonecas loiras, manchadas de sangue ao meu redor, enquanto a garota que Jamie atropelou paira sobre mim, um sorriso exposto no rosto pálido dela.

Eu me levanto, pontos dançando na minha visão enquanto corro para o meu banheiro, o estômago rejeitando todo o seu conteúdo.

Nos meus sonhos eu não sou uma covarde. Eu não permito que a gente vá embora, a deixando lá para morrer. Eu saio. Encosto nela.

Vejo o sangue dela nas minhas mãos. Nos meus sonhos, eu não a ajudo também. Ajoelho no chão, encarando seu rosto pálido, os olhos dela fechados à medida que o sangue escorre, até que a minha mente não aguente mais.

De noite, quando estou sozinha, eu me lembro de coisas que não consigo controlar. Quando estou na escola, consigo ser outra pessoa. Alguém de quem as pessoas gostam. Mas quando estou aqui, sentada no escuro, tremendo à medida que aquela noite repassa de novo e de novo, o rosto dela permanece uma mancha de sangue, eu me lembro de que a pessoa que interpreto na escola não sou eu, nem de longe. A Chi que aparece em Niveus todos os dias pode não ter medo de ferir os sentimentos de outras pessoas e fazer o que for necessário para conseguir o que quer. Mas ela nunca teria feito as coisas que fiz.

Ela é uma boa pessoa. Alguém que merece ser Chefe de Turma e ir para Yale, se tornar uma médica.

Agarro o vaso sanitário, deixando meu corpo tremer e soltar soluços quietos.

E eu...

Eu sou um monstro.

5
DEVON

Terça-feira

Estou a alguns quarteirões da escola, tentando me preparar para os olhares e os sussurros antes de entrar.

Não é grande coisa.

Não é grande coisa.

Ainda que seja. Eu ainda nem me assumi para a minha mãe, e agora todos da escola já sabem. Nunca tive a intenção de sair do armário na escola. Não porque eu temesse ser zoado, é só que... Quando eu estava namorando o Scotty, ele queria manter em segredo porque não tinha se assumido, e eu achei que ele estivesse preocupado se perderia os amigos do futebol. Então, quando paramos de namorar, descobri que ninguém iria ligar para quem eu namorasse — não que seja da conta deles. No máximo, eu me preocupava com a informação chegando de alguma forma no meu bairro e, então, na minha mãe.

Esse era o meu maior medo, ela descobrir. Quando penso em Mamãe descobrindo, imagino quão desapontada ela ficaria. O pensamento me mantém acordado durante a noite e me deixa nauseado.

Primeiro, ela pararia de fazer contato visual; então, iria parar de conversar comigo. Depois disso, vai saber. Eu me lembro de quando aquele ator de *Prison Break* se assumiu e a minha Ma falou "que pena", sacudindo a cabeça, como se ser gay fosse algo digno de dó. Não sei o que esperar. Talvez que, de alguma forma, ela aceite, me aceite, ainda que ame a Bíblia mais do que qualquer coisa no mundo.

Dou alguns passos adiante, caminho para trás, então dou mais uns passos para a frente. Quanto mais perto eu chego da escola, mais fraco me sinto, como se estivesse perto de entrar em colapso. Pensei que ao menos entraria com Jack hoje, como geralmente faço, mas ele não respondeu às minhas mensagens. Eu até passei na casa dele antes da aula, mas o tio falou que ele já tinha saído.

Eu não me sentiria tão ansioso se Jack estivesse do meu lado. Espero que ele também não esteja me evitando.

Coloco as mãos no rosto, esfregando os olhos de novo e de novo antes de respirar fundo.

Nada de mais.

Os caras do meu bairro, aqueles com os quais eu estudava antes de vir para Niveus, me matariam se vissem aquela foto. Jogariam meu corpo numa caçamba de lixo quando tivessem acabado. Esses caras me veem voltando pra casa, me encaram, dão risadinhas. De vez em quando, eles gritam alguma merda. Em outras vezes, me derrubam no chão e saem rindo. A foto deixaria tudo dez vezes pior no meu bairro.

Eu sei que a probabilidade de eles verem isso é baixa — Niveus fica a um mundo de distância da minha vida familiar —, mas não consigo deixar de me sentir paranoico.

Quanto mais eu fico ali parado, pensando, mais o meu estômago se contorce de forma dolorida, dando nós. Olho para o alto, respiro, então ando, sem me deter até chegar nos grandes portões de ferro preto que estão abertos na manhã de hoje. As duas enormes colunas e portas duplas de carvalho do enorme prédio branco que se ergue diante de mim. Hesito antes de subir os degraus, meu coração batendo com tanta força que posso ouvi-lo. Os sons de passos de alguns alunos atrás de mim ficam mais altos. Se não for eu quem abre a porta, serão eles, e eu prefiro controlar o momento em que alguém me vê.

Eu odeio isso. Odeio me sentir como se fosse parar de respirar a qualquer segundo.

Sem me permitir pensar muito mais, empurro a porta e entro.

Como esperado, o corredor lotado se aquieta quando todo mundo me vê entrar — sorrisinhos e murmúrios em lábios rosados. Se não fosse por Scotty e aquela foto, eu seria desinteressante, seria como em qualquer outro dia. Quando fui dormir ontem, tudo o que eu sabia era que precisava encontrar Scotty e perguntar por que ele estava fazendo aquilo, vazando fotos minhas meses depois da quase harmonia entre a gente.

Se ainda tivesse o número dele, eu não teria que confrontá-lo cara a cara.

Nota para mim mesmo: Não apague o número das pessoas que você odeia. Isso pode vir a ser útil em algum momento.

Abaixo a cabeça, andando o mais rápido possível até o departamento de teatro. O pessoal do teatro costumava se reunir atrás do palco — no Auditório Crombie, assim nomeado por causa de outro doador rico. Crombie é a minha melhor chance de encontrar Scotty, já que não conheço o horário dele de cor, que nem eu sabia no começo. Poucas semanas antes de começarmos a namorar, quando eu ainda pensava nele como o branco gatinho que tocava trompete nos fundos da banda da escola, aprendi todo o cronograma dele, incluindo os lugares que visitava antes e depois das aulas. Eu queria me certificar de que trombaria com ele "por acidente".

Mais tarde, depois de um relacionamento tóxico que durou um ano inteiro, indo do fim do primeiro ano até o início do terceiro, e muitas lágrimas e tristezas, passei a usar meu conhecimento do cronograma para evitá-lo como podia quando as coisas — nós — não deram certo. E, assim, raramente venho para os lados de cá. Eu até tinha me esquecido de quão grande Crombie é. Mas, de novo, tudo nessa escola é desnecessariamente grande.

Subo os degraus do palco de carvalho escuro, passando por uma fenda nas cortinas verdes e grossas para me deparar com um grupo de alunos do outro lado. Estão todos sentados em cadeiras pretas de metal, com roteiros brancos no colo. Com a exceção de uma garota que olha para mim com uma expressão ofendida, ninguém olha na minha direção. É uma diferença considerável do corredor instantes antes.

— Este é um ensaio fechado — diz a garota, a saia sem adereços dela sendo a única coisa de acordo com o manual de regras da escola.

O resto de suas roupas está carregado de preto — jaqueta de couro preto, meias arrastão pretas, uma camiseta preta de alguma banda, botas pretas. O primeiro dia de aula é o único dia em que todo mundo segue o código de vestimenta. Depois disso, ele é mais uma sugestão do que regra cumprida. Acho que essa é mais uma das muitas coisas que passam batidas em Niveus, mas eu nunca tive dinheiro para customizar o meu universo para além dos tênis Vans esfarrapados que uso na maior parte do tempo.

— Estou aqui para falar com Scotty — digo.

Nos viramos para onde Scotty está sentado, folheando o roteiro como se eu não estivesse aqui. Meu coração acelera um pouco quando vejo o rosto dele, embora o único motivo seja porque eu não o vejo desde antes das férias de verão, na formatura. Ele levou uma garota qualquer do time de lacrosse e, obviamente, passou a maior parte da noite tentando não olhar para mim. Faz ainda mais tempo desde que nos falamos — eu realmente acho que a última vez em que falei com Scotty foi para terminar com ele.

O cabelo de Scotty está maior agora, parte dele amarrado num coque bagunçado, enquanto o resto bate nos ombros. Assim como a garota emburrada, ele customizou o uniforme e, como sempre, é elegante, os sapatos de marca gritam *Garoto Rico*.

Quanto mais olho para ele, mais irritado eu me sinto. Ele nem me notou entrando, distraído com o roteiro idiota.

A garota me olha de novo com olhos semicerrados, então o rosto dela fica alerta ao se dar conta.

— Merda, Scotty.

Ele finalmente ergue o olhar para ela, então segue o olhar dela até mim, e os olhos azuis dele se arregalam.

— Que porra, Scotty? — eu rosno.

— Podemos ir lá fora? — ele pergunta, abandonando o roteiro na cadeira ao se levantar.

Todos os outros estão olhando para os próprios roteiros agora, como se, de repente, as páginas tivessem se tornado mais interessantes — como se não estivessem ouvindo cada palavra. Passo pelas cortinas e salto do palco para esperar por ele. Scotty desce alguns instantes depois e eu o empurro.

— Opa! — Ele ergue as mãos, se defendendo. — Antes que me mate, saiba que não fui eu. Não mandei aquela foto para ninguém — diz ele, ajeitando o paletó.

— Você realmente espera que eu acredite nisso?

Naturalmente, não posso confiar em uma palavra do que Scotty diz. Não depois de ele ter me traído e trapaceado nos testes para as universidades.

— Eu nem tenho mais as suas fotos; estou com um celular novo. — Ele agita o aparelho para mim. O último modelo, claro. — Além disso, por que iria me expor? Especialmente aqui em Niveus? Você sabe como o pessoal encara notícias assim. Estão me tratando como se eu fosse algum tipo de socialite agora, ficam me perguntando detalhes...

Ele sorri.

Ele está amando isso, o que já era de se esperar. Scotty ama que falem dele e, ao contrário de quando namorávamos — quando ele ainda estava bem escondido no armário —, a sexualidade dele é um segredo aberto agora entre os alunos de artes. Até mesmo eu ouço falar das escapadas sexuais dele no meu canto da escola. Que é o motivo pelo qual o vazamento daquela foto parece mais direcionado a mim do que a ele. E também é o motivo pelo qual ele pode ter sido o responsável.

— É vergonhoso, na verdade... eu nem sei como vou dar as caras no treino de futebol sem os caras ficarem me enchendo de perguntas.

Nem me surpreende que essa seja a única preocupação de Scotty. Ele não precisa se preocupar com a forma como os caras do bairro dele iriam reagir se descobrissem.

Eu me odeio tanto por ter confiado nele. Eu o odeio por ter me feito confiar tanto nele. Já estou exausto e a primeira aula nem começou.

— Eu juro, Scotty, se você estiver mentindo para mim sobre ter apagado tudo aquilo, eu vou te matar.

— Não estou mentindo; mas queria estar, no entanto. Nós éramos bem fotogênicos, não éramos...? — Ele se move na minha direção. — E videogênicos também, se a minha memória estiver boa. Uma pena que eu não tenha mais aqueles arquivos.

Meu ex é um psicopata. Eu sempre me esqueço dessa parte quando penso nos outros motivos pelos quais terminamos. Fecho os meus olhos com força, esperando que não caiam as lágrimas que tanto desejam cair. Scotty me ver chorando seria outra vitória para ele e uma perda para mim.

— Fica longe de mim, caralho, ouviu? — Eu me afasto. — Me deixa de fora dos seus joguinhos.

Ao me virar, saio correndo de Crombie e vou até o armário de Jack. Eu me sinto estranho por não tê-lo visto na manhã de hoje. Geralmente, nos encontramos por esse horário, mesmo nos dias em que ele vem pra escola mais cedo. Preciso conversar com alguém sobre isso.

Jack é sempre fácil de encontrar na multidão. Ele é o único cara de cabelo raspado em Niveus.

— Ei.

Jack enrijece ao ouvir minha voz. Ele pausa, então volta a procurar por seja lá o que for em seu armário.

— Ei — ele diz baixinho.

— Você não estava em casa de manhã... o seu tio falou que você veio pra escola mais cedo.

Ele balança a cabeça, a pele pálida tingida de rosa agora.

— É, precisava conversar com o meu professor de Matemática.

— Certo — digo, me sentindo um pouco aliviado.

Pelo menos ele não estava me evitando por causa da foto.

Consigo sentir olhos em cima de nós. Ele não parece notar.

— Você está bem? — ele indaga, enfiando papéis na mochila.

Assinto.

— Estou.

Alguém solta uma risadinha perto de nós e Jack bate a porta do armário com força, se virando para encarar a pessoa.

— Vai arrumar o que fazer, porra — diz ele para uma garota qualquer cujo sorriso desaparece imediatamente.

Ele coloca a mochila nas costas, então se vira sem se despedir.

— Espera.

— O que foi? — ele pergunta, se virando sem olhar para os meus olhos.

Meu estômago gira. Talvez ele *esteja* me evitando.

— Como assim "o que foi"?

— Quero dizer, o que você quer? Preciso ir me matricular. Começa às 10 horas.

Ele finalmente olha para mim, e eu me dou conta. Ele está furioso.

— Você viu aquela foto... por aí?

Ele fica em silêncio de início. Apenas me encara, os olhos castanhos inescrutáveis.

— Eles vão te matar. Não vão deixar que você faça negócios para eles que nem antes.

Meu coração não parou de bater assim tão rápido desde ontem.

— Quem? — pergunto, me fingindo de bobo.

— Você sabe quem.

Não digo nada.

Jack suspira.

— Não sei no que você se meteu, cara, mas não quero ter nada a ver com isso. Não posso deixar que os meus manos sejam marcados.

Seguro no braço de Jack quando ele tenta se virar. Ele se afasta, parecendo de todo desconfortável.

— Eu posso... eu vou falar com Andre. Posso falar pra ele resolver isso...

— *Claro que pode* — diz ele, a expressão enojada na cara dele não me surpreende, mas ainda assim é dolorosa. Queria que ele não me olhasse assim toda vez que menciono Andre. — Não consigo lidar com isso agora. — Ele se move ligeiramente, me olhando uma última vez. — Me desculpa.

E, então, ele vai embora.

Fico ali, me sentindo pior do que quando vi a foto ontem.

Ainda consigo ouvir os sussurros ao meu redor, porque é isso que todo mundo faz por aqui. Falam sobre outras pessoas.

As palavras de Jack ecoam na minha cabeça.

Não consigo lidar com isso agora.

Estou me esforçando para não deixar que isso me afete. Ele precisa pensar nos irmãos dele, e a área de onde viemos não funciona que nem Niveus. Aqui eles sussurram sobre você. Na nossa área... se vissem ou ouvissem falar da foto, e Jack fosse visto comigo, poderiam fazer coisas com ele e os irmãos mais novos, o mesmo comigo.

Não seria a primeira vez que Jack sofria por causa dos meus valentões. Eu só esperava que eles não soubessem da minha foto ainda.

Assim que eu me viro, dou de cara com três garotas, todas loiras e com rostos de pêssego, me encarando como se me conhecessem, ainda que eu não faça a menor ideia de quem sejam.

— É verdade que Scotty te traiu com Chiamaka? — pergunta a do meio.

Ela tem um enorme laço azul no cabelo e um grande pirulito arco-íris na mão. Eu sei que é tabu empurrar uma garota, mas é a vontade que tenho. Enfio minhas unhas na palma das mãos para me impedir de empurrar as garotas para fora do caminho.

Eu sabia de Chiamaka, acredite ou não. Scotty me traiu com outros caras em festas que ia. O seu relacionamento com Chiamaka, ele me explicou certa vez, era um contrato de mútua popularidade, não um relacionamento verdadeiro. E eu fui estúpido o bastante para aceitar aquilo como desculpa.

— Com licença — digo antes de passar por elas.

Preciso da sala de música. Preciso me afogar, preciso tocar. Jack me disse uma vez que a música pra mim é que nem a nicotina para um fumante pesado. Não sou fumante, por isso não sei dizer exatamente se é verdade, mas de vez em quando eu sinto que poderia morrer sem a música.

Enquanto subo as escadas para a sala de música, há uma vibração no meu bolso. Paro de andar, permitindo a meus olhos que se fechem para focar em acalmar a minha respiração – o que é difícil de fazer quando o coração continua martelando que nem o meu. Enfio a mão no bolso lentamente e, sob as velhas embalagens de doces que esqueci de jogar fora, sinto o plástico quente, suave, do meu celular.

Pode ser qualquer coisa. Pode ser qualquer pessoa.

Podem ser eles... falando de mim outra vez.

Então, outra vez, pode ser apenas o Andre mandando uma mensagem ou a minha mãe...

[1 nova mensagem de desconhecido]

Meu coração para.

Saindo do forno...

Olho a tela rapidamente.

E meus nervos se estilhaçam quando alguém por perto diz:

– Caralho, não pode ser.

6
CHIAMAKA

Terça-feira

Nos meus quase quatro anos em Niveus, eu já me deparei com muitos segredos, sussurros e rumores. Ainda que alguns fossem sobre mim, nunca foram suficientes para arruinar a minha reputação. A pior fofoca era sempre sobre alguma pobre alma que pedia para sair por causa do peso de ter que encarar seus erros diariamente ou por ter um colapso mental, abandonando a escola por uma semana e, então, voltando com um nariz novo ou com uma bolsa nova. E, se aprendi qualquer coisa durante o meu tempo aqui, foi a aperfeiçoar a arte de fazer uma fofoca trabalhar a meu favor — e sair intocada.

Por isso é uma surpresa quando passo pelas portas duplas — mais tarde do que de costume, porque a minha chapinha não estava funcionando direito — e todo mundo me encara como se eu tivesse que me envergonhar de alguma coisa.

Meu estômago se contorce quando caminho na direção de Ruby, que está perto do meu armário, passando o dedo pela tela do celular.

— Oi, Ruby.

Ela me olha, um sorriso se formando lentamente, o cabelo ruivo dela enrolado ao redor da cabeça numa coroa trançada.

— Oi, Chi.

Há uma diversão nos olhos dela, parecida com a de um lobo que caça sua presa.

Abro meu armário e enfio minha bolsa lá dentro.

— Há algum motivo, além da eterna inveja, para todos os olhares nesta manhã? — brinco, tentando não parecer incomodada. Finjo procurar alguma coisa para não ter que olhar para ela. — É como se eu tivesse raspado as minhas sobrancelhas ou coisa do tipo.

A cabeça dela se inclina para o lado.

— Provavelmente tem a ver com aquele lance do Jamie.

Fecho o meu armário e olho para os olhos verdes e frios dela sem esboçar nenhuma expressão.

— Que lance do Jamie? — pergunto.

Pode ser qualquer coisa.

O sorriso dela aumenta de tamanho.

— Está todo mundo dizendo que ele te rejeitou ontem na hora do almoço.

Ah.

— Bem, você ouviu errado, Rubizinha — digo, dando um sorriso forçado.

Os lábios manchados de vermelho dela fazem um formato de O.

— As pessoas devem estar fofocando — ela fala com um dar de ombros.

— Quem? — eu pergunto, porque ela claramente sabe mais do que está deixando escapar.

— Bem, você não ouviu isso de mim, mas... — ela se inclina — a Ava está falando pra todo mundo que você achou que ele iria te convidar pra sair mesmo quando todos sabem que ele está namorando com a Belle agora. Claro, eu falei para as pessoas que era apenas um boato...

Ava me ouviu falando sobre Jamie mesmo sabendo desde o início que ele estava namorando Belle? Eu deveria saber que não podia falar com ninguém sobre nada pessoal. Sinto que realmente estou por fora das coisas, como se tivesse tanta coisa acontecendo que eu deveria saber e não sei. No último verão, fiquei tão focada com a preparação para Yale que devo ter perdido isso. Devo ter perdido tudo.

— *Você* sabia que ele estava namorando com a Belle? — indago.

O sorriso de Ruby diminui ligeiramente.

— Acabei de descobrir.

Balanço a cabeça. Ruby sempre foi uma péssima mentirosa.

— Obrigada, Ruby. Eu posso sempre contar com você — digo, pensando em formas de me vingar de Ava.

— Você sabe que eu sempre irei te apoiar, Chi.

Essas garotas são leais feito escorpiões. Quando ergo o olhar, vejo Ava caminhando na nossa direção. Ela parece branca feito uma folha de papel, o medo esboçado em todas as suas feições. Às vezes a ameaça pairando no ar é melhor do que a coisa feita em si. Sorrio para ela e aceno.

— Oi, Chi... — Ava começa, mas eu a corto.

— Diga a Sam que mandei um olá — zombo antes de sair marchando pelo corredor na direção do armário de Jamie.

Ava tem dificuldades em confiar que o namorado dela, Sam, vá manter o pinto dentro das calças. Não apenas isso, ela sempre pareceu incomodada pelo fato de Sam e eu termos ficado durante o primeiro ano, muito antes de eles namorarem. Falei para ela que não tinha significado nada, mas sei que o fato de eu falar de Sam vai deixá-la se remoendo. Posso até mandar uma mensagem para ele, sabendo que agora ela irá vigiar o celular dele o dia inteiro. Não é legal, mas ela tentou fazer com que eu parecesse desesperada na frente de todo mundo. Então, é apenas justo.

— Ei, Jamie.

Chego no armário dele assim que ele se vira, revelando Belle atrás. Estão de mãos dadas.

— Ei, Chi.

Meus olhos perduram sobre ela. A beleza dela é que nem um soco no estômago. Eu já a tinha visto em algumas das minhas aulas antes, mas nunca realmente *olhei* para ela...

Pisco, a afastando da mente e ignorando o fato de que ela está aqui, com ele.

— Por que as pessoas acham que fui rejeitada por você? — Lanço um sorriso, deixando todo mundo que está ouvindo ao redor saber que eu não ligo e que definitivamente não fui rejeitada por *ninguém*.

Jamie parece um pouco confuso, mas eu espero que ele leia a minha mente através do nosso canal telepático de melhores amigos e entre no jogo. Ele é bom em ocultar segredos, então, o que é mais um na conta?

— Aquela pessoa que manda mensagens anônimas, Ases, ela... falou que você foi — responde Belle.

Ases? A pessoa que mandou aquelas mensagens sobre Devon e Scotty?

Encaro Belle de novo — o cabelo loiro preso atrás com uma faixa azul que combina com o nosso uniforme, pele clara brilhante, lábios rosas. Odeio quão perfeita ela é e como, aparentemente, é a "escolhida".

— Ah... bem, é uma mentira... não é, Jamie?

— É — Jamie confirma, os olhos brilhando com travessura.

— Tenho certeza de que é apenas um zé-ninguém inventando histórias — acrescenta Belle, com um sorriso.

Reviro os olhos mentalmente para ela. Não preciso da opinião dela.

Eu me pergunto quem é essa pessoa anônima — ou pessoas — enviando mensagens para todo mundo. Se for esperta, não vai falar nada de mim.

— Ei, Chi — diz uma garota, segurando um copo grande de Starbucks. — Aqui está o seu *latte* de canela.

É a menina do segundo ano de ontem.

— Obrigada, Miranda — agradeço, levando a bebida até os meus lábios.

Ela abre a boca e, então, a fecha que nem um peixe. Eu quase me sinto mal por não dizer a ela que tudo isso — a puxação de saco, me trazer café antes da aula — é inútil. Se você quer ser conhecida, precisa lutar para abrir o caminho, não trazer café gelado para as pessoas todas as manhãs.

Mas quem sou eu para recusar um copo de café? Especialmente depois desta manhã estressante.

A menina do segundo ano se retira assim que o primeiro sinal de aviso toca. Jamie se inclina e beija Belle. Desvio o olhar; ainda que isso faça parecer que eu *goste* dele, não ligo.

— Te vejo mais tarde? — Jamie fala para Belle.

— Até mais tarde — ela responde suavemente antes de sair do lado dele.

Forço um sorriso, o cutucando.

— Alguém está apaixonadinho.

— Eu estou muito apaixonadinho! — ele grita.

Eu o silencio, e ele fecha a boca, mas sorri.

— Vamos para a aula, *garoto apaixonadinho*.

Sempre fui boa em desempenhar o papel da melhor amiga: visto minhas roupas; sorrio para ele, saio do quarto dele, da casa dele; e venho para a escola no dia seguinte e finjo com ele. Esse sempre foi o meu papel. A melhor amiga que finge.

Mas este ano eu vou ter tudo que quero e, em breve, Belle será uma relíquia do passado. Eu só quero uma chance de mostrar a Jamie quão errada ela é para ele.

Tiro o meu celular e rolo minha lista de contatos, chegando

em Sam. Digito uma mensagem, algo sobre como o novo corte de cabelo combina com ele.

Dentro de segundos obtenho uma resposta.

Com um sorriso, caminho pelo corredor com a minha cabeça erguida.

Como falei, eu sempre consigo o que quero.

— Alcaçuz agridoce ou cogumelos açucarados? — indaga Jamie, segurando os dois pacotes.

As aulas já terminaram e Jamie e eu estamos na loja de doces que fica a alguns minutos de carro de Niveus, onde sempre vamos às terças-feiras, antes de fazer uma parada no Waffle Palace 24 horas que fica do outro lado da rua. É como se o dia de ontem nos bancos não tivesse acontecido.

— Cogumelos açucarados parecem estranhos...

— E alcaçuz?

— Alcaçuz é pedir a Deus por diabetes — digo sem pensar.

Ele abaixa o alcaçuz e se move em silêncio na direção de outra seção de doces.

— Não quis falar aquilo — digo.

— É, eu sei.

Ele pausa para inspecionar o que parecem ser minúsculas pizzas doces.

Mordo o lábio, me sentindo mal. Já faz alguns meses desde o diagnóstico dele, e sempre me esqueço de me impedir de falar coisas insensíveis. Ele ficou realmente deprimido quando o médico falou a ele, pensando que isso significava nenhum tipo de doce outra vez — o que, claro, era a coisa que mais o incomodava. Quando se deu conta de que isso não significava parar tudo, Jamie saiu e fez uma tatuagem brega no tornozelo de um doce enrolado numa embalagem vermelha.

A terça-feira se tornou o dia no qual ele se permitia um leve exagero.

— Não se sinta mal ou coisa do tipo, estou bem — diz ele, o sorriso voltando para o rosto. — Se quiser se sentir mal, sinta-se mal pelo fato de as bengalas doces terem acabado.

— *Que triste* — digo, com o que ele dá um tapinha de brincadeira na minha cabeça.

Eu odeio bengalas doces.

— Acho que vou pegar um pouco de alcaçuz e uma mini pizza.

Ele exibe as opções como se fossem tão importantes quanto escolhas de universidades — o que, conhecendo Jamie e seu amor por doces, não seria uma surpresa caso fosse verdade.

— Faça o que precisar fazer — digo, apenas querendo sair dali.

Meus dias de desejo por doces diariamente terminaram no segundo ano, mas esta tradição deixa Jamie tão feliz, e eu gosto quando ele está feliz.

Olho ao redor da loja. Está cheia, em sua maioria, de pais, crianças e idosos. Ergo o olhar para as paredes, cheias de potes de doces. Alcaçuzes de todas as cores, brilhando que nem joias por causa do açúcar que os recobre, os outros doces parecem sem graça em comparação. Há garrafas de refrigerante, grandes e pequenas, reais e falsas; doces em formato de ovos; pirulitos com embalagens brilhantes.

— Vamos pagar — digo.

Caminhamos até o caixa, e Jamie coloca os pacotes na superfície em frente ao atendente que, ao invés de se preocupar com os doces de Jamie e a nota de vinte dólares, me encara, então o meu uniforme, e o meu rosto de novo.

Os lábios dele se curvam quando ele se mexe para pegar algo — o celular dele — e coloca no balcão ao lado dos doces ainda não pagos de Jamie.

— O que você pegou? — ele indaga, e de início eu penso ter ouvido errado.

— Desculpa?

— O que *você* pegou? — ele repete, apontando o indicador para mim. Olho para trás. Não há ninguém ali.

Ele *está* falando comigo.

— Eu não peguei nada...

— Eu te vi! — ele grita, o que me assusta. — O que você pegou?

— Eu não peguei nada — digo, erguendo a minha voz também.

Há uma pausa, e ele sai de trás do balcão. Minhas pernas tremem ligeiramente, prontas para correr.

Como ele ousa me tratar feito uma ladra?

— Eu não roubei a porra do seu doce. Se eu quisesse um, eu *compraria*.

Jamie puxa meu braço e eu me viro para encará-lo. Os olhos dele parecem cheios de dúvida. Meu coração pulsa mais depressa; posso ouvir o barulho dele nos meus ouvidos.

— Só mostra os seus bolsos para ele, Chi.

Engulo em seco, me mexendo para olhar para o lojista.

Ele se adianta, enfiando a mão de forma rude no bolso do meu casaco.

— Viu... — começo a dizer, mas sou silenciada pelo som de uma embalagem enrugando e um pacote de alcaçuz na mão aberta dele.

— Vou chamar a polícia — diz ele, sacudindo a cabeça enquanto caminha para o outro lado do balcão.

Meus olhos se enchem de água.

— Eu não peguei isso. Não sei como foi parar ali — falo debilmente, minha voz se partindo de uma forma patética que eu não queria que Jamie ouvisse.

Como foi parar ali?
O cara aperta *nove*.
— Eu não peguei — repito.
Um.
— Eu pago por isso tudo — ouço Jamie dizer, empurrando a nota de vinte por sobre o balcão.
O homem aperta *um* de novo.
— Por favor, fique com todo o troco — insiste Jamie.
O cara faz uma pausa, olhando de Jamie para mim, antes de baixar o celular e pegar a nota vinte no balcão. A loja está em silêncio agora, as pessoas presentes assistindo a cena desenrolar. Meu rosto está quente enquanto observo o atendente examinar a nota.
— Obrigado, senhor — diz Jamie.
O atendente me olha e aponta de novo.
— Estou cansado de vocês achando que podem sair impunes depois de fazerem essas merdas. Não volte aqui, ouviu?
Balanço a cabeça e saio correndo da loja, seguida pelo som de uma cantiga infantil quando abro a porta. Jamie puxa o meu ombro enquanto corro pelos degraus de pedra, e eu me viro para encará-lo, piscando para fazer sumir as lágrimas que desejam cair. *O que acabou de acontecer?*
— Vamos pra casa — ele me diz com um suspiro. O rosto dele se enruga ao enfiar os doces nos bolsos. — Eu vou no Waffle Palace com Belle outro dia.
Sinto um golpe no peito.
— Tudo bem — respondo.
— Tudo bem — ele responde.
Não sei por que repito isso depois de falar tantas vezes na loja, mas sinto a necessidade de dizer outra vez. Eu não gostei da expressão no rosto dele quando o atendente me acusou.
— Eu não peguei o alcaçuz.

Jamie não diz nada, apenas balança a cabeça sem fazer contato visual, e segue adiante com o celular na mão e a cabeça baixa, digitando.

Por que ele está agindo como se eu tivesse feito alguma coisa errada?

Dou uma última olhada para a loja de doces. O atendente ainda me olhando pela janela de vidro. Figuras de sombras se movem ao redor da loja, rostos que não conheço. Alguém deve ter colocado o alcaçuz no meu bolso. Olho para Jamie, que caminha lentamente.

Mas quem? *E por quê?*

7
DEVON

Quarta-feira

Nesta casa de sofás de couro gastos, tampos de mesa com as quinas rachadas, cadeiras que não combinam e canos expostos, há muito amor.

Ainda que tal amor seja para uma versão minha que não é real.

Sinto isso toda vez que encaro a minha Ma pela manhã, enquanto como a minha torrada e ela se arruma para o primeiro emprego dela na escola local, onde faz faxina. Eu a observo rezar a Deus confiante em busca de respostas, antes de esquentar seu mingau de aveia no micro-ondas.

Termino o meu último pedaço de torrada e a abraço por trás, esperando que isso diga a ela tudo que penso a seu respeito. Espero que, se minha mãe descobrir sobre a foto, este abraço a lembre de que eu ainda sou eu, ainda sou alguém que a ama.

— Vou para a escola, Ma — digo, me movendo outra vez na direção da cadeira em que deixei a minha mochila.

— Tão cedo? — pergunta ela.

O micro-ondas apita.

Abro a mochila, fingindo colocar alguma coisa ali dentro, me virando para longe dela antes de mentir.

— É, tenho que me encontrar com Jack para um trabalho de escola.

Ela me dá um abraço com um braço só, beijando minha testa.

— Estou tão orgulhosa de você. Te vejo mais tarde — ela diz, sentando numa das cadeiras de jardim que servem como cadeiras de sala de jantar.

Ma me diz que está orgulhosa desde que mostrei a ela o distintivo na segunda-feira, depois que voltou do trabalho. Eu pensei que ela fosse chorar, mas Ma não fez isso. Ela limpou o rosto e me abraçou, sussurrando, *estou tão orgulhosa de você, Von*.

— Te vejo mais tarde — digo, a culpa pesando sobre mim enquanto saio correndo, batendo a porta atrás de mim, e faço uma careta quando penso em quão alto foi aquilo e em como Ma provavelmente vai me dar um sermão sobre isso mais tarde.

Mas isso vai ser mais tarde, e isto é agora, em que tenho coisas mais importantes nas quais pensar.

Passo na frente de outras casas parecidas com a minha — tortas, pintura descascando, portas que mal estão fixadas nas dobradiças — e por uma parte do meu bairro que a maioria das pessoas evita. O trecho em que fica um enorme bloco de apartamentos, onde garotos cujas peles tão escuras quanto a minha ficam matando tempo. Alguns possuem tranças ou amarrações nos cabelos — dois estilos que não posso usar em Niveus — e calças frouxas que ficam caídas. Alguns poucos estão sentados no velho carro verde na frente, alguns no teto do carro, e outros recostados contra as paredes do bloco. Eu me pergunto quando dormem. Parecem estar sempre acordados, esperando, sempre que eu passo, independentemente da hora do dia.

Passo por todos eles, pernas tremendo à medida que me aproximo do cara grandão com tranças e braços cruzados, apoiado perto da porta. Não sei dizer se o conheço do Ensino Fundamental ou se é apenas um cara que eu sei que trabalha com Dre. Não me lembro de muita coisa do Ensino Fundamental, porque o *bullying* foi bem pesado perto do fim, então Ma me tirou de lá. Além disso, eu visito tanto o Dre que os rostos começaram a se tornar mais familiares com o passar do tempo.

— Estou aqui para ver o Andre — digo a ele.

Ainda que ele já tenha me visto antes, os caras agem como se eu não viesse aqui várias vezes por semana.

Ele me olha de cima para baixo, fazendo com que me sinta pequeno, antes de beijar os dentes e se empurrar para fora da parede.

— Vigia ele — diz para um outro cara, que assente e toma o lugar dele que entra no bloco.

Consigo ouvir os passos pesados dele atrás da porta, então, a batida de outra porta do lado de dentro. Tento ficar parado, não chamar a atenção para mim mesmo. Pouco depois, o cara abre a porta da frente com um puxão e me manda entrar. Caminho para dentro do corredor mal iluminado e a escadaria de carpete até o segundo andar, onde fica o apartamento de Dre.

O apartamento combina com a personalidade de Dre: quieto e aconchegante; é espaçoso, decorado em tons de marrom, verde e vermelho. Como de costume, empurro a porta, então caminho pela sala de estar até o quarto, onde ele está sentado atrás de uma mesa. A cabeça dele está virada para o alto e os olhos estão fechados. Por um momento, apenas o observo. O cabelo preto raspado e o rosto barbeado me surpreendem. Ele tinha uma barba na semana passada. Sem ela, ele se parece com alguém de 18 anos de idade. Que nem o garoto com o qual eu cresci.

Fecho a porta audivelmente e os olhos dele se abrem preguiçosos. Um sorriso se esgueira até o rosto dele.

— Von — murmura Dre, se impelindo para fora da cadeira e caminhando lentamente na minha direção até que estejamos a centímetros um do outro.

No silêncio, minhas palmas suam, e a batida do meu coração enlouquece como sempre faz quando estou perto dele.

Então, como sempre, ele me beija. Envolvo os meus braços ao redor dele e o sinto sorrir ao beijar, levando a sua mão cheia de vontade até o meu rosto, me direcionando para o quarto. Solto os meus braços e me afasto, descansando minha cabeça na dele gentilmente.

— Eu vim para conversar, Dre, não para fazer *aquilo*.

— Mas eu gosto de fazer *aquilo* — diz ele, beijando minha testa.

Tento não sorrir.

— Tenho aula e preciso falar com você sobre outra coisa.

Ele balança a cabeça, se afastando agora.

— A foto sua e daquele cara? Scotty, né?

As palavras dele me pegam desprevenido, fazendo meu coração gaguejar. Dre sabe tudo acerca do riquinho da escola que partiu o meu coração. Mas como a foto viajou tão depressa? Mal se passaram dois dias. Eu ia perguntar a ele se conseguiria matar o assunto antes que alguém visse. Ele é bom em esconder coisas a sete chaves. Acho que é por isso que ninguém liga para o fato de eu vir aqui três ou quatro vezes por semana nos últimos meses. Ele manda os companheiros dele cuidarem da própria vida e é isso que eles fazem.

Balanço a cabeça;

— Como você ficou sabendo?

Ele não diz nada de início, apenas me observa.

— Recebi uma mensagem sobre o assunto...

O quê?

— De quem? — indago, as minhas palavras tropeçando para fora da boca.

Dre dá de ombros.

— Eu só recebi a foto com a mensagem, nada mais. Não havia identificador.

Começo a entrar em pânico, os pensamentos em espiral. Será que

Dre é a única pessoa fora da escola que recebeu aquela mensagem, ou será que todo mundo no bairro sabe disso? Estariam falando sobre mim? Planejando me pegar como fizeram antes...

Andre toma a minha mão e a aperta, me puxando para junto dele outra vez e para longe do buraco mental dentro do qual eu caía.

— Acho que eu fui o único a receber. Ninguém mais está falando sobre isso, então você está de boa.

Não estou convencido. Notícias que conseguem viajar de Niveus até o meu bairro tão rapidamente ainda podiam chegar até pessoas daqui. A minha Ma poderia descobrir facilmente e eu não posso lidar com o stress agora.

— Eu vou dar um jeito nisso — diz ele.

— Dar um jeito como?

Dar um jeito podia ser qualquer coisa. Podia ser encontrar uma forma de se livrar dos problemas — incluindo Scotty, com quem, por algum motivo, estou preocupado agora. Dre e a gangue dele gostam de resolver as coisas com os punhos; é assim que você ganha respeito por aqui na maior parte do tempo. Você briga, alguém filma, a fofoca se espalha e as pessoas se afastam — provavelmente era este o motivo de eu ser um alvo tão fácil no Ensino Fundamental. Eu não conseguia lutar com ninguém, nem se me pagasse. Meus braços e pernas estão bambos.

Tenho medo do dia em que Dre for brigar com alguém para provar alguma coisa e ele sair machucado no fim.

Ele revira os olhos.

— Não vou machucar o seu ex, não se preocupe — ele diz.

— Okay, obrigado — digo a ele, me afastando, mas ele me impede.

— É só que... — ele olha sério para mim. — Não deixe mais nada vazar. Eu tenho um chefe para o qual responder... ele não vai gostar de você por aqui se descobrir.

Assinto, querendo tranquilizá-lo, ainda que eu não saiba como, exatamente, vou impedir uma coisa que está fora do meu controle. O chefe dele é esse cara mais velho na nossa área. Um cara que confia em gente como Dre para cuidar das coisas dele sem fazer perguntas. Eu só o vi algumas vezes, mas ouvi dizer que não é uma boa pessoa.

Há mais silêncio.

Meu rosto naturalmente se abre num sorriso. É divertido quando Dre tenta parecer sério. Isso o faz parecer estar com uma dor de barriga ou coisa do tipo.

Eu me aproximo, inclinando-me de novo para beijá-lo. Eu apostaria a minha mão direita (a minha mão dominante quando toco) que ele também está sorrindo agora. Sinto falta do último verão, no qual eu ficava na casa dele quase todos os dias, compartilhando momentos assim. Momentos quando o mundo desaparecia, todos os nossos problemas se dissolvendo, e éramos apenas nós dois.

— Eu te amo — ele diz baixinho, indo um pouco para trás.

Eu faço uma pausa, olhando para ele durante alguns instantes, guardando a memória dele para mais tarde. Para quando estiver acordado de noite e o meu cérebro estiver cheio de preocupações e dúvidas, e eu precisar da lembrança de que alguém me ama.

— Eu também te amo — digo a ele, me sentindo quente por dentro.

Espero que Ases não tire isso de mim de alguma forma.

Como eu chego cedo na escola, não há muita gente por perto. Por isso não é tão ruim como a sensação de ter centenas de rostos julgando e sussurrando no corredor lotado ontem. Talvez eu devesse começar a vir para a escola mais cedo todos os dias, especialmente agora que, pelo que parece, não venho mais caminhando com Jack.

Pego algumas partituras em branco no meu armário e sigo para a minha aula de Música do primeiro período, onde o sr. Taylor, como sempre, está ao piano — que é basicamente a mesa dele. Às vezes eu venho aqui ao invés de ir registrar presença. O registro é todo feito eletronicamente de qualquer forma, então o sr. Taylor diz que está tudo bem e me dá presença.

Ele balança a cabeça para mim com um sorriso amigável e eu vou para o meu canto, ligando o teclado, conectando os fones de ouvido, fechando os olhos e imaginando aquele azul...

Bzzz.

Meu coração afunda quando enfio a mão no bolso.

Não deixe mais nada vazar. As palavras de Dre ressoam nos meus ouvidos.

[1 nova mensagem de desconhecido]

Acabou de chegar. Parece que Chi não é tão doce assim. Fontes informam que ela foi pega tentando roubar doces. Cuidado, Chi, não queira ter um registro que Yale verá... – Ases

Meu coração se acalma um pouco.

Chiamaka Adebayo, uma ladra? Por que ela precisaria roubar qualquer coisa? Assim como quase todo mundo nessa escola, ela provavelmente tem dinheiro o bastante no cofrinho para comprar dois carros esportivos e ainda ter uma grana sobrando que irá durar várias gerações.

Além disso, ela parece ser muito certinha para roubar qualquer coisa. Mas, outra vez, eu não a conheço.

E não ligo...

Olho para a mensagem de novo e enfio o celular de volta no bolso.

Confirmo que os meus fones de ouvido ainda estão ali, então respiro.

Afogo.

E toco.

8
CHIAMAKA

Quarta-feira

— Está por toda a escola — sussurro para Jamie durante a aula de Biologia.

Graças a Deus restam poucas aulas depois de aguentar as pessoas me encarando e murmurando sobre mim a manhã inteira.

— É um saco — ele responde, como se eu tivesse acabado de dizer que as batatas fritas da cafeteria acabaram.

— Mas ninguém acredita que seja verdade. Não é preciso ser um gênio para saber que você não é esse tipo de pessoa — Belle fala.

Estreito os olhos para ela. *Qual é o seu jogo aqui, Belle?* Provavelmente está tentando parecer legal na frente de Jamie, mas eu vejo através dela.

Tal como ontem, Jamie não diz nada, e isso faz com que eu me sinta estranha por dentro. Como se devesse me sentir culpada por uma ofensa que não cometi.

— Tenho certeza de que vai passar — Belle me conforta.

De novo, eu a ignoro.

— Ontem à noite um dos técnicos de ciências notou que o depósito de recursos científicos ficou aberto e, infelizmente, alguns materiais que precisamos para os experimentos de hoje foram levados — diz a srta. Brown.

— Isso é... impossível. Eu *sempre* tranco o depósito.

— Felizmente, Niveus possui uma gama de materiais reserva à disposição. Mas o roubo desses itens e o descuido exibido pela Representante de Ciências será discutido, e haverá grandes repercussões. — Ela faz uma pausa. — Queremos que todos saibam que levamos esse tipo de coisa muito a sério — ela termina, me lançando um breve olhar severo.

Sinto minha face queimar à medida que os outros também olham para mim.

— Você não é a Representante de Ciências? — sussurra Jamie, não tão sutil.

Eu o ignoro.

Sem chance de eu não ter trancado o depósito. Alguém deve ter pego a chave e feito isso. Tenho sido a Representante há anos e nenhuma vez eu deixei a sala destrancada. Começo a erguer a mão, pronta para limpar meu nome, mas sou interrompida pela voz pegajosa do filho de Satã, Jeremy Hearst, no canto.

— Bem, nós também não queremos a Chiamaka perto desses materiais extras... sabe, já que são tão escassos. Não gostaríamos que eles também sumissem — diz ele, dando início a risadas baixas e constrangidas.

Jeremy é um cuzão, isso é de conhecimento comum. Estamos na mesma sala desde o primeiro ano, e ele sempre se achou o cara mais engraçado da escola. A coisa mais engraçada nele é a cara.

Será preciso muito mais que algumas notícias falsas para me empurrar para fora do topo. Seria de se pensar que, depois de três anos, ele saberia disso.

— Todos vocês podem prosseguir com o experimento. Chiamaka, você poderia vir aqui na frente, por favor — diz a srta. Brown.

Eu me empurro para fora do meu assento, sem ligar para os olhares barulhentos que me seguem.

— Chiamaka — a srta. Brown começa quando chego na mesa dela, a voz baixa e séria. — Vou te perguntar uma vez. Você pegou os materiais?

Fico ofendida só de ela perguntar uma coisa dessas.

— Não, e eu também não deixei o depósito destrancado.

A srta. Brown assente, mas, assim como Jamie, ela me olha como se eu fosse algum tipo de marginal.

— Você, dentre todas as pessoas, deveria saber quão sério é isso. Eu conversei com alguns dos outros professores e eles acham que é melhor você devolver a chave — diz a srta. Brown.

— Mas eu não...

— Eu te ouvi. Mas, infelizmente, não podemos deixar um descuido desses passar batido. Alguns destes materiais, caso encontrados em mãos erradas ou no lugar errado, podem se tornar um grande problema de saúde e segurança para a escola. Eu ainda vou te fornecer a sua referência para Yale, mas acho que é melhor encontrarmos alguém para assumir o cuidado do depósito de recursos. Lamento.

Aposto que lamenta.

Balanço a cabeça, não querendo atrair mais nenhuma atenção para mim ao retrucar.

— Compreendo — digo.

— Bom. Devolva a chave antes do fim do dia. Estarei aqui ou na biblioteca de ciências.

Por que não agora já que sou a criminosa que dizem que sou?

Ela me manda voltar para o meu grupo, e por isso eu me viro, tentando deixar o rosto o mais sem expressão possível, apesar de querer gritar.

— Você está bem? O seu rosto está vermelho... — diz Belle quando me sento.

Olho para o belo rosto em forma de coração dela e para os olhos gentis e desvio o olhar, pegando as instruções e focando nelas.

Jamie começa a contar uma piada ruim e Belle ri, e eu realmente tenho vontade de socar alguma coisa.

Ela nem deveria estar *aqui*. Jamie é o meu parceiro de laboratório, mas, claro, dada a minha sorte nos últimos dias, Belle foi convenientemente transferida para essa sala. O antigo professor dela está em período sabático neste semestre, por isso os alunos daquela turma foram distribuídos.

— Oxigênio e potássio foram num encontro...

Ah, meu Deus, faça isso parar.

— Pergunte-me como foi?

— Como? — pergunta Belle.

Ele contou essa mesma piada no meu aniversário de 16 anos. Ninguém riu.

— Foi... OK.

E, então, ele está rindo e ela está sorrindo, me olhando de lado.

Baixo os olhos para o meu caderno, tracejando as palavras escritas na folha de instruções do experimento. Não quero compartilhar olhares de zombaria. Não quero ser amiga. Eu já tenho um melhor amigo.

Só estou esperando que terminem, como prevejo que farão. Não tenho certeza de como será, mas vai acontecer, tenho certeza. Belle é bonita, mas ela não sou eu. Não conhece Jamie como eu conheço. Ele precisa de mim tanto quanto eu preciso dele.

O flerte deles continua durante a maior parte da aula, e é como se eu estivesse sendo lentamente torturada até a morte. Fico aliviada quando o relógio mostra que já está quase na hora do sinal, já que estou no meu limite a essa altura.

— Jamie, vamos pegar o seu carro ou vamos caminhando até a minha casa mais tarde? — pergunto, apesar de nem precisar. Eu só quero que isso (eles) acabe. — Para a nossa maratona Marvel.

Toda segunda quarta-feira do mês, nós vamos para a casa um do outro, comemos porcaria e assistimos a filmes de super-heróis.

Belle faz uma careta.

— Eu pensei que a gente fosse sair hoje.

Estreito os olhos para ela.

Jamie olha para nós duas, uma expressão dividida no rosto.

— Chi e eu temos essa tradição... me desculpa, querida.

Querida. Isso é novidade.

O sinal toca.

— Matemática Avançada com o sr. Duncan ou o sr. Calhoun? — ele pergunta a ela.

— Duncan — ela responde.

Sorrio.

— Calhoun para mim e Chi.

Que pena.

Eles se beijam e eu desvio o olhar outra vez.

— Te vejo no almoço? — indaga Belle, olhando para Jamie, então para mim.

— Claro.

Não digo nada, analisando minhas unhas em busca de imperfeições. Não encontro nenhuma.

— Olha só para você, todo enamorado — digo depois que Belle vai embora.

Seguimos pelo corredor de mármore.

— A Belle é incrível, não é?

Consigo ver corações nos olhos de Jamie quando ele diz isso. Pela forma como está agindo, seria de se pensar que namoravam havia mais de duas semanas.

— *Incrível* é um adjetivo, acho.

Jamie passa o braço por sobre os meus ombros, e eu olho de esguelha para ele.

Qual é o seu jogo, Jamie?

Ele beija minha testa. Bato nele.

Ele limpa a boca.

— Por que tem água no seu cabelo?

Eu bufo.

— É óleo de coco.

— Cheira bem — ele me diz, dando um sorrisinho.

Eu o encaro por um momento. Um plano começa a se formar na minha cabeça.

— Vamos convidar a Belle hoje — digo a ele.

Os olhos dele se arregalam, as sobrancelhas subindo.

— Sério? — Ele parece animado.

— Sim, eu iria amar se ela se juntasse a nós.

— Você é a melhor, Chi — diz ele ao entrarmos na sala do sr. Calhoun.

Eu sei, penso, ainda que eu não saiba o quanto acredito nisso. Se eu fosse a melhor, ele teria me escolhido em primeiro lugar.

Aprendi há muito tempo que o segredo é fazer os outros pensarem que você é a melhor. Mas o que acontece quando rachaduras começam a aparecer? Quando aqueles ao seu redor nem sempre acreditam naquilo que fornece? E como poderiam, quando você não acredita, não completamente... Você finge que não chora de vez em quando ao ver o próprio reflexo, que não encara as outras garotas e se pergunta como seria ser qualquer outra pessoa que não si mesma. A verdadeira Chiamaka. A pessoa de quem eu estou sempre tentando escapar.

Este ano eu estava destinada a finalmente ter o namorado perfeito. Deveria deixar uma impressão duradoura, me certificar de que ninguém em Niveus fosse se esquecer de mim, então seguiria adiante para coisas maiores.

Mas não é tarde demais. Não permitirei que essas pequenas derrotas me atinjam.

Há um coro de vibrações e alertas de mensagens, e eu corro para o meu celular, os dedos tremendo ao pegá-lo. Uma mensagem de um número anônimo aparece na tela.

É um vídeo.

[1 nova mensagem de desconhecido]

Acabou de chegar. A pornografia é bem fácil de achar nos dias de hoje. Ou você procura por ela na internet ou ela cai bem no seu colo quando menos se espera. – Ases

Não clico no vídeo. A miniatura é o suficiente para me informar que não é sobre mim. Mas posso ouvir os sons tocando no celular de Jamie.

— Dá pra desligar isso? — digo a ele, antes de guardar meu celular no bolso e seguir adiante para tomar o meu lugar de costume na frente da turma de cálculo.

Escuto os sons de pessoas rindo e me sinto agitada. Ases claramente não está se segurando.

Sou uma pessoa cuidadosa, mas não sou perfeita. Há coisas que fiz, coisas que poderiam me arruinar. *Cabelo loiro. Tanto sangue.* E coisas das quais eu não me lembro. Uma memória desconjuntada da primeira noite em que beijei Jamie invade a minha mente...

O que mais eles possuem contra mim?

9
DEVON

Quarta-feira

Desde o almoço eu venho recebendo olhares.

Não é preciso ser um gênio para concluir que o último disparo de Ases foi sobre mim, mas a pergunta é: *o que* sobre mim? E por que recebo os envios sobre os outros e não sobre mim mesmo?

Provavelmente é a forma depravada do tal de "Ases" de aumentar a náusea no meu estômago ao máximo possível.

— Ei, Richards! — Um cara grita quando caminho pelo corredor.

Me detenho para encará-lo. Ele dá um sorrisinho antes de enrolar os braços ao redor de si mesmo, beijando o ar e fazendo barulho de beijos estalados.

Não faz nem uma semana e o último ano já é ruim num nível que eu nunca imaginei que pudesse ser.

Sair pelas portas duplas da escola me traz uma sensação de paz. Porque, pelo menos agora, o dia letivo chegou ao fim e eu posso ir para casa.

Uma mão segura meu braço e me puxa para um beco perto do prédio principal da escola. Sou jogado contra a parede de tijolos e sibilo, minhas costas doendo em vários lugares ao colidir com a superfície áspera.

— Você quer ser morto?! — Jack grita.

— Não...

— Então por que caralhos a porra da tua *sex tape* tá rodando pela porra da escola?

Minha o quê?

Oh, meu deus.

Acho que vou vomitar. Não consigo respirar... minhas pernas estão tremendo... minha cabeça está girando.

— Preciso encontrar o Scotty — dou um jeito de dizer.

Eu preciso matar o Scotty. Uma parte minha quer pedir para ver o vídeo, ver quão ruim é a situação, mas não sei se consigo lidar com isso.

Jack não fala nada. O rosto dele está contorcido, e ele respira de forma pesada. Não sei o que tem na expressão dele, mas faz com que eu sinta como se devesse me envergonhar de mim mesmo.

Como se eu devesse me sentir sujo.

Antes de ele saber que eu era gay, Jack não me olhava assim. Ele foi a primeira pessoa a quem eu contei, quando ainda estávamos no Ensino Fundamental. Antes de me assumir, a nossa vida era defender um ao outro, festas do pijama e *videogames*, quando a minha Ma estava no trabalho, quando não tínhamos ninguém além de um ao outro. Agora é assim: Jack me odiando por algo que não posso mudar. Nós dois querendo que as coisas voltassem a ser como eram antes de eu dizer aquelas palavras.

Olhamos um para o outro. Preciso me impedir de pedir desculpas — por que mesmo eu deveria pedir desculpas? Por fazer barulho demais ao existir?

Desvio o olhar, me descolando da parede, minhas pernas instáveis quando corro de volta para a escola, um lugar que passo a odiar mais do que nunca. As garotas riem ao me ver, e agora eu entendo. Entendo a zombaria de antes. Tudo faz sentido.

Estou tão envergonhado.

Minha visão borra e eu tento recuperar o fôlego, mas continuo engasgando com o ar. Dou uma fungada, seguindo adiante, entrando em Crombie de uma vez, cheio de adrenalina.

Eu vou matar Scotty.

Pulo no palco e abro a cortina, chegando no lugar onde a garota de terça-feira está sentada perto da figura encolhida de Scotty, esfregando as costas dele. A sua jaqueta esportiva está colocada nas costas da cadeira dele.

Tento acalmar a minha respiração antes de falar.

— Scotty — digo.

Nenhuma resposta.

A garota olha para mim com uma expressão irritada colada no rosto meio plástico dela. O nariz dela, que agora noto é um pouco inclinado — acredito que por causa de uma cirurgia que deu errado —, se contorce para mim.

— Scotty — ela sussurra e ele ergue o olhar e depois olha para o outro lado.

— Minha carreira provavelmente acabou — diz Scotty.

Meu peito ainda está pesado.

— Todas as pessoas de sucesso hoje em dia têm uma *sex tape*. Isso é um passo a seu favor — diz a garota.

Eu tenho vontade de bater nela.

Scotty assente.

— Verdade.

Eu tenho vontade de bater nele.

— Scotty — digo outra vez.

— Será que você não tá vendo que isso é difícil para ele? — a garota me diz.

Tenho vontade de rir.

— Difícil para ele? Foi ele quem fez o vídeo e ele era o único que tinha o vídeo.

— Você mal aparece na gravação e Scotty falou que tinha apagado. Além disso, você sabe como é fácil hackear a nuvem de alguém? — ela bufa.

— O quê? — digo, porque estou confuso.

Do que caralhos ela está falando? Eu não ligo se mal apareço. O fato de eu estar e todo mundo ter visto...

Descarto esse pensamento como se tivesse sido escrito num pedaço de papel mental. Se isso chegar lá em casa, se Ma vir isso, ela vai ficar tão desapontada comigo; ela irá me olhar diferente. E Dre... ele falou...

— Bem, eu quero dizer... acho que todo mundo *sabe* que era você porque ouvimos a sua voz e Scotty fala o seu nome; vocês são bem vocais...

— Eu sei que é você que está fazendo isso, Scotty — digo, o rosto queimando. — Sei que é você quem está mandando as mensagens, vazando as coisas.

Scotty me encara, o cabelo loiro bagunçado e cobrindo os olhos enquanto um sorriso lentamente surge em seus lábios. A garota ao lado dele nos observa com vontade.

— Você acha que *eu* sou Ases? — ele pergunta, fingindo ofensa.

Ele é a única pessoa em quem consigo pensar com um motivo para me machucar ou até mesmo Chiamaka. Nós dois demos um fora nele.

— Faz sentido. Eu e você não somos mais amigos, e você é o único que poderia ter enviado aquele vídeo...

O sorriso dele treme um pouco. Eu devo estar imaginando isso, porque certamente alguém tão egocêntrico quanto Scotty não poderia ligar para o que eu penso dele.

— Isso mesmo, não somos amigos ou qualquer outra coisa próxima disso... então por que eu deveria perder o meu tempo? Por que me importar com alguém com quem ninguém aqui se importa? Chiamaka, talvez? As pessoas realmente *querem* ler sobre ela, mas por que eu me importaria com *você*? O que eu ganho com isso? — ele indaga.

Há uma pancada de leve quando as palavras dele me atingem.

Scotty baixa o olhar para o colo, tirando o seu celular do bolso e rolando a página como se eu não estivesse aqui.

Eu costumava saber quando Scotty estava mentindo. Quando namorávamos, eu sempre tinha esse sentimento se retorcendo no meu estômago, alguma coisa me dizendo que ele não estava sendo cem por cento honesto. Quando admitiu que estava me traindo, o que mais me machucava era o fato de que eu sabia, bem lá no fundo, que ele não estava sendo fiel. Ele confessava, eu chorava, a gente se beijava e fazia as pazes. Até o dia em que quebrei o ciclo e finalmente parei de me deixar ser tratado assim. Agora, no entanto, não consigo dizer. Não há nenhuma torção no meu estômago, nada para me dizer se ele está dizendo a verdade. Se teve alguma coisa a ver com isso.

— Será que você pode ir embora agora? Eu te falei que não tenho nenhuma foto ou vídeo, então já tem a sua resposta. Eu não sou Ases. Laura e eu estamos ocupados. Não tenho tempo para falar com um zé-ninguém.

As palavras de Scotty me atingem de novo. Ele sabe exatamente como usá-las. Repetindo para mim os temores que compartilhei com ele enquanto estávamos deitados na cama dele, nos braços dele, vulnerável, mas seguro.

Ele usa as palavras ao invés dos punhos — algo com o qual não estou tão familiarizado. De onde venho as palavras não valem de nada e as ações são tudo.

Eu sei que Scotty quer me machucar. Porque, ainda que não tenhamos conversado de forma adequada em um bom tempo, sei que ele ficou ferido quando parei de deixá-lo sair impune de merdas como me trair e mentir sobre isso. Eu sei disso porque ele também sussurrou monólogos sombrios para mim, sobre os medos e fraquezas dele. Sobre como a família o enxerga como esse grande bosta que nunca daria em nada. Sobre quão perdido se sentia o tempo todo — algo que tínhamos em comum, apesar dos mundos diferentes de onde viemos.

A diferença entre ele e eu, contudo, é que eu *nunca* usaria as palavras dele para machucá-lo.

Eu o observo numa descrença muda. Sei que Scotty é uma pessoa terrível, então por que é que estou chocado? Por que sempre me choco com as pessoas e o comportamento de merda delas? Pisco para segurar as lágrimas que desejam escapar.

Me sinto preso. Queria que Scotty fosse Ases. O motivo dele é tão claro. Ele é a única conexão que tenho com Chiamaka e nós somos as únicas pessoas sobre quem Ases falou até agora. Se fosse ele, seria mais fácil impedir que qualquer outra coisa vazasse.

Não consigo imaginar por que outra pessoa faria isso. Eu mal converso com o pessoal na escola. Mas talvez exista outra pessoa por aí com motivos para querer me machucar...

Um bom motivo.

Às vezes eu tenho a impressão de que estou me esquecendo de algo. Alguma coisa importante. É como se tivesse algo na minha memória em que não consigo focar muito bem — o meu cérebro fica enevoado. Talvez quem quer que eu tenha machucado esteja perdido neste mar de pensamentos e memórias.

— Scotty — começo, tentando dizer a ele o quão feliz estou agora que não preciso ver seu rosto o tempo inteiro, ou confiar em alguém que é um mentiroso compulsivo, ou sentir aquela ansiedade que costumava sentir quando ele ia me dizer alguma coisa parecida com *Me desculpa por ter feito isso, não vai acontecer de novo. Eu te amo, Von.*

Citação direta, para a sua informação.

Mas não faço isso. Porque não sou esse tipo de pessoa. Ele é.

Fecho os olhos com força agora, lutando contra as lágrimas que não param de se intrometer. Pelo que as pessoas devem pensar de mim — o que a minha Ma pode achar de mim —, me odiando por ter ficado com ele por tanto tempo. Eu fui tão idiota, não me dando conta antes de que Scotty era um babaca. Acho que vou passar o resto da minha vida me julgando por algum dia ter achado que Scotty era atraente.

— Te foder — digo ao invés, antes de me virar, ignorando a resposta alta dele.

— Você já fez isso!

Saio de Crombie, saio do prédio, saio pelos portões e volto para a segurança, onde não há Ases, nem Scotty, nem Jack, nem garotas irritantes de nariz torto.

Nenhuma memória dolorida na qual pensar.

— Como foi a escola? — pergunta Ma enquanto tiro as batatas e a galinha do forno.

Eu mal consigo ouvi-la acima do barulho dos meus irmãozinhos.

Elijah está cantando alguma canção que aprendeu na escola, e James está gritando para que Eli pare.

A pergunta de Ma repassa na minha mente.

Penso nela descobrindo a verdade, me lembrando da vez em que essa menina do bairro se assumiu. Eu me lembro de Ma falando sobre como a família dela a expulsou de casa. Ma pareceu enojada, murmurando:

— *Eu não entendo.*

E eu me lembro de pensar que ela também nunca me entenderia. Penso nisso e em como essa semana tem sido uma merda e em como odeio a escola e não quero voltar lá nunca mais.

Porém, olho para a minha Ma, quão cansada ela parece, como ela vai sair mais tarde para o trabalho noturno, só para que a gente possa viver nessa pocilga e eu possa ir para uma escola chique.

— Está tudo bem, Ma. Perfeito — digo ao me virar, colocando as batatas e a galinha em pratos que não combinavam.

Está tudo bem.

Perfeito.

10

CHIAMAKA

Quarta-feira

Nossa tradição de filmes de super-heróis começou por acidente. Tínhamos 14 anos, entediados e sem erudição. A mãe de Jamie tinha dado a ele uma cesta de presentes com tema de super-herói no Natal e a gente assistiu tudo numa maratona. Logo, isso se tornou uma coisa nossa.

Já é quase sagrado a essa altura, por isso a presença de Belle no meu cinema doméstico é basicamente uma blasfêmia.

Sento aqui com o filme repousando no meu colo, já que não quero interromper o fluxo de Jamie contando a sua história de uma vaca verões atrás. Sorrio e balanço a cabeça ainda que ache a história tão sem sentido quanto na primeira vez em que ele me contou.

— ... E aí eu estava tentando convencer a empregada de que as tetas são as genitais das vacas...

Não sei como Belle pode estar interessada nessa história. Eu a observo o observando, o rosto irritante dela me ocupando. Ela está encolhida no assento em pelúcia preta e branca do cinema, o pescoço alongado dela, bochechas rosadas, longos cílios, lábios realmente rosados — eu entendo por que tantos caras gostam dela. Ela é bonita — se gostar de meninas que nem ela, quero dizer. Há uma agitação no meu estômago, como se estivesse perto de rosnar, mas não o faço.

Olho para longe e isso desaparece, meu corpo provavelmente me lembrando do quanto não aguento o relacionamento deles.

— ... e eu me vejo com problemas porque, aparentemente, nós podemos comer vacas, mas não podemos persegui-las...

Limpo a garganta, interrompendo o caminho estranho pelo qual a história dele se envereda.

— Hora do filme.

Eu me levanto, caminho até o projetor no fundo da sala e coloco o filme no player. Posso ouvir a risada leve e irritante de Belle atrás de mim enquanto o disco se afunda na máquina. Não quero me virar e encará-los sendo fofinhos, por isso giro e mudo meu foco para a parede da frente, que está funcionando como tela. O disco carrega e para quando os créditos iniciais do filme aparecem.

— Por que o *PowerPoint* atravessou a estrada...? Para chegar no outro *slide*...

Meu primeiro instinto é agarrar o objeto mais pesado que eu puder encontrar e acertar Jamie, mas ao invés disso eu o interrompo com uma risada seca. Meus olhos se encontram com os de Belle brevemente e o meu estômago se revira de novo antes que eu sorria para Jamie.

— É bom ver que ainda está reciclando as piadas favoritas do seu pai — digo.

Pauso o filme, desejando toda a atenção deles antes de começar, e volto para o meu lugar ao lado de Jamie.

— Você tem um cinema incrível em casa — diz Belle.

Não consigo ler as feições dela como faço com Ruby e Ava.

— Obrigada — respondo sem olhar para ela, minha mente mais focada em tentar ver se a sala é secretamente feia.

Esta sala é o meu espaço seguro, longe de todo o barulho do mundo. Sento aqui por horas às vezes, assistindo filmes sozinha no escuro, arejando a cabeça. Mamãe e Papai construíram isso para mim anos atrás, e eu mesma decorei. O teto é preto e tem dúzias de luzes. Meio que se parecem estrelas no universo, o que era a minha intenção. Havia um carpete macio e cinza, e três fileiras de poltronas de cinema.

Gosto dessa sala e, se Belle não gostar, ela pode ir embora. A porta é por ali...

— Sabe, a Chi costumava ter uma pelúcia enorme do Ursinho Pooh, mas jogou fora porque entrava em conflito com a persona que ela buscava no segundo ano — Jamie fala.

— Ah, é? E que persona era essa? — indaga Belle.

Dou um sorriso de lábios comprimidos para os dois. *Obrigada, Jamie.*

— Não era uma persona, eu só passei da fase de Ursinho Pooh...

— Ela mesma me falou; ela precisava se parecer mais com Blair Waldorf e menos com Meg Griffin — ele continua.

— Eu também tive uma fase Ursinho Pooh... mas, passei dela quando eu tinha uns 7 anos — diz Belle.

Jamie gargalha, e eu me sinto tentada a expulsar os dois.

— Acho que todo mundo passou dessa fase antes do Ensino Médio. A Chi é especial...

— O filme está começando, hora de calar a boca — digo apertando o *play* abruptamente.

O zumbido das vozes dos personagens rapidamente preenche o espaço entre os pombinhos e eu. Tento me concentrar no início do filme, mas pelo canto do olho vejo as mãos unidas, e a cabeça dela se apoia no ombro dele, me desestabilizando.

— Será que pego alguns cobertores? — pergunto.

Jamie concorda com um movimento de cabeça, encarando a tela com atenção.

— Só dois, Belle e eu podemos compartilhar um.

Meu coração se afunda até o meu estômago quando me levanto para pegar dois cobertores no armário dos fundos. Todos os planos de um futuro com Jamie se desintegrando na minha frente. Esta noite era para lembrar a Jamie como somos perfeitos um para o outro, não para deixá-lo ainda mais apaixonado por Belle. Por que ele não enxerga isso? Quero atirar o cobertor na cara dele.

— Aqui — digo, entregando o cobertor para Jamie.

Ele murmura um "obrigado", já preso no filme, então Belle estica a mão para pegar. Nossos dedos se esbarram e eu solto o cobertor rapidamente.

As batidas do meu coração vão de fracas para fortes e presentes.

— No mesmo horário mês que vem e para sempre? — indaga Jamie parado na porta, como sempre faz.

Um Jamie mais novo e sorridente tinha me perguntado aquilo depois da nossa primeira descoberta de Marvel e suas maravilhas.

— Na sua casa? — pergunto.

Ele balança a cabeça para cima e para baixo, os cachos ecoando o movimento.

— Precisa de uma carona até em casa? — minha mãe pergunta atrás da gente.

Eu quase falo um palavrão. Odeio quando ela se esgueira atrás de mim desse jeito.

Ele sacode a cabeça.

— Eu trouxe o meu carro, mas obrigado, sra. Adebayo.

Minha mãe sempre sorri quando ele fala o nosso sobrenome. Eu nem a vejo, mas posso sentir a expressão. É porque ele fala errado, como todo mundo sempre faz, dizendo "Aidá-bai-O" quando, na verdade, é "Adê-bai-Ô". Mas, tudo bem.

Jamie me puxa para um abraço, os braços dele se enrolando ao meu redor, o nariz se esfregando levemente na minha testa. Geralmente isso me animaria, mas há algo tão sem graça nisso agora.

— Até mais — falo para ele.

— Até mais, Chi, sra. Adebayo — ele fala a última parte com um balançar de cabeça.

— Até mais, Chiamaka e mãe da Chiamaka — Belle ecoa quando a mão dela se junta à de Jamie.

Os dois saem andando; eu olho para o outro lado.

A porta se fecha e eu me viro para a minha mãe, surpresa de ver o cabelo trançado dela arrumado num coque e o rosto maquiado.

— Indo para algum lugar chique? — pergunto.

Ela assente com uma piscadela.

— Um encontro com o seu pai antes de ele viajar para a Itália.

Papai vai para a Itália uma vez por mês para visitar Vovó — que ama me lembrar do peso que ganho toda vez que a visito. Ele costumava ir bem menos, levando Mamãe e eu sempre que ia. Meus pais costumavam morar lá antes de se mudarem pra cá. Foi onde se conheceram, na escola de Medicina em algum canto de Roma. Eu costumava achar que era a maior história de amor de todos os tempos, até Mamãe me contar o motivo de termos parado de ir. As pessoas na família do meu pai não eram grandes fãs da minha mãe... ou da pele escura dela. E, por extensão, de mim e da minha pele escura.

E tudo bem. Eu odiava mesmo ir pra lá.

— Aquela era a nova namorada de Jamie? — ela pergunta.

— Uhum — respondo, focando na parede.

— Ela é bonita.

— É, acho que sim — digo.

As palavras *ela é bonita* ecoam pela casa e pela minha mente.

— Vou subir agora, mãe. Tenha uma boa noite.

A mão macia de Mamãe toca no meu braço antes que eu saia,

me lembrando de tantos anos sendo colocada na cama e dos abraços apertados, esmagadores, que apenas minha mãe podia dar. Olho de volta para ela, sua pele escura brilhando e as sobrancelhas unidas.

— Você está bem, Chiamaka?

Claro que estou bem, quero dizer, mas ao invés disso eu fico em silêncio.

— Você parece um pouco abatida — ela continua.

Dou de ombros.

— Estou bem.

Ela não parece muito convencida, e eu também não tenho certeza de que estou, mas os ombros dela relaxam, e ela pega a bolsa no cabideiro perto das escadas.

— Se você quiser pizza, eu deixei um pouco de dinheiro — ela fala ao beijar minhas bochechas, então vai na direção da porta, uma onda de seu perfume forte e picante preenche as minhas narinas.

— Te amo, Chi. Até mais tarde.

A porta se fecha com uma batida atrás dela, o barulho ainda zumbindo nos meus ouvidos momentos depois. Eu vejo a figura dela através dos borrados painéis de vidro cor-de-rosa e escuto os saltos tiquetaqueando pelo caminho de concreto, até que ambos sumam noite adentro.

Suspiro, e me arrasto escada acima e de volta ao cinema. Eu sei que não parece tão ruim — ser falsamente acusada de roubo, duas vezes, e todo mundo pensando que fui rejeitada por Jamie — especialmente desde que as revelações sobre Devon parecem bem mais pessoais. Mas ser assunto de conversas é diferente de ser objeto de zombarias. Odeio que zombem de mim, isso me lembra do Ensino Fundamental: sendo a garota que todo mundo olhava com desprezo, incomodava — nunca sendo a garota com quem desejavam ter amizade.

Não que as pessoas queiram ser minhas *amigas* agora — ou antes de Ases —, mas sabiam que não podiam me desprezar.

Começo a juntar um pouco da bagunça que fizemos, chutando os cobertores para o lado para ver se há algum resto de lixo sob ele. Noto um pedaço de papel amassado com alguma coisa escrita em canetinha preta grossa. Eu me agacho e pego aquilo, reconhecendo a escrita como sendo de Jamie – *1717*. Ele vive escrevendo os códigos e senhas dele em pedaços aleatórios de papel.

Gosto de brincar que um dia ele terá que anotar o meu nome também, quando finalmente se esquecer de mim. Eu me lembro dele dizendo uma vez, *Como qualquer pessoa em Niveus iria se esquecer da grande Chiamaka Adebayo?*, falando isso do jeito exagerado e tão Jamie dele.

Sorrio com a memória. De vez em quando, momentos assim invadem minha mente e me lembram de que a nossa amizade é real. E eu preciso desse lembrete de vez em quando. Especialmente quando ele começa a fazer coisas que me incomodam. Tipo arrumar uma namorada.

Sento em uma das poltronas, tirando o celular e abrindo o bloco de notas.

Intitulo a página **Gente que me odeia.**

Quem quer que esteja encontrando essas informações sobre mim e enviando as mensagens está fazendo isso por ódio. É alguém que realmente me odeia e odeia Devon e Scotty. E eu vou descobrir quem e o porquê.

Encaro a tela em branco, o cursor piscando e, antes que eu comece a ter dúvidas, digito os nomes de Jeremy, Ava e Ruby em negrito como sendo meus principais suspeitos. Jeremy porque sei com certeza que ele adoraria me derrubar se pudesse; Ava por como facilmente espalhou aquelas coisas sobre Jamie e eu; e Ruby... bem, é óbvio, ela é a Ruby. Não sei se realmente acredito que Ava ou Jeremy sejam capazes de fazer uma coisa dessas, mas sei que, quem quer que esteja fazendo isso, não vai fazer por muito mais tempo. Eu irei encontrá-los e fazê--los desejar que nunca tivessem começado isso.

11
DEVON

Quinta-feira

Chovia bastante quando acordei hoje às 6 horas da manhã. Eu conseguia ouvir as gotas de chuva batendo na janela, vazando pela rachadura na parte de baixo. Eu teria fechado a janela, mas ela está permanentemente presa daquele jeito.

Em algumas manhãs, eu me sento meio adormecido, deixando que o frio envolva meu corpo e me abrace que nem a memória do meu pai faz de vez em quando, apesar do fato de ele nunca ter me abraçado quando estava por perto. Não peço para visitá-lo há anos — Ma costumava chorar quando eu falava sobre isso. Então parei de perguntar.

Meu irmão mais novo, Elijah, tinha invadido minha cama durante a noite, tremendo mais do que eu, por isso enrolei meu paletó da escola ao redor do corpo magricela dele. E esse é o motivo pelo qual o meu paletó agora tem cheiro de bananas, o cheiro sempre presente de Elijah.

Enquanto caminho pelos quarteirões entre a minha casa e a escola, a chuva acerta meu capuz, pingando no meu rosto e borrando minha visão. Limpo o rosto com a mão, mas a chuva continua caindo, de novo e de novo. Tanto o frio quanto a indagação acerca de quem por aqui viu o vídeo fazem meu corpo tremer. Fico de cabeça abaixada até chegar na casa de Jack. Bato na porta, esperando que ele responda hoje.

Ao invés disso, o tio dele responde. Ele é um cara alto, de aparência cansada, e está sempre suado e vestindo a mesma regata manchada. Ao fundo, eu consigo ouvir Jack brigando com os irmãos.

— Jack, o seu amigo tá aqui — o tio grita.

Ele nunca perde tempo em conversa fiada — nenhum tipo de oi ou coisa parecida. Acho que a maior conversa que já tivemos foi quando nos conhecemos, depois que a mãe de Jack morreu. Ele perguntou, "Quem é você?". Eu falei o meu nome e foi isso.

Jack se materializa, o uniforme amarrotado e a gravata mal-ajeitada. Tenho repassado o que ele me falou no beco ontem, esmiuçando as palavras dele. Não sei o que me trouxe de volta aqui hoje de manhã. Acho que talvez eu esteja tentando me fiar na minha amizade mais antiga, apesar das óbvias rachaduras nela. Ou o sentimento de segurança que me fornece o único rosto conhecido em Niveus? Não sei.

Jack não diz nada, apenas caminha do meu lado num silêncio constrangido. Eu conheço bem os silêncios de Jack; mas continuo seguindo adiante, sabendo que do outro lado do silêncio ainda há um amigo, *meu* amigo. Sempre foi assim. Sei que ele ainda se importa comigo.

Niveus não fica tão longe assim do nosso bairro. A nossa escola está situada entre dois mundos: a parte da cidade onde vivem as pessoas ricas, e o nosso lado, onde ninguém consegue pagar por comida ou um plano de saúde. Normalmente, tento não chamar a atenção onde quer que eu esteja, mas desde que a foto e o vídeo vazaram, eu me sinto ainda mais desconfortável no nosso bairro.

Enquanto caminho, olho de esguelha para as esquinas, imaginando garotos de capuzes escuros e com objetos pontiagudos brilhantes e punhos prontos para acabar comigo. A foto demorou menos de 48 horas para chegar em Dre, logo, imagino quantos já viram o vídeo, deduziram que era eu e estão esperando perto de alguma loja de conveniência. Prontos para me lembrar de que não há espaço para mim no bairro. Ainda que Dre tenha dito que daria um jeito nisso, se isso podia chegar nele, podia chegar em qualquer um.

No entanto, ter Jack aqui faz com que me sinta um pouco mais seguro.

Estremeço e limpo o meu rosto de novo. Gosto do som da chuva, mas estar nela é a pior coisa do mundo, então fico feliz — pela primeira vez na semana — de ver os tijolos brancos e o gigantesco portão preto de Niveus.

Jack e eu caminhamos escada acima e passamos direto pelas portas que dão acesso ao corredor, onde a conversa estava bem viva quando entramos. De repente, eu me sinto muito ciente do meu uniforme largo, pingando água no piso de mármore.

— Vou para a aula — Jack fala baixinho, antes de me deixar sozinho perto da entrada.

Eu o observo sumir corredor afora, me sentindo mais inseguro agora que meu amigo se foi.

O repuxo no meu estômago começa quando avanço pelo corredor, assim como fez durante a semana inteira. Ases me transformou numa pessoa tão chamativa quanto alguém com uma tatuagem facial, e o ranger molhado dos meus tênis contra o mármore não ajuda.

Subo correndo as escadas até as salas de música.

— Ei, Devon — diz o sr. Taylor com um sorriso quando entro.

Isso chama a atenção dos outros alunos, e eu recebo mais olhares desaprovadores.

— Oi, sr. Taylor — digo.

A torrada que comi no café da manhã quer saltar para fora à medida que o meu estômago se aperta cada vez mais.

Caminho até a minha estação de trabalho, me sentindo cansado ao sentar pesadamente, então ligo meu teclado.

— E aí, Richards, o que rola? — diz uma voz.

Eu me assusto.

É Daniel Johnson: *quarterback* do time de futebol, cabelo castanho, olhos marrons, rosto tipicamente "bonito". Daniel Johnson, que nunca, na vida inteira dele, conversou comigo.

— *E aí*, Johnson. A bola rola — respondo.

Ele pausa, olha para o alto e então entende — antes do que eu esperava — e ri.

— Você é engraçado.

Outra pausa, e ele está sentado do meu lado.

— Então, escuta só, é o século 21. Ninguém mais odeia gays.

Eu não recebi esse memorando aí não.

— Então, tipo, eu estou de boa com isso... desde que não se apaixone por mim ou coisa do tipo, sacou?

— *Saquei* — digo.

Ele bate nas minhas costas, pausa e dá uma piscada.

— Sem viadagem.

Quero que ele pegue as coisas dele e vá incomodar outra pessoa. Mas ele parece decidido a me encher o saco.

— Então, como o Scotty é? O cara age como se fosse um *deus*. Mas, tipo, confia em mim, eu sei com o que a divindade se parece. As meninas me falam todo dia, sabe?

Daniel parece todo filosófico acerca da galinhagem dele, encolhendo os ombros de um jeito que tenho certeza de que acha humilde.

— Mas nenhuma das conquistas dele me diz nada. Tentei perguntar pra Chiamaka... porque, mesmo sendo gay, quem não iria querer tirar uma casquinha daquilo?

Eu não iria.

— Então, como o Scotty é?

Para alguém tão preocupado com *não viadagem*, ele realmente está me fazendo começar a imaginar se...

Eu me sento direito, olhando para o alto como se estivesse pensando nisso.

— Scotty é um deus, Daniel — digo, só me dando conta depois de que ele provavelmente não entende nenhuma forma de sarcasmo.

Ele sacode a cabeça lentamente, processando minhas palavras cuidadosamente.

— Uau, talvez eu não devesse ter duvidado dele — diz.

— Talvez.

Daniel se vira e bate nas minhas costas de novo.

— Você até que é um cara bacana, Devon.

Acho que isso era para ser um elogio, mas não tenho certeza de quão elogiado alguém pode se sentir vindo de Daniel.

Meu celular vibra. Uma mensagem de desconhecido. Uma mensagem em negrito brilhante reluzindo para mim.

Acabou de chegar. Nosso pobretão favorito, Jack McConnel, tem um problema com as drogas. Vamos torcer para que o histórico de notas perfeitas dele não sofra por causa disso e das novas amizades dele... – Ases

A mensagem cria um vazio dentro de mim. Como se todos os meus órgãos tivessem sido removidos e eu fosse apenas uma concha. Jack *nunca* encostaria nesse tipo de coisa. A mãe dele morreu por causa das drogas, o pai dele foi preso por causa das drogas, e ele tem irmãos dos quais precisa cuidar.

Ele nunca faria uma coisa tão idiota ou arriscaria a bolsa dele assim.

Vou até as minhas mensagens e hesito.

O nome de Jack no meio disso tudo faz ainda menos sentido do que o nome de Chiamaka. Pelo menos com Chiamaka eu conseguia ligar a gente com Scotty, mas agora nada disso faz sentido.

Escrevo: Você está bem? Eu sei que os rumores não são verdade.

Dentro de alguns segundos, a mensagem dele vibra na minha mão.

Sabe mesmo?

O vazio se aprofunda, como se houvesse um homem invisível cavando um buraco no meu estômago.

Estudo as palavras dele e respondo:

O Jack que conheço não faria uma coisa dessas.

O Jack que conheço jurou no túmulo da mãe que nunca se aproximaria daquela merda. À medida que desciam o corpo dela na cova, ele jogou terra no caixão de madeira dela, prometeu ao corpo morto dela que iria se manter longe.

Talvez você não me conheça tão bem.

Conheço Jack há tanto tempo quanto me conheço. O homem invisível no meu estômago para de cavar e apunhala meu coração.

Ergo o olhar de novo, me virando para avaliar a turma. Uma garota olha para mim, depois cobre a boca e gira de volta na cadeira, os ombros vibrando ao soltar uma risadinha. Sinto olhos postos sobre mim, e pego o sr. Taylor me encarando. Ele dá um sorriso.

Meus dedos ainda estão enrolados ao redor do meu celular, uma parte de mim esperando Jack dizer que está brincando, que Ases está errado com relação a ele. A tela fica escura, apaga, e trava. A outra parte minha sabe que a mensagem nunca virá e que, apesar do quanto queira afastar aquele pensamento, talvez eu não conheça Jack como achei que conhecia.

Sento e encaro o teclado. O homem invisível sussurra na minha mente, *Nem o seu melhor amigo liga para você. Ele não te quer por perto; ninguém quer.*

Estou sozinho, sem nenhum outro amigo em Niveus em quem confiar. Sinto Jack se afastando de mim a cada dia. Isso faz com que sinta que há algo de errado comigo. Se Pa estivesse aqui, ele iria silenciar esses pensamentos. Dizer que as coisas com Jack iriam se resolver. Ou que eu arrumaria outros amigos — em algum momento.

Eu sonho com meu Pa voltando pra casa algum dia. Saímos para comer uma pizza e ele me fala várias lições de vida. Colocamos em dia a conversa de tanto tempo perdido. Eu me imagino conversando com ele sobre Ases, esse valentão anônimo que me odeia por motivo nenhum, e ele saberá as respostas porque é para isso que pais servem. Eles sabem todas as respostas que você não sabe. Sonho com a minha mãe não sendo tão ocupada, tendo tempo para ouvir, conversar, para que eu possa contar a ela todas as coisas que escondo há anos.

Nos meus sonhos ela me escuta, e continua me amando mesmo assim.

Mas eu sei que sonhos são perigosos; eles me dão falsas esperanças. Eu sei, caramba, sei que o meu pai não estaria aqui pra me ajudar mesmo que não estivesse preso.

Fecho os olhos, os fechando com força enquanto meu coração tem espasmos. Sonhos são tóxicos.

Eu sei que ainda assim estaria sozinho.

Penso em mandar uma mensagem para Dre, perguntando se posso aparecer hoje de noite ou coisa do tipo, mas tenho medo das outras coisas que ele ouviu sobre mim. O que mais pode vazar.

Limpo os olhos rapidamente e enfio meu celular no bolso. Preciso focar em outra coisa.

Toco uma nota trêmula no teclado, começando a me aquecer, deixando o barulho impedir que outros pensamentos vazem pelas rachaduras.

12
CHIAMAKA

Quinta-feira

— Porcariada.

— Olha a boca, Chi — diz Jamie com um sorriso.

— Sério, isso é uma porcariada.

Jamie morde o sanduíche dele, sacudindo a cabeça.

— Não é, confia em mim. Billy contou para Maggie, que contou para *mim* que Cecelia Wright e o sr. Peterson estão trepando.

Reviro os olhos para ele. Quando falei para Jamie que queria conversar sobre "qualquer coisa", não era isso que eu tinha em mente. No entanto, me pergunto por que Ases reporta coisas aleatórias sobre *mim* e aqueles garotos, mas não sobre isso — que, na minha opinião, é *bem* mais interessante.

Estamos na Lola's, uma sala vazia perto da cafeteria. Vim até aqui, em grande parte, porque queria uma desculpa para ficar longe de todo mundo. Especialmente de gente como Ruby, que adoraria ver o início da minha queda se desenrolando.

E também queria conversar sobre algo mais urgente — quem, por exemplo, Jamie acha que é Ases.

Pego meu celular, olhando novos alertas.

Zero. Suspiro.

— Checando para ver se Ases expôs outro segredo? — indaga Jamie, embalando os restos do sanduíche dele.

— Não.

Sim.

— Ouvi dizer que, se o segredo for sobre você, você não recebe a mensagem.

Estreito os olhos ligeiramente para ele.

— Não me diga, Sherlock. Eu meio que já tinha deduzido isso... Mas as pessoas estão falando disso? Tipo, quem pode ser?

Jamie dá de ombros.

— Acho que sim. Eu não presto muita atenção.

Geralmente, eu sei de tudo que acontece em Niveus. Geralmente estou no controle. Tenho ouvidos em todas as salas, e as pessoas sempre me contam as coisas. Mas essa semana tudo que há é o silêncio. Sinto como se todo mundo soubesse mais do que eu e, por algum motivo, estão me mantendo desinformada. Primeiro, foi a resignação do Diretor Collins, daí veio o fato de praticamente todo mundo saber do lance entre Jamie e Belle, e agora, Ases. Não saber quem é o próximo, o *que* vem em seguida, tem me deixado muito ansiosa.

— Vamos sair da Lola's. A Belle quer se sentar com a gente hoje no almoço.

Tento não deixar o meu incômodo transparecer.

— Claro.

Saímos da sala, olhando ao redor para nos certificarmos de que nenhum professor veja a gente saindo, e caminhamos de volta até a cafeteria. Jamie vai direto até Belle, que está sentada na mesa dos atletas, na área central, com algumas das garotas do time de lacrosse e alguns caras do time de futebol. Sigo, retorcendo o nariz ao ver que está todo mundo comendo a refeição especial do dia: macarrão verde. Noto Scotty sentado na ponta, enrolando o macarrão com uma mão enquanto digita uma mensagem com a outra. Fico surpresa de vê-lo aqui; ele geralmente anda com o pessoal do teatro.

Eu me pergunto para quem ele está escrevendo.

Outro motivo pelo qual prefiro almoçar sozinha com Jamie é que a mesa dos atletas é sempre barulhenta, repleta do que deveriam ser homens crescidos em jaquetas azuis jogando comida uns nos outros.

Alcanço Jamie, com vontade de dizer a ele que Belle claramente parece ocupada comendo *vômito*. Mas ele é muito rápido, se movendo na direção dela feito um ímã, a beijando de leve. Olho para longe, pegando uma cadeira e me sentando do lado oposto a eles.

— Como foi na Lola's? — indaga Belle.

Pego meu tubinho de palitos de cenoura.

— Fascinante como sempre — diz Jamie, a boca cheia de sanduíche outra vez.

Ele, de alguma forma, conseguiu desenrolar aquilo no meio tempo entre beijar Belle e se sentar.

Há um silêncio entre nós, e eu ergo o olhar, notando que Belle me encara com expectativa.

Enfio uma cenoura na minha boca, sorrindo amplamente ao mastigar.

— Foi incrível, eu *sempre* amo andar com Jamie.

Belle revira os olhos, e eu ergo uma sobrancelha. *Ela acabou mesmo de revirar os olhos para mim?*

Escuto um alerta de mensagem e o meu coração salta. Belle tira o celular dela, dando uma olhadela para o meu rosto.

— Foi só a minha irmã — diz ela.

Meu coração começa a bater no ritmo outra vez, mas fico irritada comigo mesma por deixar minha vulnerabilidade à mostra.

— O que ela quer? — pergunto, um tanto quanto áspera, para encobrir.

Belle hesita.

— É só uma piada sobre política... quando é que a gente pode assistir a outro daqueles filmes de mutantes?

— Que piada? — insisto.

Ela estreita os olhos para mim.

— Realmente importa? — Jamie responde por ela.

Abro a boca para dizer que sim e inventar uma razão pela qual importa, mas ele me interrompe de novo.

— X-Men? — indaga, voltando a conversa para mutantes, porque isso é claramente mais importante.

— É! Eu estou... muito interessada neles — diz Belle.

Jamie olha para mim.

Forço um sorriso.

— Claro. Não é como se isso já fosse a tradição de outra pessoa ou coisa do tipo...

Dessa vez meu celular me interrompe ao vibrar. Eu me afobo, destravando rapidamente e vasculhando a tela em busca de sinais de humilhação. Mas é apenas a minha mãe enviando outro artigo sobre uma morte causada por um carregador de celular.

— Achou que era Ases, não é? — Jamie pergunta com uma risada alta, batendo palmas como se fosse engraçado.

— Não.

— Talvez Ases seja o bicho-papão — diz Jamie.

Olho para ele.

— Não tem graça, Jamie — digo.

— Meio que tem.

— Realmente não tem — diz Belle, baixando o garfo, a irritação desenhada nos traços suaves dela.

— Gente, eu estava brincando. A Chiamaka está sendo sensível demais.

Belle não parece impressionada.

— Sensível?

Por que Belle está agindo como se de repente ela se importasse comigo? Preciso de uma folga dessa mesa e dessa conversa. Não quero conversar com Jamie enquanto ele estiver agindo feito um cuzão.

— Preciso de ar fresco — digo, me levantando de repente e fazendo com que a cadeira se arraste audivelmente contra o piso. Algumas pessoas olham para cima, Scotty incluso. Meu olhar se encontra com o dele brevemente, e — eu juro que não estou imaginando isso — ele sorri. Então, sem esperar por uma resposta de Jamie, eu saio.

Não ligo para elas, digo a mim mesma. Mas, ainda assim, as vejo outra vez — as mensagens vindas de Ases. Encosto a cabeça contra a parede do cubículo do banheiro em que me encontro, absorvendo as palavras. Elas são pessoais. Muito pessoais. O tipo de rumor que pode seguir uma pessoa mesmo depois do Ensino Médio. Aqueles sobre Devon.

Eu me pergunto como ele está lidando com isso. Acho que morreria se coisas tão pessoais sobre mim vazassem. Se eu já me sinto tão mal, *tão* ansiosa o tempo todo, por causa de coisas triviais, só posso imaginar como Devon está se sentindo.

E se segredos mais sombrios, mais invasivos sobre mim fossem revelados? A coisa que poderia arruinar tudo... faculdade... minha carreira... minha vida.

A memória de cabelo loiro ensanguentado mancha a parte de dentro dos meus olhos e, por isso, eu os fecho com força. A imagem é um lembrete constante de como eu a deixei lá para morrer.

Durante semanas, todas as noites após o acidente, eu ligava para cada hospital na cidade, perguntando se uma jovem loira tinha sido internada. Ficava acordada até tarde, procurando notícias nos jornais locais, todo grupo de mensagens – procurando algum sinal, alguma mensagem sobre um atropelamento, uma garota que foi largada para sangrar e morrer por covardes.

Uma parte egoísta de mim está amedrontada pelo pensamento de que ela sobreviveu e deseja nos encontrar, me encontrar e contar a todo mundo a terrível verdade.

Outro fato que me mantém acordada mais do que qualquer outra coisa é a noite depois daquilo. Eu visitei o local daquele ocorrido, essa rua pela qual carros mal passam, a cerca de trezentos quilômetros de onde moro, e a estrada estava completamente vazia. Procurei em cada trecho por sinais da garota. Dirigi para cima e para baixo, me convencendo de que tinha memorizado o lugar errado. Mas não havia a menor chance de que eu o tivesse feito. Eu tinha gravado aquilo na minha memória para sempre.

Não havia corpo. Nem vidro do farol que quebrou quando batemos. Nenhum sangue. Nada. Como se fosse tudo uma cria da minha imaginação.

Mas eu sei o que aconteceu. A árvore na qual batemos era prova o bastante. Dobrada de maneira disforme, com um pedaço de casca arrancado no lugar em que foi atingida pelo carro. A árvore permanecia imutada, enquanto todo o resto da cena do crime tinha, aparentemente, sumido.

Comentei sobre o acidente com Jamie semanas depois, quando a minha insônia ficou particularmente ruim. Quando perguntei a ele, Jamie pareceu assustado, até mesmo perdido. Como se fosse chorar. Podia ver que ele também não estava dormindo bem. Eu me lembro de quão pálido ele ficou, como se fosse vomitar.

Mas ele, óbvio, mudou de assunto e me ignorou por um dia inteiro.

Jamie não liga para faculdade, e o mero nome da família Fitzjohn seria o bastante para livrá-lo de um problema tão grande. Tenho certeza de que a família dele tem contato com metade dos juízes por aqui. Mas o nome deles não é apenas poderoso; é um fardo pesado de se carregar e precisa ser mantido. Jamie sempre me falou sobre o quanto o respeito paterno é importante para ele, e eu sei que ele perderia tudo se isso viesse à tona.

Tentei mencionar outra vez, semanas depois. Ainda não estava dormindo e os meus ataques de pânico tinham se tornado mais e mais frequentes. Precisava de um amigo. Eu precisava falar sobre isso — sobre o que tinha acontecido e o que eu tinha visto.

Ele negou na cara dura, me perguntou sobre o que eu estava falando. Pareceu confuso, e o medo que eu tinha visto da primeira vez que perguntei tinha desaparecido completamente. Depois disso, eu nunca mais toquei no assunto. Sabendo quem é o pai dele e o que aconteceria com Jamie, concluí que era algo que ele lutava para esquecer e que dessa vez tinha tido sucesso.

Encontrei o sr. Fitzjohn algumas vezes, em festas formais e de passagem quando estive na casa de Jamie; a tensão no ar daquela casa é sufocante. Até mesmo a mãe dele parece sucumbir sob a pressão de um casamento sem amor e a imagem de família perfeita que ela mantém. Eu sei por meio de Jamie que eles dormem em quartos separados, e ela está sempre "tomando alguma coisa" para ajudá-la a dormir e distraí-la do homem com quem é casada. Não que alguém comentasse sobre isso; era tudo varrido para debaixo do piso de mármore. Para forasteiros, os Fitzjohns pareciam perfeitos, mas todos eram problemáticos à própria maneira. Jamie é mais parecido com o pai do que imagina.

Minha família, no entanto, não tem nada disso. Nenhum legado aqui nos Estados Unidos. Se o nosso segredo vier a público, eu não tenho escapatória. Tudo está em risco, e ainda que Jamie pareça calmo do lado de fora, ele *deve* saber que pode ser a próxima vítima na lista de Ases.

Acho que parecer bem por fora, racionalizar as coisas, seja a forma dele de lidar com a possibilidade de ser o próximo alvo de Ases.

Eu gostaria de ser assim agora.

Dou uma fungada, mas não consigo segurar o fluxo de lágrimas. Eu me permito chorar descontroladamente agora, permito que a dor por causa da tensão no meu cérebro ressoe, sem ligar para o meu rímel ou para a possibilidade de qualquer um no banheiro me ouvir.

Toda noite eu sonho com ela. A garota.

Mas agora, antes dos pesadelos, eu me pergunto, *Quem está fazendo isso? O que irão revelar em seguida?*

— Chiamaka? — escuto uma voz suave dizer, junto com o ranger leve da porta do banheiro.

Fico quieta, sentada de lado no chão do cubículo, olhando para a minha saia xadrez azul espalhada por sobre minhas pernas esticadas, as meias cinzas grossas que cobrem a maior parte da minha coxa e os meus sapatos de couro marrom com saltos pressionados contra a parede.

— É a Belle — ela continua.

O cubículo ao lado do meu se abre e o meu coração acelera um pouco. Ouço um leve sacudir quando Belle puxa a minha porta trancada. Ela bate na porta três vezes. Consigo ver os sapatos de camurça cinza dela e as meias brancas com babados.

— Você está aí? — ela pergunta.

Não digo nada. Não entendo o motivo de ela se esforçar tanto para ser legal. Talvez esteja tentando mostrar a Jamie que é a garota perfeita. Mas duvido que Jamie notaria como ela me trata, muito menos se importaria.

Belle está parada e em silêncio, e eu quase acho que ela vai embora, que vai desistir. Mas, então, eu escuto um barulho de arranhar.

Olho para a porta à medida que a tranca começa a girar lentamente. Há um *clique* agudo e a porta se abre.

Belle olha para mim do alto com olhos arregalados e uma careta. Ela abre o zíper de sua bolsa e me entrega um lenço dobrado.

Não aceito.

— Pergunta boba, eu sei, mas... — a voz dela se descarrilha. — Você está bem? Você sumiu por um tempo... ainda temos cinco minutos antes do primeiro sinal de aviso, e achei melhor vir atrás de você.

— Estou bem, obrigada — digo, baixinho.

— Bom, fico feliz.

Ela dá um sorrisinho e abre a boca para falar de novo, mas para. Mordendo o lábio inferior, Belle entra no cubículo e se recosta contra a parede.

— Ases, quem quer que seja, é um covarde que se esconde atrás de uma tela. Acho que você é corajosa por não deixar isso te atingir, vindo para a escola e enfrentando todo mundo. Muito corajosa — ela conclui.

Não consigo não olhar para ela. Os olhos de Belle queimam cheios de raiva, como se Ases estivesse atacando a ela, não a mim.

Talvez Belle não esteja fazendo isso por causa de Jamie.

— Obrigada — digo a ela.

E estou falando a verdade. Jamie não se importou o bastante para vir me procurar, mas ela sim.

Ela inclina a cabeça para o lado, o sorriso crescendo.

— Eu só fico feliz de que você esteja bem — ela fala outra vez.

As batidas do meu coração se aceleram.

Dou uma fungada, me virando para longe dela e focando na parede à minha frente.

— Como você abriu a porta? — pergunto.

Assim como todo o resto de Niveus, os banheiros são feitos de madeira escura forte, e as trancas parecem bem impenetráveis.

— Sou muito boa em abrir fechaduras. Aprendi num ano do acampamento — Belle me diz quando o primeiro sinal de aviso toca. Ela sai do cubículo. — Você vem?

Sacudo a cabeça. Aceitar a gentileza, me deixar ser levada, faz com que eu me sinta como se estivesse desistindo. Desistindo do quê? Não tenho certeza. Mas sei que não quero ser amiga dela.

Ela assente, os cachos pulando.

— Te vejo mais tarde.

— Mais tarde — digo, me odiando por parecer tão fraca e vulnerável..

As pessoas se aproveitam de você quando se é fraca e vulnerável.

Estico a mão, pegando um pouco de papel higiênico na distribuidora que fica no cubículo, e passo nos olhos. Seguro o papel por entre os dedos, olhando para as linhas pretas de rímel e pedaços de base marrom.

Odeio esse caos fora de controle no qual Ases está me transformando.

Eu me esforcei demais para que alguém tente me transformar numa desgraça e motivo de piada.

Jamie e eu não conversamos desde o almoço, e agora é o último período, Química. Enquanto nosso professor, o sr. Peterson, fala e fala sobre reações químicas, tudo no que consigo pensar é em Ases. Toda hora que um celular toca, o meu coração solta uma batida e sinto que minhas entranhas poderiam escorrer para fora se assim quisessem.

— ... quando certos componentes químicos são misturados, a reação errada ocorre. Por exemplo, ouvimos falar sobre celebridades tendo overdose o tempo inteiro. Mas não é necessariamente porque usaram *muito* de uma droga em especial...

Algo desliza na minha direção — um bilhete. Abro, olhando para a caligrafia desleixada de Jamie:

Me desculpa por ter rido de Ases.

Respondo:

Isso está me deixando ansiosa. Não sei como você consegue achar tudo isso engraçado.

Me desculpa, de novo.

Ele parece lamentar o bastante. Eu pego a nota entre meus dedos e estico o dedo indicador para fora.

— Balance a minha mão e você será perdoado.

Ele sorri e balança meu dedo como se fosse uma mão.

— ... às vezes tem a ver com a mistura de coisas que não funcionam bem juntas. Um exemplo popular é a união de álcool com pílulas para dormir, o que pode ocasionar sintomas tão extremos quanto sonolência, perda de memória e, em alguns casos infelizes, a morte.

Ergo os olhos quando o sr. Peterson fala aquilo.

— Além disso — Jamie continua, num sussurro —, acho que o fato de Ases estar mirando outras pessoas é um sinal. Ases sabe como é a sua fúria.

Minha mente ainda gira enquanto as palavras do sr. Peterson ecoam dentro da minha cabeça.

— Você está certo — digo, tentando afastar o súbito sentimento estranho que sinto.

Um sentimento de *déjà vu*.

Mas, assim que digo isso, escuto a risada irônica do universo e, como se um interruptor fosse acionado, acontece uma reprise de celulares tocando.

Enfio a mão no bolso, meu coração martelando contra a camisa e o meu estômago convulsionando ainda mais. Vasculho o meu celular. Uma notificação de Desconhecido. Escuto o burburinho de conversa ao meu redor à medida que todo mundo começa a dissecar a mensagem.

[Uma imagem anexada]

Temos um mafioso entre nós, galera! Devon Richards, olha

só pra você. Andando com a turma errada. O que se esperar quando ele faz visitas tão frequentes a traficantes muito influentes, sem mencionar bonitos? Cuidado, Voninho, a Juilliard não gosta de registros criminais. Espero que ele valha a pena.
– Ases.

Tem uma foto de Devon perto de algum prédio.

Leio o texto de novo, tamborilando as unhas na mesa. Quem teria tanto interesse em Devon? Isso quase parece um ex raivoso e com inveja...

Toco na tela escolhendo um contato com quem não falo há meses.

Ei, Scotty, é a Chiamaka

Observo a minha tela, só erguendo a cabeça para checar se o foco de Peterson está longe de mim. Temos a permissão de usar os nossos celulares na escola, mas não durante a aula. Aparentemente, isso causa distração. Aposto que os professores nunca imaginaram uma coisa *assim*, no entanto, quando criaram essa regra. Como pode alguém se concentrar quando há uma cobra à solta?

Arrasto o meu dedo tela abaixo, batendo na mesa impacientemente.

— Para quem você está escrevendo? — Jamie sussurra, me agitando.

Bato nele de leve.

— Não é da sua conta. Foca no seu trabalho — digo, antes de inclinar o celular um pouco para bloquear os olhos curiosos de Jamie.

Os três pontos aparecem, indicando que Scotty está digitando, e eu me sento ereta.

Há quanto tempo.

Só estou escrevendo para fazer uma pergunta, e quero uma resposta direta.

Tento soar intimidadora. Eu provavelmente deveria ter falado com ele no almoço, já que a minha intimidação funciona melhor pessoalmente. Mas não estava com cabeça para isso.

Fala.

Ergo a cabeça, encontrando os olhos do professor, por isso pego o meu lápis e finjo escrever com uma mão enquanto digito uma resposta debaixo da mesa com a outra.

Você é Ases?

Há uma pequena pausa antes que os três pontos apareçam de novo.

Você é a segunda pessoa a me perguntar isso essa semana. Pensei que fôssemos amigos.

Eu não nos chamaria de amigos... na verdade, a última vez em que conversamos — algum tempo depois do nosso término falso no início do terceiro ano — ele tinha rido dos meus sapatos, no corredor, e eu ameacei cortar o rabo de cavalo idiota dele. Mas também pensei que estávamos em bons termos. Ele é amigo dos amigos de Jamie, então a gente meio que sempre esteve no mesmo círculo, de qualquer forma.

Eu também pensei que fôssemos, ainda assim, você é a única conexão na qual consigo pensar que teria roupa suja minha e de Devon.

...

Como falei para a outra pessoa, por que eu iria me implicar?

Algo dentro de mim sabe que não é o Scotty. Que, apesar de todas as merdas que ele já fez, ele não ganha nada com isso.

Meu celular toca de novo.

Com medo de Ases falar sobre aquela noite?

Congelada, encaro a mensagem, tentando entender sobre o que ele está falando ao dizer *aquela noite*. Será que, de alguma forma, Scotty sabe da garota que atropelamos?

Que noite?, eu envio.

Esperar pela resposta dele parece uma eternidade, mas em determinado momento eu sinto o celular vibrar.

Festa do Jamie no início do terceiro ano. Você estava bêbada, lembra? Ficava falando pras pessoas que as roupas delas eram feias. Foi engraçado, na real.

Só me lembro de pedaços da festa de Jamie. Eu me lembro do beijo... mas o resto é um borrão. Nem me lembro de beber tanto, mas eu sou bem mais cuidadosa agora se for beber perto de outras pessoas. Quero ser capaz de me lembrar de tudo, depositar os segredos deles no meu banco ao invés do contrário.

Por que eu teria medo daquilo? O pior que Ases pode fazer é mostrar um vídeo meu dançando mal em cima de alguma mesa. Já enfrentei tentativas piores de gente tentando me envergonhar.

Você só se lembra disso?, Scotty responde quase de imediato.

Eu paro, tentando entender o que ele quer dizer com isso.

Sim, por quê?

Eu mal me lembro daquela noite e queria juntar as peças também caso Ases tenha alguma coisa contra mim. Eu faço coisas estúpidas quando estou bêbado. Tudo de que me lembro é conversar com você, beijar um cara e vomitar na roseira do lado de fora.

Eu não me lembro de conversar com Scotty naquela noite. Fecho os olhos, tentando me lembrar de alguma coisa, qualquer coisa. E então, como se um balde de água fria tivesse sido jogado na minha cabeça, um frio gigantesco me puxa para dentro de uma memória.

— *Posso te contar um segredo?* — *pergunta Scotty, a voz me assustando.*

Estou num dos quartos de hóspedes. A porta deveria estar trancada... não tenho certeza de como Scotty entrou. A música bombando na festa lá embaixo está fazendo a minha cabeça girar.

— *É sobre você...* — *ele diz com um sorriso desvairado.*

— *Que segredo?* — *respondo, tentando me sentar, o pânico crescendo dentro de mim.*

Ele dá um sorrisinho, então se senta ao meu lado no carpete, quase derramando a mistura que está dentro do seu copo descartável vermelho.
— Ouvi dizer que Cecelia Wright não é loira natural — *diz Scotty.*
Pisco para ele.
— Isso não é sobre mim.
Eu o encaro.
— Não, claro que não... o seu nome é Chi, não CeCe.
Ele limpa a boca e se inclina mais para perto. Ele tem o cheiro de morte e essa é uma forma gentil de se falar.
— Sabe, eu não deveria estar aqui hoje... fugi quando a minha mãe não estava olhando — *diz Scotty.*
Quero dormir, mas me sinto tão nauseada e trêmula. E quero saber o que Scotty tem sobre mim.
Scotty olha para o alto e toma o meu rosto nas mãos dele.
— Você é tão bonita, Chi. Bonita feito uma boneca.
Afasto as mãos dele.
— O que tem de errado com você?
Ergo as mãos para massagear minhas bochechas, mas elas parecem molhadas. Estive chorando? Por que eu estava chorando? Eu deveria... ter me encontrado com Jamie no quarto dele, mas ele não estava...
— Por que você está se escondendo nesse quarto? É bem mais divertido lá embaixo.
A voz de Scotty fica arrastada quando ele balança, esbarrando em mim de leve. Ele ignorou a minha pergunta completamente.
— Eu poderia perguntar a mesma coisa — *digo.*
— Vim procurar a minha namorada — *diz ele, rindo da palavra "namorada" como se fosse a coisa mais hilária do mundo*
Não sei se devo me sentir ofendida ou não.
— Ora, ela está bem, por isso... você pode ir agora.
Scotty estica a mão, dessa vez derrubando um pouco da sua bebida, antes de se esforçar em abaixá-la numa linha reta. Ao conseguir fazer isso, ele observa o copo de forma suspeita, mantendo a mão erguida como se tivesse poderes mágicos capazes

de impedir que o copo desafiasse a gravidade.

Como se já não tivesse ficado óbvio antes, no momento em que ele começa a cantar o refrão de "Hit me Baby One More Time" fica claro como o dia que ele está bêbado demais para chegar até em casa sozinho.

— Você veio para cá com alguém? — Posso perguntar a Jamie se ele se importaria se Scotty dormisse aqui. Os amigos de Jamie provavelmente dormirão nos quartos de hóspedes ou em uma das salas de estar.

— Não, mas talvez eu vá embora acompanhado... Vamos ver o que vai rolar essa noite. — Ele dá um sorriso acanhado e eu bato nele.

— Sabe, você é o pior namorado de todos — falo.

Ele e eu estamos apenas namorando de mentira, já que ele está no time de futebol americano e é semipopular, e eu estou à beira de me tornar muito popular. Nós precisamos um do outro. É política.

— Eu sei — ele diz, jogando a cabeça para trás com tanta força que ela bate na parede, me fazendo sentir vergonha alheia.

Ele geme, os dedos perdidos na bagunça que são seus cabelos enquanto segura o crânio.

— Você está bem? — pergunto, enquanto a cabeça dele cai para a frente.

Ele solta uma fungada e eu me inclino, percebendo a bochecha molhada dele agora. Scotty está chorando?

— Você precisa de um pouco de gelo?

Ele balança a cabeça antes de eu sequer terminar a pergunta.

— Eu sou um namorado de merda.

Não digo nada. É por isso que ele está chorando? Porque eu não me importo com toda a autenticidade desse relacionamento dentro de quatro paredes.

— E tudo o que eu faço é trair e mentir e beber e ser uma porra de uma decepção para Von e meus pais e Niveus...

Talvez ele não esteja falando de mim no fim das contas.

Ele chora um pouco mais alto, voltando a pegar a bebida. Constrangidamente, dou tapinhas nas costas dele.

Me sinto muito enjoada. Já vomitei no banheiro e provavelmente vou vomitar todo meu sistema digestivo e morrer ao lado de Scotty nesse quarto enquanto todo mundo se acostuma com a vida de adolescente no andar de baixo.

Scotty abraça seu copo como se fosse um bicho de pelúcia. Tem um furo na meia dele. O dedão grande e pálido sai pelo buraco, e é engraçado, pois ele não se parece nada com aquilo quando está sóbrio. Ele está sempre arrumado, nas melhores roupas que se espera que um aluno legado vista.

— Você não é uma decepção, Scotty. Confie em mim — eu falo, alisando meu vestido. — E é meu dever como sua namorada falsa não te deixar morrer de intoxicação alcoólica.

Pego o copo da mão dele. Ele cai para trás.

Ficamos quietos por um tempo. Quase acho que ele adormeceu.

A porta do quarto de hóspedes se abre de novo.

— Aí está você. Fui até o meu quarto te procurar, mas você não estava lá... está tudo bem? — pergunta Jamie.

Assinto, ainda tremendo. O rosto seco das lágrimas. Eu provavelmente pareço horrível. Forço um sorriso.

— Está tudo bem — digo.

— Bom... — Os olhos dele descem até Scotty, do meu lado, agora em sono profundo.

— Quer conversar em outro lugar? — Ele fala isso com um sorriso.

Eu começo a me levantar, surpresa com o quão dolorido isso é.

Uma imagem brilha na minha mente: alguém me empurrando para baixo, eu caindo com força, chorando, gritando por ajuda...

— Eu adoraria conversar — digo enquanto os braços dele se enrolam ao redor da minha cintura, esbarrando nos machucados em meus quadris...

Há uma dor aguda na minha cabeça, a memória dando um choque no meu sistema nervoso. Tomo um fôlego trêmulo e alinho minha saia escolar, me sentindo um pouco nauseada. Não me preocupo em responder à mensagem de Scotty. Consegui a resposta pela qual buscava: Ele não é Ases.

Jamie encosta no meu braço, seu sorriso e olhos arregalados.

— Você está pensando demais. Eu posso literalmente ouvir os seus neurônios gritando: *Ajuda... só restam dois de nós!*

Reviro os olhos.

— Meus neurônios conseguem lidar muito bem — respondo num sussurro.

Jamie levanta uma sobrancelha com um olhar do tipo *se você acha*, então se vira de volta e continua vandalizando a folha de instruções que recebemos. Ele rabisca números e símbolos por toda a folha, como sempre faz para matar o tempo. Às vezes, me pergunto como Jamie e eu estamos nas aulas de Matemática Avançada juntos — ele literalmente nunca presta atenção.

Bato no braço dele e ele me olha de novo.

— Você esqueceu uma das suas senhas na minha casa outro dia — digo, encarando o marcador preto e grosso dele.

Ele parece confuso.

— Minha senha?

— É, aquela 1717.

O sorriso dele se transforma numa expressão mais sutil.

— Ah, *aquela* senha. Não preciso mais dela — diz ele.

— Como pode você não precisar mais de uma senha? — indago.

Ele dá de ombros.

— Precisava antes, não preciso mais.

Balanço a cabeça, não forçando mais. Jamie é aleatório assim de vez em quando. Ele volta a rabiscar na página.

Minha cabeça ainda está latejando, por isso eu tento focar em outra coisa, esperando que a dor diminua. Meu olhar indo para além de Jamie, pousando em Belle, que está sentada numa das mesas próximas. O cabelo dela caindo pelas laterais do rosto enquanto o queixo repousa na mão toda feitinha dela, o rosto afogueado. Noto que ela segura o lápis com tanta força que as juntas dela estão brancas.

Eu perguntaria a ela se está bem, mas não somos amigas.

Então, não pergunto.

Imagino o cabelo loiro dela banhado em sangue, o sangue pingando por todo o uniforme e formando uma poça no chão.

Então eu pisco e a imagem desaparece.

13
DEVON

Sexta-feira

Precisamos conversar – Dre

Daniel, o zagueiro esquisito na minha aula de Música e que se interessou em falar comigo de repente, teve a cortesia de me mostrar a mensagem de Ases quando cheguei na sala na manhã de hoje, antes de me perguntar qual era o meu "nome de rua".

Então, posso imaginar o motivo pelo qual Dre me mandou uma mensagem. Ele queria que eu ficasse fora da boca de Ases, ainda assim, por algum motivo, eu sou *tudo* de que Ases parece falar. Quero descobrir quem está por trás disso, para perguntar como podia saber tanto e por que não me deixava em paz. Deve ser alguém que irritei por acidente.

Meu coração está batendo com tanta força que consigo ouvi-lo nos meus ouvidos quando caminho na direção do apartamento de Dre. Minha camisa da escola está ensopada e grudando em mim, apesar do frio no ar da tarde.

Eu cresci aqui. Bem aqui, com o resto desses garotos. Frequentamos a mesma escola primária. Testemunhamos coisas que criança alguma deveria ver, como X9s sendo esfaqueados e baleados, pais sendo algemados e levados embora. Fomos para o Ensino Fundamental juntos também, até o dia em que um cara mais velho, Malik, decidiu me bater tanto depois da aula que eu precisei sair.

Eu me lembro de todo mundo se juntando — até mesmo os garotos que eu pensava que eram meus amigos.

Gritavam xingamentos, rindo, enquanto eu gritava e sangrava.

As palavras "viadinho" e "bicha" zumbiam nos meus ouvidos enquanto eles socavam e chutavam. Simples assim, os meninos com os quais eu cresci deixaram de ser os meus amigos. Se tornaram os garotos dos quais eu tinha medo.

Se eu pudesse ter revidado, como Dre, minha vida poderia ter sido diferente. Ele sempre se encaixou aqui; é como se tivesse um manual ou conhecesse as regras não ditas que eu desconheço.

Estou no bloco de apartamentos de Dre agora, encarando o cara na porta, Leon. Outro garoto do Ensino Fundamental. Os cachos marrons dele quase cobrem os olhos, mas seu olhar pétreo está posto sobre mim. Ele tem sido próximo de Dre há anos, nunca pareceu gostar de mim.

— É o Devon — digo, sempre mantendo minha cabeça erguida na frente deles.

Ele desaparece lá dentro, voltando alguns momentos depois com a confirmação.

As tábuas do assoalho rangem quando entro. Caminho pelo apartamento de Dre, para dentro do quarto, e lá está ele, de costas para mim, as mãos nos bolsos e as omoplatas visíveis através do material escuro e pegajoso da camiseta dele.

— Ei.

Ele se contorce.

Há um longo silêncio; posso ouvi-lo respirando e fungando. Ele ergue a mão para limpar o rosto, então a devolve para o bolso.

— A gente precisa parar de se ver — ele fala, ainda sem olhar para mim.

Fico calmo por fora, apesar do fato de o meu peito doer como se eu tivesse sido esfaqueado.

— O quê? — digo, engolindo em seco.

— Precisamos parar de nos ver — ele repete.

Isso dói. Meus olhos ficam ligeiramente molhados.

Eu te escutei.

— Por quê? — pergunto, ainda que saiba a resposta.

Ele coça a cabeça, ainda se recusando a olhar para mim.

— Nem todo mundo frequenta a sua escola chique, Von. Nem todo mundo tem o privilégio de não ligar para a sua reputação. Eu tenho uma... *preciso* de uma. Não tenho nada além disso, e não posso permitir que você arruíne isso.

Caminho na direção dele.

— E como eu vou fazer isso, Dre?

Ele se vira para me olhar agora, olhos vermelhos, mas acho que é uma mistura de vai saber o que ele está tomando e lágrimas. Chego ainda mais perto. Ele se afasta como se eu fosse machucá-lo.

Dre tenta agir como se fosse durão, mas ele não é. Ele é um ursinho de pelúcia que precisa ser abraçado, beijado e amado.

Sei disso porque o conheço. Eu o conheço há anos, fui amigo dele por anos — apesar da desaprovação de Ma. Amamos as mesmas músicas. Foi assim que tudo isso começou. Tupac, Biggie — eles construíram a nossa amizade. Rap, R&B, Soul, a gente ama aquela merda.

Ficávamos deitados na cama dele por horas, escutando as velharias até que o dia acabasse, antes de a mãe dele o expulsar quando ele tinha 14 anos.

Eu me lembro da primeira vez que ele me beijou — demoramos muito para nos beijarmos, se você me perguntar. Eu estava namorando

Scotty há alguns meses naquela época. Eu nem sabia que Dre gostava de mim até aquele momento, ou que eu gostava dele.

A memória enevoa a minha mente.

— *Eu meio que estou com uma pessoa* — digo a ele, *apesar de o meu coração disparar como se eu tivesse corrido uma maratona e vencido.*

Scotty, estou com Scotty. Eu não deveria me sentir como se isso fosse uma coisa que não quero.

Ele zomba.

— *Branquinho rico, né?*

Quero beijar Dre de novo...

— *É, branquinho rico* — *sussurro.*

— Cai fora.

A voz grossa de Dre fatia minhas memórias.

Meus olhos estão cheios de água quando sacudo a cabeça.

Ele se aproxima de mim agora.

— Saia. *Por favor*, saia.

Mais perto...

Sacudo minha cabeça de novo.

Ele pressiona a cabeça dele contra a minha, cavando contra meu crânio, mas não ligo. Eu o agarro e ele me beija, um beijo longo e profundo, e eu choro, lágrimas fazendo cócegas no meu queixo ao rolarem pelo meu rosto. Eu o seguro e a gente se beija e beija até que ele me empurra e grita.

— Sai. — Ele sacode a cabeça, se afastando um pouco. — Cai fora, caralho! — ele grita, limpando o rosto com aspereza.

Salto para trás quando as portas se abrem.

Dois dos caras dele entram. Leon é um deles.

— Quer que a gente tire ele, Dre? — Leon pergunta, os olhos dele evitando os meus.

Olho de volta para Dre, que olha para mim com olhos vermelhos cobertos de remorso.

— Apenas tire ele daqui. Não o quero mais vendendo o meu bagulho.

A faca no meu peito gira e meu coração se esfarela. Fecho os olhos quando me arrastam para fora, me empurrando pelas escadas de forma que tropeço. Eles me empurram com tanta força que caio no chão.

Consigo sentir tantos olhos em cima de mim. Os garotos do lado de fora — os garotos de quem passei a ter medo — prontos, esperando.

Há um silêncio antes de começar. O vento sacode as árvores nas proximidades. Um isqueiro solta um clique. Então, passos.

E antes que aconteça, eu me lembro da primeira vez que Dre falou que me amava. Foi dias depois de começarmos a namorar e meses depois da primeira vez que nos beijamos. Apenas semanas depois de eu ter terminado com Scotty. Estávamos ouvindo música no apartamento dele, o lugar no qual ele morava antes de estar aqui, falando sobre coisas idiotas, e ele simplesmente falou. Eu me lembro de agradecê-lo pela honestidade e a gente começou a rir. Eu falei *eu te amo* horas depois, e tudo foi tão fácil. Tinha sido errado? A gente falar isso tão cedo?

O primeiro golpe atinge a minha lateral, e eu sibilo.

Eu te amo.

O segundo golpe atinge com mais força. Acho que isso, junto com as palavras de Dre, dói tanto quanto um tiro.

Eu te amo.

O resto dos golpes chega de uma vez, me acertando em todos os lugares. Alguém soca o meu olho e eu grito.

Eu te amo.

Eu o sinto inchar. Não consigo enxergar. Não consigo enxergar. Não consigo...

— *Eu te amo* — *ele me fala, logo depois de falar que sou estúpido por achar que Destiny's Child é melhor que TLC.*

— *Obrigado pela honestidade* — digo a ele, ainda que eu esteja morrendo por dentro.

Olho para ele e ele olha para mim, as sobrancelhas partidas de um jeito que o faz parecer estranhamente atraente, e os olhos escuros e luxuriosos.

Ele sorri para mim.

— *Isso é tudo que recebo?*

Enrolo a mão ao redor do pescoço dele, trazendo minha cabeça mais para perto.

— *Mas eu falei obrigado...*

Há uma pausa e, então, estamos rindo por motivo algum.

Ele está sorrindo quando me beija, se inclinando e me beijando. E eu me sinto tão leve.

Deus, eu me sinto leve.

Não sei onde estou. Eu estava na frente da casa de Dre e agora estou num quarto, deitado no que parece ser uma cama.

Deixo meus dedos se esfregarem contra o material abaixo de mim.

— Você está acordado — uma voz grossa, invisível, diz.

Meu coração salta uma batida.

Vejo o borrão de uma figura no canto. Usando meu olho bom, estreito o olhar, tentando ver se é alguém que conheço ou, pelo menos, reconheço. Ele é alto, de pele marrom, óculos, *dreads* pretos de tamanho médio e as laterais da cabeça raspadas. Ele parece ter a minha idade. Mas isso é tudo que consigo ver; meu olho dói tanto...

— É o Terrell — ele começa. — Terrell Rosario... eu vi o quanto eles te machucaram e te trouxe até a casa da minha mãe. Espero que não seja um problema.

Terrell. Soa familiar... acho.

Meu corpo inteiro lateja, como se alfinetes tivessem sido enfiados nos lugares mais sensíveis. Só posso imaginar qual é a aparência do meu rosto, nem consigo abrir o meu olho direito.

Balanço a cabeça.

— Deixei um pouco de água na mesinha ao lado da cama — diz ele, apontando para o meu lado esquerdo.

Olho para lá e há um copo plástico azul.

— Obrigado — digo.

Consigo sentir o olhar dele sobre mim, provavelmente imaginando o que fiz para levar pancada deles.

— Eu vou pra casa — digo a Terrell.

Ma sempre me alertou sobre pessoas que tentam fazer favores.

Ele não diz nada, me observando lutar contra as lágrimas. Meus braços sacodem de forma violenta quando tento me levantar. A dor não é tão ruim quanto outros ferimentos que já tive, mas dessa vez dói muito mais por causa de Dre.

— Vou pegar mais gelo pra você.

Olho para ele de novo, o rosto se tornando mais discernível à medida que minha visão ganha foco. Ele tem essa expressão suave, preocupada, no rosto, que faz com que eu sinta que este estranho e eu somos amigos.

Eu o vejo sair do quarto. Momentos depois, ele volta com um pacote de vegetais congelados.

— Só tínhamos isso — diz ele, segurando o saco.

Ele caminha até mim, cautelosamente.

— Onde dói mais?

Aponto para o meu lado direito, e ele sobe na cama, me lançando um olhar inquisidor. Eu assinto, me dando conta de que ele está pedindo consentimento ou coisa do tipo, antes de erguer minha camisa um pouco e colocar o pacote gelado na parte que mostrei. Fecho os olhos com força. Isso aferroa, mas é possível aguentar.

O quarto fica silencioso enquanto meu flanco formiga e fica dormente. Terrell fica de pé, me observando com cuidado, olhando para partes diferentes do meu corpo.

Não consigo deixar de notar as calças de pijama do Homem-Aranha que ele usa. Meus irmãos têm calças idênticas.

— Eu conheço os caras que bateram em você — ele começa, receoso. *A maior parte das pessoas conhece.* — E... não sei se dizer isso faz com que se sinta melhor, mas eles pegaram leve com você.

Acho que isso não me surpreende.

— Eu não vi a luta acontecer. Se tivesse visto, eu não teria assistido, acredite em mim... eu teria tentado ajudar se isso te fizesse sair ao menos um pouco menos machucado...

Ele morde o lábio e desvia o olhar, sem completar a sentença.

Algo a respeito de Terrell parece muito familiar.

— Está tudo bem — digo a ele.

O silêncio se aproxima mais uma vez, se arrastando para a cama e me abraçando, tentando não roçar de encontro aos meus cortes e hematomas.

Eu me afasto, o rosto de Dre flutuando em minha mente, o término repassando na minha cabeça sem parar. Não fico surpreso com isso, apenas ferido. Eu sempre fico um pouco ferido quando perco partes de Dre. Como quando ele começou a vender drogas depois que a mãe dele e o namorado dela o expulsaram de casa. Perdi outra parte dele quando começou a bater em gente para se tornar mais popular e mais respeitado. Perdi outra parte dele quando galgou posições dentro da gangue. Perco pedaços dele constantemente. Isso estava para acontecer a qualquer dia.

Eu deveria ter me preparado melhor para o inevitável.

— Você está se sentindo um pouco melhor? — indaga Terrell.

Eu quase me esqueço de novo de onde estou.

— Sim, estou, obrigado — digo, apenas querendo voltar para casa.

Ele sorri ao ouvir isso, e covinhas aparecem nas bochechas dele. Elas combinam muito com ele.

— Bom, eu estava preocupado com você.

Faço uma pausa, esperando que um momento se passe antes que eu precise dizer a ele que estou indo embora, mas antes que eu tenha uma chance de fazer isso, ele está falando.

— Você ainda toca música? — ele pergunta, um sorriso dançando nos lábios como se ele estivesse me desafiando de alguma forma.

Junto as sobrancelhas em confusão.

— Música?

Ele balança a cabeça.

— Eu me lembro de você tocando piano.

Fico assustado de repente. *Quem é Terrell?*

Estreito o olhar para ele de novo, absorvendo todas as suas feições. Ainda não consigo compreender.

— Você está tentando se lembrar de mim — afirma ele.

— Me desculpa — respondo, me sentindo mal.

Ele sacode a cabeça, empurrando os óculos no nariz.

— Nah, está tudo bem, a memória é uma coisa esquisita assim mesmo... eu apenas te acho bem memorável... — ele faz uma pausa, os olhos indo para o meu flanco. — Provavelmente já está derretendo a essa altura... vou pegar isso para você.

Ele remove o pacote congelado e meu corpo imediatamente sente falta da pontada fria.

Eu queria que ele tivesse terminado a frase. Quero saber o motivo de eu não me lembrar dele.

Ele sai do quarto e eu cutuco meu flanco, o toque do meu dedo enviando ondas para meu peito.

Analiso o quarto dele lentamente. É limpo, mas pequeno e velho que nem o meu. O papel de parede descascando nos cantos e uma cadeira detonada com a espuma vazando.

Terrell volta e eu encaro isso como a minha deixa.

— De onde eu deveria te conhecer? — pergunto.

— Ensino Fundamental — ele começa, olhando para longe. — Costumávamos conversar bastante, pouco antes de você sair. Eu era novo na escola no oitavo ano e você era... legal comigo. A gente também se beijou uma vez, acho, e... foi o meu primeiro beijo, e não se esquece de uma coisa dessas...

— A gente se beijou? — Eu gaguejo, não esperando por isso.

— Só uma vez — ele repete, parando como se quisesse dizer mais.

Por que eu não me lembro dele?

— E você se lembra de mim? — pergunto.

Ele assente, como se fosse uma coisa esquisita da minha parte dizer isso.

— Eu não poderia te esquecer, Devon. Além disso, quando entrou naquela escola chique, você se tornou o assunto das conversas no bairro.

Eu me lembro dos ovos atirados contra a minha casa quando entrei. *O ressentimento gera desprezo.*

— Me desculpa. Eu não me lembro de muito daquela época... é como se a minha memória tivesse buracos.

Há uma pontada no meu flanco.

— A memória é uma coisa esquisita — ele repete.

Eu sabia que havia algo familiar nele, mas tenho a impressão de que me lembraria de uma pessoa que beijei.

Talvez eu não me conheça tão bem quanto achei que conhecesse.

A memória é uma coisa esquisita.

Terrell não me deu opção de escolha nisso — ele caminhar comigo até em casa —, mas fico contente por ele fazer isso. Não consigo caminhar bem sem que doa, e ele me ajudando a saltitar pelo caminho torna a jornada um pouco mais tolerável.

Além disso, ele não fala muito.

Cerca de vinte minutos depois, chegamos na frente da minha casa — teria sido metade do tempo se eu não estivesse machucado. Ele solta minha cintura, permitindo que eu fique de pé sozinho.

— Obrigado — digo, sentindo como se aquela palavra fosse inadequada.

Ele sacode a cabeça.

— Não esquenta. Eu faria isso por qualquer pessoa com problemas.

Assinto, girando.

— Espera — diz ele, e eu paro.

— Sim?

— Eu não te dei um abraço de despedida.

Não consigo deixar de sorrir de leve.

— Abraço de despedida?

— Não tenho certeza de quando vou te ver de novo, então eu quero ao menos um abraço para viagem.

Um abraço para viagem. É a primeira vez que ouço falar disso.

— Claro — digo, e as covinhas dele aparecem de novo.

Ele se move na minha direção e me dá um abraço, e, ainda que doa, tento não demonstrar.

— Obrigado — digo outra vez.

Ainda não parece adequado. Com a semana que tive, é difícil me lembrar da última vez em que alguém foi gentil comigo.

Nos afastamos e eu consigo respirar de novo, as laterais do meu corpo em fúria comigo por ter permitido que um intruso encostasse nelas.

— Eu poderia te dar o meu número — sugiro. — A gente pode se encontrar ou coisa do tipo.

Minhas amizades estão desaparecendo diariamente, por isso

eu deveria fazer outras antes que eu me torne *realmente* um daqueles lobos solitários. Antes, pelo menos, eu podia fingir que Jack e eu éramos tão próximos quanto costumávamos ser no Ensino Fundamental, e eu tinha a companhia de Dre.

O rosto de Terrell se ilumina quando ele enfia a mão no moletom para pegar o celular. Passo meu número para ele, que desce o olhar para a tela do telefone como se estivesse procurando por algo, então coloca de volta no bolso.

— Eu vou te ver, então? — ele diz.

Balanço a cabeça.

— É... e obrigado de novo.

Ele começa a andar de costas, e eu o observo. Ele continua andando para trás e eu continuo o observando, e então ele sorri e se vira, desaparecendo rapidamente na direção de onde viemos.

Depois de alguns instantes perdido em pensamentos, eu empurro a porta da frente e encontro Ma sentada na mesa de jantar da nossa cozinha mal iluminada, lendo algumas cartas.

Eu consigo adivinhar o que elas dizem, porque sempre falam a mesma coisa. De vez em quando, eu me sinto preso num *loop*, revivendo o mesmo dia de novo e de novo. Eu volto para casa e Ma está sempre cansada, sempre mexendo nas contas.

— Como foi a aula, *sr. Chefe de Turma*? — diz Ma, sem olhar para mim, apenas mexendo nos papéis.

Ela vem me chamando bastante disso desde que contei a ela. Fico contente pelo fato de isso deixá-la feliz. Faz com que eu sinta como se realmente tivesse conquistado alguma coisa.

Não sei como responder à pergunta dela. Por isso, eu apenas digo:

— A escola foi boa, o meu projeto musical está ganhando forma e eu acho que tenho uma boa chance de entrar na Juilliard... ganhar uma bolsa também...

Ela expira, secando os olhos com as costas das mãos. Aproveito a oportunidade para me aproximar dela, tentando não deixar os meus ferimentos aparentes ao me abaixar para beijar a cabeça abaixada dela.

— Já volto, só vou pegar uma coisa — digo quase num sussurro, antes de abandonar minha mochila e subir os degraus o mais rápido possível até o meu quarto.

Odeio vê-la tão extenuada o tempo inteiro. Ma não queria que eu arrumasse um emprego, falou que iria me distrair da escola, e ela provavelmente tem razão. Mas eu não posso simplesmente ficar sentado e deixar ela lidar com isso. Vê-la chorar desse jeito.

Quando você cresce desse jeito, esteja na sua natureza ou não, às vezes a sobrevivência predomina sobre a coisa certa a se fazer.

Procuro na minha gaveta pelo envelope cheio de notas de vinte. Tento não fazer tanto barulho, apesar de sentir como se as minhas costas estivessem se partindo uma na outra. Meus irmãos já estão dormindo, e é difícil fazê-los dormir ao mesmo tempo.

Fecho a gaveta com cuidado, mancando escada abaixo. Minhas coxas doem por causa da pressão desigual que coloco sobre elas. Quando finalmente chego em Ma, coloco o envelope na frente dela.

Ela ergue o olhar para mim, os olhos cansados e vidrados, e então fica de pé, aninhando meu rosto nas enrugadas mãos negras. Ela não fala nada sobre o meu rosto e o motivo de ele estar machucado; ela apenas o alisa.

Já estivemos aqui antes.

— Vou pegar um pouco de gelo para isso... — murmura.

Sacudo a cabeça, sabendo que não temos nenhum pacote de comida congelada no *freezer* essa semana.

— Estou bem — digo a ela, minha voz falhando, mas não por causa dos ferimentos.

Meu coração dói muito.

Ela balança a cabeça, olhando para longe de mim e para o dinheiro agora.

— Vonnie, de onde você tirou todo esse dinheiro?

— Não pergunte, Ma, por favor — digo.

Nós sempre temos essa mesma conversa quando o dinheiro começa a faltar. Ela sempre quer saber de onde tirei. Sempre.

E, como falei, às vezes você precisa fazer coisas que não exatamente se alinham com a sua moral, e eu fiz essas coisas para que pudéssemos ter um pouco de dinheiro quando precisássemos. Tento não pensar em como vou conseguir o dinheiro da próxima vez que precisarmos, agora que Dre e eu...

Eu me detenho, o enfiando num buraco em minha mente no qual mantenho todas as coisas sobre as quais eu não quero falar.

Vou para a escola, visto a fantasia que as crianças ricas usam e finjo por algumas horas. Eu poderia agir como se fosse todo-poderoso. Eu poderia me achar o fodão, mentir para mim mesmo, mas isso não muda o fato de que esta é a minha realidade.

Ma trabalha em três empregos pela gente. Ela faz tudo por nós. E eu faço de tudo por ela.

— Obrigada, Vonnie — ela diz. — Eu te amo mais do que as palavras podem dizer, você sabe disso?

Meneio a cabeça.

Eu sei disso.

14
CHIAMAKA

Segunda-feira

Acordo tarde.

Papai me manteve acordada a noite inteira com as histórias de sua viagem até a Itália para ver Vovó. Não que eu me importe muito. Eu já não conseguia dormir de qualquer forma, com toda culpa e preocupação pesando sobre mim. Acho que já eram três da manhã quando finalmente fui para a cama.

Quando meu cérebro registra a hora, já estou atrasada, tendo que apressar a minha rotina matinal como resultado.

Pego a chapinha e a levo até os meus cachos, ansiosamente esperando o tempo passar. As luzes se apagam e a minha chapinha solta um bipe, indicando que não está mais esquentando.

— Mãe! — grito.

Ela corre até o meu quarto.

— O que foi?

— A eletricidade!

— Os construtores começaram a trabalhar lá embaixo. Volta mais tarde.

— Mas eu não posso ir pra escola desse jeito.
— Por que não?
— Meu cabelo.
Mamãe me dá um olhar confuso.
— Seu cabelo está ótimo.
Sacudo a cabeça.
— Eu não posso ir assim.
Há uma pausa.
— Você deveria amar o seu cabelo, Chi — minha mãe fala com uma pequena careta.
— Eu sei, eu sei, e eu amo, é só que...
Não quero uma repetição do Ensino Fundamental. Não quero que me encarem. Os olhos de Mamãe ficaram pousados em mim, como se ela estivesse tentando descobrir o que estou pensando — algo que ela nunca conseguiu fazer muito bem. Não quero que ela pense que não gosto do meu cabelo ou qualquer coisa parecida com ela, porque não é isso.
Não é mesmo.
Afasto o olhar dela, meus cachos se esfregando contra meu rosto, me lembrando de que estão ali — para sempre e por toda a eternidade, quisesse eu ou não. Mas eu gosto. Gosto deles.
Forço um sorriso.
— Tudo bem. Acho que vou pra escola assim mesmo.
Mamãe balança a cabeça.
— E anda depressa, você está atrasada.
Eu obviamente sei disso.
Ainda estamos na segunda-feira e mais uma semana já começa horrível.
Penteio o cabelo o máximo possível e passo óleo de coco nele antes de sair correndo de casa.

Chego na escola desejando não ter corrido tanto nesta manhã. Estar aqui hoje é muito diferente da segunda-feira passada. Na semana passada, eu me sentia no controle, como se esse ano fosse ser tudo que eu desejava. E agora tudo parece incerto, como se houvesse algo perigoso espreitando pelos cantos, pronto para atacar a qualquer momento. Meu estômago se comprime numa bola enquanto ando. Mantenho a cabeça erguida, me certificando de que o meu corpo não deixe o medo transparecer.

As vadias sentem o cheiro de medo.

Não consigo deixar de sentir um incômodo à medida que os olhares se afundam na minha pele. É *por causa de outra mensagem de Ases ou é por causa do meu cabelo?*

Caminho até Jamie, perto do armário dele. O som das vozes de todos, imersos em conversas, chega a um nível intolerável. Ele baixa o olhar para mim brevemente, exibindo um sorriso enquanto vasculha o armário, então a cabeça dele é jogada para trás e os olhos dele sobem até os meus cabelos, então para o meu rosto. Eu posso ver que ele quer continuar encarando.

— Você só chegou agora? Você perdeu o registro de presença — diz ele, fechando o armário.

Balanço a cabeça.

— Eu sei, acordei tarde.

Ele parece surpreso e eu não o culpo. Nunca perdi o registro ou acordei tarde antes.

— Quem é você e o que fez com a minha melhor amiga?

Ele sorri quando começamos a andar na direção da nossa aula de Química. Olho o corredor em busca de sinais de Ruby ou Ava, mas elas não estão perto do meu armário.

As pessoas saem do caminho enquanto caminhamos, os olhares fixos no meu rosto, nas minhas roupas e no meu cabelo. Eu me sinto desconfortável, mas não vou deixar que isso transpareça.

— Aconteceu mais alguma coisa no seriado *vamos arruinar a vida da Chiamaka* no fim de semana? — indago. — Não recebi nenhuma mensagem anônima, por isso... não tinha certeza.

Não recebi nenhuma mensagem de ninguém durante o fim de semana, a propósito. Meu celular poderia muito bem ter ficado no silencioso.

— Não... não desde a semana passada. Acho que Mestre Ases já terminou com você — ele diz com uma piscadela.

De alguma forma, tenho certeza de que aquilo não é verdade. Por que motivo iriam espalhar aquele negócio sobre Jamie, e sobre a loja de doces também? Foi como se Ases estivesse provocando. Me deixando avisada de que havia mais coisas guardadas para mim. Existe uma pessoa por trás disso que possui uma agenda contra mim, e eu tenho um esqueleto no meu armário e uma posição na escola que está sempre sob ameaça. Isso parece ser apenas o início.

— Eu duvido — murmuro ao nos sentarmos.

Para provar meu argumento, um enxame de zumbidos toma conta da sala. Não sinto um no meu bolso. Quero chorar. Primeiro o negócio do cabelo e agora isso. Ases está vindo atrás de mim outra vez, como eu sabia que faria.

Alguém fala, *"Jesus amado"*, e as minhas entranhas parecem estremecidas quando ergo a cabeça.

Ninguém está me encarando.

Esquisito.

— Veja — diz Jamie, deslizando o celular dele.

Academia Niveus, isso está cada vez melhor... Existe um boato de que o nosso estudante de música favorito está fazendo mais do que só "visitar" o traficante dele. Ah, Dev, ninguém te falou que ecstasy é um negócio perigoso? - Ases

Meu coração ainda está batendo.

Por que eu não recebi a mensagem?

Enfio a mão no bolso e pego o meu celular.

Está morto. Eu devo ter esquecido de carregar na noite passada, com Papai e as histórias infinitas dele.

Expiro, meu peito ainda doendo.

— Não fico surpreso — diz Jamie, ainda olhando para a mensagem.

Alguma coisa na forma como ele diz aquilo me enerva.

— Como assim? — indago.

Ele dá de ombros.

— Ele faz o tipo, né? Quero dizer, ele é daquele bairro...

— É, mas ainda assim frequenta aqui — digo, não gostando muito do tom de Jamie.

Ele faz uma pausa, sorrindo para mim.

— Você está certa. Ele frequenta aqui.

Sua expressão me diz que ele não acredita completamente que a presença de Devon aqui mude as coisas. A expressão dele me diz que não acha que Devon deveria estar aqui. E ainda que eu pertença, eu não me pareço com o meu pai; não sou branca, e isso fica bem aparente em dias assim, quando meus cabelos estão em cachos altos e eu preciso aguentar olhares confusos.

Eu não aliso o cabelo porque o odeio; eu o aliso porque todo mundo o odeia por mim.

Me perguntam:

— Você é o quê?

E eu tenho vontade de ser sarcástica e responder *humana*, mas não faço isso. Eu digo que sou italiana e nigeriana. Eles erguem suas sobrancelhas na parte italiana, como se estivessem surpresos de que a branquitude pudesse me criar. Em alguns dias isso realmente me incomoda. Em outros, não.

Isso me faz imaginar se a semelhança com a minha mãe tem alguma coisa a ver com isso — com Ases. Se Devon e a negritude dele, e a minha, são os motivos pelos quais esse pervertido está perseguindo a gente. Eu me sinto enojada só de pensar nisso.

— Chi, não quero soar paranoico ou coisa do tipo, mas as pessoas estão encarando a gente — Jamie sussurra.

Eu ergo os olhos e elas realmente estão. Uma onda de calor toma conta de mim, minhas entranhas em chamas.

— Provavelmente não é nada.

Ele sacode a cabeça.

— Você não estava ouvindo? Eu escutei vários celulares tocando... o meu não era um deles.

Analiso o entorno outra vez. Olhos julgadores nos cercam.

Quero fingir que as pessoas não estão encarando. *Apenas seja normal, sinta-se normal.* Mas não consigo e isso me enlouquece.

Jamie e eu temos tantos segredos juntos.

Seguro a borda da mesa, olhando para baixo, os olhos ficando turvos. Tento deixar o ar entrar, mas mãos invisíveis se enroscam ao redor do meu pescoço, me estrangulando. São frias e duras e batem no meu peito, desafiando o meu coração a pulsar mais depressa. Ela sacode a minha cabeça, me deixando tonta: a garota morta que assombra o meu sono.

Ao fundo, escuto o professor pedindo à turma para que se aquiete.

Fecho os olhos e ela está me encarando com a boca aberta, cabelo manchado de vermelho...

— *Coitada da Belle* — ouço alguém dizer.

Fico de pé, marchando rapidamente até um cara qualquer da sala, tentando parecer calma ao estender a minha mão. Posso ouvir o professor gritando para que eu me sente. O cara entrega o celular hesitantemente.

Belle Robinson, você tem um problema. Eu perguntaria ao seu namorado e à melhor amiga dele, Chiamaka, o que eles fizeram durante o verão. Dica, envolvia carícias pesadas, mas não envolvia roupas. Parece que Chi arrumou alguém para levar ao Baile de Inverno no fim das contas. Uma vez ladra, sempre ladra. Lamento, Belle. – Ases

♠

Os olhares me seguem até o almoço. Não vi Belle durante a manhã inteira e, desde a aula de Química, eu também não vi Jamie.

Três garotas do primeiro ano se aproximam de mim, olhos animados e selvagens. É assustador.

— Sim?

Elas se entreolham.

— O Jamie beija bem?

— Eu não saberia dizer — respondo.

Todas as sobrancelhas delas se erguem ao mesmo tempo.

— Ases nunca mente.

— É — a outra diz.

— Sempre diz a verdade.

Seria errado bater numa caloura?

— Se Ases tivesse coragem, iria parar de se esconder atrás de uma tela que nem um covarde e falaria o que tem pra dizer na minha cara. De qualquer forma, o que quer que vocês tenham lido sobre Jamie e eu, é mentira...

— É mesmo? — uma voz interrompe.

Quando me viro, Belle está parada ali. Ela parece furiosa; os olhos espremidos, os braços cruzados.

— É mentira mesmo? — ela pergunta.

— Isso vai ser tão legal — ouço uma caloura murmurar.

— Sim — respondo, olhando nos olhos de Belle, tentando parecer confiante.

— Ah, é? Porque o Jamie me falou que é verdade.

Meu estômago pesa.

— O que é verdade?

Ela sacode a cabeça, parecendo querer me socar.

— O rumor de que você gostava dele e ficava o perseguindo, mesmo depois de ele dizer que não estava interessado.

O quê?

— Isso não é verdade...

— Então você não dormiu com ele? Ou falou que gostava de Jamie depois de ele ter dito que estava namorando comigo?

Eu fico ciente das pessoas paradas ali, ouvindo a conversa.

— Belle...

— Eu vim aqui para te dizer isso... esse negócio todo de *Lola's*, você e ele e as *tradições* de vocês... Você e ele, ponto-final, acabou.

Ela não pode fazer isso.

— Você não pode fazer isso.

Belle limpa o rosto com força.

— Ah, mas eu posso! A namorada é bem mais importante que a antiga melhor amiga — ela diz, me dando uma última olhada antes de sair batendo os pés pelo corredor.

Eu me sinto dormente. Meus braços estão congelados.

— Isso foi incrível... — escuto uma das garotas dizer.

— Acabou com ela!

Observo Belle — a cabeça baixa e os ombros encurvados — se afastando cada vez mais.

Eu *sou* uma pessoa horrível. Eu não sabia de Belle e Jamie, mas mesmo se soubesse, isso não teria impedido que alguma coisa acontecesse entre a gente. Eu não teria ligado para os sentimentos dela. Eu queria ele só pra mim, mesmo que isso significasse machucar Belle no meio do caminho.

— Que vadia — escuto.

E talvez, se fosse em outro momento, eu teria pensado numa

resposta criativa, ou me afastado de cabeça erguida, ou encontrado uma forma de colocá-las no lugar delas. Ao invés disso, eu me viro para encarar os três demônios de novo, sorrisos maliciosos em seus rostos de querubim, e a minha mão de repente voltou à vida. Ela acerta o meio do rosto de uma delas com força o suficiente para fazer minha palma formigar. A garota imediatamente cobre a bochecha e a mandíbula dela fica aberta.

Ouço suspiros ao meu redor quando me afasto. A expressão da garota lentamente se transforma num sorrisinho, a travessura dançando nos olhos azuis-esverdeados dela.

Ela arreganha a boca, um grito exagerado brotando dali.

E naquele momento eu sei que estou ferrada.

O Diretor Ward está sentado atrás da mesa, na minha frente, encarando a minha alma com seus olhinhos pretos, seus dedos longos e magros cruzados uns nos outros.

— Diretor Ward, não é do meu feitio fazer uma coisa dessas. Eu nunca entrei numa briga... as coisas só estão um pouco difíceis recentemente. Sinto como se alguém estivesse tentando me pegar.

Estou tão cansada do dia de hoje.

— Senhorita Adebayo, há inúmeras testemunhas, a maior parte delas com históricos imaculados, que afirmam que você estava cometendo *bullying* contra a garota. Eu pensei que você, como Líder dos Chefes de Turma, fosse se comportar melhor.

— Isso não é verdade! — digo, erguendo a voz. — Elas estão tentando me fazer parecer errada. Elas nem me conhecem!

Os lábios finos dele se curvam para baixo.

— E por que elas fariam isso?

Hesito. Ele ao menos acreditaria em mim se eu contasse sobre

Ases? Já assisti a um número adequado de séries sobre assassinatos para saber que nada de bom advém a quem dedura um valentão anônimo.

Eu suspiro e olho para baixo.

— Tem essa pessoa, ou pessoas, mandando mensagens para todo o corpo estudantil, espalhando rumores sobre mim e alguns outros alunos, e transformando a escola em um lugar bem difícil de se estar no momento.

Ergo o olhar para ele de novo, e o rosto dele não se alterou. Ele nem parece suspeito.

— Vou investigar isso — o Diretor Ward me diz.

Ainda que não seja muito e ele não pareça se importar, um pesinho alivia. Algo está acontecendo.

Talvez eu só devesse ter contado a um professor desde o início.

— Temos uma política de tolerância zero com violência. Você tem sorte de os pais da garota decidirem por não prestar queixas contra você. Já que esta é a sua primeira infração, eu não vou colocar nada disso no seu histórico permanente, mas é o seu primeiro *strike*. Cometa outro e as consequências serão sérias.

Ele me libera e eu saio do escritório dele, passando pelos corredores onde as pessoas ainda se esgueiram, ainda que as aulas tenham acabado meia hora atrás.

Estou encarando o meu celular morto, não me importando em manter a cabeça erguida e fingir confiança. Eu me sinto deprimida demais para fingir. Sabia que Ases não tinha terminado comigo.

Esbarro numa figura macia. O perfume dele e a familiaridade da sua forma me fazem olhar para cima.

— Ah, oi — digo, envergonhada.

O cabelo de Jamie está jogado para trás com a ajuda de uma faixa de cabeça vermelha, que briga com o azul-claro do seu uniforme de futebol.

— Ei, Chi — ele diz, evitando me encarar.

— Precisamos conversar...

— Acho que a gente deveria se afastar por agora... — diz Jamie, encarando o armário atrás de mim. — Quero ser seu amigo, mas eu também amo Belle e não quero perdê-la.

Amor. Uau.

— Vou convencê-la de que você nem gosta de mim desse jeito e de que não significou nada.

Rio, em descrença na maior parte.

— Claro, depois de ter contado a ela o oposto disso.

Ele parece chocado pelo fato de eu saber disso. Ergo uma sobrancelha para Jamie, esperando para ver qual mentira ele vai contar agora.

— Ela vai me escutar — ele diz com naturalidade.

— Você não pode dizer uma coisa e então convencer alguém de que não falou isso ou que tal coisa não aconteceu.

É isso que Jamie faz. Ele fala sobre tudo que aconteceu como se não significasse nada. Racionalizar as coisas esculpe novas memórias para ele.

Eu gosto muito de você, Chi. De verdade, ele falou naquela noite.

O passado ondula entre nós, me puxando de volta — a noite da festa dele brilhando em fragmentos quebrados.

Eu me lembro de chegar, encontrar Jamie, me sentir no topo do mundo. Eu me lembro de Jamie me entregando uma bebida, enrolando o braço ao meu redor, me pedindo para encontrar com ele no banheiro. Eu me lembro de pensar *ele gosta de mim* enquanto Jamie me puxava.

Então o tempo acelera. Eu me lembro de tropeçar, os braços dele ao meu redor, me segurando junto dele, e eu pensando *ele gosta de mim*, a gente se beijando, *ele gosta de mim*, meus olhos ainda molhados, o coração batendo acelerado por motivo nenhum.

Minha cabeça lateja e a memória pausa abruptamente.

Ele está agindo como se não tivesse me dito que gostava de mim naquela noite, e em todas as outras noites em que dormimos juntos desde então. Ele também me falou isso antes de ir para o acampamento.

Como ele vai racionalizar isso?

Talvez vá dizer que eu não entendi o que ele falou. Que não quis dizer que gostava de *mim*. Ele quis dizer que gostava do meu corpo, da minha carne, dos meus ossos — o que ele provavelmente pensou que poderia ter, visse a gente de forma platônica ou não.

Bobinha eu por desconstruir isso.

Agora todo mundo me olha como se eu tivesse uma enorme letra A bordada no meu moletom escolar que nem a Hester de *A Letra Escarlate*.

Jamie acha que o mundo é dele para controlar. Que pode me falar, me convencer de como pensar e de como sentir, como se eu fosse algum tipo de marionete. Eu costumava acreditar nisso — ficar presa nisso. Mas está ficando cada vez mais difícil não ver para além das mentiras dele; que ele é qualquer coisa além de egoísta; que ele se importa.

— Isso aconteceu, Jamie. Você não pode simplesmente desfazer esse fato. A Belle é mais esperta do que pensa. Ela não vai acreditar em você.

Jamie ri.

— Isso é ridículo. Claro que vai.

— Não é! E estou cansada de você fingindo que as coisas não aconteceram! — Meu rosto esquenta. Eu odeio a forma como ele me olha, tão despreocupado com tudo. — Coisas que nem o acidente.

Os olhos dele escurecem, as sobrancelhas se unindo.

— Que acidente? — ele pergunta, o tom mudando, mais profundo que antes.

Isso me cala.

Ele se inclina mais para perto, sussurrando.

— Você deveria pensar antes de abrir a boca, Chi. As pessoas podem começar a achar que você está inventando coisas para chamar a atenção.

A voz dele goteja veneno.

Nos encaramos por alguns instantes, os lábios dele subindo levemente. Quase como se estivesse sorrindo para mim.

Não.

Zombando de mim.

— Te vejo por aí, Chiamaka — ele diz, a voz voltando para o estado de neutralidade.

Então, ele passa por mim e eu observo a figura dele diminuindo de tamanho ao se afastar, até não ser mais discernível. O frio no corredor invade meu corpo.

Há momentos em que algo acontece e as peças do quebra-cabeça que antes não se conectavam agora se encaixam perfeitamente. Talvez a peça que eu não tinha conectado fosse aquela na qual pensei que Jamie fosse diferente de Ava ou Ruby. Que ele seria realmente capaz de me amar ou valorizar a nossa amizade.

Nada do que ele me falou era verdade. Eu fui estúpida de não ter me dado conta disso antes, cega pela ideia de que ele poderia realmente amar alguém como eu.

Talvez o que eu pensava ser o amor de Jamie não fosse amor coisa nenhuma.

Dizem que amor e ódio são a mesma coisa, apenas lados diferentes da mesma lâmina.

Eu hesito antes de abrir a lista de suspeitos na minha mente e adicionar o nome de Jamie no espaço abaixo do de Ruby.

15
DEVON

Segunda-feira

Minha casa, nos últimos tempos, tem sido o ponto alto do meu dia.

Antes de Ases, eu costumava evitá-la pelo maior tempo possível. Apesar do quanto amo minha Ma e meus irmãos, eu queria evitar os lembretes das coisas ruins que aconteceram dentro daquelas quatro paredes, desde o meu pai indo embora, a dificuldade que a minha mãe passava, ter que viver e dormir na caixa que compartilho com meus irmãos, desejando constantemente uma saída.

Agora eu vou de encontro ao ruim em busca de conforto.

Saio da escola, passando pelas ruas polidas e pelas casas perfeitas, até chegar na parte áspera da cidade, onde não posso mais me dar ao luxo de andar de cabeça abaixada.

Atravesso a rodovia e coloco meu capuz, não querendo que os garotos na frente da casa de Dre me vejam de novo. A maior parte da dor e dos hematomas de sexta-feira já desapareceu. Meus olhos ainda me matam, mas consigo lidar com isso – além disso, tenho estado meio chapado por causa dos analgésicos que Ma pegou no trabalho. Eles deixam tudo adormecido.

Tudo, exceto Dre.

Os remédios não conseguem me distrair ou me fazer desviver o término de Dre comigo. Não parece que terminamos — parece que fui banido. Como se não pudéssemos mais ser amigos. Eu nem preciso beijá-lo ou amá-lo se ele não quiser que eu faça isso; só preciso ser amigo dele. Mas até isso não é uma opção.

Os analgésicos também não me impedem de me importar com aquilo que as pessoas estão falando na escola. O que Ases vai falar sobre mim a seguir, e o que isso pode fazer com o meu futuro?

Uma figura passa por mim, e ergo o olhar para ver uma cabeça raspada familiar, pele rosa e uma mochila verde.

— Jack? — falo audivelmente, mas ele me ignora e atravessa a rua.

Eu o observo cumprimentar um dos caras de Dre com um soquinho, colocando sua mochila no chão ao se recostar no carro estacionado diante deles. Eu tinha mandado uma mensagem para ele, perguntando se queria voltar para casa junto comigo. Ele não respondeu.

Jack nunca quis se associar com eles quando eu fiz isso, e agora ele faz.

Meu celular emite um bipe.

Quer trombar? – T

Não tenho notícias de Terrell desde a noite de sexta-feira, quando ele me perguntou se eu estava bem.

Olho para Jack, que acabou de aceitar o baseado de um dos caras, os olhos se enrugando de tanto rir da piada que um deles deve ter contado. Ele se vira, focando em mim. Eu pauso, plantado no chão enquanto um sorriso assustador brota no rosto dele, o baseado pendurado nos lábios. Penso de novo na mensagem sobre ele usando drogas e andando com os garotos do Dre, e em como Jack pareceu pouco se importar. Talvez... não fosse *dele* que Ases quisesse ver uma reação.

O que mais Ases quer de mim? Não entendo. Já me afastou dos meus únicos dois amigos, me tirou do armário na escola e me fez perder a única forma que eu tinha de arrumar um pouco de dinheiro extra para Ma. E por qual motivo? Certamente não falta mais nada, não é? Eu vou só ficar no meu canto, me concentrar na minha música e cair fora daqui.

Afasto meu foco para longe do rosto de Jack, respondendo à mensagem de Terrell.

Claro, estou a caminho.

Eu tenho uma boa memória. Pessoas, lugares, coisas. É por isso que me dou bem em provas. Eu tive uma nota bem alta nos testes para as universidades, o que eu não acho que prove se sou esperto ou não, só que consigo me lembrar de um monte de porcaria básica, como chegar na casa de Terrell, por exemplo. Mas, aparentemente, não de coisas importantes, como *quem* é Terrell. E quando eu o beijei.

A casa dele é branca, com uma porta em vermelho-vivo e um enorme 63 no topo.

Tem uma cerca branca de madeira, mas parte dela caiu, e cada ripa está rachada e lascada.

Há o ranger de dobradiças, seguido pelo bater de madeira. Ergo o olhar e Terrell está lá – sorriso enorme, óculos redondos e os *dreads* médios puxados para trás.

— Você parece cansado — ele me fala quando entro, e seguimos pelo pequeno corredor dele, papel de parede verde-escuro, chão de carpete preto, e direto para a sala de estar.

Eu não olhei bem para a casa de Terrell quando estive aqui dias atrás. A primeira coisa que noto são as prateleiras, madeira marrom, recheadas de livros gastos e revistas. Há uma TV grande no centro, em cima de um tocador de DVD com DVDs ocupando o espacinho abaixo.

— A escola cansa — digo, tentando analisar a sala.

Frequentar Niveus me proporcionou o conhecimento indesejado de saber o que é bom — *caro* — e o que não é. Apesar do fato de as cortinas serem velhas e escuras, a mesa de jantar e as cadeiras de madeira serem arranhadas e gastas, e nada aqui ser remotamente caro, parece ser. É legal e aconchegante.

Melhor do que com o que estou acostumado.

Terrell se senta na poltrona verde e eu me acomodo no sofá maior. Ele me observa e, sob o olhar dele, eu me sinto pelado.

— Quer falar sobre isso? — pergunta, e a forma como ele faz isso quase me faz pensar que realmente se importa.

As pessoas normalmente dizem isso para alongar a conversa, não por realmente se importarem, mas o rosto dele parece interessado na minha resposta. No entanto, hoje foi um dia especialmente ruim. O sr. Taylor não estava na escola, por isso eu não podia usar a sala de Música fora do horário de aula.

— Normalmente eu não gosto de reclamar sobre a escola, porque eu me acho sortudo só de frequentar aquele lugar. Eu só...

Faço uma pausa, tentando pensar se vale a pena abordar isso. Eu tenho o costume de bloquear as coisas ruins e seguir adiante. Na real, eu nunca debato as coisas com outras pessoas, meio que só espero que tudo melhore por si só, o que geralmente não acontece.

— Há vários rumores sendo espalhados sobre mim — começo.

Terrell meneia a cabeça. Eu me pergunto se ele os ouviu também, assim como Dre. Ou se viu as fotos ou o vídeo.

— Você sabe quem está espalhando os rumores? Por que estariam fazendo isso?

Dou de ombros.

— Nem ideia.

Ele assente outra vez. Sentamos em silêncio, a conversa completa.

— Como tem estado a sua música nos últimos dias? — ele pergunta, o que me lembra de que eu deveria saber quem é Terrell.

— Estou me inscrevendo para algumas boas faculdades de composição — digo a ele.

Ele se ergue, interessado de novo.

— Tipo?

Hesito.

— Juilliard é a minha primeira escolha. E estou tentando ganhar uma daquelas bolsas.

Ele assovia.

— Dureza.

Balanço a cabeça.

— É, é mesmo, mas o meu professor, o sr. Taylor, está me ajudando. Ele frequentou lá.

Terrell sorri para mim.

— Tem alguma coisa na qual você está trabalhando?

— Tem essa que vou mandar para a audição, mas eu continuo travado nela. Era tão clara na minha mente durante o verão.

Acho que tudo isso que está acontecendo na escola está bloqueando o fluir.

— Talvez você precise de outros ouvidos — sugere Terrell. Quando não respondo nada, ele puxa as orelhas e sorri. — Minhas orelhas estão sempre disponíveis.

Ele as solta e eu me dou conta de quão enormes elas são. É meio cativante.

Apenas o sr. Taylor e Dre realmente ouviram minha peça, e Dre só fez isso porque eu estava deitado ao lado dele e comecei a cantarolar a melodia.

Dou uma piscada forte, apagando a memória.

— Obrigado. Isso seria ótimo.

Há um silêncio, no qual Terrell me encara como se estivesse

esperando que eu dissesse algo. Isso me deixa nervoso. Olho ao redor da sala outra vez.

E se ele tiver visto o vídeo?, uma voz sussurra. Que diferença faz se ele tiver visto? Ele ainda está conversando comigo, não é? Não me acha um fardo por causa disso, que nem todo o resto das pessoas. Preciso parar de pensar nessas possibilidades.

— E você? O que você planeja fazer depois do colegial? — pergunto, sentindo um enorme calor.

— Nada de interessante, provavelmente vou procurar um emprego.

Não escuto uma resposta desse tipo há tanto tempo. Eu costumava pensar assim também.

— Num mundo ideal eu talvez fosse para a faculdade. — Ele dá de ombros. — No entanto, o mundo não é ideal.

Eu assinto, me sentindo envergonhado e privilegiado, ainda que eu não seja. Estou contando com bolsas, e se eu não receber uma, esse é o fim da linha para mim e a universidade.

— Quer assistir a um filme? — indaga Terrell, agora de pé da poltrona, se inclinando ao lado de TV.

— Claro, eu não ligo pra nada.

Tudo que assisto são filmes infantis por causa dos meus irmãos. Parei de ver filmes quando me dei conta de que eram um truque de mágica. Na vida real, a formatura não é a melhor noite da sua vida. Na vida real, a sua primeira vez é com um cara chamado Scotty na parte de trás do Rolls-Royce do pai dele. Na vida real, os pais não estão juntos. Nem perto disso. Na vida real, o seu pai, a única pessoa que provavelmente entenderia a sua luta musical, está atrás das grades.

Terrell olha de volta para mim.

— Então vai ser *As Branquelas*.

Ele coloca o disco no aparelho e se levanta, as orelhas enormes aparecendo, antes de passar por cima da mesinha de centro e se sentar do meu lado, mais perto do que eu esperava. Posso sentir o cheiro do perfume dele, adocicado, mas ao mesmo tempo não muito. É um cheiro difícil de se definir.

— Já assistiu esse antes?

Sacudo a cabeça.

— É engraçado, um dos meus favoritos.

Minhas palmas estão suando.

— Eu provavelmente vou gostar, então. Sou fácil de agradar.

Terrell ri.

— Fácil, é?

Meu rosto queima.

— Não quis dizer assim — digo, sorrindo, me inclinando para trás agora.

— Claro, qualquer significado está bom por mim.

Ergo uma sobrancelha, mas não falo nada.

Eu não tinha pensado direito antes, mas agora não consigo parar de pensar nisso: o fato de que Terrell parece tão aberto acerca da sexualidade dele e tão casual com relação a isso. Não é uma coisa a ser levada de forma casual por aqui.

A forma como ele falou que nos beijamos — que eu fui o primeiro beijo dele — foi casual também. E esquisito. Eu sei que não poderia ter beijado Terrell. Eu me lembraria de algo assim, especialmente no Ensino Fundamental. Sempre me lembro de beijos porque sempre significam alguma coisa.

Meu primeiro beijo com meninas foi com Rhonda White na terceira série. Ela também foi a minha primeira namorada, e realmente gostava dela. Eu achava o afro dela bem legal. Ela acabou me largando por alguém da quinta série, o que eu entendo. Não ficou nenhum sentimento ruim.

Meu primeiro beijo com meninos, no entanto, foi Scotty, e isso não aconteceu até o final do primeiro ano de Ensino Médio, quando finalmente me entendi. Meu primeiro tudo foi com Scotty, na verdade. Mas não me arrependo. Não gosto de sentir remorso das coisas, mesmo daquilo que termina mal.

Um peso no meu pé me tira dos meus pensamentos, e eu olho para baixo, saltando para trás ao ver uma bola de pelos com garras e um rabo.

— Aquilo é um rato?! — grito, trazendo os pés para o alto no sofá, olhando para longe do que quer que tivesse violado o meu pé.

— Isso é Besteira...

— Eu senti uma coisa!

Terrell parece entretido pelo meu desconforto.

— Sim, eu sei. — Ele se abaixa e ergue alguma coisa até o colo dele. — É o meu gato, Besteira. Não sabia que ele estava aqui. Me desculpe...

— Que tipo de pessoa dá o nome de Besteira pra um gato? — indago, o rosto quente enquanto tento me distrair do quanto estou envergonhado agora.

O gato se senta nas coxas de Terrell, me encarando com seus olhos cor de mel. Ele mia casualmente, como se não tivesse acabado de me causar um mini-infarto.

Terrell dá de ombros.

— O nome combina com ele.

Ele parece sério, acariciando o gato com uma mão. É tão pequeno que provavelmente caberia na palma de Terrell.

— Algum outro animal de estimação surpresa do qual você queira me avisar? — pergunto colocando os pés no chão outra vez.

Terrell sacode a cabeça.

— O quê? Você não gosta de animais de estimação?

— Eles são... — olho para Besteira, que me encara de volta como se não pudesse ligar menos para a minha existência. Ele mia de novo. — ... de boa, eu acho.

Besteira salta do colo de Terrell e eu salto outra vez.

— Eu acho que você pode vir a gostar dele — ele me diz, à medida que o gato desaparece.

Eu juro que vejo um sorriso no rosto peludo.

Besteira.

Terça-feira

Os olhares não são tão irritantes quanto de costume quando entro na escola. Mas isso também pode ser porque todas as luzes estão apagadas.

Na verdade, a maior parte dos estudantes mal parece me notar a medida em que caminho pelo corredor. A maioria está distraída pela falta de luz, e outros estão focados em Chiamaka, de pé perto do meu armário. Ela está segurando essa bolsa verde horrorosa e um copo do Starbucks, com o cabelo marrom alisado dela puxado para trás e uma faixa de cabelo verde combinando.

Quando chego nela, o foco muda para mim. As batidas do meu coração ganham mais força, mas puxo os ombros para trás, tentando mostrar que não podem me atingir.

— Posso te ajudar? — pergunto a Chiamaka, que ainda não se mexeu.

As luzes acima de nossas cabeças de repente voltam a se acender. Chiamaka estremece ao ver o meu rosto de forma apropriada sob a luz. Imagino como está meu rosto, com todos esses hematomas.

— Eu só queria te dizer que contei ao Diretor Ward sobre Ases, as mentiras dele e as pegadinhas... logo, tudo isso deve terminar em breve — ela fala baixinho.

Ela ergue o olhar para mim, os olhos castanho-escuros cheios de certeza.

Não consigo deixar de rir. Não ouço tanta merda em muito tempo.

— Você acha que o Diretor Ward realmente vai nos ajudar? — pergunto, porque estou realmente perplexo.

Ela olha para mim de um jeito estranho, e eu acho que é porque não consigo parar de sorrir.

— Sim, claro que vai.

— Uau. Okay.

Ela sacode a cabeça.

— Ele só quer o que é melhor para o corpo estudantil; você vai ver isso na reunião dos chefes de turma hoje.

Eu vinha tentando não pensar nessa reunião. Isso significa mais tempo preso na Brancolândia.

— Certo, Chiamaka — digo, passando decidido por entre o corpo dela e o meu armário, esperando que ela pegue a deixa e caia fora.

Ela fica ali, olhando para mim durante um tempo — eu juro que há um brilho de algo que poderia descrever como quase humano por trás dos olhos dela. Então, ela finalmente segue adiante.

— Espera — eu digo.

Ela se vira.

— O quê?

— Acho que você precisa tomar cuidado — digo, e não sei o porquê exatamente.

Eu só não gosto do quanto ela confia no Diretor Ward. Este é o mesmo cara que parece desmembrar gatos por diversão.

— Não preciso de proteção. Você acha que mentiras me afetam, Richards?

Acho que nós dois sabemos que não são mentiras.

Os olhos dela imploram para mim.

Ao invés disso, eu sacudo a cabeça. Ela parece aliviada, provavelmente porque eu não disputei aquilo.

Ela me dá um sorriso tenso.

— Bom. Acho que já perdi tempo demais falando com você agora. Adeus.

E, então, ela desaparece.

Finalmente abro o armário, vasculhando por entre toda a bagunça em busca do meu caderno para a aula de Inglês Avançado e minhas partituras. Noto o brilho de algo roxo e prata no fundo.

Um pen drive?

Eu o ergo, notando que está colado com fita no verso de uma carta de baralho. Eu a viro. O ás de espadas.

Olho ao redor do corredor à medida que a multidão diminui. Acho que o primeiro sinal de aviso já tocou. Virando a carta de novo, vejo a ponta de uma palavra espiando atrás do *pen drive*. Eu o retiro, revelando uma mensagem escrita à mão.

Está tudo aqui — Ases

O segundo sinal me assusta, e eu enfio o *pen drive* e a carta no bolso do meu paletó, antes de pegar as minhas partituras e meu livro, me dirigindo até o registro de presença.

Assim que o sinal toca para o almoço, eu me dirijo à biblioteca, uma cadeia interna de vários *e se* girando pelos meus pensamentos enquanto agarro um computador disponível. Eu o ligo e conecto o *pen drive*. A biblioteca está semicheia, com alunos em sua maioria sentados em mesas do centro ou cuidando dos seus próprios afazeres. Ainda que eu tenha pego um assento no canto, onde ninguém pode ver a minha tela, eu me preocupo com o fato de alguém em algum lugar estar me observando, porque sempre parecem estar, ultimamente. Quem sabe o que pode ter aqui?

Suspiro, ansiosamente esperando que o *pen drive* carregue, a perna subindo e descendo.

Eu poderia simplesmente arrancar aquilo. Não tenho uma arma apontada contra minha cabeça. Não preciso ter medo.

Aquilo carrega. Meus músculos tencionam.

Clico antes que eu pense demais.

Há apenas uma pasta: *A Vida e os Crimes de Chiamaka Adebayo*.

Mas que...

Deixo o cursor pairar em cima do arquivo.

Por que me sinto culpado? Chiamaka e eu não somos amigos. Não devo nada a ela. Na verdade, ela e eu somos o que de mais longe há de *amigáveis* que você possa imaginar — se desconsiderar hoje mais cedo. Somos basicamente estranhos.

Clico de novo e a tela brilha à medida que vários subarquivos, todos com títulos diferentes, baixam a página. Todos têm datas e horários que vão até a noite passada.

Um deles nomeado *Duas-Vezes* chama a minha atenção. Clico duas vezes, ignorando a culpa. É uma foto de Chiamaka e aquele cara, com quem ela sempre anda, se beijando numa festa. Provavelmente é da época em que ela namorava Scotty, o que explicaria o nome do arquivo. Recebi uma mensagem sobre ela e o namorado de uma garota também.

Ela parece ter uma queda pelo namorado dos outros.

Meu cursor paira em cima dos outros arquivos, mas minha bússola moral está gritando para que eu pare.

Eu me pergunto se Ases enviou arquivos sobre a gente para todas as outras pessoas sobre as quais falaram. Isso quer dizer que Jack, Scotty, Chiamaka e o amigo dela possuem um arquivo sobre mim? Mas por que eu não tenho um sobre Scotty ou Jack?

Meu peito está pesado, arrastado e dolorido. *Por que a gente?* Chiamaka e eu. Estamos no centro disso, mesmo que outras pessoas tenham sido jogadas no meio. Quero dizer, tem a coisa óbvia... pego um vislumbre da minha pele escura no monitor, a encarando como se fosse saltar em mim. Sacudo a cabeça. Frequento essa escola há anos e ninguém nunca me incomodou antes. Diferente da minha escola anterior, onde eu era o saco de pancadas favorito de todo mundo, porque, aparentemente, toda a minha essência grita *alvo fácil gay*. Mesmo quando tentei esconder isso de todo mundo e de mim mesmo.

Olho para a lista de arquivos outra vez; rolando um pouco, paro quando vejo um com o título de *Assassina*.

O quê? Olho para ele com atenção, me inclinando na cadeira. *Uma assassina?* A Líder dos Chefes de Turma e puxa-saco profissional dos professores, uma assassina?

Se isso for verdade, poderia eu ser implicado nisso se clicar no arquivo? É isso que Ases deseja aqui? Eu me afasto tremendo, fechando a janela ao invés disso.

Olho para a biblioteca. As pessoas ainda estão perdidas em seu próprio mundo, ignorantes do caos do meu. Removo o *pen drive* da entrada, vendo os arquivos desaparecendo da tela um por um.

Quem é Ases e o que deseja? Está me seguindo; entrando no meu bairro, na minha casa, na minha mente.

E eu não sei como impedir.

Estou olhando para o relógio desde que entrei na sala de reuniões depois da aula.

Consegui ficar calado até o momento, grato pelo fato de os outros chefes de turma serem tão sabichões que gastam a maior parte da reunião com seus pensamentos e opiniões.

Nós, ou melhor, *eles* estão discutindo o lendário Baile de Inverno Beneficente dos Seniores, que acontece em duas semanas. É lendário porque os não seniores estão sempre falando dos trotes que acontecem durante o baile. Quanto à maioria dos seniores, a maior preocupação deles é a escolha de qual vestido ou terno usar, e com quem farão um trote — ou de quem sofrerão trotes. Tudo no que consigo pensar é que o baile seria o momento perfeito para Ases fazer alguma coisa. O baile é obrigatório — parte do "espírito escolar especial de Niveus" —, mas estou pensando em fingir uma doença séria.

O Diretor Ward olha para mim de repente, como se pudesse ler meus pensamentos.

— Termino a reunião com uma observação final, vamos fechar partes da escola por um dia nas próximas semanas para fazer uma avaliação das redes elétricas e das instalações do prédio. Deveria ter sido feito durante o verão, mas não aconteceu, por isso eventos como a partida de futebol de início de ano podem ser afetados. Discutiremos locais alternativos para a partida na próxima reunião.

— Cecelia, obrigado por cuidar da ata. Você já pode ir. Chiamaka e Devon, podem esperar, por favor.

Os olhos de Ward ficam detidos nos meus enquanto ele arrasta cada sílaba, cada palavra saindo da boca dele que nem bolhas escuras.

Chiamaka e eu olhamos um para o outro. Ela tem um sorrisinho de *eu te disse* no rosto.

Observo os outros chefes de turma saindo. O Diretor Ward tranca a porta com força atrás deles. Por que ele precisa fazer isso?

Ele se vira.

— Encontramos o assim chamado "Ases", se quiserem nomeá-lo dessa forma. — diz ele.

O quê?

Meu coração salta do meu peito.

Chiamaka se senta, ereta.

— Chiamaka — ele começa, a voz baixa. — Quando veio até mim, eu pensei que fosse por preocupação legítima. Mas a sabotagem viciosa um do outro que vocês fizeram me prova que não têm seriedade e não merecem os títulos de Chefe de Turma e Líder dos Chefes de Turma.

Mas que caralhos?

Estou tão confuso. Ele está tentando dizer que fizemos isso um com o outro?

Chiamaka parece horrorizada.

— O quê? — ela diz.

Ele parece tão entediado.

— Foi trazido à minha atenção que ambos vêm coletando informações danosas um contra o outro. Informação que descobri hoje mais cedo enquanto vasculhava as contas escolares pessoais de vocês. Não toleramos esse tipo de comportamento incivilizado em Niveus, por isso, Devon, vou revogar seu distintivo por três semanas, já que você não possui nenhum incidente anterior e tem boas notas. Você, Chiamaka, por outro lado, já que é o seu segundo incidente apenas essa semana, temo que serei obrigado a revogar o seu distintivo até novo aviso. Ambos cumprirão detenção todos os dias depois da aula, até um novo aviso, e isso *irá* constar no histórico de vocês...

Merda.

— Eu não estou por trás disso, Diretor... — Chiamaka começa.

— Quieta! — Ward grita, o que me assusta, porque a voz dele muda completamente. — A detenção começa a partir de amanhã às quatro... por favor, seja pontual. Podem sair.

Chiamaka parece doente.

Sinto a raiva borbulhando dentro de mim. Juilliard vai ver isso e não há nada que eu possa fazer porque Ward não vai nem permitir que a gente se defenda. Ele já decidiu, somos culpados. Eu só quero chegar em casa.

Pego minha mochila, destranco a porta e saio. Mãos nas minhas costas me empurram para frente e eu me viro rapidamente.

— Então foi você! — grita Chiamaka, olhos marejados.

— Chiamaka...

— Que tipo de miserável perde tempo tentando arruinar...

— *Chiamaka*...

— Isso vai entrar no meu histórico, então Yale não vai me aceitar, e eu vou ficar presa numa universidade comunitária onde os meus esforços nem farão diferença e eu não vou cursar Medicina.

Lágrimas estão escorrendo pelo rosto dela agora.

Sinto uma pancada no meu peito. Remorso?

— Eu não fiz isso — digo a ela calmamente.

Ela olha para mim desacreditada.

— Por que eu vazaria a minha própria *sex tape*, me chamaria de traficante ou me tiraria do armário? Ou te incomodaria, pra início de conversa? A gente nem conversa. Como eu vou saber que você não está por trás disso?

Ela não diz nada, apenas me encara enquanto eu a encaro de volta. Acho que nunca olhamos tanto um para o outro, e não sei quanto tempo dura, mas é longo o bastante para ser significante. O rosto dela é redondo, bonito e molhado. Ela está chorando. *Por que ela está chorando?*

Eu sempre acreditei que gente que nem Chiamaka — gente endinheirada — pudesse comprar a entrada deles na faculdade. Por que ela está agindo como se isso não fosse uma opção? E mesmo sem uma faculdade, ela vai ter uma poupança. Eles sempre têm.

Observo os ombros dela, que tremem como se uma brisa fria tivesse passado por ela. Ela enfia a mão no bolso e tira um *pen drive* vermelho dali.

— Você também recebeu um desses?

Por que parece que estou num filme de terror?

— Sim, recebi — digo.

Ela olha para o teto, limpando o rosto.

— Siga-me — ela diz, andando pelo corredor.

Eu sigo. O salto dos sapatos dela batem de forma barulhenta contra o mármore, enquanto os meus rangem a cada passo. Todo e qualquer som parece ensurdecedor. Finalmente fazemos uma curva e entramos numa das bibliotecas menores. Ela senta numa cadeira em frente a um dos computadores, e eu a observo digitar o login escolar dela, me lançando uma encarada enquanto a observo digitar a senha.

Suspiro para mim mesmo. *Por que eu iria querer a senha dela?*

Ela conecta o *pen drive*.

— Eu não consegui olhar muito a sua pasta porque eu tinha aula, mas tinha muitas pastas. Talvez, se você as vir, pode antecipar e se preparar antes que Ases ataque, ou talvez possamos mostrar ao Diretor Ward as mensagens...

— Então, depois de ele nos acusar de fazermos isso um com o outro, você realmente quer confiar nele para encontrar os verdadeiros culpados?

Chiamaka me ignora, focando na tela. O computador faz um barulho alto e a mensagem *USB NÃO RECONHECIDO* aparece.

Ela tira o dispositivo e o conecta de novo. A mesma coisa acontece.

Acho que, com tudo que está acontecendo e o ritmo com o qual o meu coração tem batido, parece que posso vir a morrer de causas naturais.

— Me dê o seu — ela diz, estendendo a mão.

Pego minha mochila e enfio a mão dentro, vasculhando por entre os livros e papéis, antes de sentir o metal frio do USB. Pego ele e entrego para Chiamaka.

Ela conecta o meu *pen drive* e a mesma coisa acontece.

— Não, não, não, não, não! — eu a ouço murmurar.

Ela bate no computador, então coloca o rosto nas mãos.

— Os *pen drives* eram uma armadilha — ela fala. — Ases plantou eles na gente. Deve ter alguma coisa no código que destrói os arquivos assim que são vistos.

Engulo em seco.

— Por que dar a informação pra gente?

— Para nos confundir? Ou, sei lá, nos fazer sentir medo do que a outra pessoa pode ter visto...

Ela estreita os olhos ligeiramente para mim, como se procurasse dentro da minha mente pelo que vi.

Penso de novo no arquivo intitulado *Assassina*. Eu me pergunto se tem alguma coisa a ver com isso.

Ela fica de pé, desligando o computador.

— Eu não sei o motivo nem como, mas... — Ela pausa, baixando a voz agora. — Acho que alguém está tentando fazer a gente ser expulso.

— Scotty e Jack também — acrescento.

Chiamaka parece confusa.

— Quem é Jack?

— O outro cara sobre quem Ases falou — digo enquanto pego o meu celular, mostrando a mensagem a ela. — Jack McConnel.

Ela sacode a cabeça.

— Eu não recebi isso. Não acho que alguém que eu conheça tenha recebido também.

Isso não faz sentido... pensando em retrospecto, eu não me lembro de haver o mar de alertas de celular quando recebi a mensagem. Será que fui a única pessoa a receber? Por quê?

— Então o que a gente faz? Como não sermos expulsos? — pergunto a ela.

Isso está começando a parecer *muito* real. Muito mais real do que antes.

— Não sei. — Chiamaka belisca o nariz e suspira. — Preciso ir pra casa e pensar. Entrarei em contato — ela diz.

Então, ela passa por mim e desaparece pelas portas duplas de carvalho escuro, me deixando aqui com meus pensamentos.
Sozinho.

PARTE DOIS

X MARCA O LUGAR

16
CHIAMAKA

Terça-feira

É inesperado – Belle se aproximando de mim durante minha caminhada para casa.

Faço bastante isso agora – caminhar. Desde o acidente, eu não consigo dirigir sem ter um ataque de pânico. É engraçado – no ano passado, eu implorava aos meus pais por um carro e agora nem consigo dirigir.

– Oi – ela diz, me assustando para fora dos meus pensamentos depressivos acerca do *pen drive* que encontrei no meu armário e Ward tirando o meu distintivo.

Não falo nada de início, porque acho que estou alucinando a presença dela aqui. Por que ela estaria conversando comigo? Estico a mão levemente, querendo tocá-la, me certificar de que ela é real. Mas eu me impeço, caso ela *seja* real e pense que sou esquisita por fazer isso.

– Olá – respondo.

– Eu fui um pouco dura com você ontem... me desculpa – ela diz.

O que é ainda mais esquisito, porque deveria ser eu pedindo desculpas. Quero dizer, eu realmente dormi com o namorado dela e menti sobre isso, mesmo que ainda não soubesse disso quando Jamie e eu estávamos nos esgueirando por aí.

— Eu vim para perguntar o seu lado da história. Eu sempre disse pra mim mesma que, se houvesse "outra mulher", eu não faria o esperado de brigar com a garota e não com o cara, mas foi exatamente isso que eu fiz.

As bochechas de Belle estão salpicadas de rosa por causa do frio, os cachos loiros presos sob uma boina cinza. Os olhos dela parecem tão abertos e gentis, mas não consigo deixar de me sentir estranha com isso. Por que ela quer falar comigo depois de tudo? Especialmente agora que alguém está tentando me expulsar, e *especialmente* já que Belle também está tentando Yale, que, em toda a história da nossa escola, só aceitou um inscrito por ano. Eu sei que soa como perseguição, mas eu fiz uma pesquisa acerca da minha competição em Yale meses atrás — eu não estava sendo bizarra, nem nada do tipo. Eu só precisava saber contra quem estava lutando.

— Honestamente... — eu começo, parando para pensar se contar a ela qualquer coisa pode piorar tudo. — Eu gostava de Jamie, e é bobo porque deveria ter ficado claro para mim que era apenas sexo...

Okay, honestidade demais, volte um pouco.

— Mas ele era o meu melhor amigo. Eu deveria ter sabido que ele não gostava de mim desse jeito.

Belle sacode a cabeça.

— Então, por que ele dormia com você? Eu quero acreditar que isso é apenas de um lado e te culpar, mas não consigo.

Eu não sei o que ela quer que eu diga.

— Você deveria me culpar e seguir adiante. É mais fácil assim. Não consigo explicar nada sobre Jamie.

Tento andar para frente, mas ela me alcança.

— Quem começou as coisas entre vocês?

— Ele — digo, piscando rápido. — Mas nós dois fizemos isso, e eu queria. Não posso falar pelos motivos dele, mas eu queria estar com ele, então por que diria não? Eu tive a impressão de que as coisas poderiam funcionar entre a gente de alguma forma... então ele me diz que está com você e que isso não significou nada, e me sinto como se eu não fosse nada e eu... — Assim que começo eu não consigo mais parar. Há uma pressão no meu peito, como se eu tivesse um peso aqui desde sempre. — É assim que o Jamie é.

Belle olha para mim, chocada.

— Jamie é um idiota — ela diz.

Não sei por que o meu primeiro instinto é o de defendê-lo, mas admitir isso em voz alta me faz parar e pensar.

Eu nunca me perguntei de verdade se as coisas ruins que Jamie faz tornam ele uma pessoa má. Todo mundo faz coisas assim de vez em quando, faz escolhas ruins. Eu sei disso mais do que ninguém.

— Ele é — digo.

— Eu terminei com ele — ela diz.

Estou chocada. Ela não parece arrependida.

— Por quê?

— Porque ele é um idiota.

Há um sorriso que ela está contendo, posso dizer.

— E eu tinha um pressentimento acerca disso tudo, por isso terminei. — Ela faz uma pausa, a hesitação tornando a atmosfera constrangedora. — Eu sei que é esquisito... mas eu queria ser sua amiga, Chiamaka. O tempo todo que eu estava namorando com ele, mesmo... exceto que você parecia me odiar... e eu acho que sei o motivo... mas, confuso como seja tudo isso, você parece ser mais gentil do que as pessoas dizem. Além disso, nós duas somos legais demais para Jamie — ela fala.

Não digo nada. Não faço nada. Nem mesmo respiro. As palavras de Belle são tão confusas. Em um momento, ela está brava comigo, no outro quer que sejamos amigas.

Jamie tem sido o meu único amigo "de verdade" no Ensino Médio. Todos os outros eram peças de xadrez no jogo da popularidade. Nem mesmo sei se quero ser amiga; tudo que parecem fazer é te machucar.

Belle está olhando para mim com expectativa em seus olhos azuis, o rosto dela fazendo meu coração bater rápido quando desvio o olhar.

Nós *somos* melhores do que ele.

— Você está errada de pensar que sou legal, a propósito. Todo mundo estava certo. Eu sou uma vadia — digo a ela, o que só a faz sorrir ainda mais.

— Acho que todas nós somos de vez em quando.

Meus braços e pernas estão tão frios, e o vento piora tudo. Eu realmente só quero ir pra casa.

Olho de volta para ela. A reunião ainda pesando na minha cabeça, assim como Ases.

— Eu estava indo para casa assistir *Project Runway*... se você quiser se juntar a mim? — indago, como se a minha vida não estivesse à beira do colapso.

Ela assente.

— Eu gostaria.

Enquanto andamos, penso no *pen drive* de novo. Eu perguntei a um *nerd* de computador que conheço se era possível acessar o sistema de câmeras de Niveus para ver quem tinha plantado os *pen drives* hoje de manhã, assim como rastrear a origem das publicações de Ases. Talvez eu até pudesse pedir a ele para recuperar os arquivos do *pen drive* também, o que, no caso, implica trazer Devon para os meus planos. Não posso permitir que Ases tire ainda mais de mim — quanto mais fundo Ases cavar, mais difícil vai ser para voltar.

Eu me recuso a ser enterrada.

17
DEVON

Quarta-feira

— A sua escola parece o Palácio de Buckingham — Terrell fala do assento de sua brilhante bicicleta amarela.

Eu terminei a detenção de hoje depois de uma hora inteira arrancando chicletes de mesas numa sala qualquer. Acho que Ward me separou de Chiamaka de propósito. Não tenho certeza do motivo. Talvez ele ache que fôssemos tentar causar mais danos um contra o outro, que eu iria cortar a garganta dela com a ponta da espátula ou coisa do tipo.

Ward foi tão rápido em nos culpar. Nos tomar por delinquentes. Dadas as opções, eu o apunhalaria primeiro antes de pensar em fazer qualquer coisa com Chiamaka. Mas, na realidade, alguém como Ward poderia facilmente me esmagar feito um inseto. Não posso lutar para salvar minha vida. Não que ele fosse acreditar em mim se eu dissesse isso.

Quando finalmente saí de Niveus, as mãos machucadas e doloridas, Terrell estava lá, esperando por mim do lado de fora. Ele tinha me enviado uma mensagem misteriosa mais cedo: Preciso te contar uma coisa.

E agora aqui estamos. Estou em um dos balanços e ele está sentado em sua bicicleta. Eu caminhei e ele pedalou durante todo o caminho até um parque nas proximidades. Evito os grandes parques do meu bairro, sabendo que Dre e seus chegados ficam por lá de vez em quando. Meu coração aperta ao pensar em Dre.

— Nada de realeza ali, no entanto — digo.

— Não é branco pra cacete e cheio de gente rica? Parece bastante com um palácio para mim.

As covinhas dele aparecem, o que me força a sorrir de volta. Acho que o argumento é valido. Niveus é que nem uma história de amor bizarra entre os Estados Unidos e a Inglaterra, desde o fato de a gente chamar Ward de Diretor Ward, dizer "registro" em vez de uma sala de entrada, até o formato do prédio. Quando cheguei aqui, achei muito estranho. Precisei de um tempo até me acostumar.

— Tirando isso, é o inferno.

— As pessoas ainda estão falando de você?

Assinto.

— Tudo por causa de Ases. As pessoas por lá geralmente não prestam atenção em mim.

As sobrancelhas de Terrell sobem.

— Ases?

Esqueço que Ases não significa nada para qualquer um fora de Niveus.

— Uma pessoa anônima que envia mensagens. Está perturbando muito uma menina, Chiamaka, e eu, espalhando rumores sobre a gente.

Terrell assente para si mesmo, como se estivesse tentando entender alguma coisa.

— Essa tal de Chiamaka é preta também? — ele indaga.

Eu quero rir, mas me contenho. Por que me sinto tão leal a ela essa semana? Está me irritando.

— É.

Não digo nada de início, pensando de novo nos pensamentos que tive na biblioteca acerca de ser negro e que, talvez, tivesse alguma coisa a ver com isso.

— E só perturbam vocês?

Eu balanço a cabeça lentamente, esperando que ele não vá até lá — o negócio racial.

Terrell sacode a cabeça, estreitando os olhos para mim.

— Vocês são cegos ou o quê?

Suspiro, me virando um pouco para o lado.

— O quê?

— Tem alguma outra pessoa preta na sua escola?

Suspeito que a pergunta dele seja mais retórica do que tudo, mas ainda assim sacudo a cabeça.

— Então você frequenta uma escola branca, na parte branca da cidade, onde coisas ruins acontecem *apenas* com os alunos pretos... — ele começa, como se estivesse decodificando um difícil problema de matemática.

Tenho vontade de soltar uma interjeição e desacreditar a teoria dele, mas não consigo me obrigar a falar. Estremeço no momento em que uma lufada de vento sopra na minha direção.

— Acho que é racismo.

Terrell olha direto para mim.

— Nem todos eles são ruins, Terrell.

E é verdade. Posso não ser amigo de nenhum aluno em Niveus, mas a maior parte deles foi legal durante os anos.

Ele desce da bicicleta dele e toma um assento no balanço ao lado do meu.

— Fale o nome de três pessoas boas de lá, e não estou falando de pessoas decentes, quero dizer boas de verdade.

Não sou tão social, por isso o meu círculo na verdade sempre só incluiu Jack e eu na escola. Além dele, todo mundo é okay – decente. Bom. Não, todo os outros são bons.

— Meu professor de Música... o sr. Taylor, Jack e esse cara chamado Daniel.

— Jack, o amigo que te abandonou?

Esqueci que tinha mandado uma mensagem sobre isso a Terrell.

— Ele é da nossa área, precisa pensar na família dele. Ele só está se protegendo enquanto todas essas mensagens vazam. Eles também podem machucá-lo.

E conheço Jack praticamente a minha vida inteira. Se ele fosse racista, por que seria meu amigo ou fingiria se importar comigo? Não faz sentido.

Terrell sorri ao ouvir isso.

— Acho que não tem nada a ver com a família dele.

O que ele quer dizer com isso?

— Quem é Daniel? — ele continua, como se não estivesse convencido pelo que estou dizendo.

— Esse cara popular na escola; ele é esquisito e irritante, mas legal, acho.

— E o sr. Taylor?

Confio nele como um exemplo de boa pessoa branca que conheço.

— Ele é o melhor professor de Música que já tive. Deixa eu ficar o dia inteiro na sala de prática criando música, e ele realmente quer que eu entre na Juilliard.

— Quer mesmo? — indaga Terrell, a voz cheia de sarcasmo.

— É.

Ele balança a cabeça.

— Certo, tudo bem.

— Você não parece acreditar.

Ele dá de ombros, me dando um empurrãozinho.

— Eu não confio em gente branca que nem você. Eu obviamente

não acredito que sejam todos assassinos, mas acho que todos são racistas.

— Todos? — digo, sobrancelhas erguidas.

— Parece loucura, eu sei, mas o racismo é um espectro e todos eles participam de alguma forma. Nem todos usam capuzes brancos ou nos chamam de coisas horríveis; sei disso. Mas o racismo não é apenas isso... não tem a ver com ser bonzinho ou malvado. Ou o bem contra o mal. É maior do que isso. Todos nós estamos nesta bolha afetada pelo passado. No momento em que eles decidiram que tinham que ser brancos e ter todo o poder e nós nos tornamos pretos e estamos na parte de baixo, tudo mudou. Se não podemos falar sobre isso honestamente, e eu quero dizer falar sobre isso de verdade, então qual é o motivo? Eu li um pouco de Malcolm X no ano passado, e eu concordo com ele. Alguns até podem te tratar bem, que nem um dono trata o seu animal de estimação.

— Isso é loucura — digo.

— É, é mesmo. Acho que qualquer um tem a capacidade de ser legal, mas não tem a ver com ser legal. Você não pode escapar de uma história assim e não ser afetado por ela. Nós, pretos, começamos a vida nos odiando, e eles, brancos, começam a vida se achando melhores do que todos nós. Ainda que não pensem nisso constantemente, está lá em algum lugar.

Eu me encontro sorrindo de leve. Ele parece um daqueles cientistas excêntricos depois de explicar uma teoria. O cabelo dele também está bagunçado, de pé em todas as direções. Não sei se concordo completamente com ele. Não sei se *quero* concordar com ele. É uma forma triste de se ver as coisas.

— Você soa como alguém que deveria ir pra faculdade — digo a ele.

Ele soa como o tipo de pessoa que estudaria política ou algum outro tipo de ciência social, escrevendo artigos e irritando pessoas sempre que falasse.

— O mundo não é ideal — ele me relembra.

— E se fosse? — pergunto, me virando no balanço para encará-lo agora.

— Se fosse, muita coisa seria diferente. — Ele olha para mim. — Eu poderia ir pra faculdade, me formar em administração ou coisa do tipo. Eu poderia me dar bem e sair daqui. Eu faria coisas perigosas que nem beijar garotos de que eu gosto e fazer todas as coisas que eu gostaria de fazer. Mas o mundo não é ideal, então pra que envenenar a minha mente com pensamentos que não farão a menor diferença?

Entendo isso. Sonhar pode ser perigoso. É difícil sonhar num bairro que nem o nosso. No entanto, Ma sempre me mandou sonhar, que o céu era o limite. Eu tenho medo de sonhar *demais*, por medo de cair de cara. Mas ainda assim faço isso.

Sonhar machuca, mas ainda assim eu sonho.

Ma tentou criar o mundo ideal para mim. Apesar da minha bolsa, ela ainda gasta tanto com essa escola, esperando que uma boa faculdade me dê uma chance. Mas e se nada disso acontecer? E se eu falhar? Ou for expulso? E se Ases arruinar tudo?

E se eu ficar preso aqui, a desapontando, desperdiçando o tempo e o dinheiro dela por nada?

As mãos de Terrell estão nos meus ombros, e então elas se enrolam ao meu redor enquanto tento respirar.

— D-desculpa, eu estava pensando demais... preocupado com a minha Ma e tudo mais — digo, enxugando os olhos.

— Ela está bem?

Assinto.

— Só o medo de não entrar na faculdade, de ela desperdiçar o dinheiro dela comigo por nada.

— Independentemente do que aconteça, não é um desperdício em você. Mas eu me preocupo com dinheiro. A minha irmã está doente agora e o dinheiro está curto. Não conseguimos ajudá-la com as contas médicas, então eu entendo. Mas não permita que isso encha a sua cabeça demais ou te entristeça.

A irmã dele está doente?

— Lamento pela sua irmã.

Terrell olha para longe.

— Não precisa lamentar. Vamos fazer alguma outra coisa.

Balanço a cabeça, chocado pela brusquidão dele. Eu deveria perguntar se ele está bem. Sinto como se tudo que eu fizesse fosse falar sobre mim mesmo, nunca me dando ao trabalho de perguntar se alguma coisa o incomoda. Preciso ser um amigo melhor para Terrell; ele tem sido tão legal comigo. Mas, antes que eu possa dizer qualquer coisa, ele está de pé e correndo na direção do trepa-trepa. Eu me ergo do balanço, que range quando me levanto, e o sigo. Terrell sobe nos degraus de neon e rasteja para dentro de um tubo roxo-escuro no topo e não sai de lá.

Espero...

... e espero.

E se ele estiver preso?

Analiso o tubo de novo. Ele pareceu caber bem quando entrou...

— Terrell? — eu chamo.

Sem resposta.

Caminho na ponta dos dedos, tentando ver dentro do tubo, mas ele se curva para cima, bloqueando minha visão. Suspiro, começando a subir os degraus lentamente. Meu corpo ainda não se recuperou completamente da surra que aqueles garotos me deram, além disso, eu tenho certeza de que isto aqui foi feito para crianças, e não quero que cobrem de Ma dinheiro que ela não tem só por causa da minha falta de noção se isso daqui quebrar. Quando chego no topo, eu me inclino para dentro do tubo e vejo Terrell ali, sentado com a cabeça abaixada como se estivesse esperando por mim.

— Demorou bastante — diz ele.

Então, ele *estava* esperando por mim.

— Não vou entrar aí — digo a ele, tentando soar sério apesar do sorriso em meu rosto.

— Tudo bem, eu só vou ficar sentado aqui até que você faça isso.

— Tudo bem, por mim.

Ele me encara, e eu o encaro. Eu me sento, repousando as costas contra o mastro perto dos degraus.

— Está bem frio aí fora — diz ele.

— É mesmo? Nem sinto.

— Tem certeza?

— Absoluta.

— Tudo bem, se você tem *certeza absoluta*.

Ele se move na direção da entrada do tubo, escalando para fora e sentando-se na entrada levemente erguida.

— Acho que posso te convencer a entrar — ele me fala, passando a mão por cima dos *dreads* em miniatura.

Ergo a sobrancelha diante da confiança dele.

— Como?

Ele sorri para mim, os olhos enrugando nos cantos e covinhas se definindo à medida que ele enfia a mão no bolso do *jeans*, então a retira com o punho fechado.

— Chegue mais perto e eu vou te mostrar o que está na minha mão. Confie em mim, você vai entrar quando vir.

Não tenho certeza do que poderia me convencer a fazer isso, mas eu avanço adiante, encarando as frestas entre os dedos dele, esperando ter um vislumbre daquilo que se oculta ali.

— Estou mais perto, abra.

Ele me olha pronto para rir.

Observo a mão dele novamente conforme se abre, revelando... nada.

Encaro a palma vazia dele e olho de volta para ele.

— Você é cheio de besteira — digo, o que só o faz sorrir ainda mais.

— E de arroz também — ele diz, antes de voltar para o tubo.

Finjo hesitar antes de segui-lo, me sentando perto da entrada, ainda um pouco receoso de quebrar aquilo.

O interior do tubo não é tão escuro quanto eu pensava que seria, mas é menor do que eu esperava. Preciso deslizar um pouco para baixo para caber.

Terrell, por outro lado, precisa se encolher, visto que é mais alto. Quando entro, ele se aproxima de mim, batendo a cabeça, o que me faz dar uma risada.

Há um brilho no capuz dele que chama a minha atenção. Um alienígena verde-metálico impresso no meio do capuz.

É esquisito, o alienígena meio que se parece com ele.

— Eu falei que iria te convencer a entrar — ele diz numa voz grave.

— Entrei porque eu quis — respondo, o que não é exatamente verdade.

Uma parte de mim provavelmente gosta de estar tão perto de Terrell. Porque ele estava certo, estava bem frio do lado de fora do tubo.

— Quem tá cheio de besteira agora? — diz ele.

— Ainda é você — digo a ele, tremendo de novo.

Caímos num silêncio confortável. Tento não pensar nas coisas ruins, como Ases ou a faculdade ou Andre. Tento não pensar em como neste exato momento, duas semanas atrás, eu não me preocupava em ser expulso da escola. Eu provavelmente estava na casa de Dre. Feliz. Ao invés disso, bloqueio os pensamentos. Acho que já chorei demais na frente de Terrell hoje.

Dou uma olhadela para ele, que está com o queixo repousado em um dos joelhos agora, erguendo o olhar para mim. Quando ele me vê encarando, sorri.

— Está com frio? — ele pergunta.

— Um pouco — eu finalmente admito.

Ele se senta ereto, batendo a cabeça mais uma vez, o que o faz praguejar baixinho. Observo de bochechas quentes o momento em que ele tira o moletom dele e joga para mim.

— Veste isso — diz ele.

Pego o moletom, colocando por cima da minha camisa de escola e gravata. É quente e confortável e faz parecer que tenho um enorme cobertor enrolando ao meu redor.

— Obrigado.

— Sem problemas.

Eu me aproximo mais, me distanciando da entrada fria.

— Sabe o que é estranho? — Terrell fala suave.

— O quê?

— Sou claustrofóbico — ele sussurra.

Uno as sobrancelhas.

— Então por que você queria que eu entrasse aqui?

— Não pensei direito — diz ele, parecendo levemente ansioso.

Eu o observo se reclinar para trás, esticando a cabeça para a outra ponta do tubo. Isso meio que me lembra da forma como cachorros colocam a cabeça para fora das janelas de carros.

— Liberdade! — diz ele com um tom exagerado.

Feito antes, quando tentei ignorar todas as coisas ruins, agora tento ignorar a pele exposta no torso de Terrell. Foco no teto do tubo.

Terrell decide que já tomou ar demais e se senta, e eu consigo focar no rosto dele outra vez. Noto agora que algumas folhas se prenderam aos *dreads* dele e me explodo de rir.

— Você tem folhas no seu cabelo — digo a ele.

Ele estica a mão para o alto e tenta removê-las, mas sem sucesso, e por isso eu me estico e ajudo.

— Está tudo bem agora — digo, me afastando.

Terrell olha para mim e eu engulo em seco. Os olhos gentis dele lembram a forma como Dre costumava me olhar antes de a gente se beijar ou tocar ou fazer mais do que isso. Eu me sinto colocando a mão no rosto de Terrell, me inclinando para perto. Algo me diz para me afastar, mas então sinto Terrell envolver os braços dele ao meu redor e ignoro meu cérebro e o beijo.

Não esperava que Terrell me beijasse de volta tão rápido quanto o faz, como se estivesse esperando por isso. Por alguns momentos, eu me esqueço de que estamos neste pequeno tubo roxo — tudo é quietude, eu me sinto trêmulo, meu coração não para de zunir.

Nos filmes os beijos são todos errados. Não são fogos de artifícios ou explosões altas. Eu costumava pensar que toda vez que eu beijasse um garoto o mundo explodiria. Com Dre, beijá-lo parecia que eu estava flutuando gentilmente num laguinho gelado. Agora é como se eu estivesse submerso em água quente, afundando e afundando até o fundo do oceano.

Sinto como se estivesse me afogando, o que geralmente é um sentimento que faz com que me sinta calmo, mas neste exato momento...

Eu me afasto, partindo o beijo.

Preciso ir.

Eu me viro, lutando para sair do tubo. Me sinto tão quente, mas não paro pra pensar; começo a descer os degraus do trepa-trepa, mas aquilo que penso ser o último degrau não é, e eu caio no chão.

— *Caralho* — sussurro.

— Você está bem? — indaga Terrell.

Olho para trás, um pouco horrorizado quando a cabeça dele emerge do tubo.

— Eu... esqueci uma coisa em casa — digo, provavelmente parecendo e soando terrível.

Terrell fala alguma coisa, mas eu não escuto.

Apenas corro.

♠

Quinta-feira

Hoje, não ligo para os olhares. Preciso resolver minha composição e terminá-la para que possa gravá-la antes que as inscrições para as faculdades se abram. Preciso que seja perfeita. Tão perfeita que surpreenda o pessoal de admissão e eles me forneçam a bolsa que preciso para sair daqui. Subo as escadas correndo até a sala de música.

— Sr. Richards — o sr. Taylor diz quando entro, como se estivesse me esperando.

O que provavelmente estava fazendo, já que fico bastante por aqui. No entanto, é esquisito; ele normalmente me chama de Devon.

— Bom dia, sr. Taylor... eu só quero trabalhar um pouquinho na parte final da minha peça de admissão hoje.

— Tudo bem. — Ele sorri. — Antes que você comece, eu preciso conversar acerca de uma preocupação minha.

Uma preocupação?

— Eu costumo não dar ouvido a rumores... mas ouvi uma coisa e preciso confirmar com você.

O sr. Taylor faz uma pausa, hesitante, como se não tivesse certeza de como frasear a próxima parte. Meu coração está na garganta. Eu juro que, se isso for sobre Scotty, eu vou morrer...

— As pessoas estão dizendo que você está envolvido com transporte de drogas?

O sr. Taylor parece confuso, como se eu fosse a última pessoa que ele pensaria estar envolvido com isso.

Meu estômago gira.

— Não estou — minto.

Ele assente.

— Eu só queria te avisar que... as universidades pegam bem pesado com esse tipo de coisa.

— Entendo — digo, me sentindo doente.

Ele me olha como se pudesse ver através de mim e da minha mentira. Então ele se vira.

— Bom. Seria uma pena se alguma coisa desse tipo atrapalhasse as suas chances. Não iríamos querer que isso acontecesse com um dos nossos alunos mais promissores.

Eu balanço a cabeça, me sentindo mal por mentir — mas que outra escolha tenho?

Por motivos óbvios, eu não vendo nada há quase duas semanas. O mesmo motivo que não atende às minhas ligações e nem responde às minhas mensagens. Sinto falta do barulho familiar de sino dos ventos tocando no meu celular — eu o personalizei dessa forma para saber quando Dre estava mandando uma mensagem e não outra pessoa. Eu o empurro de volta para o canto da minha mente e sigo para o meu assento de sempre, no fundo, piscando para afastar a umidade nos meus olhos; não quero pensar nele agora.

Respiro fundo.

Então, fecho os olhos e me afogo.

Ainda que eu não tenha dito a ele para vir, não fico surpreso de ver Terrell do lado de fora de Niveus outra vez depois da detenção. Também não vi Chiamaka hoje, mas aposto que ela saiu correndo assim que acabou.

Eu sabia que teria que conversar com Terrell acerca do que aconteceu ontem no parque, mas não pensava que seria *tão* cedo.

O que é que eu vou falar pra ele?

Me desculpa por ter te beijado — eu ainda não superei Dre e provavelmente fiz aquilo porque sentia falta dele.

Finjo olhar uma mensagem no meu celular, o coração batendo depressa, sabendo que ele está me esperando sair.

Depois de alguns momentos de rolagens sem objetivo, enfio o celular no bolso e percorro os passos até ele.

Chego perto dos portões e o vejo claramente, esperando em sua bicicleta, num enorme moletom cinza e calças de exercícios.

— Ei — ele fala, me encarando.

Eu me sinto pelado sob o olhar dele. Penso que este é o superpoder de Terrell, fazer com que eu me sinta ansioso.

Eu me pergunto há quanto tempo ele está aqui.

Bem no momento em que ele fala:

— Você está bem?

Eu estou dizendo:

— Me desculpa.

— Pelo quê? — indaga ele.

— Por te beijar, então sair correndo. Eu acabei de terminar com o meu namorado na sexta-feira. E não estava pensando, e provavelmente deixei a situação bem constrangedora. Me desculpa.

Terrell olha para mim, então para o moletom dele, que estou vestindo de novo. É mais quente do que qualquer um que eu tenha.

— Posso caminhar com você até em casa? — ele pergunta.

Eu não esperava que ele dissesse isso, mas balanço a cabeça mesmo assim.

Começamos a conversar, Terrell arrastando a engenhoca amarela e brilhante que ele chama de bicicleta enquanto caminho ao lado dele.

— Ele frequenta a sua escola ou coisa do tipo? O ex, quero dizer — Terrell pergunta de repente.

— Não. — Agora eu olho para Terrell. — Ele é só um cara do nosso bairro.

— Qual é o nome dele? Talvez eu o conheça.

Hesito.

— Andre Johnson.

Terrell fica quieto outra vez.

— Então foi ele quem mandou que fizessem isso com você?

Sacudo a cabeça.

— Ele ficou irritado porque as mensagens de Ases estavam fazendo as pessoas começarem a suspeitar de nós, então ele terminou comigo.

— Você não merece ser tratado assim.

— Duvido que Dre tenha mandado eles fazerem isso.

Terrell sacode a cabeça.

— E daí que não mandou? Ele veio saber como você está?

— Não é fácil pra ele, ele teve uma vida difícil — digo, ainda que duvide que isso faça diferença na mente de Terrell.

— Todos nós tivemos vidas difíceis pra caralho... não significa que vou ser um babaca por causa disso.

— Ele tem um chefe que o machucaria...

— Então, se não ele, você? Andre pode ficar quietinho lá e levar de boa a surra que te deram, só porque não quer lidar com isso ele mesmo... que covarde — Terrell fala, irritado.

— Eu o conheço há anos, okay? Talvez fazer a coisa certa seja fácil para os outros, mas ele está sempre errando e se arrependendo depois. Não quero ser o tipo de pessoa que passa pano para as atitudes de merda das pessoas, mas todos nós tomamos decisões ruins.

Não quero mais falar sobre isso. Falar sobre Dre machuca demais agora, como se meu coração estivesse sendo aferroado por uma vespa.

Terrell olha para mim como se eu fosse instável. Então, desvia o olhar.

— Ele já te mandou alguma mensagem desde então?

Essa pergunta parece mais retórica do que tudo. Não ouço o sino dos ventos há dias.

— Sim — minto.

— Que bom, então.

Balanço a cabeça.

— Você acha que voltarão a ficar juntos? — ele pergunta, o rosto com um tanto de dor.

Eu venho me perguntando a mesma coisa. Dre pareceu bem decidido com relação a não mais namorar comigo. Engulo o caroço na minha garganta.

— Não, acho que não. Andre é como se fosse da família... quero ser amigo dele mais do que qualquer coisa.

Andre e eu somos amigos desde que ele tinha 12 anos e eu tinha 11. Eu o conheço há quase sete anos, ainda que só tenhamos começado a namorar no ano passado. Antes de tudo isso, Andre era um amigo, um bom amigo. Em dias assim, preferiria que a gente tivesse permanecido apenas amigos, para que eu ainda pudesse conversar com ele e as coisas não estariam todas estilhaçadas e esquisitas.

O silêncio cresce mais constrangido à medida que avançamos. Terrell provavelmente acha que sou patético.

— Sabe — ele começa — você é, tipo, *muito* rápido.

Ele sorri, covinhas aparecendo.

— Ontem, quando fugiu de mim. Você deveria pensar em ser um corredor olímpico se mudar de ideia com relação à música...

Eu o empurro e ele ri.

— Cala a boca — digo, meu rosto ficando mais quente.

— Vou começar a te chamar de Ligeirinho — diz Terrell, parecendo impressionado consigo próprio.

— Bem, e eu vou começar a te chamar de Fala Bosta — respondo.
— Por mim tudo bem.

Chegamos na minha casa e Terrell caminha comigo até a porta. Eu me sinto mal por não o convidar para entrar. Nunca convido ninguém.

Eu tenho um pouco de vergonha de como é a minha casa por dentro, e tenho medo de ele me julgar, ainda que eu saiba que ele provavelmente não faria isso.

— Obrigado por vir comigo até em casa, e me desculpa de novo por ontem — falo a última parte bem baixinho.

— Sou irresistível, por isso entendo — diz Terrell.

— Claro — digo.

Há uma pausa e daí ele me abraça.

Não acho que amigo algum já tenha me abraçado tanto... nunca. Admito que gosto bastante dos abraços de despedida de Terrell. Sempre parecem bons e quentes.

Mais tarde, quando estou no meu quarto e os meus irmãos dormem e o mundo está quieto, eu penso em quão bom é ter alguém que não me trata como se eu fosse um fardo.

Eu já tinha me esquecido de como é sentir isso.

Sexta-feira

Na noite passada, enquanto eu dormia, a melodia invadiu meu sonho e tomou conta. Tocou em *loop* até que eu acordasse, pulasse para fora da cama e corresse até a escola o mais rápido possível.

Eu finalmente sei como minha peça de audição deve soar!

Chego tão cedo que pouquíssimas pessoas estão pelo corredor quando entro correndo. Subo as escadas, abrindo caminho pela porta de carvalho da sala de Música. Olho ao redor. O sr. Taylor ainda não chegou, muito para o meu *meio que* alívio — eu realmente quero ficar sozinho agora, sem distrações.

Sento na minha mesa, conecto o teclado, o observando ganhar vida com o zap de sempre, e então fecho os olhos. Decido não usar meus fones, já que não tem mais ninguém aqui.

Imagino o mar e as imagens de sempre sendo filtradas...

Eu debaixo d'água... afundando... e de repente estou na praia; pessoas rindo e correndo pela areia. O sol é cegante; corro na direção da água de novo para escapar dele. Mas braços nus me aprisionam, me mantendo longe do mar. Eu luto, mas eles não afrouxam. Eu me viro para ver quem é...

Meus olhos se abrem enquanto me desequilibro na cadeira, o peito arfando. Ergo a cabeça e vejo Jack pairando acima de mim.

— Que porra, Jack!

— Que porra? A porra é que eu pensei que você estivesse tomando cuidado.

Tomando cuidado com o quê? Aquilo com o qual Jack tinha um problema já está resolvido. Dre já terminou comigo, os amigos dele estão seguros. Que merda é essa de tomar cuidado? Ele nem anda mais comigo.

— Eu fiz...

— Tomar cuidado é não chamar a atenção. Tomar cuidado é não trepar com Terrell Bizarro do Ensino Fundamental!

Eu juro que meu coração para de bater.

Não consigo lidar com mais fotos ou vídeos. Quero viver minha vida sem ter que ficar olhando por cima do ombro.

— Você conhece Terrell? — consigo dizer.

Jack sacode a cabeça em descrença para mim.

— Claro que conheço. Meu irmão me falou que viu vocês caminhando juntos para casa. Todo mundo sabe que Terrell é um esquisitão do caralho.

Eu nem sabia que ele existia até sexta-feira passada.

As minhas entranhas parecem instáveis e trêmulas. Pelo menos é o irmão dele contando a ele e não uma mensagem em massa sobre mim.

— Você causa isso a você mesmo, Devon. Causa tudo isso a si próprio. A gente estudou, entrou nessa escola, nós dois tivemos a chance de sermos *normais*. De largar as coisas do Ensino Fundamental para trás... mas, não. Você chega aqui e age tão esquisito quanto Terrell. Merece tudo que vai acontecer com você.

Jack se afasta.

— Tenha uma boa vida, Devon — ele cospe.

Então, sai.

Eu me esqueço de tentar trabalhar na peça outra vez, apenas fico sentado no chão e permito que o meu corpo faça o que quiser. Não seguro; não enfio nada nos cantos ou em caixas. Não consigo mais.

Penso em Ma e em como ela está batalhando e como sou inútil pra caralho. Como preciso ir bem e arrumar um emprego e uma bolsa e entrar na faculdade. Penso em Dre e em como ele falou que me amava, e depois me abandonou, como se o amor não significasse nada. Penso em como o amo tanto que chega a doer, e como não consigo fazer com que largue tudo por mim como eu faria por ele.

Penso em Jack e em como — apesar do fato de termos sido melhores amigos por anos, feito de tudo juntos; apesar do fato de eu estar lá com ele quando perdeu os pais, assim como tantos de nós; apesar do fato de ele ter me dito que sempre estaria comigo quando levaram meu pai embora —, não importa o tanto que ele não queira admitir isso, ele sempre odiou essa parte de mim.

Eu me lembro da primeira vez em que contei para Jack que gostava de garotos e da expressão dolorida no rosto dele. Eu me lembro da forma como me entregou o controle de *videogame* dele e falou que precisava ir dar uma olhada nos hambúrgueres no forno. Eu me lembro de me sentir tão mal, mas peguei o controle e terminei a fase na qual ele estava e sem mencionar isso de novo. Jack odiou quando comecei a namorar Scotty. Ele nunca ficou feliz, e eu falei para mim mesmo que era porque Scotty era um pau no cu, não porque *tivesse* um pau. Jack fazia "brincadeiras" sobre meninas de cabelos curtos e braços musculosos que ele conhecia e que eu poderia namorar, como se eu fosse atraído por algo tão superficial quanto aparências. E ele sempre estremecia quando eu falava de Dre.

E, acima de tudo, estava Ases — essa pessoa, ou pessoas, obstinada a arruinar minha vida.

Eu me sinto tão perdido.

Talvez eu seja apenas amaldiçoado ou danificado... talvez isso não tenha solução.

Continuo fungando enquanto meu nariz se tranca. Deus, eu odeio chorar. Não consigo respirar e, quanto mais luto para conseguir, mais as lágrimas caem, mais o meu peito dói e se aperta.

Mais eu quero sair daqui e nunca mais voltar.

18
CHIAMAKA

Sexta-feira

Em todos os meus anos escolares, eu nunca fiquei de detenção antes. Agora, de alguma forma, estou na terceira.

Claro, já fiz muitas coisas que poderiam ter resultado numa, mas nunca fui pega por nada.

E agora estou aqui, no ano que mais importa, não mais Líder dos Chefes de Turma e parada ao lado de Richards, recebendo as nossas ferramentas de trabalho manual.

Geralmente, eu não o vejo durante a detenção — ou fora dela, na verdade. Mas hoje Ward colocou nós dois na mesma sala, entregando a Devon o pegador de lixo para o lado de fora e me dando a espátula para remover chiclete do lado de dentro. Quase sinto pena de Devon. Está chovendo bastante.

— Sem conversa — diz o Diretor Ward, nos dando uma última olhada antes de sair da sala.

Richards rapidamente se move na direção da porta, mas eu o impeço, colocando a mão no ombro dele antes que ele saia. Estou aliviada por ter conseguido alcançá-lo em tempo. Venho tentando conversar com ele nos últimos dois dias, mas mal o vejo na escola. Ele raramente vai até o armário dele, também não anda pelo refeitório e, quando o vejo, é como se ele mal pudesse esperar para se afastar de mim.

Ele me dá uma olhada do tipo *O que foi?*, mas eu coloco o dedo nos meus lábios, esperando pelo barulho da porta do escritório do Diretor Ward.

Blam.

Aí está.

— O que foi? — ele finalmente diz.

Eu o solto, caminhando até a porta da sala e a fechando gentilmente.

Eu me viro para ele.

— Vamos nos livrar de Ases.

As sobrancelhas dele se unem.

— Nos livrar?

— Derrubá-lo. Venho trabalhando num plano, e é isso que sei. Um: Ases precisa ser um aluno daqui, porque sabe de coisas que apenas um aluno de Niveus poderia saber, e tem acesso a lugares que apenas um aluno teria. Dois: Estão me seguindo, seguindo a gente, para ver o que fazemos e documentar. Três: É esperto. Muito esperto. Quatro: Parece ter um motivo para querer nos destruir.

— É... imaginei. Eu não sabia que era importante o bastante para ser destruído — Devon fala.

Não vou mentir, eu estava pensando a mesma coisa. Estou sendo objetiva aqui: a maior parte das pessoas nem fazia ideia de quem Richards era antes de tudo isso começar.

— Aparentemente você é... eu também não entendo.

Eu o pego revirando os olhos para mim, o que é surpreendente. A maior parte das pessoas não é confiante o bastante para ser rude comigo — correção, *não eram* confiantes o bastante para serem rudes comigo. Desde que Ases começou a revelar meus segredos, os outros alunos estão ficando cada vez mais corajosos. Eu mal tenho notícias de Ava e Ruby, o que, sem dúvidas, é por causa de Ases e do meu crescente *status* de pária social.

O fato deprimente com relação a Ases é que pode ser, literalmente, qualquer pessoa. Pode ser alguma pessoa no meu círculo próximo ou alguém do passado, que nem Scotty ou alguma pessoa que usei para chegar aonde estou. Durante a subida até o topo, provavelmente irritei muita gente em Niveus. Eu só não consigo entender como Devon se encaixa nisso tudo.

— Então, todo o corpo estudantil é suspeito — ele diz com um suspiro cansado.

— Não seja tão negativo. Eu criei uma lista de quem pode ser, e conversei com um cara da tecnologia na minha aula de Matemática Avançada que talvez possa nos ajudar a resolver isso.

— Você quer que um cara da tecnologia do Ensino Médio resolva isso?

Por que ele é tão negativo?

— Obviamente, não é um cara qualquer da tecnologia. Peter é um *hacker*. Ele vai rastrear as mensagens e ver quem as enviou, e ele já está acessando as câmeras de vigilância para ver quem plantou os *pen drives* e como recuperar os arquivos. Ouvi dizer que ele até mesmo recusou uma admissão adiantada no MIT ano passado porque um cara federal ultrassecreto o contratou para invadir uma base de dados russa. Ele é muito bom. E, no momento, é a nossa melhor chance de nos aproximarmos da identidade de quem quer que esteja fazendo isso com a gente.

Ainda que esteja aterrorizada com o que pode estar no *pen drive*, preciso saber o que mais Ases tem contra mim — ou a gente — para que eu possa encontrar uma forma de evitar que isso vaze.

Devon me encara por um tempo, a expressão dele não exibindo

nenhum tipo de esperança. É sempre legal quando seu parceiro tem *zero* fé na missão.

— Certo — ele diz, antes de passar por mim e sair da sala, a porta batendo atrás dele.

Sou uma pessoa prática, e esse é o motivo pelos quais as ciências são as matérias que mais me interessam. Amo o fato de que tudo pode ser provado de forma objetiva; amo o fato de que há formulas e métodos com os quais você pode contar. Amo a segurança.

Queria que Richards confiasse em mim nesse quesito. Ele é um cara artístico. Eles enxergam tudo como questionável, subjetivo.

Eu não. Vivo num mundo de fatos e números.

E não vou me fingir de morta nem deixar que alguém pegue a minha coroa. Nem em um milhão de anos.

Chego em casa e consigo sentir o cheiro do arroz de Mamãe e do *efo riro*, um ensopado de espinafre, cozinhando na cozinha. Por causa de suas agendas lotadas, é raro que Mamãe e Papai estejam em casa, por isso fico um pouco assustada quando os escuto conversando ao longe. Sempre que os dois estão em casa, eles gostam de cozinhar juntos e de *se unirem*, o que é legal e tudo mais pra eles, mas não estou no clima para arroz e bate-papo.

— Mãe, posso pedir uma pizza? — pergunto, andando até a porta.

Mamãe está de pé, folheando as páginas de algum livro que lê, enquanto Papai mexe o pote de arroz branco. Ele está com seus óculos de leitura, que embaça enquanto ele cozinha, e recentemente deixou sua barba crescer, o que raramente faz.

— A comida está cozinhando — Papai responde, tirando os óculos para limpá-los no avental.

O que significa não.

Começar uma discussão por causa disso não vale a pena, por isso eu subo para o meu quarto, jogo minha bolsa no chão e me atiro na cama.

Estou prestes a mandar uma mensagem a Peter para perguntar se ele já encontrou alguma coisa quando o meu celular toca.

Já terminou a sua rodada de trabalho infantil do dia? – B

Sorrio. Belle e eu temos nos aproximado desde que ela me confrontou na terça-feira. Eu me pergunto por que eu a odiava tanto, para início de conversa.

Finalmente! Estou agora no conforto do meu quarto, prestes a assistir A Garota de Rosa-Shocking.

O que é A Garota de Rosa-Shocking? – B

Humm... apenas um dos melhores filmes de todos os tempos.

... Então por que é que eu não assisti? Chi, você está fracassando como amiga ao não me forçar a assistir. – B

Amiga...

Você deveria vir aqui.

Eu deveria. – B

Te vejo daqui a pouco.

Abaixo o celular, corro pelo quarto, enfiando roupas no guarda-roupa e olhando ao redor em busca de imperfeições antes de correr escadaria abaixo até a cozinha, onde minha mãe está picando e meu pai está ao lado, misturando.

— Belle está vindo — digo a eles.

Papai ergue o olhar.

— Quem é Belle?

— A loira bonita que veio aqui na semana passada — Mamãe fala antes que eu possa.

— Ah.

Eles olham um para o outro, fazendo aquela reunião secreta de almas gêmeas em que não precisam falar nada.

Mamãe ri.

— Tão real.

— Mãe, Pai, será que dá pra vocês pararem de conversar dentro da cabeça um do outro por um momento? Posso pedir pizza agora que a minha amiga está vindo?

— Por que ela não pode comer *efo* que nem a gente? — Mamãe indaga.

A verdade é que não quero deixar Belle desconfortável — o que faz com que eu me sinta mal só de pensar, porque não é como se eu tivesse vergonha de ser nigeriana...

— Querida, e se ela não conseguir aguentar o tempero? — diz Papai.

— Ah... ela é uma *oyinbo*. Eu esqueço que nem todo *oyinbo* consegue lidar com os temperos que nem você.

— Pode acreditar que consigo.

Os braços de Papai se enrolam ao redor de Mamãe e eu desvio o olhar, apagando o momento do meu cérebro.

— Chiamaka, o *efo* está quase pronto. Tenho certeza de que a sua amiga vai amar.

— Isso foi muito bom, sr. e sra. Adebayo — diz Belle.

Papai olha para mim, os pensamentos dele vazando pela feição como um: *Tá vendo, a gente falou!*

Reviro os olhos para ele com um sorriso.

— Tudo bem, então Mamãe e eu vamos arrumar tudo; vocês jovens podem subir e *curtir* lá em cima. — Papai está fazendo aquela voz de *Eu sou um pai legalzão, eu juro.*

Belle me segue até meu quarto, onde imediatamente se senta confortavelmente na cama, como se fôssemos amigas desde sempre. Eu gosto do fato de não precisarmos ficar muito constrangidas perto uma da outra — ainda que eu tenha medo de o meu quarto não estar limpo o bastante.

A camiseta do *Acampamento Niveus* dela brilha sob a luz fraca do meu quarto. É vermelha e o círculo prateado com o logo do acampamento é o que mais me chama a atenção, me lembrando da forma como a de Jamie fazia quando ele a usava, e os *jeans* rasgados dela estão desgastados de uma forma constrangedora, o que me distrai do motivo principal de ela estar aqui em primeiro lugar.

— Então... *A Garota de Rosa-Shocking*...

A voz de Belle me tira dos meus pensamentos, e eu me dou conta de que a encarei por tempo demais.

Sento na minha cama, abrindo o *laptop*.

— Prepare-se para ter o seu coração partido.

— E se ele não se partir?

Ergo uma sobrancelha para ela.

— Se ele não se partir, você não é humana e essa amizade está terminada.

— Certo, mas você tem fita adesiva o suficiente para me consertar se eu me quebrar?

Meu estômago se revira e meu coração faz o que faz.

O rosto de Belle fica muito vermelho.

— Isso foi incrivelmente brega... desculpa.

Sacudo a cabeça.

— Estou acostumada com breguice. Todo filme no meu Top 10, tirando os filmes da Marvel, deveriam ser rebatizados de Filmes Bregas de 1 a 10 — digo.

Ela sorri para mim, as bochechas ainda vermelhas — está bem frio aqui, eu provavelmente deveria me oferecer para ligar o aquecedor...

— Eu nunca imaginei que você seria uma fã de comédias românticas, Chi.

Jamie falou a mesma coisa uma vez. Passei tanto tempo criando uma imagem de mim mesma na escola — uma máscara bidimensional indestrutível — que às vezes me esqueço de que só eu enxergo por trás dela, que enxerga quem eu realmente sou.

Amo tanto Química, Biologia e Física que eu poderia me casar com essas disciplinas e ter essa enorme família polígama, e eu amo todos esses seriados de investigação criminal e filmes sobre mutantes, mas isso não significa que eu também não possa gostar de coisas bobas que nem *Diário de Uma Paixão* e *Harry e Sally - Feitos Um para o Outro*.

— Gosto de finais felizes — digo a ela.

O sorrisinho dela se transforma num sorriso enorme.

— Eu também — ela diz.

19
DEVON

Segunda-feira

Estou perdido.

E a razão principal é que decidi dar ouvidos à porra da Chiamaka Adebayo.

Depois da detenção na sexta-feira, ela me atacou *de novo* e forçou seu número a entrar no meu celular, e então me mandou uma mensagem hoje de manhã para que eu me encontrasse com ela no laboratório 201 – onde quer que seja essa merda.

Uma mão agarra meu braço, e eu quase grito. Meu coração perto de explodir quando me viro só para me deparar com uma Chiamaka de expressão irritada.

— Você está atrasado.

Acha que eu não sei disso?

— Eu não sabia onde ficava o laboratório 201.

Ela não parece impressionada, e eu não me importo. Quero que Ases pare, quero que Dre converse comigo outra vez, e eu só quero entrar na Juilliard e deixar Niveus para trás.

Ela me puxa para uma sala qualquer – laboratório 201, eu acho

— e encontro um cara magricela sentado numa mesa com seu *laptop* aberto.

Ela bate no meu braço.

— Dê o seu celular para ele.

Olho para ela, esperando que sinta as adagas que lanço mentalmente.

— Por que o meu celular? Por que não o dele ou o seu?

Chiamaka me dá o mesmo tipo de olhar que a minha Ma me dá quando a respondo.

— Peter não tem um celular... o que é chocante para um cara da tecnologia, eu sei. Ele já pegou o meu, mas, como eu não recebo os disparos sobre mim, precisamos do seu celular também. Tudo bem por você? Ou precisa que eu te explique de novo, bem devagar?

Eu deveria ir embora; o tom condescendente dela não compensa o esforço. Mas não faço isso. Que nem um zumbi, dou meu celular para o cara e ele o conecta em seu computador.

— Você conseguiu acessar o *pen drive*? Eu falei para que Devon trouxesse o dele também...

Peter sacode a cabeça.

— É impossível. Todos os arquivos estão inutilizáveis. Eu posso dar uma olhada no dele se você quiser, mas os arquivos no seu *pen drive* parecem ter sido corrompidos de propósito, coisa que nunca vi antes...

— Vamos ver o que conseguimos rastreando as mensagens de volta... E as câmeras de segurança? — indaga Chiamaka.

— Procurei pelas câmeras que cobrem a área perto dos armários de vocês por volta do horário em que acreditam que os *pen drives* tenham sido plantados, mas houve um apagão pouco antes. As luzes e as câmeras não voltaram a funcionar até pouco antes do primeiro período.

Ases sempre parecia estar vários passos à nossa frente; ele, ou eles, é muito sofisticado também. Tento pensar em qualquer pessoa que eu conheça que possa secretamente ser um gênio da tecnologia e que possa ter alguma coisa contra mim, mas minha mente fica em branco.

Peter me devolve o celular. Uma tela preta com vários códigos aparece no *laptop* dele.

— Pronto, tudo de que preciso está aqui — diz Peter, o que meio que me deixa nervoso.

Não é como se eu tivesse algo de muito incriminador ali... apenas mensagens e, falando sério, que mensagem pode ser pior do que o dano que o arquivo do antigo celular de Scotty causou?

— Vou rastrear as localizações de onde essas mensagens foram enviadas, não deve demorar muito — diz Peter.

— Pra quando você consegue? — indaga Chiamaka.

— Tenho um relatório do laboratório para entregar, então, talvez, lá pelo fim da semana...

Ela encosta no ombro dele.

— Peter — ela começa, inclinando a cabeça para o lado. — É muito urgente, tenho certeza de que você compreende.

Ele assente, o rosto ficando vermelho.

— Bom, então posso contar com você para que isso esteja pronto até amanhã no comecinho do dia?

Peter parece ao mesmo tempo aterrorizado e excitado. Só isso já me assusta pra caralho, o suficiente para que eu queira sair do laboratório, mas fico quieto por motivos que desconheço.

— No comecinho do dia — repete Peter.

Uau. Isso é tudo que é necessário para convencer garotos héteros?

— Obrigada, Peter.

Chiamaka bagunça o cabelo dele, o que ele não parece gostar muito, e então me puxa na direção da saída.

Faço um gesto para abrir a porta, mas Chiamaka me para, apertando a mão dela contra meu peito.

Eu juro por Deus, se ela não parar de ficar encostando em mim...

— Deixa eu sair primeiro, espera cinco minutos e depois você sai. Não queremos que as pessoas suspeitem que estamos na cola delas.

Faço um sinal de OK.

Não sei quão surpreso o Devon do terceiro ano ficaria com o fato de Chiamaka e eu conversamos com tanta frequência, mas sei que ele me julgaria bem mais do que o Devon do último ano.

O sr. Taylor está com meus fones de ouvido, ouvindo a minha peça. Finalmente consegui fazer uma gravação inicial hoje de manhã, e o observo de forma ansiosa pelos últimos três minutos.

Ele finalmente tira os fones e olha para mim.

— Isso é bom, muito bom. Acho que você tem algo muito bom aqui, Devon.

Muito bom não é incrível.

— Vou dar uma olhada na peça de Tabitha agora. Bom trabalho, continue.

Suspiro, baixando o olhar para minha música. *Onde foi que eu errei?*

— E aê, Devon — diz Daniel, aparecendo na minha mesa.

Olho para ele.

— Ei.

— Então, tenho um negócio grande pra te contar — ele começa.

— Tudo bem, claro.

Com Daniel Johnson, algo "grande" pode ser tanto pizza no cardápio do almoço quanto *Tem um novo diretor na escola, sabia?*

Ele olha ao redor, os olhos indo para todos os cantos, então pousando em mim.

— Eu sei quem está vazando os seus segredos.

Sinto como se eu fosse vomitar nos sapatos Marc Jacobs dele.

— Quem?

— Você precisa me prometer que não vai contar para ninguém... isso poderia me causar problemas.

Agora eu estou *realmente* assustado.

Continuo repassando isso na minha cabeça. Apenas alguém que eu conheço — ou alguém que me segue — poderia saber de tudo que vazou. A única pessoa na qual confiei com todas as informações foi Jack. Por que Jack faria isso? Não sei. E por que Jack saberia de qualquer coisa acerca de Chiamaka?

— Não vou contar a ninguém — digo, ainda que definitivamente vá contar para Terrell e Chiamaka.

Ele se inclina, sussurrando.

— O FBI.

Eu exalo. Eu me esqueci de que estamos falando de Daniel.

— Você cobre a câmera do seu computador? — ele continua.

Sacudo a cabeça, tentando me acalmar e me livrar do sentimento de pânico.

Ele bate na mesa.

— São eles. Estou te falando, cara.

— Obrigado, Daniel.

— Tudo bem, qualquer coisa para o *meu garoto*.

Olho perplexo para ele, piscando algumas vezes, sem saber como reagir. Depois de desistir de uma reação, eu me viro, encarando a minha música, esperando que Daniel pegue a deixa e se levante ou cale a boca.

Começa a chover no caminho de volta da detenção. Carrego a mochila acima da cabeça para tentar me proteger da chuva, mas isso não faz muita diferença. Posso ver a minha casa ao longe enquanto caminho, mas quanto mais próximo estou, mais longe parece. Avanço contra a garoa e o vento até finalmente chegar na porta de entrada.

Ma está lendo cartas na mesa. Ela as coloca para baixo e sorri para mim, mas os olhos dela parecem tristes. Independentemente da expressão que ela carregue no rosto, eu sei quão ruim estão as coisas quando as luzes nos olhos dela perdem a força, como agora.

— Ei, Von, como foi a aula?

— Boa, Ma... — Olho para a carta na frente dela. — O que é isso?

Ela dá de ombros.

— Não paguei a eletricidade no mês passado, por isso eles mandaram uma carta pra falar sobre isso.

— Ma...

— Não, Von, não quero que se envolva. Eu sou a sua mãe e tenho que cuidar de você, não o contrário.

Ela abaixa a cabeça, coisa que faz quando não quer que eu a veja chorando.

— Ma, por favor, deixa eu te ajudar, okay? Eu consigo o dinheiro.

Ela sacode a cabeça.

— Eu sei o que quer fazer e eu não quero que você faça isso nunca mais. Eu quero você fora das ruas, naquela sala de aula... melhorando a sua vida, não a colocando em risco.

Não digo nada.

— Eu dou um jeito nisso. Pego dinheiro emprestado ou coisa parecida — ela diz, baixinho.

— O banco não vai mais fazer nenhum empréstimo para você, Ma.

— As coisas irão se resolver, Von. Deus não falha.

Quero rir. Ele nunca falha, é? Não seria a nossa vida uma grande falha?

Fico parado ali, a observando ser arrastada por aqueles papéis, me sentindo tão desamparado quanto ela. Então eu me inclino, envolvendo os braços ao redor dela.

Eu juro que vou me dar bem, Ma. Eu vou te dar uma casa e uma vida na qual você não precisará trabalhar.

Eu me afasto e sigo para o meu quarto, avaliando minhas opções. Eu poderia dar ouvidos a Ma e ficar dentro de casa; ouvir os choros dela em busca de iluminação atravessando as paredes da noite, ouvi-la implorando a uma figura que vira as costas para nós quando mais precisamos dela. Ou eu poderia ir até Dre, pedir por ajuda.

Caminho até meu quarto, largando a mochila na cama enorme que divido com os meus irmãos, que estão assistindo desenhos na pequenina TV no canto. Eu me perco por um momento, assistindo com eles. Os olhos deles são enormes e inocentes. Ainda não precisam se preocupar com o mundo. Eles nem fazem ideia. *Espero que tenham comido alguma coisa.*

Ma tem o jeito dela de lidar com as coisas — rezando para alguém que está cagando pra gente e trabalhando em empregos que não pagam o bastante. Ela sempre me fala o quanto queria ter ido para a faculdade, mas não é uma coisa que você consegue pagar do nada, ou algo com o qual você pode sonhar se os seus professores — e, consequentemente, as suas notas — são uma merda.

Mal conseguimos pagar Niveus, com a minha bolsa de estudos não conseguindo cobrir todas as taxas de mensalidade.

Mas ela quer isso para mim: faculdade, um diploma...

Visto um moletom e pego um guarda-chuva no armário.

— Estou indo na casa do Jack — digo a ela quando volto na cozinha.

Ela e eu compartilhamos um olhar, um que compartilhamos com frequência. O olhar do tipo *eu não acredito em você, mas se cuida / não cause problemas / fique longe de onde as viaturas ficam paradas / mantenha a cabeça e o capuz para baixo.*

— Tudo bem, Von. — Há uma hesitação. — Fique em segurança.

Ma sempre me deixou ter liberdade desde que as minhas notas

fossem boas e eu não tivesse problemas na escola. Mas desde que Nathaniel, filho de Maurice, amigo dela, foi baleado por aquele policial em junho, ela tem me olhado esquisito, como se quisesse me tirar aquela liberdade para me proteger do que existia lá fora.

Ela me deixa ir e eu volto para a chuva, agora sem me importar com a sua fúria ao correr na direção do apartamento de Dre.

O cara na porta hesita antes de entrar, voltando instantes depois com a permissão de entrada. Meu coração fica louco quando me dou conta de que estou prestes a ver Dre pela primeira vez em uma semana. Sei que não importa, mas eu me pergunto se a minha aparência está boa.

Fecho o guarda-chuva e lentamente subo os degraus, tentando criar coragem antes de entrar no apartamento de Dre. Quando chego no último degrau, solto o ar.

Dre sabe que estou vindo. Se não quisesse que eu aparecesse, ele não teria me deixado entrar.

Abro a porta. A sala dele está escura enquanto a atravesso, me preocupando em tropeçar ou bater em alguma coisa, dedos tremendo ao lado do meu corpo. A porta do quarto dele range alto quando a empurro, entrando.

Dre está na mesa dele, a cabeça virada para o alto, olhos fechados como se estivesse sonhando. Ele está usando uma touca de seda verde. A pele escura dele é brilhante apesar das luzes débeis, e sua barba cresceu um pouco. Ele está, de novo, tentando parecer mais velho do que os seus 18 anos, quer ser levado a sério. Enquanto isso, temo aquilo que significa crescer.

Acho que, às vezes, nós – garotos daqui – temos uma vida tão merda que esquecemos que somos menores de idade, crianças, aos olhos da lei. Eu acho que, tecnicamente, a idade dos 18 é considerada adulta o bastante, mas não quando a maior parte da sua infância foi roubada, que nem a de Dre.

— Ei, Dre — digo.

Ele não se move.

— O que você quer? — ele pergunta, a voz grave agitando meu coração.

Eu senti saudades daquela voz.

— Conversar — digo.

Os olhos dele se abrem e a cabeça cai para a frente. O olhar dele para em cima de mim e me sinto feito carne crua pendurada num açougue, sendo inspecionada e julgada.

Ele se levanta da cadeira, caminhando lentamente até mim, ainda que evite o meu olhar agora.

— Eu não quero conversar com você — ele diz.

As pancadas no meu peito ficam cada vez mais rápidas.

— Se isso fosse verdade, teria dito ao cara para não me deixar entrar. Nem teria me respondido.

— Éramos amigos. Não iria virar as costas, te deixar fazer papel de bobo — Dre fala com uma risada forçada.

Éramos amigos.

— Apenas amigos? — indago. Ele olha para mim agora, os olhos brilhantes. Sinto uma pancada no peito. — Você beija todos os seus amigos, Dre?

Ele dá uma fungada e se mexe desconfortável.

— Dorme com eles também? — Continuo, a visão borrada. — Fala pra eles que os ama?

Enxugo os olhos. Preciso focar. Ele está quieto, me encarando agora, inabalável.

— Você sabe que não é disso que estou falando.

Não perca o foco.

— Temos caminhos diferentes — ele começa, desviando o olhar de mim outra vez. — Eu larguei o Ensino Médio, não tenho família, vivo para sobreviver. O seu caminho é a escola, então um emprego e cuidar da sua Ma. Não sabe o quanto penso em você, Von. Eu quero te ligar, mas não posso, porque o nosso lance tem uma data de validade, seja quando você for para uma faculdade chique ou quando se der conta de que é diferente demais de mim.

Quero dizer que isso não é verdade, mas tenho a impressão de que não tenho certeza disso.

— Você fala que me ama, mas, ainda assim, os *seus caras* me espancaram...

— Porque você não iria mais vender pra mim. Todo mundo leva uma surra quando sai! — ele fala com a voz alta.

Essa conversa o está incomodando. Dre geralmente é bem mais calmo, mas tudo nele parece estar por um fio hoje.

Não ligo para as desculpas dele e não quero ouvir sobre aquelas merdas de políticas de gangue.

— Você poderia tê-los impedido, Dre, mas não fez isso. Você sabia o que iria acontecer comigo.

— Eu queria impedir, mas então eles fariam perguntas...

— Acha que eles não sabem o que a gente faz quando venho aqui? Acha que são bobos?

Ele dá as costas para mim, enxugando o rosto com a manga. Sinto outra pancada, mas a ignoro. Não posso me deixar distrair daquilo que é importante.

Chore, Dre, não vou te julgar por chorar.

— Se é isso que você faz com as pessoas que ama, fico feliz de isso ter terminado.

Ele sacode a cabeça, ainda de costas para mim.

— Eu estava pensando em sobreviver, e aquela gente da sua escola falando coisas. Se eu perder isso, perco tudo... mas, se você me perder, você ainda tem tudo.

Por que será que ele não vê que é uma parte grande de tudo.

Olho ao redor do quarto, quão escuro e frio é — drogas na mesa, algumas que eu sei que ele guardou em gavetas. Queria que ele não encontrasse conforto em alívios temporários. Quero dizer a ele que o caminho dele poderia ser algo diferente, mas eu estaria mentindo. Ele ganha muito dinheiro assim. Isso o ajuda a sobreviver.

Dre ficou tão animado quando ganhou o bastante para alugar aqui, e eu só quero que ele seja feliz, ainda que desejasse que ele estivesse fazendo algo menos perigoso.

Uma lufada de vento vinda de uma janela aberta deixa o lugar ainda mais frio. Dre e eu terminamos; eu sabia disso quando ele me mandou ir embora na semana passada, quando os caras dele me espancaram, mas estou tão acostumado a estar com ele que parece impossível soltar.

Os ombros tensos dele caem, então sobem, e ele se vira, as lágrimas que vi antes sumiram.

— Posso te dar um beijo de despedida? — digo, pensando em Terrell e nos abraços de despedida dele.

Andre me olha como se estivesse começando a entender o que adeus significa pra gente.

O vento o empurra na minha direção, de leve.

— É claro — ele fala, suave.

Ignoro os meus instintos, que gritam para que eu saia, para não beijar o garoto que tanto me machucou, mas o meu coração sobrepujava desde sempre os meus instintos. Avanço um pouquinho com hesitação, minha testa repousando contra a dele enquanto sinto o cheiro dele. Certa vez, perguntei a Dre qual perfume ele usava, e me lembro de como ele sorriu e me falou "suor", o que era papo-furado. Gostaria de saber agora. Quero ficar cercado pelo cheiro dele depois do beijo; não quero me afastar. Os braços de Dre me puxam, nossos narizes se tocando, então os nossos lábios. Ele me puxa para tão perto que machuca, como se estivesse tentando fundir nossos corpos. O meu coração, de alguma forma, está sereno, mas o resto do meu corpo treme.

Nos separamos, mas eu ainda estou preso nos braços dele. Coloco a minha cabeça no ombro dele, respirando devagar, tentando não pensar no momento em que vou precisar me afastar, me despedir e ir embora. Para sempre.

Não perca o foco.

Mas eu perdi. Eu iria embora sem nem dizer a ele que precisava de um ou dois favores, apenas para ajudar Ma. Ergo o olhar.

O rosto dele, marcado de lágrimas e molhado, me surpreende. Me surpreende ainda mais que ele me permita estender a mão e limpar as lágrimas.

— Eu realmente vou sentir falta da sua companhia, Devon — ele me diz.

— Eu também.

Ainda estou ali no casulo dele, esperando que se afaste. Mas ele não faz isso. Eu sei que vou me arrepender disso algum dia — talvez dali a instantes —, mas ainda não estou pronto para soltar, e posso senti-lo soltando os braços, e isso me assusta pra caralho, e por isso eu o beijo de novo. Ele para e me puxa para perto de novo, e ainda que o meu coração esteja batendo como se eu tivesse corrido dois quilômetros, eu o deixo me guiar para trás lentamente, como fez tantas vezes antes.

O Devon do Futuro está sacudindo a cabeça, me observando enquanto meus joelhos batem na cama de Dre, e então quão rapidamente eu recuo até os travesseiros frios, finalmente separando o beijo para tirar o moletom por cima da cabeça. Mas eu ignoro o julgamento do eu do futuro.

Dre parece querer falar, me mandar ir embora ou dizer que não deveríamos estar fazendo algo do tipo. Posso ouvir os pensamentos dele disparando. Ele está pensando demais nisso, como eu também estaria se não estivesse afastando tal sentimento. Os pensamentos dele gritam, mas então, como se tivessem sido sugados por um aspirador, há um silêncio absoluto. Todas as preocupações desaparecem e tudo que importa é o agora, não as versões futuras de nós que podem se arrepender disso, apenas o Andre do presente e eu, que querem fazer isso, beijar a dor até que ela suma por um tempinho.

Dre sai da cama e vai até a gaveta na mesa dele, tirando algumas camisinhas. Desvio o olhar para longe dele agora e me volto para o teto, ouvindo o som da chuva batendo nas janelas e o vento gritando raivoso, deixando que afogue os meus pensamentos.

O peso dele entorta a cama quando ele se inclina acima de mim e une os nossos lábios outra vez.

Quero que este momento dure o máximo possível; quero ficar aqui com ele pelo maior tempo possível.

Como sempre, ele é gentil e atencioso, fazendo com que me sinta especial, me beijando em todas as partes. E, quando finalmente terminamos, e estou em seus braços, eu me deixo chorar.

Estou ciente de que perdi o foco por completo com relação ao que vim fazer aqui. Mas ele provavelmente teria dito não de qualquer forma.

Ele beija os meus ombros e me abraça com força, e eu sei que em breve eu precisarei levantar, vestir minhas roupas e dizer adeus — enfrentar meus outros problemas, que nem as dificuldades de Ma e Ases. Mas, neste momento, quero fechar os olhos, ouvir o som da chuva e da respiração de Dre, e me afogar.

20
CHIAMAKA

Terça-feira

— Você está atrasado. De novo — digo a Richards quando ele entra no laboratório.

Ele não diz nada, apenas me encara de forma vaga, como se não desse a mínima. Mas vou deixar isso passar porque preciso que esteja inserido nisso, e, se tudo der certo, depois de hoje, ele vai estar.

Caminho na direção de Peter, que está esperando, com o *laptop* aberto no colo. Devon está sendo lento de uma forma irritante.

— O que você encontrou? — pergunto, pulando as gentilezas.

Peter sorri, se inclinando para trás em sua cadeira.

— Provavelmente tudo que você estava procurando... mas, já que fiz isso por você, será que poderia me fazer um favor?

É como se todos os anos que gastei ganhando respeito tivessem sido levados embora pela aparição de Ases, a vadia digital deste ano. Mas acho que, já que Peter *realmente* ajudou, eu poderia fazer isso.

— Depende — digo.

— Ouvi dizer que Belle e Jamie terminaram... e eu ouvi dizer que você e Belle são amigas agora.

— Ouviu falar onde?

Peter sorri dando de ombros.

— Por aí.

Tenho certeza de que as pessoas estão surpresas que, depois do torpedo de Ases falando sobre Jamie e eu juntos, Belle e eu sejamos amigas. É o oposto do que normalmente acontece: garoto é um babaca com as duas garotas, as garotas brigam uma com a outra, o garoto sai limpo da história enquanto as garotas antagonizam uma à outra.

Fico feliz de as coisas não serem assim comigo e Belle.

— O que tem ela? — indago.

— Será que dá pra você falar com ela sobre mim, sobre o quanto te ajudei?

Peter me encara, desesperado.

Há uma agitação no meu estômago. Não gosto disso, mas dou um leve aceno de cabeça.

Peter olha de novo para o *laptop*.

— Então, você vai ficar feliz de saber que apenas um equipamento é usado para mandar as mensagens, e tal equipamento é fácil de ser localizado.

— Onde está? — pergunta Devon, finalmente desperto e interessado.

— Bem aqui, na escola. Na Biblioteca Morgan, computador 17.

Isso é surpreendente. Por que Ases iria querer fazer isso num lugar em que poderia ser facilmente pego?

— Você consegue acessar as câmeras de segurança da Morgan? — indago.

Peter sacode a cabeça.

— Morgan é um dos únicos lugares da escola que não é vigiado. O lugar perfeito para se fazer *várias* coisas — diz Peter, agitando as sobrancelhas.

Ignoro as implicações nojentas daquilo, porque sei que vomitarei o meu café da manhã se pensar nisso.

Eu quase nunca vou à Biblioteca Morgan. É um lugar famoso como ponto de pegação, além disso, há uma biblioteca científica que fica mais perto dos laboratórios que uso.

— Ainda tem mais — diz Peter. Richards e eu nos aproximamos. — Aos domingos e às segundas-feiras, por volta das 10 horas da manhã, os detalhes são inseridos e as mensagens agendadas para serem enviadas em momentos específicos durante a semana. Ases invadiu o sistema de administração central da escola para poder acessar todos os números de telefone do corpo estudantil.

Eu me lembro de como o Diretor Ward falou que podia rastrear o que estávamos fazendo por meio das nossas contas pessoais da escola.

— Você consegue olhar a conta pessoal de quem entrou?

Peter sacode a cabeça.

— Na verdade, sim. Tentei assim que entrei, e temo que a conta pessoal usada não seja de nenhum aluno ou membro do corpo docente. Numa conta normal da base de dados de Niveus, você teria um código e nome de usuário únicos, o seu, por exemplo, é Chiamaka Adebayo, 5681...

— Será que você pode falar mais baixo? Tem alguém querendo me pegar, e você aqui contando para o laboratório inteiro qual é a minha senha — interrompo.

Peter balança a cabeça.

— Me desculpa. O que eu quero dizer é: consigo ver a conta de qualquer pessoa. Essa pessoa, no entanto, não tinha nome, e a senha parece ser frequentemente alterada. Imagino que use algum tipo de randomizador... Mas, de qualquer forma, não consigo identificar quem está enviando as mensagens através dessa conta, nem consigo acessar os arquivos. Tem um monte de encriptação que levaria dias para quebrar. Eu só consigo ver o que é enviado pelo computador e os horários nos quais as mensagens são escritas.

Ases, definitivamente, é esperto demais para ser qualquer um dos suspeitos que tenho na minha lista. Acho que nunca vi Ruby usar um computador antes.

— Posso ficar com uma cópia de tudo que você encontrou? — pergunto, a minha mente em disparada.

Peter parece querer recusar, mas aquiesce de forma relutante.

— Quer que eu imprima? — ele pergunta.

— Mande por *e-mail*, vou ficar esperando — digo, antes de me virar, agarrar o braço de Richards e puxá-lo na direção da porta.

Richards solta o braço dele, e eu me viro para oferecer a ele o meu olhar da morte. Por que ele está agindo feito uma criança?

— Seja lá quem for Ases, por tudo que sabemos, é bem claro que planejou isso, o que quer que isso signifique, de forma meticulosa. Precisamos pensar adiante e nos adiantarmos ao que ele vai fazer em seguida — digo.

Não consigo deixar de notar que os olhos de Richards estão manchados de rosa, como se tivesse chorado a manhã inteira.

— Então o que é que a gente faz? — ele pergunta.

— Uma tocaia, neste domingo — vamos pegar Ases no momento em que ele estiver enviando as próximas mensagens.

— E depois disso?

— Temos todas as mensagens e os dados de Peter como evidência, e depois de desmascararmos quem é, não vamos parar até que Ases tenha perdido tudo. Vamos expô-lo e tudo que fez... para a escola e para todas as faculdades para as quais estiver tentando entrar. Vou arruinar o futuro dessa pessoa assim como ela tentou arruinar o nosso.

Devon assente.

— Estou dentro.

♠

Tenho aula de Química e me sento ao lado de Jamie.

Sento de forma pesada, pegando meu caderno. Eu me lembro dos dias mais simples, quando podia simplesmente aproveitar a minha matéria favorita em paz. Eu deveria ter valorizados aqueles momentos.

— Façam pares e sigam as instruções na folha — o sr. Peterson diz.

Eu me encolho por dentro. Agora seria o momento ideal para uma troca de parceiro. Qualquer um que não fosse Jamie. Mas trocar de dupla não é uma coisa fácil, além disso, com o fato de eu não estar conversando com Jamie, e Ruby e Ava não estarem conversando comigo também, é melhor eu não tentar a sorte com mais ninguém.

Olho para uma das meninas sentadas ao meu lado: Clara. Ela sempre me odiou, e agora pode fazer isso abertamente. Ela me dá um olhar metido, antes de se virar para o outro lado.

Sigo até as mesas que ficam nas laterais, pegando um bico de Bunsen e os materiais.

— Belle terminou comigo — diz Jamie, quando volto para a nossa mesa.

— Lamento — digo, ainda que não seja verdade.

Ele funga e o meu coração parece pesado.

— Eu gostava *muito* dela.

Há um silêncio enquanto desempacoto tudo, mas consigo senti-lo me encarando.

— Me desculpa por ter te largado, por não estar lá por você quando precisou de mim.

Por que ele está sendo todo doce comigo de repente? Ajeitei o bico de Bunsen e separei os materiais.

— Está tudo bem — digo a ele.

— Não está. Eu sou o seu melhor amigo e te abandonei quando as coisas ficaram difíceis.

Estou acostumada, quero dizer. Estou acostumada com Jamie ignorando as situações em que as coisas ficam difíceis ou sobre as quais é difícil falar. Agora, eu estou tentando não aceitar o comportamento rasteiro dele.

— Aqui está a lista dos elementos que precisamos testar — digo, sem gaguejar, o que me deixa feliz porque ainda consigo sentir os olhos de Jamie em cima de mim e isso me deixa nervosa.

— Tudo bem — ele diz.

Escuto sussurros atrás de mim e, de início, fico confusa até ouvir as vozes de forma mais clara.

— Não sei como a Belle consegue andar com alguém assim... — diz alguém.

Ergo os olhos. Jeremy sorri para mim e acena, eu sorrio de volta, agitando o meu dedo médio. O sorriso dele vacila e ele se vira.

— Que vadia, não é de se surpreender que ninguém gosta dela.

De vez em quando eu realmente odeio Niveus.

A melhor vingança agora é não deixar as minhas notas caírem. Vou entrar em Yale, e daí na faculdade de Medicina, e serei a melhor médica no estado, queiram eles ou não.

Jamie e eu trabalhamos lado a lado pelo restante da aula. Ele até me deixa fazer a maior parte do trabalho com o Bunsen. Depois que terminamos, ele sai da sala sem mim.

— Você quer ir à minha casa hoje, talvez a gente vá no Waffle Palace ou coisa do tipo? — ele indaga.

Não sei por que fico surpresa. Sempre que alguma coisa acontece, ele quer que a gente esqueça e siga em frente, voltemos a ser melhores amigos. Não sei se é por causa de Ases, ou Belle, ou outra coisa, mas finalmente vejo as rachaduras nas feições aparentemente perfeitas de Jamie.

Sinto que valho mais do que isso.

— Estou ocupada — digo a ele.

— Ah.

Caminhamos e recebemos olhares, mas mantenho a cabeça erguida, os saltos fazendo um barulho alto ao baterem contra o mármore. Eu me imagino pisando em todos os rostos que me encaram. Não vou parecer fraca.

— Posso ir caminhando com você até em casa?

Eu me viro e digo:

— Eu tenho pernas, Jamie. Posso andar sozinha até em casa, e tenho certeza de que você também pode.

Dou um sorriso sarcástico e saio andando da escola, descendo os degraus, passando pelo portão. Sozinha.

A casa está vazia quando chego.

Subo imediatamente, abrindo o *laptop* e baixando tudo o que Peter enviou.

A primeira página se abre. Rolo, observando cada mensagem sendo rastreada até a sua origem. Computador 17. Toda mensagem enviada está ali.

Acabou de chegar. Parece que Chi não é tão doce assim. Fontes informam que ela foi pega tentando roubar doces. Cuidado, Chi, não queira ter um histórico que a Yale verá...
– Ases.

Já se passaram duas semanas desde que isso aconteceu. Duas terças-feiras atrás. E ainda não consigo entender como o doce foi parar no meu bolso. Eu me pergunto quem são aquelas fontes. Havia outras pessoas na loja, mas nenhuma que eu reconhecesse como estudante de Niveus. Apenas Jamie. Mas não faz sentido que ele fosse arruinar o relacionamento dele com Belle ao postar as mensagens seguintes sobre a gente. *Nada* aqui faz sentido.

A página seguinte aparece na tela — as datas e horários de entrada das mensagens.

Assim como Peter falou, todas aconteceram por volta das 10 horas da noite.

22h06

22h13

21h57

Todas numa noite de domingo ou segunda-feira. Quem teria acesso à escola nesse horário? O faxineiro? Os professores? Qualquer um poderia roubar uma chave...

Meu celular vibra e eu dou um pulo.

É esquisito que eu nunca tenha assistido Diário de Uma Paixão antes? – B

Sorrio olhando para a mensagem dela, me sentindo culpada por estar feliz pelo fato de ela ter me mandado uma mensagem quando Jamie ainda está chateado. Uma boa amiga tentaria consertar o relacionamento dele com ela... mas eu não tenho que ser uma boa amiga para alguém que não é um bom amigo para mim.

É, bem estranho, você deveria resolver isso logo.

Baixo o olhar para o meu celular, esperando a resposta dela.

Talvez eu tenha sido muito direta.

Não quero que pense que eu estava sugerindo que ela viesse para assistir, ainda que fosse isso que eu *estava* sugerindo.

Estou me arrependendo de ter enviado.

Você está livre agora? Eu tenho em DVD. – B

Olho para a tela do *laptop* assim que outro *download* se abre.

Acesso às 22h04 de domingo... Isso não pode estar certo.

Rolo a página, ampliando a página e os detalhes. Meu coração acelera.

Como é possível que Ases soubesse que eu seria acusada de roubar doces na terça-feira, já que escreveu a mensagem às 20h04 da noite de domingo?

A minha mãe também está fazendo panquecas... – B

Olho para a mensagem dela. A sensação de catástrofe iminente no meu peito faz com que eu me sinta como se alguém tivesse enrolado as mãos ao redor do meu pescoço, bloqueando meu suprimento de ar.

Cabelo loiro. Sangue. Asfalto.

A qualquer momento, Ases poderia soltar mais mentiras ou mais verdades. A polícia poderia vir bater na minha porta da frente, unindo meus punhos numa algema e me levar embora enquanto o desapontamento na face dos meus pais se entranha na minha mente para sempre.

Preciso analisar tudo o que Peter enviou, me certificar de que tenho um plano infalível para levar até Devon amanhã.

Me desculpa, surgiu um compromisso.

Eu estava apenas começando a ter uma amiga de verdade e, assim como tudo mais, Ases está arruinando isso também.

21
DEVON

Quarta-feira

— E? — pergunto a Chiamaka, segurando folhas de papel com palavras e números que não compreendo.

A bolsa Prada rosa-choque dela é uma distração.

— Isso foi escrito antes de eu ser acusada! — ela grita.

Olho de novo para as páginas, tentando entendê-la sem nenhum contexto. Vejo fileiras de números — horários, alguns antes das 10 horas da noite e outros depois.

— O que foi escrito?

Ela arfa audivelmente.

— Meu deus, para alguém que está lutando contra mim para ser orador da turma, você é *bem* devagar pra vida.

— Talvez se você se fizesse entender, eu entenderia — cuspo de volta.

Ela me dá um sorrisinho sarcástico.

— Peter me mandou os documentos na tarde de ontem. Eu encontrei os horários que estão ligados às mensagens enviadas, e os horários nos quais as mensagens foram agendadas e salvas no misterioso computador 17. O horário de entrada do meu *suposto roubo* foi *dois* dias antes de ele ter acontecido... você entende agora?

Merda.

— Então foi armado? — indago.

Ela revira os olhos.

— Obviamente.

Eu me viro para encará-la propriamente agora, me afastando do teclado.

— Quem iria te incriminar?

Ela dá de ombros, sacudindo a cabeça como se pensar nisso a deixasse apavorada.

— Meu... amigo Jamie estava comigo na loja naquele horário.

— Ele faria isso?

— Não! Claro que não — ela fala, não parecendo convencida.

— Quem mais estava na loja?

— Não olhei direito... mas temos quatro dias até o domingo, quando poderemos pegá-lo. Ou quem quer que Ases tenha arranjado para fazer isso. Enquanto isso, vou pedir informações ao zelador sobre aquela queda de energia.

Assinto. Tenho respirado um pouco melhor já que Ases tem ficado quieto nos últimos dias. Mas ainda estou ansioso; odeio não saber o que vem a seguir... e eu quero saber quem está por trás disso.

— Eu te atualizo quando puder. — Ela faz uma pausa e dá uma olhada para o meu teclado, como se isso estivesse abaixo dela, o que me lembra do motivo pelo qual eu não gosto dela. — Tchau.

Os saltos de Chiamaka batendo ecoam enquanto ela caminha corredor afora. Eu me volto para o teclado e pego a folha de partitura na qual eu escrevia antes de ela entrar e atrapalhar o meu fluxo. Espero que não transforme em hábito as visitas ao meu lugar de paz. Eu não entro nos laboratórios dela sem aviso, mas acho que ela não tem a mesma cortesia. Quase mencionei a teoria racial de

Terrell, mas não fiz isso porque 1) não sei se ela iria acreditar nisso e 2) o pensamento de algum aluno racista estar fazendo isso porque sou preto — porque nós somos pretos — é doentio demais para ser uma possibilidade real.

Olho para a partitura e toco nas teclas com a minha mão esquerda, tentando encontrar o ritmo, tentando deixá-lo perfeito. Neste momento, ele parece tão truncado e desconjuntado. Juilliard o rejeitaria num piscar de olhos.

Esfrego os olhos e me afasto do teclado outra vez. Não consigo trabalhar ou tocar quando estou frustrado assim, por isso envio uma mensagem para Terrell, esperando que ele não estranhe o fato de eu estar mandando uma mensagem durante a aula.

Quer me encontrar depois da aula?

Meu celular vibra imediatamente.

Claro, como está sendo o seu dia? – T

Meus lábios se esticam quando olho para a mensagem. Isso é algo de que gosto muito em Terrell — ele sempre responde.

Está indo... tentando escrever e melhorar essa música, mas não consigo. Como está o seu dia?

Vibração.

Meus ouvidos estão sempre disponíveis, por isso a traga com você quando vier mais tarde. Meu dia está bem calmo, não estava com ânimo para escola, por isso fiquei em casa. – T

Queria eu *não estar com ânimo para escola* sem me sentir todo culpado por desperdiçar o dinheiro de Ma. Mas a minha presença é perfeita, ainda que eu mais esteja na sala de prática musical do que assistindo aulas nos últimos dias. Um dia fora da escola não vai arruinar isso, não é?

Eu levo comigo, valeu :)

Te vejo mais tarde :) – T

Desligo o teclado, enfio todas as minhas coisas na mochila, saio correndo da sala de aula prática e vou na direção do escritório da escola.

— Estou passando mal e preciso ir pra casa — digo à mulher na mesa.

Ela ergue uma sobrancelha para mim.

— Nome?

— Devon Richards.

Os longos dedos de unhas vermelhas batem no teclado. Ela olha para mim, toda arrogância ao me inspecionar, então se volta para a tela de novo. Ela para de digitar no momento em que a impressora cospe um formulário.

O barulho arranhado da assinatura dela marcando permanentemente a folha faz com que eu me encolha.

— Assine aqui e você está liberado.

Privilégios de seniores significam que os pais não estão envolvidos quando você diz que está doente — o que nunca estou, porque, de alguma forma, eu nunca adoeço — e quando eu costumava fingir, Ma sempre sabia que eu estava fingindo. Assino o papel, tentando afastar a culpa.

Estou o tempo inteiro na escola, não dá nada.

Repito isso para mim mesmo de novo e de novo enquanto passo voando pelo corredor, me libertando da prisão atrás das portas duplas e dos altos portões negros.

Eu quase me sinto invencível.

Eu me aproximo da brilhante porta na frente da casa de Terrell, com uma agitação no peito e palmas suadas. Estou cheio de adrenalina e feliz de me afastar da música, dar uma folga para a minha cabeça. Piso em algumas ervas daninhas emaranhadas perto da entrada e aliso os vincos do meu uniforme antes de bater.

Não preciso pensar demais nisso. Não sei por que estou pensando demais nisso.

Logo, ele atende, parecendo surpreso e não exatamente estático.

— Ei, eu saí da escola mais cedo, por isso pensei em dar uma passada aqui — digo.

Terrell olha para mim e depois olha de volta para a casa dele.

— Eu não estava te esperando até daqui a algumas horas... — ele faz uma pausa. — Agora não é uma boa hora.

— Está tudo bem? — pergunto.

Ele assente.

— Sim, a minha irmã está aqui. Ela não está se sentindo muito bem, por isso eu estou tomando conta dela enquanto minha Ma está no trabalho.

Vejo uma bola de pelos pretos escapulindo pela porta. Ela mia e passa por mim. Terrell olha para ela brevemente e, em seguida, olha de volta para mim.

— Mais tarde? — diz ele, como se o seu gato não tivesse acabado de fugir.

Balanço a cabeça, me sentindo um idiota.

Inesperadamente, os braços dele me envolvem num abraço, e depois a porta é fechada e eu estou aqui, incerto de para onde ir agora.

Caminho para longe da casa dele, de volta para Niveus — no rumo da parte da cidade que possui cerquinhas inteiras, belos jardins na frente e famílias felizes que nunca precisam se preocupar com a próxima refeição, ou com economizar para faculdade ou com suas famílias sendo despejadas.

Acabo chegando no parque onde Terrell e eu fomos. Largando minha mochila no chão, subo os degraus do trepa-trepa e me aninho dentro do tubo roxo.

Fecho os olhos e, de início, tudo que vejo é a escuridão. Tento imaginar ondas, qualquer coisa que me acalme, que me faça esquecer de tudo o que está acontecendo, e logo estou nadando, e então sinto mãos quentes. O calor das mãos *dele* ao redor das minhas outra vez. Me beijando, me segurando, com calor e maciez, pele contra pele, a água nos abraçando, pulmões em chamas quando nossos lábios finalmente se conectam...

Abro os olhos e me deparo com a escuridão do tubo, sem ar e desorientado.

É tão quieto, quase acho que imaginei aquilo. O som, um clique. Como o de uma foto sendo tirada.

Rapidamente, eu me sento ereto, notando a figura encapuzada no canto do parque, virada para longe de mim. Eu a observo atentamente enquanto saio lentamente do tubo, tentando descer sem ser ouvido. A figura se vira ligeiramente e eu vejo a borda de algo cobrindo seu rosto. *Uma máscara?*

Meu olhar baixa para as mãos daquela pessoa. Está olhando para as fotos numa câmera grande. Minha respiração fica rasa. *Ases?*

Dou um passo adiante, mais uma vez não percebendo que não há nada além de ar na minha frente, e caio do trepa-trepa, batendo de joelhos no chão. Gemo alto, o que alerta a figura, e eu a ouço fugir.

Eu me levanto rapidamente, limpando a sujeira dos joelhos e corro na direção pela qual a pessoa foi. Mas, quando passo pelos portões do parque, olho para longe na estrada e não há ninguém ali.

Não há nenhuma rua na qual pudesse ter entrado tão rapidamente, apenas fileiras e mais fileiras de casas gigantes e cercadas.

É como se a figura tivesse sumido no ar.

22
CHIAMAKA

Quarta-feira

Fica aparente, quando Ward me entrega as minhas ferramentas de trabalho — uma escova de dente e um balde de água com sabão —, que Richards não virá para a detenção. Assim que o diretor sai, eu mando uma mensagem para ele.

Cadê você?

Num tubo roxo de plástico. – D

Não tenho tempo para sarcasmo. Precisamos nos certificar de que a nossa tocaia seja perfeita no domingo, e eu quero atualizar Devon. O zelador falou algo sobre não ter havido uma falta de energia, mas que vários "problemas elétricos estranhos" vinham acontecendo na escola ultimamente, que é o motivo pelo qual está havendo o dia de manutenção. Não é uma coincidência, isso eu sei.

Neste mesmo horário, semana que vem, eu vou conseguir focar em Yale e convencer o Diretor Ward a restaurar a minha posição como Líder dos Chefes de Turma. Neste mesmo horário, semana que vem, vou estar me arrumando para o Baile de Inverno Beneficente dos Seniores. Em Niveus, o Baile de Inverno é o evento mais importante do ano. E não são apenas os alunos de Niveus; o diretor convida os maiores doadores e os ex-alunos de Niveus para assistir à coroação do Rei e da Rainha de Inverno — e que ficam marcados como os alunos que todo mundo precisa conhecer ao se formar.

A Rainha de Inverno do ano passado entrou em Harvard, com uma grande recomendação de um ex-aluno. Aquela coroa pode muito bem ser o que vai me garantir uma vaga em Yale.

Por que você não está na detenção?

Fiquei doente. – D

Claro que ficou.

Quando você estiver "melhor", precisamos visitar a Biblioteca Morgan.

Okay. – D

Garotos são irritantes.

O plano de domingo ainda não está perfeito. Ainda não estou certa sobre se chegar às 9 horas da noite é muito cedo, 9h30 é perto demais do horário no qual *Ases* pode chegar, e 10 horas da noite é tarde demais. Vou pagar ao zelador, mas então — vagaríamos pela escola como se estivéssemos ali sem nenhuma segunda intenção? Precisamos combinar um lugar para nos escondermos e que seja perto o suficiente para entrarmos na biblioteca sem fazer barulho. Precisamos de uma rota de fuga fácil. E eu quero a prova — prova visual — de quem quer que esteja sentado no computador. Eu posso fazer a maior parte sozinha, mas preciso saber se Richards não vai atrapalhar tudo. Ou mentir sobre a saúde dele outra vez.

Dou um pulo quando outra mensagem vibra.

A propósito, acho que Ases me seguiu. – D

Como assim?

Alguém usando uma máscara me seguiu até em casa, acho. Estava tirando fotos. – D

Ainda estão te seguindo?

Não, acho que não. Tentei correr atrás, mas a pessoa fugiu.
— D

Isso me deixa desconfortável. Se estão seguindo a gente... então é ainda mais importante que tenhamos um plano sólido no domingo.

É melhor que ele venha amanhã...

— Ei... — alguém sussurra.

Ergo o olhar e vejo Belle no batente da porta, os cachos loiros presos no alto em um rabo de cabelo e vestindo o uniforme azul-brilhante de lacrosse. Meus olhos descem para as pernas desnudas dela, e eu me viro de novo, me abaixo e enfio a escova de dente no balde cheio de água ensaboada perto de mim, e começo a esfregar a sujeira inexistente numa mesa qualquer.

— Ei — digo.

Esfrega. Esfrega.

— Já terminou o treino? — pergunto.

— Não, estou indo para lá, na verdade... queria ver se você estava aqui, dizer olá, talvez evitar a Treinadora e os gritos dela por alguns momentos — ela diz.

Paro de esfregar, me virando para olhar Belle e as pernas realmente muito longas dela.

— Fico feliz de ser a sua pausa disso. — Observo a porta com cuidado. — Se Ward entrar, no entanto, eu vou dizer que você estava me incomodando — digo com um sorriso.

Ela ri.

— Você iria me jogar na fogueira?

Dou de ombros.

— Talvez sim, talvez não, depende de como eu estiver me sentindo.

Tinha certeza de que recusar o convite de Belle para assistir *Diário de Uma Paixão* iria atrapalhar a nossa amizade, mas cá está ela, na minha frente, me deixando toda agitada e ansiosa. É quase como se eu gostasse dela ou coisa do tipo, de uma forma *mais do que amigas*. Mas isso é absurdo.

É mesmo?

— E como você está se sentindo? — ela pergunta, a cabeça inclinada para o lado.

— Cansada. Como se estivesse esfregando nada — digo, apontando para as mesas.

— A propósito, por que você recebeu uma pena tão pesada?

Essa é uma forma engraçada de descrever isso. É basicamente uma pena. Fico surpresa de ela não saber o motivo. Achei que todo mundo sabia da nova posição de humildade a que fui forçada.

— Ward acha que Devon e eu estamos espalhando rumores um sobre o outro. Que nós somos *Ases*.

— Quem você acha que é? — indaga Belle.

Faço uma pausa, analisando se deveria ou não compartilhar minha lista de suspeitos.

— Pode ser qualquer um — respondo. *Qualquer um.* Olho para baixo. Continuo voltando para a minha lista, mas não consigo entender como qualquer pessoa de quem eu suspeitava poderia ser capaz de fazer tudo isso. — Quem você acha que é?

— Talvez alguém com inveja da sua beleza e das suas notas — ela responde.

Minha pele queima.

Não sei como responder a isso, por isso não respondo.

Há silêncio durante um tempo, que só é preenchido pelas minhas esfregadas e os meus suspiros, até que escuto o barulho dos tênis de Belle quando ela se adianta, se sentando em uma das mesas da sala.

— Eu meio que estou com vontade de faltar ao treino de lacrosse e ficar aqui com você. Tem outra escova?

Por que alguém iria querer limpar por vontade própria?

— Não tenho outra... mas você pode ficar com a minha — digo, esticando a escova com um sorriso.

Ela me encara com um sorrisinho nos lábios rosados. Então, Belle coloca o bastão de lacrosse na mesa e caminha até mim, a centímetros de distância. Sou mais alta do que ela, com ou sem essas botas *sock* da Chloé, ainda assim me sinto pequena perto dela.

Os olhos de Belle vão até a porta e depois se voltam para mim. Parece arteira, como se quisesse fazer alguma coisa que fosse causar problemas a nós duas. Eu me sinto da mesma forma, mas não tenho certeza do que ela tem em mente. Ela pega a escova de dentes da minha mão e leva o balde com a outra, e eu a observo.

Meu coração está mais acelerado do que quando há um torpedo de Ases.

— Então é só mergulhar, girar e esfregar a mesa? — ela pergunta, se virando.

Não acho que consigo formar uma resposta com o barulho na minha mente. Tudo no consigo pensar é se eu deveria fazer isso — testar essa teoria instável que tenho.

A cabeça dela se volta quando não respondo.

— Ou estou errada? Existe alguma forma mais profunda de se limpar uma mesa?

Belle sendo legal comigo poderia ser apenas um sintoma de querer reforçar o laço de amizade que veio de lugar nenhum. Ou poderia ser outra coisa, algo que não se encaixa nos moldes. Não é possível calcular as emoções.

Ela dá um passo mais para perto. A água cheia de sabão balança quando Belle coloca o balde de volta na mesa. Ela agita a mão na frente do rosto.

— Terra para Chiamaka.

Belle sempre tem o cheiro de baunilha, com o toque de algo

ainda mais doce. Faz com que eu queira largar tudo e seguir uma abordagem nada científica com relação a tudo isso.

Eu quero não ser científica neste momento... tanto.

Mas e se eu testar essa teoria e não for a correta? E então?

— Você está bem? — indaga Belle, parecendo preocupada.

— Estou confusa, tentando descobrir se somos amigas ou não.

Eu me surpreendo com a verdade escapulindo assim.

Belle parece um pouco machucada pela declaração, mas eu não queria que saísse daquele jeito.

— Eu pensei que fôssemos.

— E se eu não quiser ser sua amiga?

Não quero dizer o resto em voz alta.

— Você não quer que sejamos amigas?

Belle parece muito ofendida, o que faz com que o meu corpo sinta que há várias explosões quentes ao mesmo tempo.

— Não quero.

Belle balança a cabeça e abaixa a escova de dentes.

— Okay, tudo bem — ela fala baixinho, antes de passar por mim.

Acho que eu quero que ela vá embora, pare de me confundir, mas, ao mesmo tempo, não quero que ela vá. Quero que fique e permita que eu me explique.

— Eu acho que gosto de você de uma forma não amiga... S-se isso te incomoda, você pode ir embora — digo, tropeçando em algumas das minhas palavras.

Olho para baixo e, ainda que eu não consiga enxergá-la, sei que ela ainda está na sala. Não ouvi a porta se fechando.

Continuo.

— Eu apenas acho que não consigo ser sua amiga, se isso for estranho demais para você ou se não se sentir da mesma forma... pelo menos agora. Fui amiga de Jamie por anos, e eu sempre quis ser mais do que isso... não quero passar por isso outra vez — digo, sem respirar.

Isso é vergonhoso.

Fechando os olhos, acrescento:

— Então, por favor, vá embora se não for algo que você também queira.

Ao longe, consigo ouvir gritos vindos do ginásio ou das áreas do lado de fora, mas há um silêncio morto entre nós.

O som da porta se abrindo e depois batendo despedaça algo dentro de mim. Respiro entrecortada, me virando para olhar a sala vazia. Só que me encontro, cara a cara, com o cheiro de baunilha, o cabelo loiro e os lábios rosados que sorriem para mim.

Belle se inclina, fechando os olhos, e me beija. E, então, em nanossegundos, eu também a beijo.

23
DEVON

Quinta-feira

Durante o almoço, eu me encontro com Chiamaka na Biblioteca Morgan.

Até o dia de hoje, eu nunca tinha estado antes na Morgan, mas, tal qual as outras bibliotecas, é enorme e velha, com prateleiras marrom-escuras que chegam até o teto, livros que carregam um cheiro velho empoeirado e fileiras de computadores. O computador 17 fica enfiado num canto. Um cara qualquer o está usando para assistir vídeos, então tudo que posso fazer é encarar e imaginar o que está sendo guardado ali. Centenas de segredos guardados na conta de Ases.

Chiamaka está escrevendo alguma coisa num bloquinho.

— Se nos escondermos atrás do carrinho de livros ali perto do computador, teremos a melhor vista e cobertura — ela diz num sussurro.

Olho para o carrinho.

— E se não estiver ali no domingo?

Ela suspira, olhando ao redor.

— Os carrinhos não se movem. Eu vim aqui algumas vezes durante a semana para checar, e sempre tem um carrinho perto da entrada. Mas, se por algum motivo, não estiver ali no domingo, então a gente se esconde atrás da primeira prateleira e esperamos até que Ases chegue. — Ela fecha o bloquinho quando o primeiro sinal de aviso toca, sinalizando o fim do almoço. Apesar da confiança de Chiamaka, eu ainda me preocupo que algo possa dar errado.

Saímos da Morgan separadamente — Chiamaka alguns passos na frente para que não fique parecendo que estávamos juntos ali —, e eu vou na direção do meu armário. A multidão nos separa à medida que as pessoas começam a avançar pelo corredor.

Há uma mudança no ar enquanto me aproximo dos armários dos seniores. Alguma coisa parece diferente. Primeiro, o corredor está completamente escuro. Segundo, as pessoas estão diminuindo o ritmo, as vozes abafadas vão aumentando e, de início, não tenho certeza do motivo de todo esse caos.

Então, as luzes piscam e eu os vejo.

Pôsteres colados em cada armário.

Pôsteres de uma Chiamaka desmaiada e num vestidinho prateado, meias pretas, botas pretas de salto alto, rímel escorrido na face e o cabelo emaranhado. Alguns pôsteres têm a palavra *Vadia* escrita em letras pretas enormes; outros, *Puta*.

Eu me aproximo dos pôsteres. Ao lado do corpo dela há esquisitas e idênticas bonecas louras.

Vasculho a multidão em busca de Chiamaka, engolindo o nódulo na minha garganta quando a vejo no centro do corredor, paralisada.

O aquietado caos é interrompido por uma música pop irrompendo dos alto-falantes enquanto uma figura vestida de preto da cabeça aos pés, com um capuz preto e uma assustadora máscara de Guy Fawkes, aparece do nada carregando centenas de pôsteres, e corre para a frente.

Os cabelos na base do meu pescoço se erguem e um calafrio me perpassa inesperadamente. Minha mente volta para o parque, para a figura com a câmera.

Em um ágil movimento, a figura encapuzada joga para o alto os papéis que carrega. As folhas caem do teto feito gigantescos flocos de neve e as pessoas esticam as mãos, saltando para pegar os papéis como se fosse algum tipo de jogo. Eu estico a mão e pego um.

São fotos minhas e de Chiamaka no anuário do terceiro ano. Com a diferença de que os nossos olhos foram tarjados. É que nem um soco no estômago.

Sem pensar, avanço pela multidão, caminhando na direção da figura encapuzada. Ela nota o meu súbito movimento e olha bem nos meus olhos antes de sair correndo, empurrando a multidão. Ela é veloz, os tênis pretos a impelindo velozmente.

Começo a correr, mas sou rapidamente bloqueado por corpos, que me empurram para trás enquanto pegam os pôsteres que se amontoam no chão. Forço minha passagem, não querendo perder aquela pessoa, mas, quando consigo me livrar da multidão, a figura já desapareceu outra vez.

Ases?

Respirando trêmulo, eu me viro. Meu rosto está quente, os membros tremendo, enquanto todos os olhares estão fixos em mim. Vasculho o corredor em busca de Chiamaka, que desapareceu. A foto dela entra no meu campo de visão outra vez, alinhada em cada armário. Corro até o primeiro, arrancando a foto, então a do próximo, o sangue fervendo. Quem quer que tenha tirado essa foto, queria causar o mal. Ela está desmaiada, inconsciente da foto sendo tirada. É nojento; uma violação.

Vejo o sr. Ward na ponta do corredor, segurando um dos pôsteres. Depois, eu o vejo amassar o papel e jogar no lixo, antes de sair andando.

O segundo sinal toca e os alunos ao meu redor começam a andar, indo para as suas aulas. Fico parado no meio do corredor, a foto de Chiamaka presa na minha mão, o chão repleto de cópias da minha fotografia escolar sem rosto.

♠

O sr. Taylor baixa o olhar para os pôsteres amassados de Chiamaka e eu. A testa dele está franzida e a boca, retorcida enquanto avalia a página.

— Me desculpa, Devon. Isso estava no corredor agora? Você não viu quem colocou? — ele pergunta.

Balanço a cabeça.

— Não vimos quem colocou, mas tinha uma pessoa jogando alguns pôsteres para o alto. Estava usando uma máscara, e por isso não vimos quem era.

O sr. Taylor suspira e olha para mim.

— Vou descobrir quem fez isso, Devon, okay?

Fico aliviado.

— Obrigado.

— Apenas vá para casa e tente não deixar que isso te desanime.

Faço exatamente isso — vou para casa e tento não pensar no assunto. Mas é impossível.

Estou em casa, no meu quarto, os joelhos sacudindo como se eu tivesse tomado café demais, sentado na beira da cama, tentando fazer o dever de casa, mas não consigo afastar a imagem daqueles papéis no chão do corredor, ou a da figura mascarada. É como se minha mente não conseguisse compreender o que está acontecendo.

Eu me sinto culpado por Chiamaka, que provavelmente deve estar sozinha em algum canto, lidando com tudo isso sem ninguém. Eu mal consigo me manter estável aqui, e os ataques contra mim hoje não foram nem de longe tão pessoais. Não consegui encontrá-la depois da aula nos laboratórios; ela não está atendendo o telefone e eu não sei onde ela mora. Os pôsteres me deixaram enojado; foram uma ameaça para mim e Chiamaka. Nos avisando que alguém quer nos pegar e não vai parar até que tenha nos destruído.

Sinto um toque no meu ombro e dou um pulo. Meu irmão James está me encarando, uma expressão séria no rosto ao segurar um desenho. Meus irmãos estão assistindo a desenhos a tarde inteira, como sempre fazem depois da aula. Ma está na cozinha preparando a janta. Eu costumava ajudá-la, mas não tenho comparecido muito ao jantar nos últimos dias, e preciso fazer o meu dever de casa.

Analiso o desenho, tentando parecer bem impressionado. Nove entre dez vezes, o desenho é de um elefante — o animal favorito de James —, mas este desenho é rosa e marrom e assimétrico.

— Que legal, J. Isso é um elefante? — pergunto, o colocando no meu colo.

Ele sacode a cabeça.

— Não... é para ser você — ele diz, soando desapontado com o meu chute errado.

Olho para o desenho de novo. O rosto da criatura é grande, o corpo pequeno e torto. James deu duas orelhas para a criatura e dois brincos, um que é uma cruz cristã e o outro é um brinco comum. A criatura tem uma carranca no rosto e uma lágrima debaixo de um dos olhos.

— Agora estou vendo, parece mesmo comigo — digo, parecendo um pouco ofendido, mas isso o faz sorrir.

Ele sai do meu colo e se junta novamente a Elijah no chão, perto da televisãozinha no canto.

Observo as formas se movendo na tela por um tempo, então me volto para as formas na minha folha do dever de casa. Sinto o meu celular vibrar perto de mim e o pego rapidamente, esperando que seja Chiamaka me dizendo que está bem, que os pôsteres são uma merda, que está tudo direcionado a nós e que precisamos fazer alguma coisa *agora*, antes de domingo.

Mas não é ela, é Terrell.

Você me deu o bolo ontem. – T

Ele me mandou uma mensagem ontem também, mas a ignorei, esperando que se eu fingisse não ter visto a mensagem poderia apagar quão constrangedora foi a conversa na casa dele. Depois da nossa troca ontem, decidi ir para casa. Encará-lo diretamente depois daquilo teria sido constrangedor demais.

Desculpa por sumir, espero que a sua irmã esteja melhor. – D

Ele responde imediatamente.

Ela está. – T

Somos amigos há apenas alguns dias e já estou sendo todo pegajoso e irritante. O que diabo há de errado comigo?

Quer vir aqui agora? Você pode trazer a sua música. – T

Olho para o meu dever de casa, o barulho dos desenhos animados afogando os gritos do anjinho bom no meu ombro enquanto calço os tênis e coloco minhas folhas de exercício de lado.

Eu nem conseguiria focar, racionalizo, enquanto digito uma resposta.

Chego em 10 minutos. – D

Dez minutos depois, estou deitado novamente na cama de Terrell. É bem confortável, de um jeito *não tenho que dividir com ninguém*. Sinto falta da época em que eu era filho único e não precisava compartilhar uma cama com meus irmãos.

Terrell está sentado na minha frente, ouvindo a música da minha audição. Eu me sinto nauseado por assisti-lo fazendo isso.

E se ele disser que a minha peça é ruim e que eu deveria jogar tudo fora?

De vez em quando, sinto como se o tempo que gasto aperfeiçoando essa peça fosse inútil. Do jeito como as coisas estão, se essa merda do Ases chegar em Juilliard, não acho que vai importar quão boa seja a minha peça de audição. Eles não vão querer um aluno que foi acusado de todas aquelas coisas das quais Ases me acusou.

Especialmente se levar em consideração que nenhuma das acusações era totalmente falsa.

Os ombros de Terrell se mexem por debaixo do algodão preto do seu capuz e eu os observo pelo canto do olho. Ele quase parece estar dançando. Quero rir, mas não quero alarmá-lo e interromper qualquer que seja o fluxo dele.

— Eu sei o que está faltando — diz Terrell, se virando para me encarar agora.

A voz dele me assusta, mas eu tento não demonstrar isso.

— O quê?

— Bateria.

Ele tira os fones do ouvido e devolve o tocador para mim.

Bateria?

— Sério? — pergunto, porque parece tão estranho para mim.

Eu sei como tocar — mais ou menos —, mas não precisei fazer isso desde o ensaio de banda do primeiro ano, que abandonei assim que pude. Trabalhar com os outros não é algo que gosto de fazer no que diz respeito a música. Nem tenho certeza de que a faculdade de composição da Juilliard gostaria disso.

— É suave demais sem isso, que nem aquela escola branquela que você frequenta.

Dou um cutucão nele. Ele me cutuca de volta.

A peça tem o teclado e o clarinete. Acho que vejo o ponto de vista de Terrell.

— Talvez você esteja certo... — digo, a voz descarrilhando.

Meus pensamentos são tomados outra vez pelos pôsteres no corredor. Meu rosto. O rosto de Chiamaka. É difícil ignorar o óbvio que une Chiamaka e eu agora: nossas peles pretas.

Há tanta coisa amontoada na minha mente. Não me sinto seguro na escola ou em qualquer lugar, na verdade — como se eu estivesse constantemente tendo que olhar por cima do ombro.

Quando era mais novo, aprendi a manter enterrado o que eu realmente estava sentindo, lidar com os sentimentos mais tarde, por conta própria. Sou bom em guardar as coisas em caixas na minha mente. Sou bom em ficar bem na maior parte do tempo. Até não estar mais, e daí as caixas se arregaçam e eu explodo.

— Ei... Terrell — digo baixinho, os dedos se movendo na direção de uma das caixas na minha mente.

— Sim? — diz ele.

Fecho os olhos, me sentindo como se estivesse flutuando para longe, para algum lugar longe daqui. Dou uma fungada, pensando no que dizer a seguir. Como frasear aquilo.

— Uma coisa muito bizarra aconteceu na escola hoje, uma coisa muito fodida.

— O que aconteceu? — diz Terrell, já soando preocupado, o que é algo bem dele.

Ele se preocupa.

Pego o meu celular.

— A pessoa que está espalhando coisas sobre mim e aquela garota colou uns pôsteres hoje. Tirei algumas fotos — digo, mostrando a Terrell.

Ele olha para o meu celular, as sobrancelhas erguidas, a expressão se tornando cada vez mais irritada.

— Já contou para alguém? — ele pergunta, movendo os olhos para longe da tela e olhando para mim.

Olho para baixo rapidamente, arrancando fiapos imaginários da minha calça, tentando não fazer contato visual com ele.

— Contei ao sr. Taylor, o meu professor de Música, hoje. Ele falou que vai nos ajudar a encontrar quem colou os pôsteres. Chiamaka e eu vamos invadir a escola no domingo para pegar em flagrante quem estiver fazendo isso e impedi-lo antes que as coisas piorem... se é que isso é possível.

Terrell assente lentamente.

— Aquelas fotos... parecem assustadoras... — a voz dele treme. — Tome cuidado ao entrar. Quem quer que esteja fazendo isso pode ser perigoso. Tem certeza de que ficarão bem sozinhos? Eu não me importo de ir junto, se você quiser.

Balanço a cabeça.

— Vamos ficar bem — digo a ele, ainda que não esteja sendo nem um pouco sincero.

Apenas não quero arrastar Terrell para dentro disso. Mas, honestamente? Estou aterrorizado. Essa é a nossa única opção a essa altura, mas a situação parece estar fugindo de controle — parece que, de repente, está tudo em jogo. E não fazemos a menor ideia de quem é o nosso oponente.

— Parece um trabalho digno de CSI — ele diz, fazendo arminhas com as mãos para mim, se aproximando do meu rosto.

Eu viro os dedos na direção dele, mas Terrell os aponta de volta para mim, e eu me pego sorrindo.

Enterro coisas. É assim que lido com elas. Eu não as encaro de frente que nem a Chiamaka faz. Sempre há um risco de se machucar ao fazer isso, levando outras pessoas para baixo junto com você.

— A Chiamaka até quer que eu me vista todo de preto, como se fôssemos roubar a escola ou coisa do tipo.

Forço uma risada, mas ela soa estrangulada.

Ele ergue uma sobrancelha.

— Bem, se você for fazer isso, faça direito.

Estreito os olhos para ele.

— Você está tentando citar Wham!?

— O que é Wham!? — indaga Terrell.

— Banda branca de antigamente...

Terrell solta *ahhs*.

— Eu só me preocupo com garotos jovens, belos e marrons que nem eu.

Rio alto com aquela declaração.

— Você não é belo — digo a ele.

Covinhas aparecem nas duas bochechas dele.

— Essa é a sua opinião. Eu me acho muito bonito; não tanto quanto você, mas acho que sou okay.

— Que seja — digo, olhando para a foto dos pôsteres no meu celular até que a tela escureça.

— Vocês têm alguma teoria com relação a quem pode estar por trás disso? — indaga Terrell, pegando um dos livros didáticos na mesa e o colocando no colo.

Dou de ombro.

— Chiamaka diz que tem que ser alguém de alguma das nossas aulas, que nos observa o tempo inteiro.

— E se não for? — diz Terrell.

Franzo as sobrancelhas para o alto. *O que ele quer dizer com isso?*

— E se for um professor? Existe algum professor que pode estar atrás de vocês? — Terrell continua.

Minha mente volta para o Diretor Ward no corredor, como ele viu os pôsteres de Chiamaka e eu, mas claramente estava cagando. Penso em quão rápido ele nos culpou pelos *pen drives*.

— O novo diretor... ele parece ter algum problema comigo e com Chiamaka. E faz sentido. Antes de ele vir as coisas estavam boas. Não havia Ases; tudo começou assim que ele chegou em Niveus.

Terrell assente.

— Talvez estejam procurando pelo criminoso errado. Vocês deveriam ir até o conselho escolar, fazê-lo ser demitido.

Eu me lembro de que no Ensino Fundamental tinha essa professora branca. Não entendia naquela época, mas ela parecia malvada. Eu sempre tinha essa impressão de que ela nos odiava — eu e os outros alunos pretos da minha sala. Ela era legal com Jack, mas era ríspida comigo como se eu tivesse feito alguma coisa errada.

Naquela época, eu não entendia, mas talvez seja isso que esteja realmente acontecendo. Talvez Terrell esteja certo.

Faz sentido — Ward teria acesso a todos os nossos arquivos, acesso à escola nos fins de semana. Ele teria o poder de mexer com as câmeras de segurança, desligar as luzes, criar contas escolares anônimas... mas como eu provaria uma coisa dessas?

— A gente provavelmente precisa de mais evidências concretas, no entanto. Espero que a gente consiga isso no domingo. Se tudo estiver apontando para Ward, nós iremos derrubá-lo — digo.

Eu juro que estou começando a soar que nem a Chiamaka.

Sexta-feira

É sexta-feira, e eu estou na escola um pouco mais cedo do que de costume porque Chiamaka finalmente quer conversar comigo.

Quando passo pelo corredor, consigo sentir os olhares das pessoas, os sorrisos condescendentes, balançando suas cabeças — como se eu me importasse.

Não há mais pôsteres de Chiamaka afixados — as paredes estão brancas, com a exceção dos cartazes do baile ao qual todos nós precisamos ir na semana que vem.

Suponho que o zelador tenha resolvido aquilo, mas a forma como tudo é tão impecável é quase como se ontem não tivesse acontecido.

Pego o celular para ver se Chiamaka me escreveu de novo. Eu fiquei na casa de Terrell até bem tarde, por isso só me lembrei de recarregar o celular hoje cedo, que foi quando Chiamaka mandou a mensagem.

Ao entrar na sala de Música, onde vamos nos encontrar, minha tela brilha.

Certo, pessoal, essa é da pesada! Afivelem seus cintos Gucci e peguem a pipoca enquanto eu conto para vocês uma história sobre uma garota que não conseguia lavar o sangue das mãos. Porque, se pudesse, talvez eu não soubesse tanto sobre isso...

Mas que merd...

A nossa doida favorita... quero dizer, Líder dos Chefes de Turma, MATARIA por um pouco de atenção de Ases. Deve ser difícil ir de Rainha para pobretona do dia para a noite, por isso pensei em ajudá-la a subir os degraus outra vez. Então, a grande pergunta:

Qual é a pena por assassinato? Dez anos... quinze... perpétua? Quem pode ajudar a garota? Em breve mais detalhes dessa história MATADORA. - Ases

Minha mente volta para o arquivo no *pen drive*.

A porta da sala de Música se abre de uma vez, e eu dou um pulo assim que Chiamaka irrompe, lágrimas escorrendo pelo rosto.

— Devon, acho que uma coisa muito ruim vai acontecer comigo.

24
CHIAMAKA

Sexta-feira
[Alguns minutos antes]

Sussurros são como serpentes; rastejam até seus ouvidos e ameaçam envenenar a sua sanidade com o veneno deles.

Ouvi dizer que Jamie sabia...

Nem acredito que ela ainda não foi expulsa...

Espero que Jamie não se ferre também, por andar com ela...

Vejo Jamie com alguns caras do time de futebol perto do armário dele, rindo.

Eu me aproximo dele cheia de confiança, avançando adiante.

— Oi, Jamie — digo, batendo no ombro dele, que se recolhe imediatamente.

Noto que alguns dos seus amigos olham para mim como se tivessem medo do que eu poderia fazer com ele. O medo nos olhos deles faz com que me sinta levemente enervada. Mesmo quando eu estava no topo, ninguém me olhava com medo genuíno, como fazem agora.

Jamie se vira e, ao me ver, o rosto dele fica sombrio.

Então ele gira de volta e fala:

— Eu converso com vocês mais tarde, pessoal. — E eles batem nas costas dele antes de saírem apressados pelo corredor.

— O que foi? — ele pergunta.

Cruzo os braços para esconder meus dedos tremendo. Não paro de tremer desde ontem.

— Obrigada pelo que você fez ontem, com os pôsteres — digo, baixinho.

Ouvi dizer que Jamie e alguns caras do time de futebol removeram as imagens. Foi um gesto legal, mas aleatório. Ele ainda é um babaca, mas quero agradecê-lo.

— Sem problema. É só isso? — ele responde, friamente.

Por que está agindo como se eu fosse a inimiga outra vez, depois do assim chamado pedido de desculpas na terça-feira?

— Sobre os pôsteres eu q-queria perguntar. — Limpo a garganta. — Aquilo foi na sua festa do ano passado, não é? Eu só usei aquele vestido uma vez — digo.

Ele dá de ombros.

— Talvez.

— Você sabe o que aconteceu naquela noite? A foto estava muito... esquisita... eu não me lembro de muita coisa.

Algumas pessoas entram no corredor, olhando para a gente e se afastando rapidamente, como se não quisessem ficar muito perto.

— Não — ele diz bruscamente.

A foto daquela noite faz com que me sinta estranha. Eu nunca a vi antes, nem tenho memória dela. Aquelas bonecas... elas me lembram as bonecas dos meus sonhos, aquelas que se parecem com *ela*.

Por que alguém vazaria essa foto agora, se estava com ela durante um ano inteiro? O que mais aconteceu naquela noite?

— Já terminou de fazer as suas perguntas? — ele indaga.

Sacudo a cabeça.

— Teve outro torpedo? Eu devo estar sendo paranoica, mas...
— Estão falando sobre você e o acidente — Jamie fala, suavemente.
Sinto um soco no estômago.
— O quê? — Eu guincho.
— Ases está insinuando, pelo menos...
— E você? Se Ases está falando sobre isso, não pode estar falando *apenas* de mim.
— Por que iriam me mencionar, Chi? — Jamie pergunta, casualmente.
Não consigo respirar. A dor no meu estômago piora.
— O quê? — falo um pouco mais alto. — Eu não fiz nada!
Jamie estava lá. Ele estava dirigindo o carro; deveria ter prestado atenção na estrada, e ele a atropelou...
— Você não a acertou? Abandonou o corpo? Isso é chamado de atropelamento e fuga, Chi... as pessoas são presas por causa disso.
A voz de Jamie queima nos meus ouvidos.
Eu vejo sangue, vejo os cachos loiros ensopados dela, vejo os olhos arregalados, vejo o corpo torto — quero chorar.
— Você a atropelou, Jamie, *você* fez isso! Você foi embora e não me deixou chamar uma ambulância ou os policiais...
— Tem certeza disso, Chi? — Ele pergunta com um sorriso, me dando um olhar que revira tudo dentro de mim.
Era um olhar que eu sempre achei que significava travessura. Mas agora... parece ódio.
A loja de doces... Ases sabendo demais... a forma como Jamie está falando. Antes parecia impossível, vendo como ele dizia amar Belle, mas talvez arriscasse o relacionamento deles só para me machucar. Como falei, amor e ódio são versões deturpadas da mesma coisa. Talvez o ódio secreto dele por mim fosse maior do que qualquer coisa que sentisse por Belle.
Jamie se vira, parando quando começo a gaguejar:

—É-é você, não é? — Há um leve tremor nos meus dedos quando enfio uma mecha de cabelo atrás da orelha. — Você é Ases. Você me incriminou na loja de doces e está espalhando os meus segredos pela escola. Você é o único que poderia saber todas aquelas coisas sobre mim. *Você*, por sei lá qual motivo, sabotou o seu próprio relacionamento com a Belle... Mas o que é que Devon já fez para você?

Porque Jamie é — era — o meu melhor amigo. De vez em quando, melhores amigos erram, brigam. De vez em quando, nós irritamos tanto uns aos outros que isso se torna ressentimento, e do ressentimento, ódio. A forma como ele me olha agora, eu consigo, definitivamente, ver o ódio. Por algum motivo, Jamie me odeia... mas Devon...

— É por que somos negros?

Não há nada além de Jamie e eu. Nenhum corredor. Nenhum sussurro. Apenas a gente.

— Está me chamando de racista? — ele pergunta.

Enquanto crescia, eu me dei conta rapidamente de que as pessoas odeiam mais serem chamadas de racistas do que o racismo em si. Que é o motivo pelo qual não me surpreendo quando Jamie faz uma pausa, enfia a mão no bolso e, lentamente, se vira de volta ao falar. No rosto dele há este sorriso inquietante que cresce cada vez enquanto eu o encaro.

Ele dá um passo adiante.

— Por que eu teria *tocado* em você se eu odiasse garotas pretas?

Meu corpo vibra, a raiva fervendo o meu sangue, a visão borrando. Eu o empurro, com força, e ele tropeça para trás. Uma risada escapa da boca sorridente dele enquanto ele se apruma.

Por que diabo ele está rindo?

— Eu não sou Ases... mas estou um pouco confuso agora, Chi. — Ele dá um passo mais para perto, o sorrisinho substituído por sobrancelhas unidas. — Não é isso que você queria? Desde o primeiro ano?

— O quê? — pergunto.

Não consigo parar de encarar o rosto de Jamie, a facilidade com a qual ele faz tantas emoções diferentes aparecerem. É como se tivesse um interruptor em algum lugar do corpo.

— Que as pessoas conhecessem o seu nome, que todo mundo falasse sobre você. Popularidade? — A expressão confusa dele se transforma em pena. — Agora você conseguiu, Chi. — Ele se aproxima de novo, tão perto de mim que consigo sentir o cheiro do forte perfume dele. — Como, depois de tudo isso — ele gesticula ao redor do corredor que agora está quase lotado, um sorriso no rosto pálido — alguém poderia se esquecer da grande Chiamaka Adebayo?

Ele estica a mão e toca de leve no meu cabelo. Quero vomitar, as lágrimas na minha garganta tornam tudo pior. Ergo o olhar para ele. Jamie está tão focado no meu cabelo, os olhos concentrados da mesma forma que fazem com os bicos de Bunsen. Como se o meu cabelo fosse… um experimento científico.

De repente, ele solta o meu cabelo, permitindo que os fios que caem dos dedos ásperos dele encostem no meu rosto.

Então, sem dizer uma palavra, ele se vira e vai embora.

A garota que assombra minha mente enrosca a mão dela no meu pescoço e começa a apertar, o grito dela ecoando no meu cérebro enquanto corro pelas portas duplas, subo as escadas e entro na sala de Música de Devon, onde falei que me encontraria com ele. Mas quando chego lá ele está encarando o celular.

Ele também viu.

— Devon, acho que uma coisa muito ruim vai acontecer comigo — eu falo chorando, me deixando levar, incapaz de me deter.

As emoções se empilham umas nas outras — quão assustada eu me senti ontem, quão aterrorizada me sinto agora. Todos olhando para o meu corpo desmaiado, rindo dele. Jamie observando o meu corpo, o usando, rindo dele.

— Yale já era... o meu futuro. Eu vou trabalhar num restaurante de *fast-food*; não posso ser uma médica com isso...

— Chiamaka...

Eu choro ainda mais.

— Está tudo arruinado...

A voz de Richards me choca ao subir.

— Chiamaka!

Olho direito para ele agora. Ele nem parece estar vestindo uniforme, com aquele moletom preto de alienígena e os tênis.

— Chiamaka, nós vamos encontrar os responsáveis e vamos acabar com isso. As universidades provavelmente não ligam para fofocas idiotas, ouviu?

Devon é um mentiroso ruim. Claro que ligam, mas assinto mesmo assim.

O domingo precisa acontecer sem nenhum problema; precisamos estar em nossa melhor forma. Ninguém pode ficar sabendo do que eu fiz.

Antes de Ases levantar a suspeita de que sou uma assassina, pensei que os sussurros e os olhares julgadores fossem a pior das sensações. Eu estava errada. O silêncio é muito pior. Agora, sempre que entro em um corredor ou numa aula, todo mundo fica em silêncio, até mesmo os professores. O silêncio é bem mais alto e sufocante do que as vozes baixas.

Eu mal chego ao fim do dia. É difícil tentar fingir que estou bem quando não estou. Termino a detenção depois de fazer um turno extra por ter faltado ontem, e esperando por mim do lado de fora está Belle. Ela tem esse sorriso enorme no rosto — como se eu não tivesse sido acusada de assassinato, como se minha vida inteira não estivesse desabando, como se alguém não estivesse tentando me arruinar. Belle não parece perturbada pelo que Ases falou; não sei se isso a torna inocente ou perfeita.

Ela me abraça, mas eu só consigo sentir como se fosse um abraço de despedida. Só estou esperando pela próxima mensagem de Ases agora — a história dele, a evidência dele. O que irá dizer? Que eu estava dirigindo, que atropelei a garota e a abandonei ali? Na verdade, no máximo eu sou uma cúmplice, mas isso não importa. Ases deturpou tudo. E quem acreditaria em mim e não no herdeiro Jamie Fitzjohn?

Ninguém.

Meu poder sempre existiu apenas nos corredores, naquilo que as pessoas pensavam de mim. Como pode isso competir contra alguém cujos pais são ex-alunos de Niveus e doadores, pessoas com poder *real*.

Belle entrelaça o braço dela no meu, e eu o seguro com força quando começamos a andar, deixando a escola para trás.

— Posso te levar em casa? — digo, esperando que ela diga sim.

Não quero ficar sozinha no meu quarto.

— Claro, e, no caminho, eu te conto como Jamie tentou me dizer que *mudou*. Ele até disse que vocês estão conversando.

O sarcasmo embebe as palavras dela.

Meu estômago revira e me lembro da nossa conversa de mais cedo. Como Jamie olhou para mim como se eu estivesse abaixo dele. Quão confiante parecia de que não seria implicado em nada disso. Esse tempo todo eu me convencia de que Jamie temia tanto pelo futuro dele quanto eu me preocupava com o meu, mas, na verdade, ele é um homem branco e *eles* conseguem sair impunes de assassinato.

— Ele tem uma definição estranha de "estar conversando".

Belle ri.

— Não acredito que alguém poderia ser a melhor amiga de um

cara como ele assim por tanto tempo... — ela diz me olhando de esguelha.

Eu a cutuco de leve, rindo um pouquinho também.

— Eu sei, né? E para a garota que namorou com ele... *uau*, eu nunca poderia ter feito isso.

— Sorte a nossa de não sermos essas pessoas, não é? — indaga Belle, os dedos dela entrelaçando os meus naturalmente e eu tento parecer casual com relação a isso.

— É — digo.

— De qualquer forma, falei a Jamie que não me interesso por ele, que há outra pessoa que prefiro encontrar.

Minhas sobrancelhas sobem, mas eu tento não parecer esperançosa.

— Você contou para ele quem era?

Ela sacode a cabeça.

— Eu não sabia se você iria querer que ele soubesse.

Paro no mesmo lugar e ela para junto comigo.

Na quarta-feira a gente se beijou, mas daí Ward chegou e precisei fingir que Belle estava entregando meu dever de casa, rezando a Deus e a todos os outros deuses para que o diretor não tivesse nos visto. Belle saiu correndo e a gente não conseguiu falar sobre aquilo, especialmente depois de ontem, quando eu só queria ficar sozinha.

Até agora.

Começamos a andar de novo.

— Lamento que a quarta-feira tenha sido atrapalhada. Eu queria ter conversado depois — diz Belle.

— Eu também.

Não sei exatamente o que significa ou qual é o motivo de Belle ser a única garota na qual eu já pensei dessa forma, mas não quero examinar os meus sentimentos; só quero gostar dela e não pensar nos meus pais ou nas pessoas em Niveus e nos julgamentos ou opiniões delas.

— Eu sou bi — me diz Belle. — E sou assumida, mas eu não tinha certeza se... quero dizer, todo mundo meio que sabe tudo sobre você... tipo, os caras com os quais já namorou... e eu não queria presumir nada! Mas você basicamente me odiava quando eu estava com Jamie, por isso pensei que o máximo que a gente poderia ser era boas amigas... até quarta.

Ela fala "quarta" com um sorriso arteiro.

— Eu não me dei conta de que gostava de você até quarta-feira... Bem, acho que eu estava em negação — digo. — E, que fique registrado, eu nunca te odiei.

— Sei... — ela fala depois de uma longa pausa.

Chegamos na casa de Belle agora. Ficamos olhando uma para a outra como se fosse um teste. Tento não piscar caso *seja* um teste. Então, ela pisca e eu venço.

— Posso te beijar de novo? A gente meio que nunca terminou, o que eu acho injusto — Belle pergunta, se aproximando.

— Só para ser justo — digo, e ela me beija de novo, dessa vez sem interrupções.

De tanto assistir TV e ler livros, eu sempre tive a ideia de que uma garota gostando de alguém que não fosse um cara deveria ser uma coisa grande e que deveria haver esse sentimento de ódio a si mesma que vem com a situação. Eu quase me sinto estranha por estar *tão de boa* com a minha atração por Belle, mas, outra vez, não há nada de estranho sobre isso na minha mente; parece certo.

Belle se despede, fechando a porta da frente. Começo a andar na direção da minha casa, uma dor de cabeça se formando assim que fico sozinha com as minhas preocupações. Não consigo me imaginar não seguindo adiante com o futuro com o qual sonhei; não consigo me imaginar indo para a cadeia; e também não consigo imaginar quão desapontados os meus pais ficarão. Eu só me esforcei para deixá-los orgulhosos. Agora vão achar que todos os sacrifícios deles foram desperdiçados em um monstro.

Não noto o carro preto me seguindo até algumas casas abaixo. Ele se move em ritmo constante, parando e diminuindo de velocidade quando eu o faço, então acelerando quando aumento o ritmo. Engulo em seco, andando mais depressa.

Eu provavelmente estou sendo paranoica, digo a mim mesma, olhando para a janela do carro. Meu coração para. Ainda que os reflexos no vidro tornem difícil ver claramente, eu vejo um par de mãos em luvas pretas no volante e a mesma máscara assustadora da quinta-feira cobrindo o rosto da pessoa.

Começo a correr pela calçada, respirando com dificuldade agora, os olhos ardendo enquanto tento não cair.

O que é isso?

Meus dedos estão dormentes nos meus *stilettos* enquanto tento correr mais depressa do que o carro, o som do motor acelerando faz o meu corpo inteiro tremer. Consigo ver os portões da minha casa ao longe, e, quando finalmente chego neles, tropeçando pelo caminho, eu mal consigo respirar. Estou hiperventilando. Quando digito o código no teclado e entro, escuto o motor do carro desligando.

Destranco a porta da frente e mergulho para dentro, a fechando com força, deslizando as duas trancas.

Eu me afasto da porta como se fosse uma bomba pronta para explodir, tentando recuperar o fôlego, mas tendo dificuldade em fazer o ar entrar. Enquanto olho, há um movimento distante por trás dos painéis embaçados da porta.

Ele não pode passar dos portões. Não pode passar dos portões.

Há um digitar furioso no teclado, antes que uma figura se aproxime da porta, o sorriso distorcido e a pele clara da máscara apareçam no meu campo de visão. Eu grito, me afastando ainda mais pelo corredor.

— Mãe! Pai! — grito, soluçando enquanto olho para a porta.

Ninguém responde. Não que eu devesse estar surpresa. Eles geralmente estão no hospital quando chego em casa nesse horário.

Raramente em casa.

— Alguém, socorro... por favor. — Eu sussurro a última parte, a voz falhando.

De novo, sem resposta.

Observo enquanto a figura fica ali, me observando. Então, vejo o buraco para cartas se abrir, o coração batendo contra minha caixa torácica enquanto uma mão enluvada empurra um envelope para dentro. Ele cai no chão assim que a abertura de metal se fecha.

Eu não me mexo.

Depois de alguns instantes, a figura começa a se afastar, uma única linha preta que se afina ao se afastar mais e mais na distância.

Fico parada em silêncio por alguns momentos, as lágrimas secando, os dedos ainda tremendo enquanto tento me recompor e decidir o que fazer.

Eu me movo lentamente na direção da porta, pegando o envelope e o abrindo. Está cheio de fotos Polaroid.

A primeira foto é da minha casa de dentro dos portões...

A seguinte é uma foto aproximada minha através da janela enquanto estou no meu quarto.

A próxima sou eu de novo, tirando a camisa.

Na outra, eu estou com a roupa de baixo, a foto foi tirada por uma fresta nas minhas cortinas...

Eu pego a Polaroid seguinte, tremendo.

Estou de toalha, acabando de sair do banho dessa vez.

Já sei o que vem a seguir.

Solto a respiração ao pegar a última foto.

Nenhuma foto. Apenas escrita.

Tudo será revelado... estou prestes a bailar, e você? – Ases

Não são apenas mensagens e trotes do Ensino Médio.

São todos os meus segredos mais profundos.

É a minha casa. O meu lar. Onde pensei que estava segura.

Ases deve ter conseguido o meu endereço no sistema de administração central. Mas não faço a menor ideia de como passou pelo portão. Olho ao redor da minha sala vazia.

Vou na direção das escadas.

Está tudo tão quieto, meus passos ecoam.

Se uma árvore cai numa floresta e ninguém está lá, será que ela faz barulho?

Meu celular vibra.

Parece que estou revivendo o mesmo pesadelo de novo e de novo, e nunca vai parar.

[uma foto anexada]

Vejo França, vejo Belém, vejo a trança de alguém, para além do balanço, no cano roxo, o nosso bardo favorito alguém está pegando. – Ases

Devon beijando alguém num trepa-trepa.

Meu celular vibra de novo.

Tem mais de onde veio tudo isso, Chiamaka. E não tenho medo de compartilhar. – Ases

O que Ases quer da gente? Qual é o seu objetivo final? Parece que está tudo fora de controle; eu estou fora de controle. Não consigo afastar o sentimento de que Ases está três passos adiante, e tudo que fazemos é entrar no jogo dele. O domingo parece tão distante, e não sei mais o que fazer.

Vou até o meu celular e observo meus dedos pairarem em cima do 9 e do 1. Mas não posso ligar para a polícia. Independentemente de quão ruim as coisas ficarem. Não posso chamá-la porque Ases sabe sobre o atropelamento e fuga. Ou, pelo menos, não posso chamá-la antes de pegar quem está por trás disso. Por isso, abro a minha lista de contatos e rolo para baixo. Hesito por um segundo antes de apertar o botão de ligar.

25
DEVON

Sexta-feira

— Você acha que ela realmente matou alguém? — indaga Terrell.

Dou de ombros. Chiamaka assusta a maior parte das pessoas, mas uma assassina pra valer? Não sei. Ela *tem sim* estado em negação com relação a várias coisas de Ases que nós dois sabemos que é verdade; além disso, tinha aquele negócio no *pen drive*.

Mas também sei que Ases está distorcendo tudo contra nós, então quem vai saber se é verdade ou se é toda a verdade? E depois da figura mascarada no corredor, aqueles pôsteres de Chiamaka e eu, e de ter sido seguido, tenho medo do que pode estar sendo planejado a seguir. Parece que o tom mudou essa semana. Era malvado antes, mas agora parece perigoso.

— Você tem certeza de que não quer que eu vá junto no domingo? Eu sou bom em lutar contra pessoas; assisti vários filmes de espiões também — diz Terrell.

— Vamos ficar bem. Vou te manter atualizado para que saiba que estamos vivos — digo.

Um toque de celular me assusta, e eu tiro o meu do bolso.

Falando do diabo...

— Alô? — digo.

— Devon?

Escuto a voz de Chiamaka ressoar.

Ela parece *desconjuntada*.

— Está tudo bem? — indago.

Há uma pausa. Eu a escuto fungar.

— Alguém, *Ases*, me seguiu até em casa, praticamente me perseguiu...

— O quê? Você viu quem era? — interrompo.

— Não... estava de máscara, além disso eu estava correndo pela minha vida. Obrigado por perguntar se estou bem — ela diz.

— Me desculpa. — Terrell olha para mim com uma expressão intrigada, e eu saio da cama. — Você está bem? Te machucaram? — pergunto.

— Estou bem — ela diz, mas a voz dela falha. — A pessoa enfiou algumas fotos minhas pela abertura de cartas... estava tirando fotos minhas, nossas. Me mandaram uma foto sua num trepa-trepa... parecia pessoal.

Minha mente volta para o parque. Terrell. O beijo.

— Devon?

— Me desculpa, eu me perdi aqui.

— Tudo bem. É só que... Domingo precisa dar certo, okay?

— Okay — digo, balançando a cabeça.

Ela parece bem perturbada.

— Bom. Eu me vou agora. Fique em segurança e tente não fazer nada incriminador entre hoje e domingo — ela diz.

Estou confuso.

— O que você quer dizer?

Ela suspira.

— Mantenha o seu pau dentro da calça; isso que eu quis dizer.

Ah.
— Ah... você também, acho — falo.
— Eu vou — ela diz.
— Okay.
E, então, a linha fica muda.
— Quem era? — indaga Terrell.
Eu quase me esqueci de que ele estava aqui — de alguma forma.
Não quero contar tudo a ele, deixá-lo preocupado. Já é perigoso o bastante.
— Chiamaka. Ela só queria repassar o plano de novo — minto, subindo na cama e me sentando perto dele, evitando encarar os olhos dele.
— Você contou a ela sobre o fato de o diretor de vocês possivelmente estar por trás disso? — ele pergunta.
Sacudo a cabeça.
— Não ainda. É só uma teoria. Uma na qual eu não acho que ela vai acreditar. Chiamaka puxa tanto o saco dele. Ela está mais preocupada em recuperar os títulos dela. Mas se for ele, vamos saber em breve.
Observo a janela de Terrell cheio de ansiedade, preocupado que alguém esteja se esgueirando do lado de fora. Assistindo, coletando segredos, planejando.
Um desenho animado está passando, aquele que Terrell de alguma forma me fez assistir. Juro que ele tem os mesmos gostos que os meus irmãos menores.
Meus olhos vagam, pousando nos diplomas e medalhas de plástico nas paredes. Eu nunca os tinha olhado com atenção até agora. Todos dizem *Aluno Estrela* ou *Maior média de pontos alcançada*, com anos diferentes marcados.
Terrell é esperto, por isso não é de se surpreender. No entanto, ele não parece ir muito à escola. Eu também não sinto vontade de voltar; sinto vontade de fugir de Ases.

Eu me pergunto por que Terrell não vai. E me pergunto do que ele está fugindo.

Noto que estou ficando sonolento. Estou na casa de Terrell há horas. Fecho os olhos por um momento, adormecendo lentamente.

Eu o ouço dizer:

— Prometa que não vai morrer no domingo.

E eu não sei dizer se sonhei com isso ou se ele realmente falou, mas respondo mesmo assim.

— Prometo.

26
CHIAMAKA

Sábado

Estou sentada entre as pernas da minha mãe, que está trançando o meu cabelo enquanto assistimos a reprises de *Girlfriends* e eu tomo sorvete, ocasionalmente erguendo a colher para ela quando me sinto generosa.

Eu amo ter o meu cabelo trançado; é relaxante — e um pouco dolorido, mas de um jeito bom.

— Como foi a escola essa semana? — Mamãe pergunta casualmente, como se fosse uma pergunta casual de se fazer.

Penso na figura do lado de fora da porta. O envelope enfiado na abertura de cartas. Meu corpo exposto. Ases chegando cada vez mais perto e mais perto e mais perto. Não abri minhas cortinas durante o dia inteiro, com medo de quem poderia estar espreitando nas sombras.

— Boa — digo.

— O Ensino Médio parece bem mais lento do que na verdade é, mas confie em mim: vai valer a pena quando estiver na faculdade, seja Yale, ou Stanford ou a Universidade de Nova Iorque, não importa.

Mamãe adora enfatizar o fato de que a faculdade que eu frequentar não importa – mas por que ela e Papai teriam me enviado para escolas particulares durante toda a minha vida, me dar o melhor de tudo, e então esperar que eu devolva mediocridade?

– E a faculdade é bem mais divertida, menos estressante; passa voando. – Ela estala os dedos.

As pessoas estão sempre me falando isso sobre a faculdade, que será melhor do que o Ensino Médio. Vendo como foram as últimas três semanas de escola, qualquer coisa seria melhor do que o Ensino Médio agora.

– Tenho medo de não entrar em nenhuma faculdade.

– Não seja boba… você tem as notas, a atitude, as atividades extras – ela me diz, terminando as tranças agora.

Tudo isso fazia com que eu me sentisse segura no ano passado, quando Ases não existia.

Agora sou uma ladra, uma mentirosa, uma assassina…

Baixo o olhar para os meus joelhos, contendo as lágrimas.

– Pronto – diz Mamãe, suspirando alto.

Eu me levanto, os joelhos estalando e doendo por causa do longo tempo que passei sentada, e ando até o espelho de corpo inteiro.

No reflexo está uma garota que parece comigo, só que diferente. A minha eu normal tem o cabelo alisado, um rosto cheio de maquiagem durante cinco dias da semana e a aparência de eterna confiança. Agora, eu me encaro como sempre faço, confusa com o que o meu cabelo pode fazer. Ele pode ficar nesse estilo e me mudar completamente. Não sou mais Chi, mas Chiamaka, a filha de uma mãe nigeriana que ama o próprio cabelo, na minha cabeça mais do que tudo.

– Obrigado, mãe, está incrível.

E eu realmente falo a verdade. Amo que o meu cabelo fique assim. Mas eu nunca saio assim, *nunca*. É arriscado demais. Prefiro alisar do que ser cutucada e encarada, pessoas me alisando como se eu fosse um animal e fazendo perguntas. Que nem Jamie me olhando ontem como se eu fosse um experimento social que o intrigasse.

Quero me destacar por ser a mais esperta e a melhor, não porque meu cabelo fica frisado e fascina os outros.

Mamãe aparece atrás de mim no espelho, e eu me viro para encará-la. Ela sorri para mim, como se estivesse orgulhosa. Se ao menos soubesse todas as coisas que fiz. Quem eu realmente sou.

— Já te contei sobre o significado do seu nome? — indaga Mamãe.

Sacudo a cabeça. Eu nunca pensei muito nisso.

Os olhos da minha mãe parecem tristes.

— Bem, o seu nome foi em homenagem à minha mãe. Assim como você, ela era esperta e bonita, sabia o que queria... e o que não queria. — O sorriso dela aumenta. — *Chiamaka* significa "Deus é Belo", e *Adebayo*, por parte do meu pai, significa "ela que veio em tempo de bonança".

Mamãe nunca fala sobre a família dela; e eu nunca me encontrei com eles ou visitei a Nigéria. Mas sei que mamãe os ama. De vez em quando, ela cozinha algo e diz *Este era o favorito da minha mãe* ou me conta da infância dela e de como Lagos — onde cresceu — era movimentada: *Acha que Nova Iorque é agitada? Lagos é a verdadeira cidade que nunca dorme*. Mas ela nunca detalha, apenas me dá vislumbres da vida dela antes de se casar com o meu pai. Sempre fico insatisfeita, como se, depois de sonhar com uma refeição após um ano de fome, eu dê uma mordida e a comida é rapidamente retirada antes que eu tenha a minha fome saciada.

De vez em quando, eu me pergunto se a família da Mamãe ficou desapontada com ela por se casar com Papai, do mesmo jeito que a família do Papai ficou quando ele se casou com Mamãe. Eu me pergunto se eles já me conheceram, se me odiariam só por existir, que nem a família do Papai faz.

— Os seus pais já conheceram o Papai? — pergunto, tomando cuidado, querendo pegar o máximo possível antes que ela leve tudo embora.

Mamãe sacode a cabeça.

— No entanto, tal qual seu pai e eu, meus pais vieram de mundos diferentes. Ainda que os dois fossem nigerianos, eram de tribos diferentes. Minha mãe era Igbo e o meu pai era Iorubá. Eu tive a sorte de crescer tendo uma mistura de culturas tão ricas, e queria que você sentisse a mesma coisa. Eu queria que visse o seu nome e sentisse a riqueza do lugar de onde você vem. Eu queria que soubesse que quando a chamo pelo seu nome, Chiamaka, estou dizendo *Minha filha é bela e esperta, e ela me traz tanta alegria*. Seus olhos estão vidrados quando ela pega meu rosto em suas mãos e beija minha testa.

Sorrio, me sentindo chorosa, mas não porque estou triste. Nunca pensei em me orgulhar do meu nome desse jeito antes, ou saber que ele tinha um significado especial.

— Preciso me arrumar para o trabalho agora — ela diz, limpando os olhos e se afastando.

Eu queria que Mamãe ficasse e me contasse mais. Eu queria que ela trabalhasse menos e passasse mais tempo me contando tudo sobre o mundo no qual cresceu, quem ela era antes de mim. Mas, ao invés disso, eu a observo se afastar.

— Eu te amo — digo antes que ela se vá, e os olhos dela se arregalam em surpresa.

Eu não digo isso com frequência, por isso não a culpo por parecer tão chocada.

— Eu também te amo, Chiamaka. Tem arroz e cozido para o jantar, se você ficar com fome — ela me diz, e eu assinto.

Então, ela me deixa para trás — como sempre faz —, os passos ecoando no corredor.

Um peso recai sobre mim enquanto observo a porta em silêncio.

Dou uma fungada, deixando meus olhos embaçarem e observando o quarto agora quieto desaparecer.

O barulho de duas vibrações distintas, altas e claras, chama a minha atenção.

Não parece possível, mas eu juro que meu cérebro sacode, como se estivesse tremendo na minha cabeça. Fecho os olhos, agarrando o meu peito enquanto minha respiração fica pesada.

Caminho na direção do meu celular, a única coisa focada em cima da minha cama, e o pego como se fosse um explosivo.

Eu sei que isso é meio direto, mas a minha casa está vazia.
– B

O sentimento de horror lentamente vai embora. Os dejetos dele são filtrados pelas bordas dos meus ossos, um outro sentimento tomando seu lugar.

Coloco uma touca para cobrir o meu cabelo e corro para a casa de Belle, batendo na sua porta branca antes que ela me puxe para dentro.

— Quer suco ou alguma coisa do tipo? – ela pergunta. Eu balanço a cabeça e ela me dá esse suco verde. Sentamos na mesa da cozinha dela e bebericamos em silêncio constrangido. Então, Belle começa: — Boina legal. Acho que nunca te vi usando um chapéu antes...

— Eu uso... de vez em quando – respondo, pateticamente.

Há mais silêncio, tamborilo meus dedos contra a mesa. Eu baixo o copo vazio e ela sorri para mim. É a primeira vez que estou dentro da casa dela. Parece fria e clínica, mas não tão fria quanto a casa de Jamie. A dele mais parece um museu do que uma casa; a da Belle simplesmente parece mais moderna.

Pelo canto do olho, vejo o vislumbre de uma moldura. Uma

foto de família. Noto porque é a única que vi na casa dela até agora. Geralmente, as pessoas têm fotos delas penduradas por todos os lados, mas as paredes de Belle são vazias — não há sinal de que ela viva aqui, apenas o fato de que tem as chaves. Sorrio de leve para ela, me levantando e caminhando até a foto. Ela se levanta também e entra na minha frente, cobrindo a foto com o corpo — os olhos em pânico.

— Eu quero ver como era a jovem Belle! — digo, tentando espiar por cima do ombro dela, mas ela me bloqueia de novo.

— Ela é feia e não tem os dentes da frente. Quer ir pro meu quarto? — pergunta, os olhos iluminando, o pânico se dissolvendo. — Tenho vários filmes que eu ainda não vi, se você estiver interessada.

Ergo uma sobrancelha, tentando espiar de novo — todo mundo tem uma foto de si na infância da qual se envergonha —, mas Belle coloca a mão na minha bochecha e me beija. Então, antes que me dê conta, estamos no quarto dela, os lábios unidos, meus dedos nos cachos loiros dela e os seus braços firmemente enrolados ao redor da minha cintura.

Tirei os sapatos assim que entrei na casa dela mais cedo, por isso, agora, consigo sentir o tapete macio, cheio de fios, deslizando pelas minhas meias, prendendo meus dedos e depois os soltando. Consigo sentir o perfume dela, doce e leve feito ela.

De repente, a boca de Belle está longe da minha, e seu rosto, rosado. Os braços dela se soltam do meu entorno quando ela se volta para trás, lentamente, antes de se sentar pesadamente na cama, os olhos colados em mim. Não está frio, mas algo passa por mim, meus pelos se eriçando, calafrios no meu pescoço, braços e pernas.

Belle é tudo no que consigo pensar, tudo que posso ver. Sigo o rastro dela até a cama e coloco minha mão nas bochechas pálidas dela, erguendo seu rosto para que seus olhos azuis encarem os meus olhos castanhos. Colocando a minha cabeça na dela, eu a respiro outra vez, o cheiro dela me fazendo esvanecer para sempre e me esquecer de tudo. A missão é amanhã, quão assustada estou com o meu futuro que está por um fio.

Nossos lábios se encostam e se movem, mais e mais profundos, e me sinto caindo para a frente. Eu a sinto caindo, e então colidimos, as costas dela quicando no colchão.

Quebro a nossa conexão quando sinto as mãos dela esfregando o meu escalpo.

Cadê a minha boina? Entro em pânico e me afasto um pouco.

— O quê? — ela pergunta.

— Minha boina... — falo baixinho.

— Está quente aqui dentro, você não precisa dela... e, além disso, eu gosto do seu cabelo, é legal. Também faço tranças francesas de vez em quando, mas nunca vi trancinhas tão pequenas assim antes — ela fala, inspecionando meu cabelo.

Tranças francesas. Eu rio.

— Não são tranças francesas, são tranças enraizadas.

O rubor salpica as bochechas dela de novo.

— Ah... me desculpa, eu não sabia.

Sacudo a cabeça.

— Está tudo bem, de verdade.

Eu só fico feliz de você não me olhar como se eu fosse estranha ou coisa do tipo, penso comigo mesma, mas não digo isso, porque não tenho certeza se ela vai entender.

Belle assente, um sorrisinho nos lábios ao levar as mãos até a camisa e começar a desabotoar.

— Quer continuar não conversando? — ela pergunta, o amarelo do sutiã dela fazendo com que tudo dentro de mim formigue.

— Não conversar é a minha coisa favorita de se fazer — digo a ela.

27
DEVON

Domingo

Eu sabia que ela estava falando sério quando falou "venha todo de preto", mas nunca imaginei que ela quisesse dizer *vista-se como um criminoso também*.

Chiamaka acena para mim lá da entrada dos fundos da nossa escola, com um molho de chaves balançando na mão dela e uma touca cobrindo o rosto. Eu passo pelo portão dos fundos, que normalmente fica aberto para o pessoal da limpeza entrar. É um dos poucos lugares de Niveus sem nenhuma câmera de segurança. No caminho até aqui, eu fiquei olhando para trás, procurando por figuras mascaradas e assustadoras e com facas afiadas prontas para nos matar. Mas as ruas estavam vazias, sem nenhum sinal de ninguém me seguindo.

Eu me aproximo de Chiamaka e os olhos dela analisam as minhas vestimentas de maneira crítica. Então ela ergue a touca ligeiramente, revelando a expressão nada impressionada dela.

— Isso foi o melhor que conseguiu fazer? — ela sussurra.

Estou todo de preto; não entendo o motivo de ela estar fazendo tanto estardalhaço.

Estamos, basicamente, vestindo a mesma coisa, com a diferença de que ela está calçando botas pretas de cano alto e sola vermelha e eu estou de *All Stars*. Pelo menos meus sapatos não irão fazer barulho e alertar Ases e todos os anônimos que querem nos pegar.

— O quê? — digo.

Ela sacode a cabeça, baixando a touca com força.

— Nada, apenas venha e vigie a janela comigo.

— Para onde ela dá? — pergunto, caminhando até a porta dos fundos e a janela perto dela.

Não enxergo quase nada por causa da cabeçona de Chiamaka no meio do caminho.

— A biblioteca — ela diz.

Conveniente.

— Já tem alguém por lá?

— Claro que não. Ou você acha que eu ficaria calada, só observando a pessoa brincando no computador?

Olho para o céu escuro. *Deus, por favor, me forneça paciência eterna.*

— Achei que a gente fosse entrar e se esconder atrás do carrinho perto do computador 17.

Ela suspira audivelmente.

— Vamos entrar.

Ela coloca a chave no buraco — de forma barulhenta — e abre — de forma barulhenta — e entra — de forma barulhenta.

Eu não sou bandido, mas sei como não ser morto, ou descoberto, e Chiamaka claramente não sabe. Eu a sigo para dentro da escola, a observando numa tentativa de andar na ponta dos pés, e falhando. Fazemos uma curva para dentro da biblioteca. A sala está fria, quieta e vazia. Vasculho os arredores, meus olhos pousando no computador 17, na ponta, quieto. Intocado. Agourento.

— Ei, olha — diz Chiamaka.

Eu sigo o olhar dela até uma das paredes, adornada com o que parecem ser centenas de fotos em preto e branco emolduradas, todas com anos gravados na moldura. Primeiros, segundos, terceiros e quartos anos de cada turma formada. É meio assustador, a escola ter tudo isso na *Biblioteca Morgan*, dentre todos os lugares. Tipo, os alunos se pegam enquanto os ex-alunos de Niveus observam.

Tenho quase certeza de que as fotos não estavam aqui quando viemos na quinta-feira.

Vasculho a parede em busca da foto do terceiro ano da nossa turma de formandos, agachando um pouco para focar. Há tantos de nós. Em qualquer outra escola o meu rosto iria se tornar um borrão misturado com os outros da turma, mas me encontro facilmente. Pele escura tão proeminente quanto a de Chiamaka; o mar de brancura nos destacando de maneira cômica.

Pelo canto do olho vejo uma foto do segundo ano de 1963, na qual duas garotas negras desconhecidas e de cara séria me encaram de volta. Eu vejo a mudança nelas na foto seguinte — a fotografia de terceiro ano delas —, uma das garotas aparenta estar mais alta dessa vez. Às vezes, é estranho ver fotos em preto e branco de pessoas negras. A TV me fez acreditar que a gente não existia até os anos 1980.

— A gente deveria se esconder antes que Ases venha... já são quase 9 da noite e eu não quero ser pega e morrer vestindo poliéster — diz Chiamaka.

Começo a andar na direção do carrinho perto do computador 17, mas sou rapidamente puxado para a direção oposta, na direção dos computadores 6 e 7.

— Se enfia debaixo e arraste a cadeira para esconder o seu corpo — ela sussurra, abandonando por completo o plano que tinha tanta certeza de que deveríamos seguir. Mas faço o que ela diz, tomando o assento perto dela no chão, debaixo da mesa, e arrastando a cadeira adiante para me esconder.

Espio ligeiramente, o computador 17 na minha visão direta.

Talvez este plano seja melhor.

Sentamos em silêncio por um tempo. Esfrego os olhos para afastar o sono, me inclinando para trás contra a parede, mas batendo a cabeça na mesa durante o processo.

— *Shhhiu!* — Chiamaka fala, parecendo irritada com o fato de eu ter me machucado.

Não confio em mim mesmo usando palavras neste momento, por isso não respondo.

— Isso me lembra... por que você demorou tanto pra chegar aqui? — ela sussurra, me batendo na cabeça, agora sem a touca que está no colo dela.

Deus, por favor... paciência... obrigado.

Por que demorei tanto? Eu estava com Terrell, na verdade, numa sorveteria perto da casa dele.

— Eu estava jantando — digo a ela, porque sorvete tecnicamente é jantar.

Consigo senti-la revirando os olhos. Aparentemente, comer agora também é um crime.

— Da próxima vez, desperdice o tempo de outra pessoa ao comer; temos que capturar um pervertido.

— Desculpa, ao invés disso vou passar fome e desmaiar bem na frente de Ases...

Ela belisca a minha perna.

— O que foi agora? — Eu quase grito, olhando para ela.

Os olhos dela se arregalam, e Chiamaka coloca a mão em cima da minha boca rapidamente.

— Eu vi pernas! — ela sussurra rispidamente, a cabeça virada na direção da figura.

Há uma pulsação nos meus ouvidos enquanto capturo um vislumbre de movimento.

Puta merda.

Ao me inclinar para a frente, eu espio pelas fendas entre as pernas da cadeira. Vejo uma pessoa vestida de preto, um moletom com capuz enorme cobrindo a estrutura diminuta, com *jeans* preto e botas Doc Martens brilhantes. Os passos são pesados, botas se arrastando contra o carpete, mãos enluvadas frouxas ao lado do corpo enquanto caminha para o computador 17.

É agora.

— Merda — sussurro sem pensar, engatilhando uma pausa abrupta por parte da figura.

Eu congelo por um momento e juro que meu coração para, vibrando enquanto me encolho para trás lentamente. A figura se vira na nossa direção, vasculhando a sala, e vejo o sorriso assustador da máscara de quinta-feira passada, aquilo me aterroriza desde então, com sua expressão pálida e vaga a tornando monstruosa e aterrorizante. A figura para de olhar ao redor e continua se dirigindo até o computador.

Pela fenda, observo Ases puxar a cadeira na frente do computador 17, sentar, cruzar as pernas e esticar a mão para o mouse.

Meu coração está batendo muito rápido. A respiração de Chiamaka fica pesada.

Ela se senta contra a parede e se encolhe numa bola. Os lábios dela se movem, mas palavra nenhuma sai; ela parece bem assustada.

Observo as pernas de Ases girando suavemente na cadeira.

Chiamaka se senta lentamente, me passando a corda que ela, de alguma forma, enfiou no bolso do moletom. Ela vai derrubar Ases e eu irei amarrá-lo, então vamos tirar uma foto. Evidência real, incontestável. Também vamos tirar fotos da conta e tudo que estiver salvo ali. Planejamos isso, mas, de alguma forma, aqui na biblioteca, parece que estamos colocando o carro na frente dos bois.

Antes mesmo que eu possa me preparar, ela já está de pé e avançando contra Ases.

— Revele-se, vadia! — ela grita, o que eu acho que é a minha deixa para me levantar.

Chiamaka derruba a figura no chão e tenta remover a máscara do rosto dela. Alguns cachos dourados saem por debaixo do capuz.

Eu me aproximo, ligeiramente. Não quero sujar o moletom de Terrell de sangue. Seguro a corda, me preparando para saltar e amarrar as mãos daquela pessoa.

Chiamaka finalmente arranca a máscara, mas, ao invés de segurar o que eu rapidamente vejo que é uma garota ali embaixo, ela sai de cima do corpo, visivelmente trêmula. Enquanto Chiamaka a encara, congelada, a garota se levanta, se vira e corre para longe de nós.

Mas que porra é essa?

Jogo a corda no chão e corro até as portas da biblioteca no momento em que ela se volta na minha direção, com força, e eu corro pelo corredor. Mas não há nada. Ninguém. Nenhum som de pés ou movimento no corredor escuro. Nem sei dizer para onde ela foi. Caminho até algumas das portas de salas nas proximidades, todas estão trancadas pelo lado de dentro.

Fico parado por um momento, observando e esperando, antes de voltar para a biblioteca.

— Mas que porra, Chiamaka? Você deixou Ases fugir! — grito ao abrir as portas de novo, mas ela nem parece me ouvir.

Parece ter visto um fantasma. O rosto dela está destituído de cor, a boca aberta.

Antes que eu diga qualquer outra palavra, ela também sai correndo da biblioteca.

Depois de todo aquele papo de querer acabar com a "vadia", Chiamaka pisou na bola quando a missão mais precisou dela.

No entanto, ao me abaixar para pegar a corda, meus olhos capturam o brilho forte da tela do computador 17.

Eu me inclino. A garota deixou o computador acessando uma

página com símbolos de ases de espada decorando os cantos.

Eu me sento e rolo até o topo da página.

SOCIEDADE SECRETA ÁS DE ESPADAS

Sonho, obediência, mercê, equidade, piedade, resolução, elegância, transcendência e oratória.

Esses não são os valores da nossa escola?

Uma animação de um rosto sorridente distribuindo cartas sorri para mim no canto. As palavras *Aperte enter para um pouco de diversão!* aparecem ao longo da tela, girando e rodopiando antes de se enfileirarem. *Aperte enter outra vez!* a tela me diz, e eu faço isso. Num segundo, a maior parte das letras desaparece, deixando apenas a primeira letra de cada palavra, que nem um acróstico.

S

O

M

E

P

R

E

T

O

O frio me perpassa; parece que alguém está caminhando sobre a minha cova.

Some preto?

Mas que porra?

Há uma seta apontando para a parte inferior da tela, e eu rolo, o coração disparado. Uma pasta aparece com o título de *Xeque-mate*. Clico duas vezes e três outras pastas aparecem, intituladas *Torre*, *Bispo* e *Cavalo*. Peças de xadrez? Clico em *Torre* e uma pequena tabela cheia de nomes é carregada na tela, alguns eu reconheço, outros não. Vejo o nome *Jack McConnel* em uma coluna, uma marca grossa de visto perto dele, e ao lado uma frase curta que preciso reler para entender.

Distribuição das mensagens de DR.

Distribuição das mensagens de DR.

DR... Devon Richards.

Mensagens... aquela merda toda que Ases está enviando para todo mundo. A tela fica borrada e fecho os olhos, espremendo as lágrimas. Jack está mandando as mensagens para as pessoas. É a razão pela qual Dre descobriu tudo isso. Jack é a razão pela qual Dre terminou comigo. É a razão pela qual eu não consigo respirar sempre que entro na escola.

Limpo os olhos e arrasto o mouse para baixo, observando o surgimento de outros nomes conhecidos. Incapaz de processar, fico dormente ao voltar a página e escolher a pasta do *Bispo*. Assim como antes, há fileiras de nomes, com frases curtas descrevendo outras *tarefas* perto de cada nome – todos os nomes com vistos. As listas nos arquivos não são longas o bastante para serem os nomes de todas as pessoas em Niveus, mas reconheço muitos deles como sendo de alunos. A fúria borbulha dentro de mim enquanto leio outros nomes familiares, como *Mindy Lion* e *Daniel Johnson* e outras pessoas em Niveus com as quais conversei, sentei lado a lado em sala durante quase quatro anos. Todos eles a bordo disso. *Disso.*

O que é isso?

Eu saio do *Bispo*, agora pairando em cima da pasta seguinte, *Cavalo*, assustado com o que posso ver ao clicar. Os arquivos aqui parecem ser listas de nomes e deveres vagos, nada além disso. Decido sair completamente da pasta *Xeque-Mate*, querendo descobrir mais do que isso. Alguma coisa que me diga o que diabo está acontecendo. Há outra flecha debaixo de *Xeque-Mate*. Rolo a página e encontro outras duas pastas.

Uma intitulada *As Garotas*; a outra, *Os Garotos*. Escolho *As Garotas* primeiro. Uma lista de pastas com nomes e datas antigas aparece: *Dianna Walker 1965, Patricia Jacobs 1975, Asheley Jenkins 1985*... cada pasta tem a foto de uma garota preta. No fim está o nome de Chiamaka e a foto de anuário dela. A mesma que estava nos pôsteres de quinta-feira.

Clico em *Dianna Walker 1965*, apertando o mouse outra vez num documento com o nome de *Ases 1*. Minhas mãos tremem.

Imediatamente, fotografias escaneadas de cartas manuscritas aparecem.

Parece que a nossa pretinha favorita não está sendo boazinha.
– Ases

Mas que merda é essa?

Limpo os olhos de novo, clicando em *Ases 2* no arquivo de Walker. Lá está ela, jogada numa cama, sem roupas, olhos fechados. A foto é em preto e branco e com marcas de dobras. Alguma coisa nessa foto faz parecer que o corpo dela está sendo usado, sem consentimento. Alguma coisa na forma como essa foto foi tirada parece bem errada. Me lembrou os pôsteres de Chiamaka, pendurados nos armários para que todo mundo visse.

Meu estômago revira e eu fecho o arquivo, me sentindo mal.

De repente, o barulho de um zunido. Os gráficos na tela começam a desaparecer lentamente. Enfio a mão no bolso rapidamente, pegando o meu celular para tirar fotos de tudo que vi. Rolo para cima e para baixo, as mãos tremendo, a tela escurecendo, e, antes que eu possa tirar qualquer outra foto, um barulho alto faz com que eu salte para trás.

Eu me afasto do computador como se fosse um explosivo prestes a detonar. Protegendo minha cabeça, me afasto de maneira frenética, a respiração entrecortada, o coração selvagem. Escuto outros zunidos, parecidos com o barulho de *videogames* antigos antes de a tela piscar. A carta do ás de espadas aparece e o fundo se torna de um branco deslumbrante.

As palavras *Pronto para jogar?* se materializam numa escrita preta grossa.

Eu me forço a levantar do chão, correndo na direção da porta. Minhas mãos vibram enquanto observo a tela, o coração saltando várias batidas quando ela se apaga com um zunido final, voltando ao estado escuro e agourento.

Há tanta coisa passando pela minha cabeça agora. Meu rosto está molhado; meu corpo, tenso. Isso é maior do que eu imaginava. Bem maior. Ases não é uma pessoa ou um grupinho... são várias pessoas. E muitos arquivos que não vi. Minha mente está disparada.

Mas a pergunta mais proeminente acima de todo esse ruído é: *Quem era a pessoa debaixo da máscara?*

PARTE TRÊS

O VOTO OU A BALA

28

CHIAMAKA

Domingo

Eu não paro de correr até estar longe o bastante da escola para me sentir segura. Lágrimas borram a minha visão, o frio alfinetando a minha face.

Olho ao redor. A rua está quieta e escura. Parece que sou a única pessoa no mundo inteiro. Mas sei que não sou, porque eu *a* vi. Ela realmente estava aqui. Ainda tremendo, apalpo meus bolsos, procurando pelo meu celular. Começo a entrar em pânico quando não consigo senti-lo.

Devo ter deixado cair em algum lugar, mas não o ouvi cair — não que eu estivesse prestando muita atenção em nada além de fugir. Fungo, mais lágrimas caindo. Estremeço enquanto o frio invade meu corpo. Estreito os olhos e vejo uma cabine de telefone ao longe.

O fato de eu saber o número dela de cor já é um pouco vergonhoso, mas sempre tive uma memória boa. Quando chego ao telefone, enfio algumas das moedas da minha carteira, aperto desesperadamente os botões gastos e escuto o toque agudo enquanto observo através do vidro, preocupada em ver uma máscara — ou pior, aquele rosto, o rosto *dela*, me observando.

— Alô? — A voz de Belle parece incerta, provavelmente porque estou ligando de um número desconhecido.

— Belle, é a Chiamaka. V-você está livre agora? — pergunto, fungando de novo.

— Oh, ei, o que aconteceu com o seu telefone?

Não sei se já estou pronta para falar sobre o que aconteceu nesta noite.

— Não consigo encontrá-lo — digo.

Um cachorro late ao longe e eu me assusto um pouco, os olhos girando ao redor, esperando que o rosto dela apareça.

— Você está fora de casa? — indaga Belle.

— É-é, eu saí para uma caminhada... po-posso te ver? — pergunto, os dedos batendo.

— Você está bem?

— Sim, estou bem; eu só... não quero ficar sozinha agora — digo.

Tenho a impressão de que, se eu for para casa, *ela* vai estar lá, esperando por mim. Se era ela a pessoa que estava dirigindo o carro que me perseguiu até em casa na sexta-feira, então ela sabe onde moro. Mamãe e Papai não estão em casa, por isso seria apenas eu, completamente sozinha.

— Tem certeza? Você não soa bem, Chi... sabe que pode me contar qualquer coisa, não é? — diz Belle.

Assinto, fechando os olhos com força.

— Eu só... — minha voz falha. — E-eu só não posso ficar sozinha. Posso ir para a sua casa?

Há uma pausa. Consigo ouvi-la pensando.

— Eu estava... doente, por isso o meu quarto está um caos, mas o Waffle Palace não está aberto? Te encontro lá? — diz ela.

Sinto um pouco de alívio.

— Te vejo em breve — digo, antes de desligar e sair da cabine de vidro. Olho ao redor de novo, o coração batendo forte no peito.

O grito da garota ecoa na minha cabeça enquanto minha mente vai e volta entre o ano passado, quando eu tinha certeza de a ter visto caída no chão quando fomos embora, sangrando, os olhos arregalados, não se movendo... então, hoje à noite, quando arranquei aquela máscara, eu vi a garota morta me encarando.

Viva, sorrindo, e com uma sede de vingança nos olhos azuis.

Meia hora depois eu estou no Waffle Palace, recostada, olhando o céu através da janela à medida que vai do azul-escuro para o preto mais escuro, sem nenhuma estrela e nenhuma luz. Tentando afastar minha mente da noite de hoje.

Só agora começo a me dar conta de que abandonei Devon na escola. Espero que ele esteja bem. Queria poder mandar uma mensagem para ver como ele está. Baixo o olhar para o marrom-escuro do meu chocolate quente, manchas de creme ainda visíveis na superfície. O creme é a única parte pela qual eu tinha apetite.

Belle suspira ao se sentar, colocando a carteira em cima da mesa.

— Eu pedi um *sundae* gigante pra gente dividir. Achei que um tanto de açúcar daqueles iria te animar — ela fala com um sorriso, soando anasalada.

Ela está doente, mas ainda assim saiu para me ver. Tento não me sentir muito mal por causa disso.

— Não preciso me animar... eu te falei. Estou bem. Eu só queria me encontrar com você — digo, mentindo até a alma.

— Você quase me enganou. — Ela toma a minha mão e aperta. — Parece que faz anos que não dorme... ou come.

Há preocupação no rosto dela. A expressão de Belle, contudo, rapidamente muda quando um atendente coloca a tigela enorme na nossa frente.

Belle une as mãos, os olhos se iluminando. Ele está tão feliz que sorrio um pouquinho também ao inspecionar a sobremesa. Sete colheradas grandes de sorvete, pedaços de chocolate em cada canto, com granulados e uma calda de morango. Meu estômago se revira e uma onda de náusea me acerta.

Do nada, imagens de sangue muito vermelho surgem no meu cérebro, e eu me sinto tonta ao erguer o olhar para Belle, que pergunta se estou bem. O rosto dela se transforma no da garota.

A garota que Jamie e eu abandonamos no canto da estrada.

A garota que não está morta.

Lágrimas alfinetam meus olhos e tento respirar fundo, mas não consigo oxigênio o suficiente. Belle está do meu lado num instante, os braços me envolvendo.

— Ela está bem? — escuto alguém dizer.

Não sei, respondo na minha cabeça, fechando os olhos.

Quando consigo me acalmar de novo, nosso sorvete já se derreteu e foi levado embora. Belle está me olhando como se eu tivesse três cabeças ou coisa do tipo.

Meu peito dói enquanto as imagens continuam a surgir, borrando a realidade. Meu pesadelo está se tornando verdade, como sempre suspeitei que iria.

— Eu sei que as coisas têm sido difíceis para você na escola — começa Belle —, mas quero que saiba... você pode confiar em mim.

Olho para ela e sinto que posso contar tudo a ela. Estou tão cansada, os segredos pesando na minha consciência. *Eu posso confiar nela*. Fecho meus olhos com força.

— Ases estava certo sobre mim. Sou uma pessoa ruim, e, antes que você diga que não, eu sou. Fiz várias coisas ruins, está tudo vindo à tona agora e eu não consigo impedir.

Belle fica em silêncio por alguns instantes. Não olho para ela de início, com muito medo de ela me enxergar como um monstro. Mas quando abro os olhos ela está estranhamente calma.

— Estou com medo — digo, baixinho, fungando. — Do que está acontecendo comigo e do que vai acontecer.

— Você ficará bem — Belle fala, pegando minhas mãos outra vez. — Todos nós temos segredos.

Eu me sinto quente, esperando que minhas mãos suadas não a enojem. Belle olha para mim como se eu não fosse a pessoa que penso que sou. Imagino quantos segredos ela tem?

Todo rosto aqui brilha, se transformando no da garota. É um truque de luz? Ou é o meu cérebro pregando peças de novo? Eu me sinto cercada.

Olho para Belle e vejo o cabelo dela ensopado de sangue enquanto o rosto dela se transforma. Sinto que estou enlouquecendo. As paredes restantes da minha sanidade começam a ruir e despedaçar.

— Chi... — ela fala, suave. — Não importa o que aconteça, estarei sempre com você, ouviu?

Há um estalo na minha cabeça, como se alguém estalasse os dedos, e todos os rostos voltam ao normal, incluindo o dela.

Não é muita coisa, mas estar aqui com Belle faz com que eu me sinta melhor. E ouvir ela dizer aquilo faz com que me sinta um pouco mais segura.

Segunda-feira

Fico surpresa de ter conseguido dormir na noite passada. Ao invés da sequência onírica de sempre — que começa comigo na beira da estrada, perto do cadáver dela, e termina comigo numa sala escura, cercada de bonecas loiras –, meu cérebro finalmente me permite ser consumida pela escuridão.

Voltar para Niveus faz com que eu me sinta como se estivesse voltando à cena do crime. Que nem aqueles criminosos corroídos de culpa nos seriados policiais, sinto como se estivesse caminhando para dentro de uma arapuca. Um passo na direção errada e está tudo terminado. De alguma forma, a garota que nunca encontrei antes do acidente está por trás de Ases e quer arruinar minha vida. Mas quem é ela? Por que está fazendo isso? E como? Isso é vingança pelo que aconteceu naquela noite ano passado? A garota descobriu quem sou e quer me fazer sofrer como ela sofreu?

Num primeiro momento, ficar em casa me parece uma boa ideia, mas com Mamãe e Papai fora o dia inteiro, e sabendo que a garota poderia vir atrás de mim – esperando que eu esteja sozinha para atacar –, não tinha escolha além de voltar para a segurança de uma escola cheia dos meus pares, que me odeiam.

Eu me arrasto pelo corredor, tentando manter a cabeça erguida assim que vejo Ruby, Ava e Cecelia Wright perto do armário de Ruby. Não converso com elas há um bom tempo. Não houve coisa alguma sobre a qual eu quisesse conversar com elas.

Sinto como se tivesse um alvo nas minhas costas. Eu falhei na noite passada, falhei em deter Ases como tinha planejado, e hoje qualquer coisa pode acontecer.

Belle está em casa com um resfriado, e eu não faço a menor ideia de onde está meu celular. Por isso, eu nem consigo mandar mensagens para ela durante os intervalos. Sou obrigada a ir até as minhas "amigas" para evitar parecer a perdedora que me sinto.

Apesar do cansaço, eu me forço a sorrir quando me aproximo delas.

– Olá, meninas – digo, os meus olhos se encontrando com os de Cecelia.

CeCe nunca gostou muito de mim; ela deixou isso bem claro quando me falou em determinado momento do segundo ano: *Um dia alguém vai abaixar a sua crista.* Eu ri e a mandei continuar sonhando com o impossível.

CeCe me olha de cima a baixo, os olhos se detendo nos meus pés. Hoje estou calçando meus saltos Jimmy Choo verde-escuros feitos de couro de crocodilo.

— Sapatos bonitos — diz CeCe, o rosto tão inexpressivo quanto a voz.

Sorrio.

— Obrigada, CeCe, eles *são* bonitos mesmo.

Não me dou ao trabalho de mentir ao elogiá-la também.

Ava olha para os sapatos dela e Ruby está olhando para mim.

— Não te vejo há dias. Queria ver como você estava, mas tive a impressão de que estaria preocupada — diz Ruby, as sobrancelhas vermelhas se unindo.

— Foram algumas semanas difíceis, mas foi apenas um incômodo. Esse negócio todo irá acabar e tudo voltará ao normal até a semana que vem — digo, dando de ombros.

Isso faz Ruby sorrir; consigo ver o fogo por trás dos olhos dela, a fumaça invadindo o meu nariz enquanto queima por detrás dos seus olhos verdes.

— Que bom que você consegue permanecer sendo otimista depois de tudo. Gosto disso em você. — O olhar dela também vai para o meu sapato. — São Jimmy Choo?

Eu balanço a cabeça lentamente, em busca do duplo sentido.

— Oi, Ruby, CeCe e Ava — uma voz pia atrás de mim, e eu giro lentamente, me deparando agora com aquela menina do segundo ano... Miranda, acho que foi o nome que ela falou. — Eu passei no Starbucks e peguei três *chai lattes,* do jeito que vocês gostam. Eu sei que você está de dieta, CeCe, por isso mandei eles colocarem o seu pedido num copo pequeno e peguei grandes para Ava e Ruby.

— Obrigada, Molly — diz Ruby enquanto todas elas pegam suas bebidas.

Sinto uma pequena rachadura por dentro, meu coração disparando ao mesmo tempo em que tento não parecer incomodada. A garota do segundo ano vai embora e Ruby se vira para longe de nós, enfiando a bolsa dentro do armário. Eu me sinto estúpida, parada aqui como se estivesse esperando por ela ou coisa do tipo.

Assim que estou pronta para dizer que as vejo por aí, fazendo-as pensar que tenho um lugar melhor onde estar, eu ouço alguém chamando meu nome.

— Chiamaka, oi — Devon fala, sem fôlego, parecendo um pouco agitado.

Fico feliz de ver que ele ainda está vivo. Hoje de manhã, eu ainda esperava que nada tivesse acontecido. Também não era possível ver como ele estava; não tinha como. Eu não o culparia por estar puto da vida comigo.

— Olá, Richards — respondo, tão neutra quanto possível, esperando que ele não decida começar uma conversa bem agora, *aqui* dentre todos os lugares.

Eu já pareço estúpida na frente das garotas; ele só vai piorar as coisas.

— Você não estava respondendo às minhas mensagens. Preciso conversar *em privado* com você. *Agora.*

Ele fala a última parte num sussurro. Devon não parece estar incomodado pelas outras três garotas do meu lado.

CeCe beberica o *latte* dela com a expressão vazia de sempre, mas Ruby agora se virou, as sobrancelhas erguidas, o interesse atiçado.

Geralmente, as pessoas tropeçam nas palavras ao conversar com a gente, nos olhando como se estivessem surpresas por respirarmos o mesmo ar. Elas não têm a mesma expressão sem admiração que Richards tem. Eu sei que Ruby, de certeza, não vai gostar disso, e acho engraçado, estou amando isso nele. Qualquer pessoa que faça com que Ruby pare de se achar melhor do que o resto de nós — particularmente eu — é alguém que saúdo.

Limpo a garganta, olhando dele para as garotas.

— O que foi?

— Para de besteira, Chiamaka. Você sabe o que está pegando.

Encaramos um ao outro. Pela primeira vez, ele parece determinado. Tanto quanto eu estou para que tudo isso acabe. Ele está certo? Eu sei sobre o que ele quer falar — o motivo de eu ter corrido e o abandonado sozinho. Mas nem consigo entender como eu contaria a ele o que vi. No entanto, preciso contar a ele, sei disso — estamos ficando sem tempo. Alguma coisa me diz que a garota é perigosa, o que significa que ela poderia nos machucar assim como eu a machuquei. A noite passada pode ter sido a nossa única chance de impedir o plano dela e eu ferrei tudo.

Preciso contar a Devon, ainda que ele ache que perdi a cabeça por completo.

Antes que eu tenha a chance de responder, Devon dá um passo adiante.

— Eu preciso falar com você *agora*.

Tudo bem, com quem ele está falando desse jeito? Eu me sinto ficando irritada.

— Você já ouviu falar em espaço pessoal?

Ruby bufa, cobrindo a boca, e Devon parece querer quebrar o meu pescoço. Alguma coisa na forma como me olha faz com que eu hesite. Devon nunca é tão enérgico assim… olho para as mãos dele. Ele está tremendo.

— Eu te encontro em cinco minutos, laboratório 201 — falo, baixinho.

Ele parece um pouco chocado, mas balança a cabeça, e então me dá um último olhar demorado, antes de se virar e sair andando.

— Uau, ele está bravo. Eu pensei que fosse nos matar ou coisa do tipo — diz Ava, o observando passar pelas portas duplas.

— Por quê? Ele não é violento — respondo com naturalidade.

Ainda que ele parecesse querer quebrar o meu pescoço, eu sabia que não faria isso. Devon não é esse tipo de pessoa.

— Não foi ele quem fez aquela *sex tape* com o Scotty? — indaga Ruby, e eu dou de ombros, não querendo falar sobre ele com elas. — Foi tão ruim, tão obviamente gravado por uma *webcam*. Quando eu gravar a minha, vou arrumar uma câmera de verdade — ela acrescenta.

— Preciso ir, mas foi bom colocar o papo em dia! — exclamo, não esperando por uma resposta antes de me virar e caminhar corredor afora.

Uma garota sai correndo da minha frente, provavelmente com medo de que eu a mate em plena luz do dia com a ponta afiada de um dos meus saltos.

Abro meu armário, enfiando minha bolsa lentamente, deixando o meu cabelo cair e cobrir a minha cara enquanto pisco, fungando baixinho.

Sinto uma batida no meu ombro e dou um pulo, limpando meu rosto rapidamente e pronta para gritar com quem quer que seja, mas paro assim que vejo Jamie.

Eu não o vejo desde que ele virou o Thanos pra cima de mim na sexta-feira.

— Sim? — pergunto, dando um passo para trás.

Não me sinto mais segura perto dele, mesmo neste corredor lotado de gente. Jamie parece irritado, pronto para me bater feito todo mundo. O que foi agora? O que foi dito agora? Estou tão cansada.

— Sério, Chi?

— O que foi agora?

Silêncio.

— Você e Belle? E você não pode negar. Eu vi as fotos.

Que fotos?

— E Ases não mente, não é? — ele cospe.

Estreito os olhos para ele, um pensamento martelando na minha cabeça. *Eu me pergunto se ele sabe que a garota está viva. Eu me pergunto se ele já sabia desde o início...*

— Quer que eu peça desculpas por beijar uma garota com a qual você nem está? Quer que me desculpe por quebrar o código de honra de melhores amigos? Ah, espera, não somos melhores amigos. Nem somos amigos. Quer que eu implore pelo seu perdão por gostar de alguém sem pedir a porra da sua permissão?

Os olhos dele se arregalam, mas antes de ele falar eu continuo, porque é isso que acontece quando você guarda tanta coisa dentro de si.

— Você não gostava de Scotty ou Tanner. Não gostava de Georgie ou Paul. Você odeia quando estou com outra pessoa, porque acha que pode me controlar, controlar o meu corpo. Bem, Jamie, você não pode.

Como, depois de tudo, ele pode pensar que ainda tem o direito de falar alguma coisa acerca de qualquer aspecto da minha vida?

Ele olha para os meus pés, então de volta para mim.

— Tem papel higiênico preso na sola do seu sapato.

Sinto meu pescoço queimar, mas não digo nada. Ao invés disso, fecho a porta do meu armário com força, o fazendo saltar para trás. Então eu me viro, andando para longe, não me importando com o onde.

As pessoas se afastam, o mar se abrindo, o medo desenhado por todos os rostos pálidos.

Quando entro no laboratório 201, Devon está sentado no fundo, esperando por mim. Eu sabia que este laboratório estaria vazio, para que pudéssemos conversar sozinhos. Ele parece tão abalado, como se os piores pesadelos dele também tivessem voltado dos mortos e aparecido na noite passada.

Suspeito que esteja com raiva por eu ter fugido e arruinado tudo. Eu também estaria muito irritada no lugar dele. Que é o motivo pelo qual ele merece uma explicação. Eu vou só chegar e falar. Independentemente da reação dele.

Sento na frente de Devon, respirando fundo antes de despejar o meu segredo mais profundo, mais sombrio.

— Preciso te contar uma coisa — começa Devon.

Eu balanço a cabeça.

— Eu primeiro. Me desculpa por ter te abandonado ontem à noite e acabado com a armadilha. Mas tenho um bom motivo — digo, olhando para ele.

Devon não parece ligar muito para o que tenho a dizer. Ignoro o rosto dele e continuo.

— O que Ases falou, sobre eu ser uma assassina, não era um exagero por completo... — As sobrancelhas dele estão erguidas. Eu sabia que ele ligaria para isso. — Cerca de um ano atrás, Jamie e eu estávamos voltando da casa de praia dos pais dele quando acertamos alguém. Foi bem feio; havia sangue para todo lado; pensei que ela estivesse morta. Jamie fez a gente ir embora, não contar para ninguém, e eu vivi com a culpa desde então. Mas então, ontem à noite, quando derrubei aquela garota no chão e tirei a máscara dela, era *ela*. A garota que eu pensei que tivéssemos matado.

A boca de Devon literalmente despenca aberta.

— Tem certeza de que era ela? — ele pergunta.

Eu assinto.

— Certeza. Eu nunca me esqueceria do rosto dela — digo a ele.

— Caralho — ele diz.

— É — falo.

Sento ereta, me inclinando um pouco.

— O que você acha que isso significa? — ele pergunta.

Tenho me feito a mesma pergunta.

— Não faço a menor ideia — digo, me sentindo doente. — Não sei como ela se encaixa em tudo isso, em *Ases*. Mas o que é que você estava tentando me dizer?

Ele pega o celular dele e destrava.

— Eu tentei te mandar mensagens a noite inteira — ele começa. — Quando a garota saiu correndo, ela deixou a página que estava acessando aberta. Por isso, eu vasculhei os arquivos.

Agora é a minha vez de ficar chocada.

— O que você descobriu?

Ele faz uma pausa, rolando pelas telas do celular, e então desliza a tela para o lado.

— Achei várias coisas... Tinha muita coisa assustadora. Não sei como a garota estava conectada, no entanto; ela não frequenta Niveus e não sei o que ela estaria fazendo naquele computador — ele diz enquanto analiso a tela do celular dele.

A foto para a qual estou olhando é granulada, mas ainda consigo discernir a maior parte. Passo os primeiros segundos tentando fazer com que tudo tenha sentido, mas, então, eu vejo um acróstico feito a partir das primeiras letras dos valores da escola. Parece que levei um soco no estômago. Passo para o lado e há outra foto. Vejo uma lista de nomes perto de... tarefas? *Observar CA durante a aula de Química* e *colocar o pen drive no armário de CA* — com informações de em quais aulas eu estaria na data específica de cada tarefa. É assustador para caralho. Analiso a lista algumas vezes, em busca de nomes conhecidos. Nomes de pessoas nas quais eu não necessariamente confio, mas que eu nunca acharia capaz de uma coisa dessas. Procuro pelos nomes das minhas "amigas" e, como esperado, vejo tanto o nome de Ruby quanto o de Ava e as missões delas em negrito. Ambas com a missão de *Coletar informações sobre CA*. Pisco. Eu sabia que Ruby não deixaria passar a chance de me ferir. Ava também.

Quando não encontro o nome de Belle, eu me sinto... aliviada. Passo para o lado. A última foto é um arquivo com o nome de *Dianna Walker 1965*.

Olho para Devon de novo.

— Isso era tudo? — pergunto, tremendo.

Ele sacode a cabeça.

— Havia tantos arquivos, eu só vi alguns antes de o computador desligar, e só consegui tirar essas fotos. Devia estar conectado a um cronômetro ou coisa parecida. Sei lá. — Ele esfrega os olhos. — Tudo naquele computador... parece que todo mundo estava por dentro disso e que isso vai além de algumas pessoas atrás da gente por vingança ou por não gostarem da gente. É... maior.

Balanço a cabeça em concordância, me sentindo dormente. Tudo faz sentido, mas, ao mesmo tempo, não. Olho de novo para o celular.

— Quem era Dianna Walker 1965?

— Ah, tinha uma lista de ex-alunos... alunos que eu acho que foram alvos de Ases... Dianna deve ter estudado aqui em 1965? Não consegui olhar muito para o arquivo dela, mas Ases parece ter começado por ela — diz ele. — Havia uma foto... uma que era parecida com aqueles... pôsteres seus.

Uau.

— Você chegou a pesquisar Dianna Walker? Onde ela está agora?

Ele sacode a cabeça, então pega o celular e digita o nome dela na ferramenta de busca. Eu o observo rolar a página por um tempo, clicando em diferentes sites, fotos, páginas de redes sociais, empresas, fóruns de mensagens. Mas não há nada. Ninguém que se aproxime dos poucos detalhes que temos para prosseguir.

— Eu vi um outro nome... — murmura Devon.

Olho para a tela enquanto ele digita *Patricia Jacobs 1975*. Eu o observo vasculhar os resultados. Fileiras de textos, fileiras de imagens passam. *Patricia Jacobs Niveus*, ele digita em seguida. *Patricia Jacobs Ases. Patricia Jacobs Bullying. Patricia Jacobs abandona escola*.

— É como se não existissem — digo, sentindo uma dor maçante no peito.

— É — responde Devon, parecendo abatido e ansioso, como imagino que também pareço.

Eu nem sei mais o que pensar.

O sinal toca alto.

— Precisamos ir para a aula, agir normalmente. Vamos nos encontrar no almoço. Biblioteca Morgan; podemos conversar mais, então talvez até juntar mais evidências — digo a ele, tentando não soar tão em pânico quanto me sinto.

Guardo para mim o resto daquilo que quero dizer, mas sei que ele provavelmente está pensando na mesma coisa.

Ases tem a ver com raça, e alguém poderoso na escola transformou em missão pessoal criar um grupo para se livrar de mim e Devon.

E estão vencendo.

Eu tenho ainda mais perguntas do que respostas. Quem realmente era aquela garota e como ela está conectada a este plano racista. Quantas pessoas estão envolvidas? Até onde vai isso?

Estamos mais seguros aqui, onde figuras mascaradas espreitam pelos cantos, vestindo os rostos de antigos amigos por trás do plástico, ou em casa, onde é tão quieto e qualquer um pode fazer *qualquer coisa*?

Tenho um pensamento final quando saímos separadamente do laboratório.

Essa pode ser a nossa última semana na Academia Particular Niveus.

29
DEVON

Segunda-feira

O sinal toca. Não fiz nada durante a maior parte do primeiro período. Eu só fiquei no meu teclado, olhando para ele de forma vazia, a cabeça girando. Não dormi a noite passada, por isso eu peguei um copo de café barato de uma das máquinas, mas isso só serviu para me deixar mais agitado. Mais ansioso.

Terrell me ligou na noite passada para perguntar como foi, e eu queria contar a ele, mas não consegui. Achei que Chiamaka deveria ser a primeira a ouvir. Isso está acabando comigo. Eu me sinto assustadiço o tempo todo, como se tivesse um monstro mascarado atrás de mim, observando cada movimento meu.

— Devon? — A voz do sr. Taylor fatia meus pensamentos.

Eu me viro para olhar para ele.

— Eu estava prestes a sair... estou com dor de cabeça.

Ele assente, hesitando antes de dizer:

— Eu notei que você não estava tocando; está tudo bem?

Uma das regras não ditas com as quais eu cresci era *não seja um dedo-duro*. Ainda que cada parte do meu corpo lute contra isso, eu digo:

— Tem muita coisa acontecendo.

Consigo sentir o meu eu do gueto estapeando o garoto de escola particular sentado nessa cadeira, me ameaçando.

O sr. Taylor não é como os outros professores, digo a mim mesmo. Eu me sinto seguro perto dele, e ele sempre quis o melhor para mim. Perguntei ao sr. Taylor, na sexta-feira, se ele tinha descoberto quem estava por trás dos pôsteres, e ele me falou que não tinha, mas que ficaria de olho por mim.

— O que foi? — O sr. Taylor puxa uma cadeira e se inclina mais para perto.

Esfrego a cara.

— Eu acho que sei quem está por trás daqueles pôsteres. E as pessoas que fizeram aquilo ainda estão espalhando rumores por aí sobre mim e a minha... amiga. Achei que pudesse lidar com isso, mas só piorou. Acho que estamos em perigo, e eu acredito que precisamos de alguém para nos ajudar a parar isso antes que seja tarde demais.

Eu não deveria ter vindo hoje. O que eu descobri me mostrou que Niveus, de alguma forma, está no centro de tudo isso, mas Chiamaka não estava atendendo o celular e eu precisava contar a ela. Deveria ter contado a ela e ido embora, a levando comigo.

Ao invés de usar do meu senso comum, eu me vi andando para a sala de Música, que nem um zumbi. Eu até mesmo vi Daniel. Ele deu o seu belo sorriso para mim, mas tudo o que eu conseguia ver era o nome dele naquela lista. E ele fingindo ser legal comigo, mas arruinando a minha vida por trás das minhas costas.

Não consigo "agir normalmente" quando sei que alguma coisa fodida pra caralho e perigosa está acontecendo. Eu não deveria ter dado ouvidos a ela. Não deveria ter ficado.

As rugas no rosto do sr. Taylor se acumulam na testa dele.

— Eu também já estive no Ensino Médio uma vez. Os jovens podem ser horríveis, por isso eu consigo imaginar pelo que você está passando. — Alguma coisa nos olhos dele muda; é uma pequena faísca, mas eu noto. Simpatia, eu gostaria de dizer, mas parece algo diferente. — Especialmente com as inscrições universitárias se aproximando, eu sei quão estressante podem ser as coisas — ele completa.

Eu balanço a cabeça.

— Juilliard é a única coisa mantendo a minha sanidade agora.

A peça de apresentação está ganhando forma — mais ou menos. Acho que Terrell estava certo com relação à bateria, que realmente vai melhorar o negócio, mas e se mesmo assim não ficar bom o bastante?

Olho para o sr. Taylor, que está olhando para mim com um sorriso no rosto. Não sei bem o motivo.

— Você vai se inscrever pra Juilliard? — ele pergunta.

O que é tão estranho, porque é óbvio. Ele e eu discutimos muito sobre isso no fim do terceiro ano. É a única coisa para a qual venho trabalhando.

Não me sinto capaz de responder a isso, estou tão confuso. Mas assinto lentamente.

— Filho... — Uma risada irrompe da boca dele, então outra, e então ele está gargalhando. — Me desculpa... eu só... vendo a sua cara... não consigo mais fingir — ele fala tentando recuperar o fôlego, rindo como se eu tivesse contado uma piada *muito* engraçada, batendo no joelho de forma exagerada, basicamente gritando. — Filho, você não vai pra Juilliard.

Ele limpa os olhos e eu sinto algo se afundar dentro de mim.

Mas que porra? Eu sei que é difícil de entrar e tudo mais, mas... o sr. Taylor não soa como o sr. Taylor agora. Ele é a pessoa mais otimista que conheço; encoraja todos nós a fazermos o que queremos — ele *me* encorajou desde que entrei aqui.

— O quê? — eu consigo dizer, minha garganta queimando. — Por quê?

Ele estica a mão e toca uma nota si bemol no meu teclado.

— Eles só costumam aceitar alunos formidáveis...

— Eu tenho notas máximas em todas as minhas aulas — digo.

A voz dele fica mais baixa.

— Eu não tinha terminado. — Ele fica de pé, se agigantando acima de mim, e coloca a mão no bolso de sua calça cinza. — Eles também costumam levar em conta a frequência em aula... o que, se a minha memória estiver boa, é bem ruim da sua parte.

Mas que porra?

— Eu achei que os seniores tivessem permissão para fazer isso? — digo, sem fôlego.

— Claro que podem... com a autorização de um professor — diz ele, como se não fosse exatamente isso que eu tivesse feito.

Ele me deu permissão; ele falou que eu podia; me falou que estava tudo bem, ele...

— E-eu achei que você tivesse resolvido isso — gaguejo.

— Filho, você nunca deveria deixar o seu futuro nas mãos de outra pessoa — diz o sr. Taylor, se afastando agora.

Os olhos dele, que eram de um azul suave, agora parecem uma tempestade cinzenta.

— Você falou que tinha resolvido isso — repito feito um disco arranhado. *Ele me falou que tinha resolvido isso.* — Que não tinha problema algum eu praticar sempre que precisasse.

Minha voz sobe, e a bile no meu estômago anseia subir pela minha garganta e se derramar em cima dele e do terno dele.

O sr. Taylor caminha até o piano dele e bate os dedos pelas teclas fazendo com que um padrão de notas discordantes e altas toquem.

— Isso eu fiz mesmo. Mas está tudo bem, está tudo bem... — ele dá tapinhas no ar, como se estivesse me consolando de longe. — Está tudo bem não ir para a faculdade, está tudo bem. — Sorrindo amplamente. — Nem todas as pessoas estão destinadas ao Ensino Superior. Especialmente gente do seu tipo. *O seu tipo* não precisa de educação.

Quero gritar por ajuda, mas, de repente, ele está de pé e perto da porta, bloqueando a entrada. E, de qualquer forma, quem vai me ajudar?

O sr. Taylor é um deles.

— Por quê? — sussurro. — Por que você está fazendo isso?

O rosto do sr. Taylor muda, a expressão confusa. Como se a resposta fosse tão óbvia e eu não conseguisse ver. Ele se recosta outra vez no batente de carvalho.

— Porque eu posso.

Ele se vira e sai, e a porta da sala se fecha atrás dele, batendo com força, *bang*, que nem uma arma.

Isso não parece real. Isso *não pode* ser real. O sr. Taylor; Jack; Daniel... todas essas pessoas que conheço há anos tentando arruinar a minha vida. Mas eu sei que é real. Isso está acontecendo.

Enfio minhas coisas na mochila e saio correndo, descendo as escadas tão rapidamente que quase tropeço e caio. Fico com medo de esbarrar no sr. Taylor. Tenho medo de que todos estejam me observando. Preciso ir embora; preciso correr... mas preciso levar Chiamaka comigo.

Ligo para o celular dela, esperando que ela o tenha encontrado a essa altura.

Caixa de mensagens.

Ligo para ela de novo. Nada.

Corro pela escola, vasculhando salas aleatórias, as bibliotecas, até mesmo o banheiro feminino. Chiamaka não está em lugar algum. Ela provavelmente está numa aula. Deveríamos ter saído antes. Deveríamos ter tirado conclusões precipitadas, deveríamos ter adivinhado tudo.

Esfrego os olhos com força. *Eu preciso sair. Preciso de ajuda.*

Empurro as enormes portas de entrada, saindo para o espaço aberto.

— Ei! Parado aí! — uma voz grave diz.

Sinto alfinetes na base do meu pescoço. Isso se parece com um dos pesadelos que eu tinha quando era mais novo, no qual estava preso em algum tipo de cela, gritando por ajuda, mas ninguém ouvia meus apelos debaixo das risadas malignas do monstro do pesadelo.

Corro o mais rápido que posso na direção dos portões negros, batendo no botão de saída perto dos degraus.

Preciso sair.

Os portões começam a se abrir, rangendo lentamente, até que param de repente.

Quero gritar, preciso correr.

Tropeço, olhando de volta para o Diretor Ward, um controle remoto preso em seus dedos ossudos. Olho para a fenda entre os portões; é pequena, mas eu consigo. Salto assim que os portões começam a ser fechados, passando a minha bolsa no momento em que os portões de metal se unem.

Eu me viro uma última vez. Ward está no topo das escadas, sem expressão nenhuma ao me observar.

Ele dá um passo adiante e o meu coração salta quando corro e corro e continuo a correr.

30
CHIAMAKA

Segunda-feira

Parece estranho estar aqui dentro de uma sala de aula, fazendo anotações como se nada tivesse acontecido. Globos oculares coçam a parte de trás do meu pescoço, e eu afundo a ponta da caneta na página, segurando-a com força enquanto as palavras do professor passam batidas por mim.

Bato a minha perna contra a cadeira, esperando desesperadamente que o sinal toque.

O sinal toca.

Junto minhas coisas ao mesmo tempo em que vozes se fundem acima do barulho do sinal, cadeiras são arrastadas pelo chão, mesas se movem e as pessoas saem da sala. Escuto o som de alguns avisos de mensagens, mas já estou saindo pela porta, cabeça baixa ao avançar pelo corredor na direção da Biblioteca Morgan. Preciso ver Devon e mostrar a ele algo que vi na biblioteca no domingo, antes de me deparar com *ela* — e eu quero desesperadamente o meu celular de volta.

Empurro as portas da Morgan, que rangem audivelmente. Meu coração bate rápido quando elas se fecham atrás de mim, cortando o burburinho ali dentro. Analiso a sala, me abaixando e olhando debaixo das mesas sob as quais nos sentamos ontem à noite. Vejo a capinha prateada do meu celular e suspiro aliviada.

— Graças a *Deus* — murmuro, antes de esticar a mão para pegá-lo.

De forma surpreendente, ele ainda não descarregou, mas tenho mil e uma mensagens de Devon e Belle.

Lamento por não poder ficar com você hoje, mas vou sentir a sua falta, beijos – B

Sorrio para a mensagem.

A escola é um saco sem você, melhore logo para que eu possa olhar para o seu rosto quando me sentir mal beijos – C

Haha, vou tentar beijos – B

Encaro a mensagem por alguns instantes antes de colocar o celular no bolso. Sinto como se Belle fosse a única coisa boa na minha vida agora. Tenho medo de que, de alguma forma, Ases arruíne isso também.

As prateleiras estão cheias de todos os livros já escritos — o que não é um exagero. Ouvi dizer certa vez que Niveus recebe uma cópia de cada livro publicado no país, o que é bem impressionante, admito. Meus olhos caem nos livros na prateleira de baixo.

Esta seção da biblioteca está vazia. Ninguém nos computadores. Encaro o computador 17. Ele me observa de volta... como se a qualquer momento fosse se transformar na garota, me derrubar no chão, erguer sua máscara assustadora e sorrir.

Uma risada suave me distrai, meu rosto esquentando quando escuto o barulho familiar de pessoas se beijando. Eu me inclino adiante, não desejando que o casal seja alertado da minha presença. Ajoelhando, busco um dos antigos anuários — 1965 — e me sento no chão, perto das prateleiras, enquanto passo os dedos pela lombada azul rígida antes chegar no vermelho contrastante da bandeira vermelha na parte de baixo. A bandeira Confederada.

Olho para todas as fotos assustadoras na parede, centenas de rostos brancos me observando. E numas poucas fotos alguns rostos negros saltam, com expressões vazias, o cabelo domado feito os meus. Os rostos negros nem sempre estão nas fotos. Isso já era esperado. A maior parte das *boas* escolas não permitia a entrada de pessoas parecidas comigo e, quando o faziam, não eram muitos. Não consigo imaginar como teria sido a vida deles, tendo manifestantes do lado de fora de suas escolas todos os dias, pais reclamando sobre a existência deles ali. Como se fossem criminosos, só porque a pele deles era marrom e não clara.

Olho para todos eles com atenção, acompanhando seus rostos em cada foto.

Espera um pouco...

Meus olhos analisam as fotos de novo e de novo, o latejar nas minhas costelas me deixando nervosa.

1965... 1975... 1985... os alunos negros... todos eles... desaparecem. No último ano deles.

Abrindo o anuário, procuro pelos rostos escuros deles, chegando eventualmente numa seção intitulada "Acampamento Ases 1965". *Cem anos depois, nós orgulhosamente vivemos de acordo com o legado de nossos ancestrais,* leio. Cem anos antes seria 1865... o fim da Guerra Civil. A guerra que precedeu o fim da escravidão.

Meu coração dispara e analiso a foto enorme de homens em antigos uniformes de Niveus, me encarando. Em cada uma das mãos deles está a mesma carta de baralho: o ás de espadas.

Um calafrio percorre minha espinha. Encaro os homens, pausando ao ver o rosto de algum aluno familiar rindo para mim no canto da página. Cabelo seboso – tão escuro quanto a noite – penteado para trás, o rosto magro, os dedos finos e ossudos ao redor da mesma carta.

Parece exatamente com...

Diretor Ward?

Mas não pode ser...

Tiro o meu celular, mandando uma mensagem para Devon.

Oi?

É melhor você aparecer.

Devon, não é uma boa hora pra você me deixar no vácuo.

Você tem dez minutos para aparecer antes que eu fique muito irritada.

Estou prestes a mandar outra ameaça para ele quando sinto o meu celular vibrar.

Uma notificação do Facebook.

[Belle Robinson postou uma nova foto]

É uma foto antiga dela perto de um lago e com um crocodilo ao fundo, de forma casual. Dou um *like*, vou até os comentários, mas pauso quando um comentário de Martha Robinson aparece: *Aquele crocodilo daria uma bela bolsa.*

Clico no perfil de Martha. A página carrega lentamente, as informações dela aparecendo primeiro. A garota é alguns anos mais velha do que a gente, e ela e eu temos dois amigos em comum: *Jamie Fitzjohn* e *Belle Robinson*.

Belle raramente menciona a família dela, mas, bem, eu também nunca menciono a minha – embora ela já os tenha conhecido.

Uma parte de mim se pergunta se Belle acha que não sou o tipo de pessoa que você levaria para conhecer a família. Jamie claramente conheceu Martha. Pais sempre gostam dele, os meus inclusos. Assim como eu, pais não conseguem enxergar além da fachada dele; não conseguem enxergar que o charme dele é manufaturado e sob tudo aquilo está uma pessoa realmente assustadora.

Recarrego a página de novo, querendo espiar mais um pouco. Martha deve ser a irmã dela.

A página finalmente carrega por completo e a primeira foto aparece, as fotos de Martha aparecem uma de cada vez.

Cabelo loiro. Há tremores na minha mão.
Pele branca. Uma dor rasgante no meu estômago.
O grito agudo dela. Dormência nas minhas mãos.
Tanto sangue.

31
DEVON

Segunda-feira

Estou sentado na cama de Terrell, o peito doendo, enquanto ele me observa.

— Então, deixa eu ver se entendi. — Terrell está com a sua expressão de cientista maluco no rosto. — Você acha que a cada dez anos eles aceitam dois alunos negros, deixam que se acomodem, e então os ferram de novo e de novo para arruinar a vida deles?

Balanço a cabeça.

— E quem é Ases?

— Um bando de gente na escola... alunos... vi uma lista de nomes... nomes que reconheço. — A memória do nome de Jack envia pontadas para o meu corpo inteiro. — E eu acho que os professores também estão envolvidos. — A risada do sr. Taylor ecoa de forma oca na minha memória. Ainda estou assustado. — Todos eles parecem ter tarefas. E fazem isso até que não tenhamos escolha a não ser largar tudo, acho, com os nossos futuros arruinados, ou, sei lá... pior.

— Caralho. — Terrell sai da cama e senta-se perto da tela do seu velho computador. — Já pesquisou a sua escola? — ele pergunta, digitando *Niveus* na ferramenta de busca.

Besteira está em cima da mesa, perto do mouse, me encarando como se eu estivesse invadindo o espaço dele. Talvez eu esteja.

— Bem, sim, mais ou menos, quando Ma me inscreveu para a bolsa, mas não muito.

— Você sabia que *niveus* significa "branco" em latim?

Sacudo a cabeça; claro que sim.

Dessa vez, Terrell digita *Academia Particular Niveus*, e então aperta *enter*.

— Esse pessoal é escorregadio pra caralho, mas nem tanto assim — diz ele, a voz baixa enquanto se concentra na tela. — É quase como se quisessem que você encontrasse essa merda. Como se tivessem orgulho disso. Quero dizer, logo aqui já é dito que a escola foi fundada por alguns dos maiores financiadores da escravidão... conhecidos donos de plantações, mercadores e banqueiros que financiavam operações. Está tudo aqui, você nem precisa ir tão longe.

Minha cabeça flutua e eu perco contato com a realidade, o choque tornando difícil a tarefa de processar tudo isso. Terrell continua falando sobre os fundadores de Niveus, mas eu fecho os olhos, pensando em todo o dinheiro que Ma colocou naquela escola, só para que eu entrasse. Tudo em vão. Lutamos todos os dias, todos os dias, e não vai servir de nada.

— Von.

Eu acordo e olho para Terrell.

— Humn?

— A escola foi fundada em 1717. Não seria mais do que apenas uma coincidência o fato de usarem o computador 17 pra fazer essa merda toda?

É...

Coincidência...

Meu coração bate rápido quando olho para Terrell, o cabelo dele balançando ao digitar, focado.

— Terrell — digo, com cuidado. — Como você sabia disso?

Ele olha para mim.

— O quê? Que a escola foi fundada em 1717? Está bem aqui.

Sacudo a cabeça, os órgãos sacudindo, a mente sacudindo, tudo sacudindo.

— Como você sabia do computador 17? Eu nunca contei isso a você.

Ele pausa, e então covinhas aparecem quando ele dá de ombros.

— Você deve ter me contado.

Não contei. Eu sei que não contei.

Eu deixei esses detalhes de fora. Eu não queria envolvê-lo de forma alguma na emboscada. Não queria que ele se machucasse.

— Esquisito. Eu não me lembro de contar isso a você.

— Estranho como são as lembranças, né? — ele diz depois de uma longa pausa, a voz falhando um pouco.

A única forma de Terrell saber é se... ele estiver por dentro disso também. É conveniente que ele tenha aparecido justamente quando tudo isso começou, afirmando me conhecer. Talvez ele tenha sido colocado aqui para me vigiar que nem um rato de laboratório, pago por Niveus para fingir que gosta de mim.

Eu fui tão estúpido. Confiei num completo estranho que, apesar de tudo, provavelmente trabalha para Ases. As fotos no tubo roxo. Fotos minhas no lado de fora do apartamento de Dre. Tudo com relação a Dre. Talvez seja por isso que Jack também conhecesse Terrell... talvez estivessem trabalhando em conluio, tentando arruinar minha vida, me machucar, sabe-se lá por qual motivo.

Por que eu não me lembro de você, Terrell?

Pego o meu celular, tentando não parecer em pânico.

— Parece que a minha Ma precisa de mim em casa — minto, o que chama a atenção dele.

Eu saio da cama dele, ficando de pé no mesmo instante em que ele se levanta da cadeira.

— Quer que eu caminhe com você até em casa?

Forço um sorriso, sacudindo a cabeça.

— Acho que preciso ficar sozinho agora.

Ele assente.

— Você sabe o que quer fazer com relação a Niveus?

Não digo nada; não consigo me forçar a isso. Consigo ver que ele está tentando compreender a mudança abrupta no meu humor, me encarando, sem piscar, como se quisesse dizer alguma coisa.

Eu só quero sair, por isso digo:

— Eu te vejo por aí, okay?

Nossos olhos se encontram, o rosto dele confuso e um tanto triste.

Estou sem fôlego quando giro, saio correndo do quarto dele, descendo as escadas e passando pela porta da frente. Ele me chama, mas eu não paro ou me viro ou escuto. Eu apenas corro — de novo.

Quando chego em casa, Ma está parada em cima do fogão, cozinhando batatas. Ela olha para mim, os olhos cheios de amor ao abrir os braços para um abraço.

Coloco a bolsa no chão, jogando o moletom de Terrell junto, e vou até ela. Finalmente, eu me permito chorar, sabendo que minha Ma não é uma fraude que nem todos os outros.

— Querido, qual é o problema? — ela pergunta, e eu não sei o que dizer a ela.

A escola pela qual você trabalha em três empregos para me manter é fodida pra caralho e racista.

Ninguém pediu a minha permissão antes de vazar a minha vida para o mundo.

Meu namorado e eu, sobre o qual você não sabe, terminamos... Ah, sim, e Ma, eu sou gay e não quero que você me odeie por causa disso, porque eu te amo tanto e não consigo viver com você me odiando, então, por favor, não faça isso.

Esse é o problema; todas essas coisas, e mais um pouco. Mas eu não falo; se eu falar, vou ter que contar tudo a ela, e então ela vai me odiar.

Por isso apenas choro e me agarro a ela. As bolhas na panela fervendo ficam cada vez mais barulhentas.

— Vonnie, me fala o que está acontecendo. Você sabe que pode me dizer tudo, não é?

Sacudo a cabeça. É o que ela diz agora, mas não está falando sério. Se eu tivesse problemas com garotas, eu poderia contar tudo a ela, mas não isso.

— Não quero te perder, Ma.

— Menino, eu não vou a lugar algum. Jesus me mantém viva e bem. Me fala o que há de errado.

Ela me afasta e me obriga a olhar para ela.

— Eu odeio a escola. — *Que eufemismo do caralho.* — E você trabalha tanto para que eu possa ir. — *Não consigo respirar, não consigo olhar para ela.* — Eu odeio tanto. Eles me olham com desprezo, falam coisas sobre mim.

Estou chorando tanto que os meus ossos tremem, sacudindo minha caixa torácica. Meu nariz tranca e eu me sinto aprisionado no meu próprio corpo.

— Vonnie, só faltam alguns meses... você deveria ter falado alguma coisa há tempos; eu teria tirado você de lá se soubesse que ficaria mais feliz em outro lugar.

— Só ficou ruim de verdade agora. Eles ficam falando de mim.

— Falando o quê? — ela pergunta, os olhos vidrados e preocupados.

Não consigo fazer isso. Eu me sinto mal pra caralho. Eu sei que sou gay há anos. Sei e me senti confortável com isso — mas em momentos assim, quando sei que a vida poderia ser mais fácil sem a minha sexualidade, eu queria não ter nascido com esse fardo.

— Você conhece um menino chamado Terrell? — pergunto, porque não quero ter que contar a Ma que eram verdadeiros os rumores detalhando a minha vida sexual com um garoto branco da escola e com o traficante com quem ela falou para eu não fazer amizade. Não quero machucar o coração dela, causar dor.

Ma parece chocada.

— Você se lembra de Terrell? — ela indaga.

Ma conhece Terrell?

— Eu... sei quem ele é, mas não consigo me lembrar dele.

Ela se vira, desligando o fogão antes de se dirigir para a nossa área de jantar e tomar um assento numa das cadeiras de jardim. Fico onde estou.

Ma olha para mim. Diretamente para mim.

— Eu queria que você viesse falar comigo sobre a sua sexualidade no seu próprio tempo. Depois do incidente com Terrell, você não se lembrava, e eu não queria trazer isso à tona.

Minha sexualidade?

Corro até a lixeira no canto e vomito. Meu corpo finalmente está fazendo o que ameaçava fazer esse tempo todo. É apenas água; não comi nada hoje. A cadeira de jardim se arrasta contra o chão e, então, Ma está ali, esfregando as minhas costas, de novo e de novo.

Eu odeio tanto esse sentimento. Do que ela se lembra que eu não?

— Não precisamos conversar se você não estiver pronto, Von.

Sacudo a cabeça.

O segredo já saiu. Não há como voltar.

As lágrimas se misturam com o meu nariz escorrendo quando me abaixo, pairando acima do lixo, tentando respirar.

— Eu sou gay — coloco para fora com dificuldade, adagas se enfiando nas minhas entranhas, sacudindo todo o meu ser.

Não sei se foi alto o suficiente para que ela ouvisse.

— É, eu sei — diz ela, e sou varrido por algum sentimento.

Não sei se é alívio. Mais lágrimas se misturam com a nojeira que é o catarro. Estico as mãos para a mesa perto do lixo em busca de lenços, mas Ma me entrega alguns.

Limpo o rosto com ferocidade.

— Ma, o que aconteceu com Terrell? Por que eu n-não consigo me lembrar dele? — pergunto.

Minha garganta está dolorida e seca quando me viro para encará-la. Ela evita meus olhos, caminhando até a geladeira para pegar uma garrafa de água e me entregar.

— A maior parte eu ouvi de Jack. — Ma limpa o rosto dela com as mãos secas e enrugadas. — O que eu sei de certeza é que você foi à escola e voltou para casa todo molhado, com um galo na testa e coberto de sangue.

Calafrios pinicam os meus braços enquanto uma imagem minha engolfado em água aparece: um garotinho que se parece muito com Terrell me puxando, gritos que racham as paredes do meu cérebro.

— Eu perguntei a Jack o que tinha acontecido, por que você estava molhado, ensanguentado e machucado. Eu geralmente não pergunto; sei que não gosta que eu pergunte, mas você é o meu filho e estava machucado.

A voz dela falha no final, mas ela olha para mim, os olhos fixos, como se não quisesse demonstrar fraqueza. Até as costas dela estão rígidas.

— Jack me contou sobre você e um garoto. Terrell Rosario. E sobre como vocês se beijaram e foram pegos pelos caras errados — ela me diz.

Meu peito se aperta.

Uma imagem aparece novamente, toda granulada em minha mente, como um filme em videocassete... O parquinho do meu antigo Ensino Fundamental; o rosto de Terrell, o cabelo dele mais curto, sem os *dreads*, apenas cachos crespos.

— Espere... — *Terrell diz.*
Eu volto, arqueando minhas sobrancelhas.
— O quê? — *pergunto.*
Eu preciso voltar para casa, ajudar Ma com o jantar.
Ele se aproxima, os olhos checando em volta, cautelosos.
— Lembra como você me disse que às vezes pensa em garotos... em segurar a mão deles? — Ele estica a mão e entrelaça os dedos com os meus. — Tocar neles. — Ele chega mais perto e eu perco o fôlego, o coração descompassado. — Beijá-los... Eu só queria te falar que eu também. Eu penso em fazer essas coisas com você. O tempo todo — ele conclui.

— Eu chorei e rezei por você, Von. — A voz de Ma destrói a memória, o plástico do filme marrom da fita cassete se desenrola na minha mente. — Eu rezei para que você ficasse bem — ela continua —, mas eu conhecia esse bairro e sabia que aquela escola era muito tóxica, principalmente se o que o Jack disse fosse verdade. Depois disso, você não quis conversar sobre o assunto, ficou escondido no quarto e acabei achando que você se esqueceu... que bloqueou a memória.

Eu havia esquecido.

Ela limpa meu rosto. Limpa as lágrimas, o catarro e tudo mais que seja grudento.

— Você não liga de eu ser gay? — pergunto, porque era o que mais me assustava.

Fico um pouco tonto quando ela balança a cabeça.

— Não use drogas, fique longe de problemas, vá bem na escola, namore quem você quiser. São as únicas coisas que já te falei.

Estou chorando mais uma vez, o corpo sacudido enquanto as lágrimas escorrem. Mama me puxa para seus braços. Nunca imaginei que a conversa aconteceria desse jeito.

— Eu te amo tanto, só quero que você seja feliz — ela diz em voz baixa.

Você também, Ma. Eu quero que você seja muito feliz.

Confiro as mensagens no celular no meu quarto, depois de me sentar com Ma pelo que me pareceram horas. Estou sentado na cama com meus irmãos, que assistem um desenho animado e discutem. O som de tapas e gritos me perturba.

Eu olhei as suas mensagens enquanto você dormia, foi assim que eu soube do computador 17. Desculpa, eu só queria ajudar. – T

Tudo bem.

Eu não tenho certeza se está bem, não tenho certeza se ainda confio nele ou se a desculpa sequer é verdadeira, mas estou cansado demais para ficar com raiva. Além disso, ele é o meu único amigo de verdade agora.

Desculpa mais uma vez. - T

A lembrança da gente no parquinho do Ensino Fundamental repassa de novo e de novo na minha mente, e depois a memória da gente se beijando, o quão bom foi. Terrell segurando meu rosto, me beijando como se me beijar fosse uma coisa boa… Seguido de uma dor ofuscante que minha mente sequer me permite lembrar por completo, mas eu vejo os punhos deles, os ouço gritar. E eu sei que, naquele momento, me beijar é ruim, muito ruim. Me sinto sujo. Eles fizeram com que eu me sentisse sujo pra caralho.

E, então, estou na praia, a areia entrando nos meus tênis, as ondas me chamando. A água arrebentando com força de braços bem abertos. O mar é tão perfeito para mim, faz eu me sentir em paz… mas não é nem um pouco pacífico. É caótico, engole vidas e pessoas.

As ondas gritam, batem, atingem a areia, como se a areia fosse uma abominação. E, mesmo que o mar seja esse monstro, sou atraído para seu caos. Eu cresci nessa merda. Nessa merda caótica. É tudo que eu reconheço.

Meu Pa e a cagada fenomenal que ele fez, minha Ma e as cagadas dela... com seus namorados babacas e abusivos que nos deixavam quando as roupas dela começavam a se abrir devido à barriga inchada... até chegar em mim e nas minhas cagadas. Minhas cagadas diárias.

E, então, eu entro no mar, deixo que ele me puxe. Me dê aquele abraço fodido e familiar.

Meu celular apita e o nome de Chiamaka aparece.

Cadê você? - C

Eu saio da tela de conversa com Terrell e abro a de Chiamaka. Tenho tantas mensagens dela.

Meus irmãos me empurram quando começam a brigar.

— Se não pararem, vou contar para Ma e vocês dois vão levar uma sova — digo, o que faz eles pararem imediatamente, como sempre.

A Ma sequer é uma pessoa assustadora; ela praticamente não me bateu quando eu era criança e ela não bate neles. Mas Ma tem esse olhar, um que te faz pensar que ela poderia te dar uma surra sem hesitação.

Foco minha mente em responder Chiamaka.

Eu saí da escola mais cedo, tentei ligar, mas você não atendeu, –D

Porque deixei o meu celular cair na Morgan noite passada, só peguei de volta no almoço. De qualquer forma, eu sei como a garota que vi ontem, Ases e Niveus se conectam. Vou te mandar um endereço. Me encontre lá. Preciso fazer uma coisa. E aí precisamos conversar. –C

Foi um dia difícil e, para ser honesto, não tenho energia para conversar sobre isso ou qualquer outra coisa agora, mas acho que não tenho escolha. Não há tempo a perder. E quero ouvir a respeito das lacunas nessa realidade maluca, como tudo está conectado.

Entender o que está acontecendo é a única forma de fazer com que isso acabe.

Certo. –D

Envio a mensagem, me esquecendo de perguntar quando ela quer que eu chegue. Começo a digitar outra resposta, mas sou interrompido mais uma vez pela vibração do meu celular, seguida de um toque de mensagem que faz com que o meu coração salte uma batida e meu cérebro se turve.

Sino dos ventos.

32
CHIAMAKA

Segunda-feira

Eu vou apressada para a casa de Belle depois da escola, matando a detenção. Nada mais importa, nem a escola nem a detenção. Pra mim chega, abandono a escola de forma não oficial; não posso voltar lá, não depois do que descobri hoje. É o que eles querem, que abandonemos a escola... que a gente suma. Não faço ideia do que isso significa para o meu futuro, para a faculdade, mas precisamos lidar com Ases... Niveus, agora.

Meu rosto e peito estão tensos devido às lágrimas de mais cedo quando bato na porta da frente de Belle.

Ela atende, abrindo um grande sorriso e parecendo ligeiramente confusa pela minha presença não anunciada. Não me dou ao trabalho de sorrir de volta porque não estou aqui para sorrir ou dar risadas das piadas dela ou assistir a uma comédia romântica e fingir.

Estou aqui por respostas.

— Oi, eu não sabia que você viria... eu teria limpado um pouquinho — Belle diz, ainda parecendo congestionada.

Percebo que ela está usando um pijama cor-de-rosa de seda e

parece realmente péssima. Pelo menos não estava mentindo sobre estar doente. Atravessamos o vestíbulo e vamos para a cozinha. A dela é maior que a minha, com mármore branco por todos os lugares e alta tecnologia em tudo. Eu me lembro de como Papai reclama sobre cozinhas nos dias de hoje, o quão tecnológicas são. *Não se abre mais uma geladeira normalmente*, ele sempre diz. O que é um exagero... Digo, se ele quer abrir a geladeira, ele sempre pode comprar qualquer modelo vendido na Richards.

— Eu vou te fazer algumas perguntas e quero a verdade — digo a ela.

Ela puxa uma cadeira para mim, mas permaneço de pé.

Belle olha para mim, para a cadeira, então para mim novamente.

— Quais perguntas?

Ela diz aquilo como se não fizesse ideia. E eu acreditaria nela também, caso algum dia eu fosse *simplesmente* capaz de confiar em alguém outra vez.

Como eu começo a explicar as perguntas incoerentes que têm circulado no meu cérebro desde a noite passada? Coisas que tenho tentado conectar. Questões que me fazem ver a realidade, deixam meus olhos abertos, atingem meu peito para que ele se machuque e doa, questões que me perseguem como o rosto familiar de uma garota morta.

— Você acha... — eu paro. — Você acha que a morte é permanente? — pergunto.

Os olhos de Belle se arregalam.

— Chiamaka, você está bem?

— Estou ótima — respondo, fungando. — Responda à pergunta.

— Que tipo de pergunta é essa?

— É uma na qual continuo pensando, e sei que não faz sentido... não para uma pessoa inocente... mas eu acho que você pode me responder.

Nós nos encaramos, o rosto dela inexpressivo de propósito, os olhos embotados, mas de forma deliberada. Não consigo acreditar que não percebi antes.

Eu não sou mais tão boa quanto costumava ser.

— Vou te contar uma história que tenho certeza que você já conhece. Quase um ano atrás, Jamie e eu estávamos em um carro, voltando da casa de praia dos pais dele, quando atropelamos alguém. — As imagens, claras como o dia, surgem diante de mim como sempre fazem, à medida que a minha cabeça bate no painel e a pior noite da minha vida começa de novo. — Belle, na noite de domingo, eu fui até a escola, fiquei esperando perto do computador 17 na Biblioteca Morgan e derrubei uma garota morta no chão. Uma garota que eu pensei ter atropelado e abandonado para sangrar que nem um animal. Por isso, eu pergunto de novo — minha voz está tremendo, o rosto úmido por causa das lágrimas que mancham a minha pele —, você acha que a morte é permanente? Ou podem os cadáveres morrerem, saírem de suas covas e entrarem em Niveus?

Belle está sentada ali calmamente, as pernas cruzadas, como se o que eu tivesse acabado de contar fosse o equivalente a anunciar que o tempo ficará chuvoso ou que faltam quinze minutos para as 5 horas, agora. Meu corpo inteiro sacode.

O piso range acima de nós e eu olho para cima.

— Chiamaka, eu posso explicar — ela diz, a voz sem emoção.

Não sou tão boa quanto costumava ser, de outra forma eu teria decifrado uma vadia mentirosa tão facilmente, como costumava fazer antes.

— Explicar o quê? Que a porra da sua *irmã* é...

— Chiamaka, por favor... — Há lágrimas nos olhos dela.

O problema com mentirosos compulsivos é que, a menos que você esteja no ritmo deles, é difícil dizer se qualquer coisa é verdade ou não. A semelhança com a irmã é incrível. Não consigo acreditar que não reparei nisso antes. Agora, quando olho para ela, só vejo Martha.

— Desde que vi Martha eu criei centenas de teorias malucas... culpando Jamie, pensando que estava enlouquecendo. Que fascinante pensar que em *nenhuma* das vezes eu pensei que você tivesse alguma coisa a ver com isso.

Nenhuma.

— Então eu comecei a ligar os pontos, e realmente a culpa é minha por não ter suspeitado mais quando você veio conversar comigo naquele primeiro dia depois da aula. Por isso, quando converso com Richards e ele está me contando sobre Niveus ser essa organização do mal, eu começo a me lembrar de coisas, tipo, como é esquisita a existência desse acampamento ao qual tantos de vocês vão todos os verões. Eu nunca nem questionei o motivo de se ir a um acampamento só para estar com as mesmas pessoas da escola, mas então... então, eu me deparei com o "Acampamento Ases" em um velho anuário, e as minhas teorias começam a fazer sentido. Você precisa de um acampamento para criar os seus jogos depravados. Precisa de uma forma, um lugar, para planejar como iriam arruinar a minha vida. A vida de Devon.

Minha voz sobe, o que me surpreende. Odeio quão vulnerável eu me sinto agora.

— Eu te beijar foi real, Chiamaka — diz Belle, com um toque do que agora acredito ser um suspiro treinado entre *real* e *Chiamaka*.

Sacudo a cabeça. Como pude ser tão irracional? Me deixar *gostar* de alguém que nem conheço. Mas, de novo, eu pensei que conhecesse Jamie, mas ele mostrou sua verdadeira face também. Um é tão ruim quanto o outro.

— Por que você fez isso? — pergunto.

É uma pergunta de duplo sentido. *Por que você me beijou de volta? Por que não simplesmente saiu da sala e nunca mais falou comigo de novo — me poupando da dor.* E também, *por que você faz parte disso? O que é ISSO?*

Belle desvia o olhar de mim.

— Não é tão simples. Eu preciso explicar tudo...

— Por que você fez isso, Belle? Qual é o objetivo de tudo isso? Eu tenho teorias, mas não quero acreditar nelas. Acreditar que as pessoas poderiam ser tão doentes. Mas todas as evidências não me deixam outra escolha. Quero que você me conte agora, *por quê?*

As tábuas acima rangem outra vez. *Quem mais está aqui?* As batidas do meu coração se tornam mais fortes.

Belle olha para o teto, limpando os olhos.

— Eu não tive escolha. É uma tradição da família há décadas. Minha mãe, meu pai... minha irmã. Todos frequentaram Niveus. Estão todos metidos nessas... *tradições*, porque é o que a minha família sempre fez. Vamos para o acampamento, aprendemos mais sobre o passado... e como pode ser o futuro se o planejarmos de acordo. Parece inofensivo: faça dois alunos caírem fora, siga com a sua vida, esqueça...

Estou tonta.

Claro que ela tinha escolha. As pessoas sempre têm uma escolha.

— ... E não é só Niveus; há lugares por todo o país que... que fazem isso.

Ela ainda não consegue olhar para mim.

— O que é "isso", exatamente? — pergunto, tentando soar o mais calma possível.

Belle está pálida, lágrimas descendo pelo rosto dela. Odeio as mentiras dela e o choro falso. Não é ela quem deveria estar chorando aqui.

Dessa vez o ranger vem da escadaria. Olho para lá, o corpo tenso enquanto espero que uma figura mascarada apareça.

— Eles chamam isso de eugenia social. — A voz dela gagueja.

As palavras dela perfuram meu peito.

Eugenia social.

— Eu não queria te machucar. — Ela funga. — Eu... assim que

comecei a te conhecer, eu me arrependi de tudo. Queria mudar isso, deixar as coisas melhores para você, mas o sistema é tão complicado. Há tanta gente envolvida.

Limpo os olhos.

— Você ficará feliz de saber que não me machucou. Eu não sou ferida por pessoas com as quais não me importo.

Belle fica espantada ao ouvir aquilo.

— E você também não pode arruinar o meu futuro. Ele está nas minhas mãos... não nas mãos de Niveus, nem nas suas ou nas da sua família doente.

A campainha toca.

— Deve ser a minha carona — digo a ela, me afastando.

A cadeira dela arranha o piso e a mão dela segura o meu braço. Eu me viro para encará-la.

— Me solta.

— Por favor, apenas confie em mim.

Os olhos dela parecem cristais banhados em veneno azul, o lábio inferior tremendo, cílios piscando, o rosto enrubescendo.

Um gato branco está sentado no meio da escadaria, assistindo ao desenrolar da cena. Quando ele me pega encarando, salta de novo escada acima, que range com o movimento súbito.

Olho para Belle de novo.

— Confiar em você? — Estou respirando depressa, o peito subindo. — Eu nunca mais quero te ver.

Puxo o meu braço, abrindo a porta.

Richards está parado ali, esperando por mim. Os olhos dele vão de mim para Belle.

— Vamos. O aroma de vadia mentirosa é nauseante.

Quando voltamos para a minha casa, eu espero a encontrar vazia, como costuma ficar neste horário durante a maior parte da semana. Mas, quando passamos pela porta, Papai está na cozinha fazendo o jantar.

— Chiamaka? — Papai chama.

— Será que eu devo esperar aqui? — pergunta Devon.

Sacudo a cabeça.

— Apenas me siga — digo a ele.

— Chegando, Papai! — grito, entrando na cozinha, onde ele está de avental, mexendo numa panela.

— Vem cá e sente o gosto disso — diz ele, esticando a colher para mim.

Faço uma careta.

— Não estou com fome.

Ele ergue uma sobrancelha, mas balança a cabeça, levando a colher até a boca dele.

— Precisa de mais sal — ele murmura, fazendo uma pausa, então olha para além de mim, para Devon, que está parado atrás de mim.

— Você trouxe um amigo novo — ele diz, parecendo surpreso.

Eu não costumo trazer ninguém novo para casa. Ele limpa a mão no avental antes de ir na direção de Devon, que fica fisicamente tenso.

Papai estende a mão e Devon o cumprimenta timidamente.

— Oi, eu sou a conta bancária da Chiamaka, ocasionalmente conhecido como Papai — ele fala, com um sorriso largo.

Devon parece ainda mais desconfortável. O humor do papai só é engraçado para ele mesmo. Os óculos dele estão embaçados e se parece um pouco com um cientista maluco — com toda essa fumaça saindo das panelas e tudo mais.

— De qualquer forma... Devon e eu precisamos trabalhar em um projeto da escola essa noite — digo a ele, pegando o braço de Devon e o puxando na direção das escadas.

— Tudo bem, só deixe a porta aberta — Papai grita quando saímos.

— Vou deixar! — grito, apesar de eu estar certa de que Papai não tem nada com que se preocupar.

Subimos as escadas até meu quarto e fecho a porta ao entrar, deixando-a apenas entreaberta.

— Então — digo, indo direto ao assunto enquanto Devon senta na minha cama. — Quando fui à biblioteca, eu achei esse anuário de 1965. Vi no domingo quando estávamos nos escondendo, mas não consegui olhar... Tem essa imagem nele: "Acampamento Ases" — clico na foto que tirei mais cedo, enfiando meu celular nas mãos de Devon.

Ele olha a imagem e não parece surpreso.

Focalizo a imagem de um rosto jovem.

— Esse não se parece com o Ward? — pergunto.

As sobrancelhas dele se unem.

— Puta merda...

— Isso não é tudo. Eu descobri como a garota "morta" está conectada. Ela é a irmã de uma garota de quem fui próxima, Belle Robinson. Era na casa dela que estivemos agora pouco. Pelo jeito, a família toda dela frequentou Niveus e estão envolvidos com Ases. De alguma forma, eles encenaram o acidente de carro. Ases foi criado para arruinar nossos futuros, convidar dois estudantes negros excepcionalmente promissores para entrarem na escola e, então, destruí-los. Para impedi-los de conquistar o que deveriam.

Devon fica olhando para o meu celular com uma expressão vazia no rosto. É como se não estivesse ali por inteiro. Ele ainda está trêmulo; não tanto quanto de manhã, mas é como se fosse um chihuahua em tamanho humano.

Estalo os dedos na frente do rosto dele.

— Ei, Devon?

A cabeça dele se ergue, os olhos vidrados.

— Desculpe... É, isso é bizarro — ele diz.

É mais do que bizarro. Essas pessoas são maléficas. Mas dá para ver que ele teve muito o que absorver nas últimas 24 horas; não posso esperar que esteja totalmente presente. Nem acredito que eu esteja aqui, conseguindo processar tudo.

Estou cansada.

— Você está bem? — indago.

Ele dá de ombros, desviando o olhar e me devolvendo o celular. Me sento ao lado dele.

— Eu também. Me sinto uma bosta — respondo ao silêncio dele.

Ficamos em silêncio por alguns minutos. Preciso saber como ir adiante com essa história para não me sentir travada.

Eu cresci nesse mundo.

Um no qual meu cabelo foi tocado, puxado, feito de piada, apontado, banido em livros de regras escolares. Então o alisei em obediência, para ter certeza de que não me examinariam ou acariciariam como se fosse algum tipo de bicho de estimação.

Consegui notas boas para parecer esperta, porque parte de mim sempre se sente burra perto deles. Consegui o respeito, agi apropriadamente, achei que estava indo bem. Achei que entraria em Yale, sem problemas.

Problemas.

Não importa o que eu faça, não importa o quanto alise os cachos que crescem no meu couro cabeludo, eu sempre serei a outra para eles. Não sou boa o bastante para esse lugar que tentei chamar de lar durante a minha vida inteira.

E posso "consertar" o crespo do meu cabelo, mas não a aspereza de todo esse sistema que odeia a mim e a Devon e todas as pessoas que se parecem com a gente.

Uma fungada me tira dos meus pensamentos e eu olho para Devon. Ele está tentando esconder o rosto, mas eu o vejo limpando os olhos com a manga do capuz de alienígena.

Ele está chorando.

Finjo não notar, espero até que não fique tão óbvio antes de falar de novo.

— Por que a gente não conversa mais amanhã, quando nós dois estivermos bem descansados. É muita coisa para um dia só. Podemos nos encontrar de manhã, pensar numa estratégia para fazer com que esse pessoal se dê conta de que não seremos detidos.

Ele olha para mim, olhos turvos.

— O que você quer dizer?

— Não nos esforçamos tanto para ficarmos por aqui, não é? Não podemos deixá-los vencer, por isso, amanhã de manhã, eu vou me encontrar com você e podemos pensar em maneiras de derrotá-los. Nenhum de nós está com cabeça agora — digo.

Ele balança a cabeça lentamente.

— Podemos nos encontrar por volta de meio-dia? Preciso ir num lugar na parte da manhã — ele fala.

Ele não pode estar falando sério.

— É mais importante que Ases? — indago.

— Preciso ver um amigo amanhã — ele fala, ficando de pé agora.

Eu me levanto junto com ele.

— Tudo bem, podemos nos encontrar meio-dia... posso ir à sua casa?

— Tudo bem — ele diz.

Eu só estava perguntando para ser educada; já ouvi histórias sobre o bairro de onde ele vem. Não é um lugar que eu já tenha visitado, nem que eu queria visitar. Esperava que ele dissesse não.

Descemos até o andar de baixo e Devon murmura uma despedida antes de sair.

— Aquele era o seu amigo já indo embora? — Papai pergunta quando entro na sala de estar.

Ele está lendo um livro e tomando uma tigela de sopa, os óculos escorregando para a ponta do nariz.

Assinto.

— É, ele não estava se sentindo bem, por isso a gente vai se encontrar amanhã — digo, pensando em quão exausto Devon parecia.

— Está tudo bem na escola? — Papai pergunta, passando a página do livro.

Queria que os pais não fizessem tantas perguntas. Especialmente, quando a verdade pode machucá-los e fazê-los te odiar. Se eu dissesse a ele "não, a escola é uma porcaria. Na verdade, eu nem acho que consiga voltar porque a escola inteira é racista e todo mundo me odeia, Papai", ele não entenderia isso. Tudo que ele registraria seria o fato de que fui acusada de roubo, assassinato e fornicação com garotos aleatórios. E ele pensaria que sou nojenta. Eu já me odeio o suficiente por nós dois.

Além disso, se eu contasse tudo a ele, sei que não faria nada. Papai nem conseguiu me defender quando a família dele me dizia coisas racistas quando eu era criança. Ele apenas ficava observando em silêncio enquanto Vovó zombava de mim e da minha aparência. Não falou nada quando a família dele não quis mais que Mamãe e eu os visitássemos. Por que me defenderia agora?

Por isso digo:

— Tudo bem na escola, Papai.

E, então, eu conto outra mentira a ele — que estou cansada —, vou para o meu quarto e tento dormir.

Mas tudo que vejo é ela.

Imagens de Martha no chão depois que a acertamos. Sequências de sonhos... ou talvez sejam apenas memórias a essa altura... de mim embriagada, tropeçando para dentro de um quarto, música de festa tocando nos fundos. Começo a entrar em pânico porque vejo essas bonecas loiras ensanguentadas por todos os cantos e, então, vejo uma figura, que se vira para mim, e é *ela*.

Estou gritando, mas ninguém me escuta. Estou chorando, não consigo parar de chorar. A música está bombando. Estou gritando, "Você não é real" e ela está rindo. Consigo ver o meu próprio reflexo no espelho atrás dela, meu vestido prateado brilhando na sala escura, as alças caídas nos meus ombros. Pareço horrível.

Eu estou horrível.

Estou gritando, mas ninguém consegue me ouvir.

Estou gritando tão alto, mas ninguém pode me ajudar.

Durante um ano, o meu subconsciente me atormentou com uma noite traumática que não foi real. Eu não tenho conseguido dormir direito e nada daquilo foi real. Pessoas que conheci, pessoas nas quais eu confiei, me fizeram acreditar que eu estava enlouquecendo. Eu me sinto furiosa e perdida. Como se desfaz uma memória falsa?

O meu cérebro ainda não consegue se desvencilhar, enxergar a coisa toda como qualquer outra coisa que não seja verdade.

De noite, quando o mundo escurece, apesar de tudo que descobri, o sonho nebuloso/sequência de memórias daquela noite na casa de Jamie, a festa que ele deu no terceiro ano, tudo começa outra vez.

33
DEVON

Terça-feira

A primeira vez em que estive numa cadeia foi quando eu tinha 10 anos.

Eu me lembro da data exata também: 9 de setembro.

Ainda que o lugar fosse desolador, escuro e cinzento, eu estava animado por estar ali. Não acho que ninguém na história da existência humana ficasse animado com uma cadeia. Mas eu estava. Estava com saudades do meu Pa, e, depois de dois anos, ele finalmente quis falar comigo. Antes disso, ele negou os pedidos de Ma para que o víssemos. Então, foi a vez de Ma negando o pedido dele para que ela o visitasse. Ela ia junto comigo durante todo o trajeto até a cadeia, mas se recusava a entrar para vê-lo.

Ele parecia diferente da última vez em que o vi. Para começar, estava vestindo um uniforme. Era um branco brilhante contra a pele escura dele. Ele tinha deixado a barba e os cabelos crescerem. O queixo repousava nas mãos entrelaçadas, e por detrás da tela de vidro, ele parecia distante. Eu me lembro de encará-lo por um tempo, congelado, incerto do motivo, mas assustado.

Por fim, reuni as forças necessárias para avançar, os tênis grandes demais para mim — Ma sempre os comprou alguns tamanhos acima para que coubessem nos anos seguintes. Sento-me na frente dele e ele finalmente ergue o olhar, como se não tivesse notado a minha chegada até aquele momento, a cabeça tombou para o lado e eu segui o movimento até ver o telefone cinza, notando que havia um do meu lado também.

Ele pega.

Pego o meu também.

— *Olá, filho.*

A voz rouca dele causa calafrios na minha espinha. Eu não o ouço falar há dois anos.

— Oi, Papai — digo.

Ele sorri, olhos enrugando nos cantos do jeito que acontece com gente velha. Papai nem é tão velho, apenas 32 anos, e antes aparentava a idade que tinha. Mas ele certamente parece velho agora, cabelos cinzentos nas tranças e linhas na testa.

— *Como está a sua Ma?*

— Ela está bem. Trabalhando na cantina da escola, por isso eu a vejo o tempo todo e ela me dá porções maiores — conto a ele.

Quando os homens levaram Papai embora, por vários dias eu não conseguia comer sem passar mal, mas o meu apetite voltou, e eu estou tão feliz por Ma me dar mais macarrão do que a todo mundo.

Ele esfrega a mão no rosto e boceja de leve.

— Você está cansado, Papai? — indago.

Os olhos dele estão levemente vermelhos, iguais aos de Ma quando ela também fica cansada.

— *É, mas eu vou dormir direito hoje à noite* — ele me diz. Ele me encara através do vidro. — *Como você está?*

Dou de ombros; ele nunca fez essa pergunta antes na minha vida.

— Sei lá.

Papai sorri.

— Sabe, sim. Diga o que você quer me contar.

Não tenho certeza de como contar, exatamente. Não é algo que eu compreenda completamente.

— Os caras da minha sala vivem falando das meninas de quem eles gostam. Convidam elas para sair, vivem falando sobre isso — eu começo, fazendo uma pausa para ver se ele me acompanha. Papai assente, e por isso eu continuo. — Mas eu não penso em garotas desse jeito. Eu não quero convidá-las para sair, ou beijá-las.

Papai balança a cabeça de novo, então olha para o teto durante um tempo, antes de voltar o olhar para mim.

— Eu tinha 11 anos de idade quando comecei a chamar as meninas para sair. Demora um tempo, não se preocupe; você será um conquistador que nem eu, rapidinho. Eu já te contei como eu e a sua Ma ficamos juntos?

Sacudo a cabeça, embora Ma já tivesse me contado o lado dela da história. Quero ouvir o dele. Histórias são mais legais quando você ouve como foram as experiências de todos.

Ele respira fundo algumas vezes e então diz:

— Nos conhecemos no Ensino Médio, último ano. Demorei dois anos para notar a existência dela. Estava ocupado trabalhando na minha música, mas quando eu finalmente coloquei o saxofone de lado, eu a vi e soube que ela era a garota certa para mim. Nos beijamos, tivemos você e nos casamos. Então, veja bem, só foi bem mais tarde que eu me ajeitei com uma garota. Não se preocupe com isso, filho. A sua garota perfeita também está esperando que você a note.

Eu balanço a cabeça, me sentindo um pouco melhor. É só uma questão de tempo.

— Papai, quando você vai sair deste lugar? Você precisa voltar para casa. Ma está triste sem você.

Papai olha para baixo agora, em silêncio. Eu quase penso que há algo de errado com o telefone, mas, então, eu o escuto respirar.

— Eu, humn... — Ele esfrega o rosto de novo. — Eu fiz uma coisa que o Estado não gostou... algo do qual eu não me arrependo... um homem de verdade nunca se arrepende, ouviu?

Eu balanço a cabeça.

— A polícia federal não concorda com esse tipo de coisa, por isso eu estou aqui. Assumir o controle daquilo que importa é fundamental. Mas você não precisa se preocupar com isso, ou comigo estando aqui, ouviu?

Eu balanço a cabeça devagarinho, não tendo muita certeza do que ele quer dizer. Ma se recusa a me explicar. Papai me olha com essa expressão que faz com que me sinta como se nada estivesse certo e ele estivesse escondendo isso de mim. Quero contar a ele sobre os meus sonhos em que ele volta para casa, nós sendo uma família outra vez, mas não acho que ele gostaria de ouvir isso. Além disso, nem éramos tanto uma família. Papai nunca estava em casa.

— Escuta, Von, eu estou muito feliz por você ter vindo — ele diz.

Isso me enche como se eu fosse um daqueles balões de hélio de desenhos animados que são vendidos no shopping, cheios e brilhantes. Eu quero dizer que estou feliz por ele ter me convidado, mas ele não parece ter terminado e eu não quero ser rude ou coisa parecida.

— Mas eu não quero que você volte aqui de novo, nunca mais. Eu não quero te ver depois de hoje — ele diz.

O balão estoura, despedaçando tudo.

O quê? Por que ele não quer me ver?

— Por quê? — eu pergunto, assim que a ligação é cortada.

Um guarda bate no ombro dele, gesticulando para que ele se levante, mas o meu coração está batendo tão depressa. Eu preciso saber o motivo; preciso convencê-lo a me deixar voltar de novo.

— Papai! — eu grito, mas ele está se levantando agora, olhando para além de mim, como se eu não estivesse ali.

Então, se vira e vai embora. Para além da porta verde atrás dele, que se fecha com força.

Eu fico, observando a porta, esperando que ele volte correndo e diga que estava brincando.

Eu pensei que seria que nem um daqueles filmes, em que no último minuto há um final feliz; as pessoas voltam umas para as outras e ninguém está chorando. Aqueles filmes nos quais a família — dois pais, três crianças e um cachorro — todos vão para a praia juntos. Só pela diversão, brincando na água como se ela os abraçasse do jeito que os pais fazem.

Meu pai nunca me abraçou antes.

Lágrimas repousam pesadas nos meus cílios, fazendo com quem baixem, me forçando a piscar, e permito que escapem. Meu coração está acelerado e eu me sinto um pouco tonto.

Fecho os olhos com força.

Imagino o mar. As ondas batendo, não de forma violenta, mas de uma forma gentil, como se estivessem cheias de propósito. Caminho até o mar, me ajoelhando, o tocando, respirando o sal, então me deito, permito que ele me carregue, me abrace.

Meu coração para de acelerar. Estou calmo de novo, mas me recuso a abrir os olhos. Eu memorizei o caminho até a entrada. Não quero ver este lugar de novo; não estou mais animado.

Por isso, eu ando, olhos fechados, deslizando uma mão pela parede, enquanto as ondas me puxam.

O som de vibração me arranca da memória — a última memória que tenho com o meu Pa. Ma me falou que também não queria que eu o visse, por isso eu nunca voltei. Mas de vez em quando eu fico curioso: como ele está, ele ainda me reconheceria?

Caminho até a cadeira na frente da tela de vidro enquanto a familiar porta verde se abre e Dre aparece num uniforme laranja. Eu quase arquejo. O *rosto* dele.

Eu rapidamente me sento, pegando o telefone. Dre me encara por um instante, os olhos descendo rapidamente para o meu uniforme, e depois de volta para o meu rosto. Ele se senta pesadamente na cadeira e se inclina para trás, segurando o telefone cinza de forma preguiçosa, como se não houvesse um limite de tempo.

— Dre, por que diabo você está aqui... por que você me ligou? — indago num sussurro, porque isso está passando pela minha cabeça desde que recebi uma mensagem do celular de Dre ontem, então a ligação.

Olho um pouquinho para os guardas uniformizados, sem saber

se mencionar as ligações vindas do celular do Dre irão causar problemas a ele.

Ele dá de ombros.

— Queria uma visita conjugal. — A voz dele é cansada, como se tivesse gritado e ela agora estivesse quebrada ou coisa parecida.

Olho para ele.

— Não temos muito tempo, pare de brincar.

Os olhos dele estão tão vermelhos, os cantos azul-arroxeados, olheiras exageradas.

Ele funga, esfregando o braço no nariz.

— Os policiais invadiram a minha casa, encontram um monte de coisa...

— Como? — eu pergunto.

Nenhum dos caras dele são fofoqueiros, ou pelo menos eu não achei que fossem.

— Alguém deve ter ligado para eles, apontado para onde deveriam olhar.

Alguém...

Ases...?

Meu coração acelera e eu me sinto um pouco nauseado.

— Você tem fiança? — pergunto, engolindo a culpa.

Ele pode sair da cadeia com fiança, não é?

— Cara demais.

— Te deram informação de quanto tempo você vai ficar aqui?

— Até o julgamento.

Julgamento?

Apoio minha cabeça na mão. Dre não pode ir a julgamento, muito menos para a cadeia.

É tudo culpa minha: se tivéssemos visto os sinais antes, abandonado antes, feito o que queriam que fizéssemos, Ases nunca teria vindo atrás de Andre.

Escuto o barulho de batida, e ergo o olhar de leve.

— Está tudo bem, eu estou bem.

Coloco a mão no vidro, em cima da dele, nossas mãos de tamanho parecido, mas tão diferentes ao mesmo tempo. Eu sei que as dele são mais ásperas que as minhas, mais grossas.

— O seu rosto está fodido.

Ele olha para as nossas mãos.

— Meu rosto está ótimo.

— Ótimo é uma gíria para detonado? Dre, olha pra mim. Quem fez isso com você?

Andre olha para mim e o meu rosto esquenta, porque ele *realmente* está olhando para mim, não apenas para o meu rosto, mas os meus olhos, minha boca... os olhos brilhando.

Ele suspira pesadamente.

— Foram só uns caras, eles disseram que tinham ouvido falar sobre você e eu, e... — O rosto de Dre se enruga quando começa a chorar em silêncio. — Eles me espancam todas as noites, falando que querem consertar a minha cabeça.

Queria poder abraçá-lo, mas esse vidro idiota nos separa. Ele limpa os olhos com violência, então coloca a mão para baixo e se senta.

— Como você está? — ele pergunta, a voz falhando ligeiramente.

Estressado é a primeira coisa que me vem à mente. Estressado e cansado.

— Bem — digo.

— Bem — ele repete.

Sinto como se fosse morrer de um coração hiperativo. Ele bate rápido, zumbindo nos meus ouvidos e na minha mente, a garganta vibrando, difícil engolir, os dedos agitados como se eu tivesse bebido café demais outra vez.

— Você precisa sair daqui — digo a ele. — Precisa de um bom advogado.

Ele assente devagar.

— Meus moleques estão cuidando disso.

Cuidando disso. Isso pode significar tanta coisa. Pode ser *usando o dinheiro de drogas*. Mas ele precisa fazer o que for necessário para sair daqui, por isso eu não irei julgá-lo, especialmente levando em consideração que eu fiz a mesma coisa para ajudar a minha Ma.

Ele parece tão pequeno em seu uniforme laranja, como se estivesse se afogando nas próprias roupas. Está toda amarrotada também. Eu me lembro de Pa, e de como ele vestia o uniforme dele como se fosse quase uma segunda pele. O branco colado nos braços fortes dele.

— Não quero mais falar sobre isso, só queria te ver, colocar o papo em dia... — Ele olha ao redor. Somos as únicas pessoas aqui, além dos guardas, apesar da existência de outras cabines. — Eu só queria te dizer que, apesar de tudo, eu te amo, sempre amarei.

Meu coração martela como se não houvesse amanhã. Estou sem fôlego e um pouco chocado. Uma grande parte de mim quer que Dre me ame, mas essa mesma parte não achava que ele ainda o fizesse.

— Sobre o que você quer falar? — Eu me forço a dizer, tentando não parecer perturbado, mas estou convencido de que ele consegue ouvir as batidas do meu coração.

Ele dá de ombros, os olhos me cortando.

— Qualquer coisa.

Qualquer coisa?

Eu quase tenho vontade de contar a ele sobre Ases, mas não acho que tenhamos tempo o bastante para isso.

— Por que o seu uniforme é laranja? — pergunto ao invés.

Ele olha para baixo.

— Todos os novatos usam eles, cores diferentes para cada crime. Tudo depende.

Eu assinto, olhando para entre as sobrancelhas dele agora. Fingindo contato visual.

— O que branco significa?

As sobrancelhas de Dre sobem.

— Branco?

Balanço a cabeça.

— Uhum.

— Esses são os caras do corredor da morte — diz ele, e é como se vários tiros fossem disparados na minha direção, todos me acertando no mesmo lugar, perfurando os meus órgãos vitais.

Fico em silêncio por alguns instantes, tentando encontrar uma resposta para isso.

— Corredor da morte, tem certeza?

O rosto de Dre se enruga.

— Você está chorando.

Enxugo os olhos, sacudindo a cabeça.

— Não pode estar certo.

Dre fica em silêncio enquanto tento processar o significado das palavras dele. O meu pai está no corredor da morte, agora?

Quanto tempo alguém fica no corredor da morte antes de...? Eu perdi tantos anos, dando ouvidos a Ma, não o visitando, fazendo o que ele queria. Fiquei com tanta raiva quando ele falou que não queria mais me ver, que nem tentei. Meu Deus, quanto tempo ele ainda tem? Como podemos impedir isso?

— Você está bem? — pergunta Dre.

Eu balanço a cabeça.

— Só fiquei triste de pensar nisso.

— Entendo, realmente é...

A voz dele desaparece quando a conexão é cortada. Ele encara o telefone nas mãos dele. A expressão no rosto dele é devastadora.

Dois guardas aparecem atrás dele, altos, musculosos e de aparência impassível. Um dá um tapinha no ombro dele, e Dre se levanta. O olhar que ele me dá antes de desaparecer, tal qual o meu pai, faz com que eu pense que ele está prestes a chorar; é tão dolorido, e perdido.

Eu sei que se estivesse na situação dele, eu teria minha Ma, meus irmãos... Terrell.

Mas Dre não tem ninguém. Nenhuma Ma que ligue para o que está acontecendo com ele, nenhum Pa.

Não sei por quanto tempo fico sentado aqui, mas os guardas não me mandam sair.

Eu apenas me permito divagar, sentido dor ao pensar em Dre e como dói vê-lo ali, onde batem nele por ser um garoto que gosta de garotos.

O mundo não é ideal.

Este mundo, nosso mundo, aquele com casas que são tão tortas quanto as pessoas que as habitam. Pessoas quebradas, quebradas pela forma como o mundo funciona. Sem empregos, sem dinheiro; venda drogas, arrume dinheiro. É assim que o nosso mundo é, é assim que ele funciona.

Eu não quero que seja assim para mim. Não quero ficar aqui.

E eu também não quero Dre aqui. Ele não tem ninguém. O mundo dele é solitário e miserável.

Depois de algum tempo, quando minhas bochechas parecem rígidas e as lágrimas já secaram, eu me levanto da cadeira sem pensar e vou até a entrada e a recepção.

Há uma mulher atrás da mesa, a mesma mulher que autorizou a minha entrada mais cedo. Ela tem uma pele bem marrom, tranças vermelhas e óculos grossos, e se senta atrás de um vidro que nos separa. Eu limpo o rosto e bato no vidro, o que faz com que ela me olhe de maneira incisiva.

— Sim? — ela pergunta, uma sobrancelha erguida.

Ela parece ligeiramente irritada, como se eu tivesse interrompido alguma coisa importante.

— M-me desculpa, eu... eu queria saber se consigo informações sobre um detento aqui. É o m-meu pai. Eu só queria saber se ele ainda aceita visitas? Se eu poderia vê-lo hoje... ou em algum momento dessa semana ou coisa parecida — digo, a voz falhando.

Sinto as lágrimas se amontoando de novo. Eu tento, desesperadamente, afastar a necessidade esmagadora de chorar, mas é difícil.

Ela faz uma pausa, parecendo um pouco mais simpática agora.

— Vou ver o que encontro, tá bom? Qual é o nome dele?

Limpo meus olhos.

— Obrigado. O nome dele é Malcolm Richards — digo, a observando escrever o nome num pedaço de papel.

— Você poderia escrever algumas informações dele aqui para me ajudar a encontrá-lo mais depressa? A data de nascimento dele, o ano em que veio para cá...

Ela desliza o papel por sob o vidro e eu balanço a cabeça, ainda que não saiba tantos detalhes sobre ele. Meu Pa era praticamente um estranho para mim. Um estranho que eu havia transformado num pai dentro da minha cabeça.

Eu me sinto mal por ir contra as ordens de Ma, querendo vê-lo mesmo assim. Mas ela mentiu para mim e não sei quanto tempo mais eu tenho para falar com ele, para impedir isso. Uma parte minha sempre esperou que Pa fosse voltar para casa um dia e ser a pessoa que sempre o imaginei sendo, e eles não podem tirar isso de mim. Não vou permitir que façam isso.

Eu sei apenas o ano em que o colocaram aqui, não a data exata, o que não ajuda muito, mas pelo menos eu sei a data de aniversário dele: 4 de julho, que nem o meu.

— Aqui — digo, devolvendo o pedaço de papel.

Ela sorri e começa a digitar no sistema do computador. Foco no som de passos e portas batendo no fundo.

A digitação para; substituída pelo clique dela, e então, o silêncio absoluto por alguns longos instantes.

— Você estava visitando alguém hoje? — ela pergunta, tamborilando as longas unhas na mesa e erguendo os olhos para mim.

Lá se vai o meu foco.

Concordo com um movimento de cabeça.

— Sim, um amigo.

— Bom amigo? — ela pergunta.

O melhor, penso.

— Sim — digo ao invés, um aperto no peito.

Odeio conversa-fiada, especialmente esse tipo de conversa. Só quero saber quando vou poder ver o meu Pa outra vez.

— Tenho certeza de que é muito importante para ele o fato de que você veio visitar. É um bom garoto — ela diz.

Eu balanço a cabeça lentamente, olhando impaciente para o computador dela.

— Me desculpa, você encontrou alguma coisa?

Ela parece visivelmente desconfortável.

— Sim... o Malcolm Richards que está nos nossos registros... ele faleceu há um bom tempo. Lamento — ela diz.

Faleceu?

— Meu Pa está morto? — pergunto, me sentindo entorpecido quando ela balança a cabeça. — Quando? — Incerto de como perguntar isso pode me ajudar.

Ela olha de novo para a tela.

— Cerca de sete anos atrás; 9 de setembro.

Ela faz uma pausa e olha para mim, como se estivesse tentando ver qual é a minha reação antes de continuar.

Estou parado, quieto. Mas os membros do meu corpo parecem prontos para entrar em colapso. Meu rosto está quente e eu sinto vontade de gritar, mas não faço isso. Se eu começar, não vou parar.

Sinto tanta dor, mas ao mesmo tempo não sinto nada. Nada mesmo.

— Você sabia que ele estava no corredor da morte, não é? — ela fala, cuidadosamente. — Geralmente, a gente informa os membros da família de antemão para que possam vir e conversar com eles no dia. Costumamos oferecer um quarto a eles... um tempo para se despedir.

Não tive isso. Eu não soube que aquela seria a última interação que eu teria com ele. Eu não tive um quarto, não tive tempo. Ele estava aqui e, então, se foi. Se eu soubesse, não teria falado tanto sobre mim, teria perguntado a ele tudo que precisava ser perguntado; teria perguntado se estava bem, se ainda amava Ma, se ele me amava.

Mas eu sei a resposta. Claro que não amava.

Se me amasse, ele teria estado lá, não teria sido preso. Não teria me deixado pensar que não queria me ver.

Eu não teria desperdiçado todos esses anos com ele, pensando que viria me resgatar dos valentões na escola, e dos valentões na minha cabeça. Aqueles que dizem que não sou bom o bastante, que nunca serei. Aqueles que fazem com que eu me sinta afogando para poder estar em paz; deixando que o oceano me leve, para sempre.

— Você está bem? — a recepcionista pergunta.

Assinto.

— Obrigado — digo.

— Isso deve ser bem perturbador. Eu lamento mui...

Sacudo a cabeça, a cortando.

— Estou bem. Nunca fui próximo dele mesmo, não ligava pra ele. Só estava curioso — digo a ela.

Tudo dói.

Ela balança a cabeça, não parecendo convencida.

— Certo. Bem, cuide-se — ela começa, mas já estou saindo do prédio, querendo escapar, desaparecer num lugar ao longe, muito longe.

Ando depressa, quase como se estivesse correndo. Posso sentir as lágrimas escorrendo livremente, enquanto o choro escapa e o meu peito se comprime mais e eu não consigo respirar.

Eu me sinto tão perdido e fora de controle.

Andre, meu Pa, Niveus, Ases. Todos eles, e as memórias que tenho com eles, me estrangulando.

— Ei! — alguém grita e eu me viro.

É a recepcionista. Eu subitamente me esqueço da incapacidade de respirar, o pânico cede.

Ela está segurando o meu celular, as minhas chaves e a identidade falsa que usei para entrar aqui já que sou menor de idade.

— Você se esqueceu das suas coisas... — ela diz, as entregando para mim.

Não consigo me obrigar a falar, por isso eu espero.

— Se cuida, ouviu? — ela fala.

Eu a observo voltar para dentro.

Quando olho para o celular, noto que meus dedos estão tremendo, tanto vibram que parece ser o meu celular, ainda que o aparelho esteja desligado. Eu o ligo e imediatamente recebo mensagens de Chiamaka.

Deveríamos nos encontrar na minha casa e falar sobre os próximos passos.

Não tenho certeza do motivo pelo qual concordei; eu nunca levo ninguém para casa. A única pessoa que já deixei entrar foi Jack, e ele praticamente era da família. Todas as outras pessoas, nunca me senti à vontade o bastante para mostrar onde eu vivia.

Ir para Niveus fazia com que eu me sentisse ainda pior.

Envio uma mensagem para Terrell quando começo a sair do estacionamento, caminhando na direção do ponto de ônibus.

Ei, você está na escola?

Tudo ainda dói, mas eu me lembro da promessa que fiz a Chiamaka e a mim mesmo de que encontraria uma forma de deter Niveus.

Não – T

— Você se importa se eu for até aí e levar a Chiamaka? — pergunto, torcendo de forma egoísta para que ele não esteja com a irmã.

— Claro — T

Limpando o rosto com a manga pela milionésima vez hoje, enfio o celular no bolso e me sento no ponto de ônibus. Falei para Chiamaka que se encontrasse comigo numa sorveteria do meu bairro para que ela não brotasse do nada na minha casa. Coloco de lado todos os sentimentos que continuam voltando, os guardando para mais tarde em uma das caixas na minha mente, para quando eu tiver tempo para pensar no meu Pa e em Dre.

Agora, o que mais importa é Niveus.

34
CHIAMAKA

Terça-feira

Eu me encontro com Devon numa sorveteria acabada no bairro dele.

O lugar está quase deserto, com exceção desse cara qualquer que está num canto bebendo café e lendo jornal. Devon chega depois de mim, parecendo tão cansado quanto na noite anterior. Olhos vermelhos, cabelo bagunçado, expressão taciturna no rosto.

— Ei – digo.

— Ei – ele responde.

Eu me levanto.

— Ainda vamos para a sua casa? – pergunto, levemente esperançosa de que ele tenha mudado de ideia e não se importe de caminhar até a minha casa.

Ele balança a cabeça, muito para o meu desapontamento, quando começamos a sair daquele lugar.

Eu o sigo caminho afora, absorvendo os arredores. As casas são pequenas e malcuidadas, algumas com janelas quebradas e pichações nas paredes.

Este lugar parece o pós-apocalipse.

Chegamos numa casa de porta vermelha e um enorme número 63 na frente e ao centro. Espero que Devon pegue as chaves dele, mas, ao invés disso, ele bate na porta, e eu ergo uma sobrancelha.

Por que ele bateria na própria porta da frente?

Ouço um som de dentro da casa e dou um passo para trás instintivamente. A fechadura gira com força e, então, a porta se abre, revelando um sorridente estranho quatro-olhos de pele marrom e *dreads* curtos presos para trás, fazendo com que a sua cabeça se pareça um pouco com um abacaxi. O olhar dele vai de Devon para mim e para Devon outra vez.

Há uma tensão constrangedora no ar.

Devon avança e desaparece, passando pelo estranho sem uma palavra.

Definitivamente estou perdendo alguma coisa aqui. Várias coisas.

— Oi, eu sou o Terrell — diz o estranho.

— Chiamaka... — eu digo.

O sorriso dele se expande.

— Eu sei, pode entrar.

O cara se move para o lado para me deixar passar e eu paro, torcendo para que Devon não tenha me levado para uma armadilha mortal.

Passo por cima de algumas ervas na entrada, andando por um corredor até uma pequena sala de estar. A TV está no mudo passando um desenho animado. O lugar faz eu me sentir claustrofóbica; mal tem espaço para respirar direito.

Devon está sentado em um dos sofás de aparência velha. Eu me sento ao lado dele, na beirada.

Terrell chega e pega o controle remoto da mesa de centro, desligando a TV.

— Bem-vinda ao meu humilde lar. Querem alguma coisa? Fui ao

mercado antes de vocês chegarem, então tem um monte de coisa se quiserem, a cozinha fica ali...

— Espera, Devon, você disse que estávamos indo para a sua casa. Quem é ele e por que estamos nos reunindo aqui? — Eu interrompo, ficando mais irritada.

— Terrell é meu amigo, ele sabe de tudo e é bom em sacar as coisas. Achei que não seria ruim ele nos ajudar a planejar. De qualquer maneira, minha casa não é lá muito amigável com visitas — Devon responde. Seja lá o que isso significa.

Se ele apenas tivesse me dito isso, poderíamos ter voltado para minha casa.

— Mas você disse que iríamos para sua casa... — eu começo.

— Bem, eu menti. Desculpa — ele interrompe, se inclinando para trás. — Será que podemos ir em frente? Decidir o que inferno vamos fazer a seguir.

Eu suspiro.

— Depois que você foi embora, eu fiquei pensando em como acabar com a Niveus, mas, depois de falar com a Belle, percebi que eles são poderosos demais para fazermos isso sozinhos — falo.

— Quem é Belle? — Terrell pergunta.

Eu realmente odeio o Devon por não me consultar a respeito de envolver um completo estranho.

— É uma garota que conheço da escola, ela estava nisso também... Quando a confrontei, ela me contou uma porção de coisas sobre como a família dela está envolvida, e esse Ases é uma coisa que chamam de eugenia social. Alguns estudantes, filhos de ex-alunos, aqueles de famílias com dinheiro antigo e poder antigo, todos vão para esse acampamento. É onde eles planejam arruinar nosso futuro, e pelo que ela me disse... Niveus não é a única escola que faz isso.

Os olhos de Terrell ficam arregalados.

— Eugenia? — ele pergunta.

Eu faço que sim.

— Eita! — diz ele.

Eita mesmo.

— Precisa que eu te conte mais alguma coisa antes de continuar? — pergunto, esperando não parecer muito sarcástica.

Ele está tentando ajudar, acho.

— Então, pelo que entendi e pelo que Devon me disse, a escola de vocês aceita dois estudantes negros a cada dez anos, e então o Ases imortal foca neles no último ano, espalhando boatos, segredos e as mentiras que conseguiu... até que esses estudantes abandonem a escola. Ficam sem perspectivas de ir para faculdade, mentalmente traumatizados, com as chances arruinadas de conseguir qualquer coisa que a Brancolândia tenha prometido — Terrell fala.

Então ele sabe de tudo.

— É... Isso é o que achamos que está acontecendo. Por isso acho que é algo que não podemos consertar sem ajuda de fora. Então proponho que a gente vá até os noticiários locais, fale o que sabemos e ofereçemos um furo sobre a Academia Niveus. O que você acha, Devon? — pergunto a ele.

Eu acho que meu plano é incrível.

— Eu acho que seu plano é estúpido — Devon responde. — Como podemos confiar em qualquer um a não ser em nós mesmos depois do que aconteceu? Essa experiência me mostrou que só temos um ao outro nessa luta.

— Como acha que devemos acabar com eles, então? Já que você quer ser cínico e irracional.

Eu cruzo os braços, esperando ouvir algo melhor. Ele não fala nada. Eu sorrio, triunfante.

— Exatamente. É um bom plano. Você só precisa confiar em mim. Não fui eleita Líder dos Chefes de Turma por nada. — digo.

— Você foi eleita porque puxa saco dos professores, e eu não sou irracional — Devon resmunga.

— Ah, é? Disse o cara que namorou o Scotty, literalmente a pior pessoa que qualquer um poderia escolher para namorar, e um traficante também!

— Você namorou o Scotty também, e não deveria falar do que não sabe — Devon fala, erguendo a voz.

— Quem é Scotty? — pergunta Terrell.

Eu esfrego as têmporas.

— Sabe de uma coisa, não temos tempo para discutir sobre isso. Ou você confia em mim, ou não. Eu vou até a jornalista sozinha se precisar. Não é apenas uma boa ideia, é nossa única opção. Terrell, fala pra ele que é uma boa ideia.

Terrell olha para mim e Devon e, então, assente.

— Ela tem razão, Von. É sua única opção... e a ideia não é de todo ruim...

Eu sorrio.

— Então, você está dentro ou vai continuar fazendo birra? — pergunto.

Devon limpa os olhos.

— Tanto faz.

Me sinto um pouco mal por ele estar visivelmente chateado, mas não temos tempo para paranoia. Precisamos acabar com Ases antes que eles contra-ataquem com força.

— Eu tenho o número das redes de TV Central News 1 e US This Morning. Vou tentar a Central News 1 primeiro... ver o que eles dizem — digo a ele, pegando meu celular para ligar.

Eu disco o número antes de olhar para os dois.

— Alguma objeção? Se sim, fale agora ou cale-se para sempre.

— Só liga pro número — Devon responde.

E, então, assim o faço.

35
DEVON

Quarta-feira

Não dormi nem um pouco a noite passada. Fiquei acordado pensando em tudo.

Meu Pa... a forma como ele foi morto e o fato de que Ma sabia de tudo e não me contou. Em Andre, sentado naquela cela fria e escura, sozinho e assustado. Em como eu não tenho fé de que esse plano vai dar certo.

Ontem a Chiamaka ligou para a Central News 1, e marcamos uma reunião com uma jornalista para hoje. Eu deveria encontrar a Chiamaka na casa dela, mas já estou apavorado com isso. Estou cansado de acreditar que as coisas vão dar certo, só para qualquer esperança ser violentamente esmagada.

Ouço uma vibração que não registro até olhar para a mesinha de cabeceira e ver a tela acesa, um foco de luz no meu quarto escuro. Eu o pego. Já são 5 horas da manhã.

O tempo voa quando sua vida está indo por água abaixo.

É uma mensagem de Chiamaka.

Você está acordado? –C

Sim, estou.

Parece um eufemismo. Sim, estou acordado. Não porque acordo cedo, mas porque, toda vez que tento fechar os olhos e sonhar, o sonho se distorce. As imagens se tornam monstruosas e violentas. Estou com medo de dormir. Estou aqui me afogando, a chuva caindo lá fora, a janela aberta fazendo o som ficar alto, irmãos roncando do meu lado. Acordado.

Como você está? – C

Não sei.

Respondo com honestidade. Eu só me sinto perdido e com raiva.

Mesma coisa aqui – C

E, então, um momento depois, o celular vibra de novo.

Vamos ficar bem. Esse plano vai dar certo. Vou imprimir todas as provas. Lembra de trazer os pôsteres. – C

Ok, eu digo, sem acreditar que vamos ficar bem. Não estamos e provavelmente não vamos ficar. E estou cansado disso, cansado de viver assim.

Enquanto a chuva tamborila a janela e o frio invade o ambiente, observo o quarto atulhado e é como se eu estivesse olhando para minha vida com um novo par de olhos. Nosso tapete verde esquisito de estampa floral para o qual nunca dei bola, me fazendo sentir coceira e enjoo; armário grande e escuro com roupas caindo para fora; papel de parede amarelo vivo, descascando; e aquela TV detonada que meus irmãos tanto amam. Olho para esse quarto agora e dói pensar que minha vida pode nunca ser melhor do que isso. Me sinto destinado a abandonar o Ensino Médio, ficar aqui, nessa casa, nesse quarto, ouvindo Ma rezar para um Deus que cobre os ouvidos quando ela canta.

Costumava falar para mim mesmo que isso não era permanente, que um dia eu moraria em um lugar no qual eu não teria que dividir a cama com os meus irmãos ou sentar nessa casa de itens que não combinam. Mas quem eu estava enganando?

Garotos como eu não têm finais felizes.

As histórias com as quais fui alimentado, de trabalhar duro e ser capaz de alcançar qualquer coisa... são apenas isso, histórias. Mentiras. Sonhos perigosos.

Fecho a minha conversa com Chiamaka e me vejo navegando sem pensar, procurando algum jogo, rede social, algo no qual me perder antes de ter que me levantar, vestir o uniforme e brincar de fingir com a minha Ma. Eu decidi que não posso contar a ela sobre tudo isso ainda, mas vou, em breve, assim que esse plano tiver sido executado. Para ser honesto, se funcionar, ela vai ver por si só.

Rolo a página do Twitter, me encolhendo numa bola e deixando que o meu polegar suba e desça pela tela de vidro. Então, como se eu tivesse levado um soco na cara, um pensamento me ocorre.

Novo tweet. O cursor pisca para mim, esperando que eu escreva algo. No meio de tudo que aconteceu, deixei que tantas pessoas dissessem ao mundo quem eu sou. Permiti que Chiamaka me dissesse o que deveríamos fazer. Eu só quero, pelo menos uma vez, dizer uma coisa e que alguém, qualquer um, me escute. Posso fazer isso aqui.

Mas o que é que eu diria? Não é como se eu tivesse muitos seguidores; eu mal uso essa conta.

A tela brilha forte, fazendo com que meus olhos doam ligeiramente. Mexo o polegar, então leio as minhas palavras uma última vez.

@DCurteBatidão: Exposed da #AcademiaParticularNiveus: Essa escola sabota seus alunos negros. Todo aluno negro que já frequentou a escola desde 1965 virou um alvo e foi forçado a abandonar a escola. Eu fui uma das vítimas mais recentes. Aqui está a prova.

Anexo as imagens que tirei do computador 17 — o acróstico, os nomes, as listas. Então, adiciono as fotos riscadas de Chiamaka e eu do anuário.

Ainda me sinto mal de olhar para isso, mas finalmente estou controlando alguma coisa, ainda que não dê em nada.

Aperto enviar e o *tweet* vai embora.

Eu me arrasto até o banheiro e, então, para o andar de baixo, onde minha Ma está sentada, comendo torrada, em sua roupa de trabalho, como toda manhã.

— Bom dia, querido — diz Ma quando me vê.

— Bom dia, Ma — digo, caminhando até a bancada para preparar uma torrada.

— Como você dormiu? — ela pergunta.

— Bem — digo.

— Bom.

Há silêncio enquanto espero pela minha torrada.

Ela salta da máquina e eu passo manteiga nos dois pedaços antes de tomar um assento na frente dela. Há mais silêncio enquanto mastigo, devaneando e tentando bloquear os pensamentos que me mantiveram acordado, para início de conversa.

Eu a observo, me perguntando por que ela mentiu e por que o fez com tanta facilidade. Não achei que Ma mentisse para mim, mas acho que todos nós mentimos.

É egoísta da minha parte sentir raiva? Querer respostas? Dizer a ela que enquanto ela trabalhava duro para manter este teto acima das nossas cabeças, eu fantasiava sobre alguém que nunca tinha ligado pra gente. E que a falta dele realmente me machuca, ainda que eu não queira que seja assim.

Ma se levanta e coloca o prato dela na pia antes de caminhar até mim, e me dar um abraço apertado.

— Vou acordar o Eli e o James para irem pra escola. Você vai sair mais cedo hoje? — ela pergunta, ainda segurando meu rosto depois do abraço.

Sinto as lágrimas se acumulando de novo por motivo nenhum. Balanço a cabeça.

— Tudo bem. — Ela deixa a mão cair e eu imediatamente sinto falta do calor. — Eu te amo — ela diz enquanto vai na direção das escadas.

Eu a observo até que suma de vista e fico no escuro da nossa cozinha, sozinho outra vez.

Chego na casa de Chiamaka exatamente à uma hora da tarde. Toco a campainha nos portões e passo por eles quando são abertos. O som agudo de sapatos de salto e a porta da frente se fechando com força faz com que eu foque em Chiamaka. Eu a encontro no meio do caminho, onde me surpreende ao forçar a bolsa dela nos meus braços.

— Segura isso um pouco… preciso ajeitar a alça dos meus sapatos.

Parece que ela literalmente acabou de acordar e saiu correndo. Não que eu saiba muito sobre cabelos ou roupas de garotas e qual deve ser a aparência delas, mas a de Chiamaka definitivamente grita *acabei de acordar*.

— Obrigada — diz ela, pegando a bolsa de volta. — Entre no carro. A estação de notícias não é longe daqui, meia hora de carro no máximo — ela me diz ao apertar a chave desse carro preto elegante como se não fosse nada de mais.

Eu a observo abrir a porta do carro e jogar a bolsa lá dentro.

Eu vou na direção do banco de carona, mas sou detido pela mão dela no meu braço.

— O que foi?

Ela sacode a cabeça.

— Nada, eu só acho que você deveria dirigir... — ela hesita antes de me entregar as chaves. — Aqui.

— Você quer que eu dirija o seu carro? — pergunto, confuso.

— Sim — diz ela, como se não tivesse nada de errado com a sua sugestão.

— Eu não posso dirigir — digo, devolvendo as chaves.

Ela parece irritada.

— E por que não?

— Não tenho licença.

Ela suspira alto.

— Mas você *sabe* dirigir, não é?

Dirigi o meu primeiro carro aos 12 anos. Foi para levar Ma até o hospital, quando a gente ainda tinha um carro. Ela estava parindo o meu irmão mais novo, Eli. De vez em quando, eu dirigia o carro de Dre quando fazia entrega para ele.

— Sim, eu sei...

— Entra.

Nos encaramos durante um momento. As olheiras debaixo dos olhos dela e o cabelo emaranhado estão em hiperfoco agora. Ela parece *realmente* cansada.

Suspiro.

— Okay, tudo bem.

Ela murmura "obrigada" antes de jogar as chaves de volta para mim, quase acertando o meu rosto. Quase faço um comentário sobre isso, mas acho que não vale a pena ser insultado de novo e, além disso, ela claramente não está bem, por isso eu destranco as portas em silêncio e a observo tomar o assento de passageiro, batendo a porta com força.

Entro, fechando a porta e ajustando meu cinto de segurança. Aperto um botão e o motor ganha vida. Se fosse em outra época, outro dia, um contexto diferente, eu poderia ter comentado quão legal o carro dela é.

— Espera — ela diz. Olho para o lado, vendo o peito dela subir e descer rapidamente. Depois de um tempo isso acalma. — Pronto, pode ir.

Coloco as mãos no volante de couro do carro dela e os pés nos pedais.

Ainda que eu tenha pouca fé nesse plano, não consigo deixar de pensar: *É agora. Finalmente, é agora.*

Piso no acelerador e o carro começa a sair da frente da casa dela. Os portões se abrem imediatamente e, antes que perceba, estamos correndo pela rua dela, que é cheia de cercas brancas de madeira, grandes portões negros e telhados perfeitos com famílias perfeitas debaixo deles.

— Vamos repassar o plano — ela me diz.

— Vamos até a Central News I... — começo.

— Vamos até a Central News I, falamos com a pessoa na recepção, dizemos a ela que temos uma reunião marcada com aquela jornalista para quem eu liguei ontem — ela interrompe. — Mostramos à jornalista os arquivos, com os impressos, a foto do anuário e os pôsteres. Mostramos a eles as mensagens... espera, você *tem* os pôsteres, não é?

Na minha mochila, bem guardados.

— Sim.

— Bom, onde eu estava... mostramos a eles tudo e depois planejamos o nosso ataque à escola com a jornalista, e partimos daí. Hoje é o último dia em que Niveus pode nos controlar — conclui Chiamaka.

— Certo — repondo, tentando soar tão convencido quanto ela.

Pelo canto do olho, vejo um carro de polícia.

— E o que de pior pode acontecer? Sério... vamos ficar bem — Chiamaka fala, suspeito, mais para si mesma do que para mim.

— É — respondo, olhos ainda focando nas luzes piscantes do carro atrás da gente.

Espero que não estejam piscando para a gente. A última coisa da qual eu preciso é conversar com um policial agora.

— Ainda que a Central News 1 não queira a nossa história, podemos ir a qualquer outra emissora que queira isso — ela continua, sem ligar para o carro, sem ligar para o quão agitado estou.

O brilho não parou.

Acho que quer que eu encoste.

Gotas de suor no meu escalpo. Minhas mãos estão escorregadias. Não tenho outra opção — preciso encostar.

Eu poderia vomitar no interior desse belo carro.

— Chiamaka, acho que preciso encostar. Aquela viatura está piscando pra gente há um tempo.

Chiamaka se vira para olhar e se volta de novo.

— Precisamos trocar de assentos — ela fala, soltando o cinto de segurança.

Sigo a deixa, soltando o meu.

Tento me lembrar das palavras de Ma.

Se te fizerem perguntas, responda educadamente. Não tente pegar o celular, não encoste nos seus bolsos! Não, por favor não, apenas faça o que eles mandarem, deixe as suas mãos onde eles podem ver.

Eu te amo.

— Encoste ali, precisamos trocar antes que sejamos vistos. Meus vidros são escurecidos, então vamos torcer para que ninguém veja — ela fala enquanto eu encosto com mãos trêmulas.

Ela me bate, sussurrando, *"depressa"*, enquanto os nossos membros se embaralham. Eu finalmente vou para o assento dela e dou um pulo quando escuto batidas na janela do carro.

Chiamaka abaixa o vidro e diz:

— Boa tarde, Policial.

Os olhos dele se encontram com os meus. Desvio o olhar.

— Você sabia que estava indo a 60 quilômetros por hora numa pista de 40?

Sério?

— Me desculpa, Policial, *aparentemente eu não sei ler direito* — ela diz.

Ignoro a indireta para mim.

— Está me respondendo? — indaga o policial.

Chiamaka sacode a cabeça.

— Não, senhor — ela diz.

Ele olha para nós, nada impressionado.

— Carteira de motorista e documentos do veículo, por favor — ele diz, tirando um bloquinho.

Chiamaka estica a mão para a parte superior do carro e mostra algo a ele. Ele pega, analisa lentamente. O cara é o estereótipo de todo policial que imaginamos quando temos em mente a aparência da arma apontada para nossa cabeça na narrativa de sempre.

Ele é grande, largo, com uma barba loira, olhos lustrosos.

— Vocês dois parece que deveriam estar dentro da escola, não na estrada — ele diz, ainda encarando os documentos dela.

— Estamos na faculdade — mente Chiamaka.

— Tem alguma identidade da faculdade com você? — ele indaga.

Por que diabo é da conta dele?

— Com todo respeito, Policial, não somos obrigados a mostrar isso para você — diz Chiamaka.

Claramente, os pais dela não tiveram *a conversa* com ela. As mãos de Chiamaka tremem visivelmente na posição em que estão no volante.

Ou talvez ela apenas saiba, porque todos nós sabemos, que policiais nos matam dentro do seu próprio jogo de eugenia social.

O policial encara Chiamaka em silêncio, o olhar passando por ela, a frustração girando nos olhos dele. Meu estômago gira.

Ele escreve alguma coisa no bloquinho, então devolve a ela os papéis.

Eu finalmente consigo respirar de novo quando ele se afasta, mas, no mesmo respiro, ele se vira e inclina no carro. Parece um pesadelo. Os monstros me atacam e me perseguem, mas não consigo correr ou me esconder porque sempre parecem saber onde estou.

— Garoto — ele fala rispidamente.

Ergo o olhar, o peito batendo, dolorido.

— Sim, senhor — respondo, esperando que minhas mãos estejam visíveis da posição delas no meu colo.

— Prenda o seu cinto de segurança.

Os olhos dele analisam minhas roupas. Olho para baixo junto com ele.

— Sim, senhor — digo, não querendo me mover muito mais, dar um motivo a ele para se "defender".

Minhas mãos tremem, meu rosto esquenta e sua enquanto afivelo o cinto com suavidade, o olhar dele em cima de mim durante todo o tempo.

Ele finalmente bate no carro e volta para a viatura dele. Eu consigo respirar de novo, ainda que tudo doa.

Odeio que estes sistemas, toda essa merda institucional, consigam me afetar. Odeio como possuem o poder de matar o meu futuro, de me matar. Eles tratam a minha pele negra feito uma arma ou granada ou faca que é perigosa e letal, quando na verdade eles é que são. Os caras no topo que alimentam tudo isso.

Se não for Niveus fazendo isso, qualquer um deles pode nos pegar.

— Precisa de um momento? — indaga Chiamaka.

Eu balanço a cabeça, fungando agora, incapaz de conter as lágrimas que escapam, ou o choro que vaza da minha boca. Coloco um braço em cima da cara e me deixo afundar.

A mão de Chiamaka desliza pela minha e a aperta.

E, ainda que eu odeie admitir, estou contente por ela estar aqui.

Estamos no estacionamento, cercados por alguns carros, observando o prédio da Central News I, como se esperássemos que o lugar viesse até nós, e não o contrário.

— Estou com medo — admite Chiamaka.

Eu também.

— Que nem você falou, não há nada a temer — respondo.

Essa é a única opção que temos.

— Exatamente... nada.

No entanto, há muito a se temer. Vai saber o que vai acontecer ali.

Sentamos em silêncio, um esperando que o outro faça o primeiro movimento.

É isso.

Liberdade.

36
CHIAMAKA

Quarta-feira

Entramos juntos no prédio. Respiro fundo, liderando nós dois quando passamos pelas portas duplas abertas. É agora.

Há uma mulher na mesa da frente cujos olhos azuis se cravam na gente ao erguer a cabeça.

— Oi, como posso ajudar? — ela pergunta.

A pele emborrachada dela faz com que eu me sinta um pouco desconfortável.

— Temos uma reunião com a srta. Donovan.

— Quais são os nomes de vocês, por favor?

Ela digita alguma coisa no computador.

— Chiamaka Adebayo e Devon Richards.

A digitação dela diminui de velocidade e ela olha pra gente de novo.

— Tudo bem, podem se sentar. Não deve demorar.

Suspiro. Graças a Deus. Estava preocupada que a nossa reunião tivesse sido cancelada ou nem tivesse sido agendada. Estou tão acostumada com as coisas dando errado ultimamente.

Sentamos nas cadeiras em frente da mesa de recepção. Olho para Richards. Os olhos dele estão fechados, como se estivesse dormindo. Eu queria poder me desligar e relaxar. Mas tudo que consigo pensar é em fazer o plano dar certo.

Já pisei na bola uma vez, na biblioteca, quando fugi — eu me recuso a errar dessa vez. Vamos entrar, mostrar os fatos para a jornalista, e ela escreverá a história que irá expor Niveus. Ela precisa fazer isso. Que tipo de pessoa vê o que está acontecendo e não fica irritada...

— Devon e Chiamaka? — uma voz suave chama, e eu viro a cabeça para a direção de onde ela veio.

Há uma mulher calçando saltos altos baratos, uma saia lápis preta e uma blusa com babados. Ela nos dá um sorriso, o que é um pouco intimidador em conjunto com seus grandes olhos azuis, o cabelo loiro saltitante e perfeito e os lábios manchados de vermelho.

Ela lembra as garotas com as quais estudei durante a minha vida inteira.

— Sigam-me, eu mostrarei a vocês o escritório de Alice — ela fala, o primeiro nome da srta. Donovan.

Nos levantamos, seguindo a boneca Barbie pelo longo corredor. As paredes estão vazias na maior parte, brancas com áreas onde o papel de parede está descascando. Parece clínico, como os hospitais onde Papai e Mamãe trabalham.

Paramos de andar e ela bate duas vezes numa porta onde está escrito *Donovan*.

— Entre! — uma voz grave berra, e a mulher empurra a porta para que abra, ficando de lado para que passássemos. Eu entro primeiro e Devon vem em seguida.

Há uma mulher atrás de uma mesa, digitando alguma coisa no celular dela, ainda não olhando pra gente. Diferente da mulher que nos mostrou o caminho, esta tem uma cabeleira marrom cerrada, um bronzeado e não deve passar dos 40 anos de idade. A porta bate atrás de nós e eu dou um pulo.

O som a tira do celular e ela finalmente olha para nós.

— Vocês devem ser Devon e Chiamaka! Sentem-se... só estava fazendo uma anotação no meu diário — ela fala, digitando um pouco mais antes de travar o celular e o depositar na mesa, a frente virada para baixo.

Ela se inclina adiante, o queixo repousando nas mãos dobradas enquanto ela sorri.

— Então, como posso ajudá-los?

Antes que eu fale, Devon responde à pergunta dela.

— Conversamos por telefone ontem, ou, bem, você falou com Chiamaka, mas eu também estava lá. De qualquer forma, temos evidência de que a nossa escola está tentando sabotar alunos negros e queríamos publicar algo sobre o assunto — Devon fala.

As sobrancelhas dela sobem.

— Sim, eu me lembro de falar com um de vocês. Recebo tantas ligações que de vez em quando preciso que a minha memória pegue no tranco, mas eu me lembro. Como poderia me esquecer de uma história *tão interessante*? Um valentão racista anônimo pronto para ir atrás dos únicos dois alunos negros numa escola particular... só para descobrir que é um estratagema do qual toda a escola faz parte. Uma bela história — ela fala, então nos encara sem piscar, como se estivesse esperando por alguma coisa. — Vocês têm alguma evidência física? Não posso fazer uma reportagem sem isso... — ela diz, por fim.

Eu balanço a cabeça.

— Sim, temos.

Abro a minha bolsa, deslizando a pasta contendo tudo que pude encontrar para repassar a ela, ao mesmo tempo em que Devon também tira tudo da mochila dele. A srta. Donovan pega a minha pasta e folheia as páginas, os olhos ficando maiores — mais famintos.

Se alguém me contasse dessa história, eu não acho que acreditaria. Mesmo com evidência. Parece deturpada demais para ser verdade. Mas Niveus é deturpada assim — sei disso agora.

— Isso é... — a jornalista começa, passando outra página.

Engulo em seco, a perna subindo e descendo, temendo que ela diga que é besteira ou que estamos inventando.

— Isso é terrível... eu nunca vi uma história assim antes — ela diz, olhando de volta para nós. — Vocês passaram por tanta coisa, lamento muito.

Eu me sinto aliviada; meus olhos se enchem de água, mas eu pisco até que as lágrimas sumam.

Ela acredita na gente.

— Você poderia publicar uma matéria? Conseguir algum tipo de cobertura no jornal? — pergunto.

Ela sacode a cabeça e a sensação de estar afundando retorna. O que ela quer dizer com não?

— Posso fazer algo ainda melhor para vocês, pessoal. — A srta. Donovan se inclina para trás, uma expressão séria no rosto ao trazer os dedos de volta ao queixo. — As pessoas não leem jornais no dia de hoje, não as pessoas que importam para uma história que nem essa... Você quer ser ouvida? Precisamos transmitir isso ao vivo pela TV.

— Transmitir ao vivo, como? Nós abandonamos a escola. Voltar só para conseguir evidência deles em ação pode fazer com que sejamos mortos... — diz Devon, soando nada impressionado com o plano da srta. Donovan.

— Não precisamos pegá-los em flagrante, só precisamos filmar o momento ao vivo no qual vocês os confrontam. Encurrale-os, deixe-os incapazes de escapar da verdade daquilo que fizeram... o que estão fazendo — diz a srta. Donovan.

Ela está certa. Precisamos pegá-los de guarda baixa, expor a verdade em câmera para que o mundo inteiro veja. Acho que soa incrível, ainda que Devon não pareça achar.

— Você tem algum evento escolar chegando? Um baile de volta das férias, talvez, em que poderíamos filmar isso? — ela pergunta.

Assinto.

— Temos um baile anual beneficente. O Baile de Inverno Beneficente dos Seniores; na verdade, é amanhã...

— Perfeito! Simplesmente perfeito! — a srta. Donovan fala, escrevendo alguma coisa no bloquinho.

— Você quer que a gente vá para o baile e faça o que exatamente? — indaga Devon.

Ainda de mau humor, ainda rude. Eu me pergunto o que há de errado com ele. Eu sei que não está inteiramente convencido de que deveríamos conversar com essa jornalista, mas cá está ele. Devon não era obrigado a vir.

A srta. Donovan permanece inalterada pelo tom dele.

— Faça um discurso, diga a eles como você se sente, o que fizeram com você; deixe que a gente filme tudo e transmita para cada TV de cada estado dos Estados Unidos. Vamos trazer segurança, claro, nos certificaremos de que vocês estejam seguros. Parece um bom plano para vocês? — ela pergunta.

Eu balanço a cabeça. Parece um plano brilhante.

O tipo de final explosivo que precisamos se quisermos derrotar Niveus e restaurar qualquer esperança de nos tornarmos quem devemos ser.

— Bom — diz a srta. Donovan com um grande sorriso. — Vamos falar de estratégias.

37
DEVON

Quarta-feira

Chegamos na casa de Terrell por volta das 4 horas da tarde.

Durante todo o caminho de volta, Chiamaka não parava de falar sobre o quão animada estava com relação a amanhã e tudo que temos preparado para Niveus, com esse novo plano que a jornalista criou.

Um plano no qual ela confia plenamente. A reunião fez com que ela se sentisse mais segura na ideia de que temos uma chance. E deixou as minhas dúvidas ainda piores.

O plano é complicado e arriscado. Não quero colocar minha confiança numa coisa tão perigosa. Mas, ainda que eu decida não fazer parte, Chiamaka irá prosseguir.

E eu não posso deixar que faça isso sozinha. Ela pode acabar morrendo. Não acho que conseguiria viver comigo mesmo se soubesse que poderia ter a ajudado de alguma forma.

O plano original era voltarmos para a casa de Chiamaka, mas disse para ela que eu queria ser deixado na casa de Terrell e ela concordou, dizendo que queria contar a ele sobre o plano e quão bem-sucedido o dia de hoje foi (na opinião dela). Estranhamente, eles parecem se dar bem.

A porta em vermelho-vivo parece mais sombria na chuva. Consigo ouvir Terrell se movendo lá dentro. A tranca faz um barulho e a porta se abre, ampla.

Terrell está parado ali em sua calça cinza de corrida, uma camiseta do *Pantera Negra* e as covinhas de sempre.

— Entrem, podemos ir para o meu quarto — Terrell fala quando Chiamaka entra, subindo os degraus imediatamente.

— Ei — Terrell fala com um sorriso.

— Oi — digo, sorrindo de volta para ele.

— Correu tudo bem na estação de TV? — ele pergunta.

Dou de ombros.

— Chiamaka está feliz.

Como se fosse uma deixa, Chiamaka está gritando:

— Vocês vêm ou não?

— É melhor a gente subir — diz Terrell, e eu assinto, o seguindo até o quarto.

Quando chegamos lá, Chiamaka está sentada na cama dele, mexendo no celular, e eu me sento ao lado dela. Quando Terrell entra, ele se senta na nossa frente, na cadeira perto da mesa dele.

— Como foi? — ele pergunta.

— Correu tudo bem, temos um plano sólido. Eu sei que vai funcionar, consigo sentir — ela diz.

Ela parece tão certa. Quase inocente. Mas, outra vez, ela é esperta, e ela aparentemente é a parte racional. Então, talvez, eu esteja errado.

— Então, qual é o plano? — indaga Terrell, balançando a cadeira de um lado para o outro com o pé.

— Niveus tem esse Baile de Inverno que fazem para os seniores. Eles convidam os doadores, representantes importantes das melhores universidades; é uma chance de se provar... — Chiamaka diz, perdendo o ritmo no fim, a voz ficando mais baixa. — Vamos invadir a festa — ela acrescenta depois de um momento travada.

— Invadir? Você vai voltar a Niveus, depois de tudo? — Terrell pergunta, sobrancelhas erguidas.

Talvez ele veja quão perigoso esse plano soa e me apoie pelo menos dessa vez.

— A jornalista e a equipe dela irão invadir também, filmando tudo. Vou contar para as câmeras o que Niveus fez, e será transmitido por todo o país.

— Puta merda, que genial — diz Terrell.

— Não é? — responde Chiamaka.

Tudo bem, esses dois claramente perderam suas habilidades respectivas de conjurar bom senso. Não há motivo para discutir; amanhã vai acontecer independentemente de eu achar que faz sentido ou não.

— Preciso ir para casa e me planejar para o grande evento — diz Chiamaka, se levantando da cama.

— Você tem um vestido? — pergunto.

Ela parece ofendida.

— O que eu sou? Claro que tenho um vestido. Escolhi meu vestido para o baile antes de entrarmos de férias no verão do ano passado. Você tem um terno?

Sacudo a cabeça.

— Você pode vir para a minha casa antes do baile amanhã; meu pai tem ternos que nunca usou. Vocês dois têm o físico parecido... pequenos, ossudos... alguma coisa no armário dele vai servir em você.

— Obrigado... — digo, incerto se devo ou não me sentir ofendido com aquela descrição de mim.

— Você tem certeza de que não quer ficar por aqui? Minha Ma está na casa da minha irmã até o sábado; eu poderia te construir um forte usando os lençóis extras para você dormir ou coisa parecida – diz Terrell.

— Isso é tão gentil da sua parte, mas da forma mais educada possível... eu preferiria morrer a dormir *aqui*... num... forte? Então, não, obrigada – Chiamaka fala.

Terrell assente como se ela não tivesse acabado de insultar a casa dele.

— Eu te levo até lá fora.

— Te vejo amanhã – diz Chiamaka.

Murmuro um adeus e os dois desaparecem pela porta.

Consigo ouvi-los caminhando lá embaixo. Chiamaka ri de alguma coisa que Terrell diz e depois eu escuto a porta batendo.

Terrell retorna ao quarto alguns minutos mais tarde.

— Você está bem? – ele pergunta, antes de cair de volta na cadeira.

— Não sei – respondo.

— É por causa do plano de amanhã?

— Em partes, acho que só estou chocado. Tenho tanta coisa com as quais lidar ao mesmo tempo.

— Tipo? – indaga Terrell.

Me reclino para trás, me sentindo pesado.

— Sinto como se eu não tivesse um encerramento. Ainda que corra tudo bem amanhã, tem gente que conheço há anos, com quem fui amigável, de quem ainda quero respostas... eu só... estou com tanta raiva.

Não estou sendo completamente honesto. Não são pessoas, apenas uma pessoa com a qual eu estou furioso, na real.

— Então consiga o seu encerramento – fala Terrell.

— Como? – pergunto.

Terrell para em frente à cadeira, ficando a centímetros de mim.

— Se essas pessoas significam tanto para você, diga a elas o quanto elas pisaram na bola, deixe que ouçam como se sente – ele fala, suavemente.

Balanço a cabeça. De alguma forma eu preciso confrontar Jack.

— Você dá bons conselhos — digo a ele.

— Obrigado, Ligeirinho — diz Terrell.

Miau.

O som me assusta e os meus olhos vasculham o quarto em busca do demônio encarnado.

Miau, miau.

O gato cruza o chão do quarto de Terrell, aparecendo das sombras, e se enrola aos pés dele. Olho feio para o bichano.

— Ei, Besteira — diz Terrell numa vozinha fofa.

— Eu vou pra casa agora, acho — digo, me levantando.

Terrell ergue o olhar enquanto afaga o gato dele com uma mão.

— Eu te acompanho até lá fora.

Ele me leva até a porta e me dá um abraço de despedida. Eu o abraço de volta com força.

— Me conta o que deu amanhã — ele fala ao me soltar.

Eu balanço a cabeça, prometendo que farei isso.

Assim como de manhã, eu passo a maior parte da tarde no meu quarto, devaneando, pensando em quão merda é o mundo. Pensando em Jack e em como ele era a única coisa sólida na minha vida.

Estou encolhido na cama, a cabeça enfiada entre os joelhos, tentando me acalmar; não me sentir tão perdido e descontrolado. Tento me afogar, mas não parece funcionar mais. Não consigo enfiar a cabeça além da superfície — algo me faz boiar, me forçando a lidar com os pensamentos que eu costumo manter guardados.

Alguém com a chave invadiu e abriu a caixa de Pandora.

Fico me perguntando por que motivo Jack faria isso, por que

se juntou aos Ases. Por que, depois de tudo pelo que passamos, ele queria tanto me machucar?

Terrell está certo. Eu preciso ir até lá e conseguir o meu encerramento.

Eu dou uma fungada e estico a mão para pegar o meu celular na mesinha de cabeceira. São apenas 11 horas da noite.

Enfio o celular no bolso do moletom de alien do Terrell. Não sei o que estou pensando, mas calço meus sapatos, saio do meu quarto, desço as escadas e saio de casa, me certificando de fechar a porta com gentileza. Ma tem o sono leve, e nas raras vezes em que saio de fininho preciso fazer o menor barulho possível.

Nossa vizinhança nunca é muito calma durante a noite; sempre tem uns caras fazendo negócios escusos nas esquinas, música alta e o som ocasional de disparos no céu.

O tio de Jack mora numa parte do nosso bairro que Ma nunca gostou que eu visitasse, mas como era Jack e eu o conhecia desde sempre, ela permitia. Às vezes, quando não conseguia dormir ou ficava entediado durante a noite e Dre estava ocupado, eu ia para a casa de Jack.

Há uma abertura na lateral da casa dele, e se passar por ela, você se vê no quintal dele. O quarto de Jack é no primeiro andar, e ele tem essa enorme porta de vidro através da qual é possível ver o interior.

Como eu esperava, as luzes estão acessas.

Ele está sentado no chão, fazendo o dever de casa, olhos focados nas páginas. Eu me lembro de quando estávamos tentando entrar em Niveus, e Jack queria provar a si mesmo e aos irmãos que éramos mais do que este lugar, esse bairro, essa vida. E eu queria ir para um lugar onde não apanharia o tempo todo.

De vez em quando, nós ficávamos acordados até as 3 horas da manhã, testando um ao outro, tentando entrar nessa escola que deveria significar uma mudança total para nós. Acho que foi o mais perto que já chegamos. Sinto lágrimas tocarem meu queixo enquanto a memória paira acima do barulho e limpo meu rosto com as costas da mão.

Eu costumava vir aqui, bater na porta de Jack, e ele me deixava entrar. A gente jogava *videogames* ou conversávamos sobre coisas que não diríamos a outras pessoas. De vez em quando, a gente discutia por bobagens, como a terra ser plana. Jack dizia, *e se tiverem convencido a gente de que não é assim*, e eu dizia a ele que ele era estúpido, até mesmo os aviões voando ao redor da terra provam que o mundo não é plano. Então ele dizia, todo sério, *teoria do Pac-Man! Talvez os aviões apenas comecem o trajeto de novo a partir do mesmo ponto.* E eu caía na risada, lágrimas escorrendo pelo rosto, o tipo de risada que faz o estômago doer.

Outras vezes a gente falava sobre coisas sérias.

De vez em quando é difícil pra caralho respirar. Eu me sinto sobrecarregado por isso tudo, sabe? Jack dizia, eu balançava a cabeça, porque eu sabia. Ele também não tinha ganhado na loteria da vida, por assim dizer. Os pais não estavam mais por aqui, o tio é um bêbado, e ele praticamente cria os irmãos sozinho. Jack sacudia a cabeça, apertando os botões do controle do *videogame*, os olhos vidrados ao expirar, as bochechas manchadas. *Mas eu preciso seguir em frente, pelos meus irmãos*, ele sussurrava. *Não tenho escolha.*

Em dias assim, eu abaixava o controle e batia nas costas dele. De vez em quando, ele pausava o jogo e a gente esquecia do mundo e da regra não dita de que garotos não podem falar sobre coisas que nos incomodam ou nos abraçarmos, e ele repousava a cabeça dele no meu ombro e chorava.

Isso tudo foi antes de as coisas mudarem. Antes de eu me assumir para ele, antes de começar a namorar Scotty. Houve uma época na qual pensei que sempre estaríamos lá um para o outro.

As palavras no computador 17 apunhalam o meu coração. O nome dele em negrito: *Distribuição das mensagens de DR.*

Eu fungo, olhando para o céu, tentando impedir que mais lágrimas caiam. Limpo o rosto com a manga e, então, como fiz tantas vezes antes, eu bato.

A cabeça de Jack se vira e ele espreme os olhos, o reconhecimento lentamente sangrando pelas feições dele. Os olhos dele se arregalam, como se tivesse visto um fantasma. Eu o observo por alguns momentos, quieto, como se estivesse esperando que eu invadisse e o machucasse.

Então, lentamente, ele se levanta. Jack está vestindo uma camiseta preta e bermuda. Engulo o caroço na minha garganta quando ele desliza a porta.

Eu não me mexo; olho para ele, não me preocupando mais em limpar as lágrimas do meu rosto.

— O que você quer? — ele pergunta, a voz baixa.

— Eu sei sobre Niveus.

Silêncio. A pele dele está pálida e cheia de manchas quando ele se vira.

— O que tem Niveus?

— Você sabe. Eu sei sobre Ases e todas as merdas que você fez comigo.

Jack se mexe um pouco, os olhos ainda evitando os meus.

— Eu tenho coisas para fazer...

Ele tenta fechar a porta, mas eu bloqueio com o meu corpo.

— Quando você não tinha ninguém, eu estava lá para você, Jack. Quando você quis entrar em Niveus também, minha Ma pagou para que nós dois fizéssemos aqueles testes. Ela te alimentou, se certificou de que estivesse bem, porque ela te ama como se você fosse um filho dela. Então você parou de vir, e tudo bem, porque ela estava trabalhando o tempo todo de qualquer forma, ela mal notou... — Eu sufoco um grito e não consigo parar. Jack está só me encarando sem expressão, como se quisesse estar em qualquer outro lugar que não aqui. — O que foi que eu te fiz para que me odiasse tanto?

Jack funga, não falando muito no início. Então, ele se derrama.

— Eu trabalho duro por tudo que tenho. Você ainda entraria com alguma cota ou qualquer outro tipo de bolsa que dão para vocês, enquanto eu preciso trabalhar duas vezes mais. — Ele sacode a cabeça, enxugando os olhos. — Eu não arruinei a sua vida.

Ele fala isso como se estivesse recitando algum tipo de roteiro intolerante com que foi alimentado. Fala como se estivesse se lembrando de falas que ele não entende muito bem, mas nas quais acredita mesmo assim.

— Não é assim que a vida funciona, Jack. Eu não recebo simplesmente as coisas. Você dizer isso mostra que sequer me conhece.

Quero dizer a Jack que pessoas como ele, garotos de pele branca, nunca trabalham duas vezes mais. Garotos como ele não precisam carregar o peso de gerações e gerações de ódio e discriminação.

Mas não sei nem como começar a explicar isso. Eu ganhar aquela bolsa não significa que não trabalhei por ela; significa que me esforcei, e eu preciso dela só para continuar trabalhando duas vezes mais que todos os outros. E, de qualquer forma, a bolsa foi uma maldição disfarçada; ela me colocou lá dentro, fez com que eu achasse que pudesse sonhar e realmente quebrar o círculo, mas, então, destruiu tudo na minha vida, um pedaço de cada vez.

Era um cálice envenenado; bom no começo, mas foi me corroendo aos poucos até que eu não fosse nada além de um punhado de carne e ossos estragados.

— E você arruinou tudo sim. Eu não posso voltar para o Ensino Médio, não posso me formar, não posso fazer nada. Você *sabia*, há não sei quanto tempo, e os ajudou, porra — grito. — O que eu te fiz que foi tão ruim? Você era o meu melhor amigo... eu o amo... eu te amava.

Jack está desviando o olhar de novo, os dedos segurando o vidro, as juntas ficando brancas.

— Você deveria ir — ele diz.

Sacudo a cabeça.

— Não, você não pode fazer isso dessa vez — digo, dando um passo adiante enquanto Jack tenta fechar a porta de novo.

Posso sentir o vidro contra o meu ombro, me esmagando. Quando ele se dá conta de que não irei desistir, ele me empurra e eu tropeço de leve, chocado por alguns segundos antes de empurrá-lo de volta, entrando agora.

— Sai — ele fala, o peito arfando.

Olho para ele e penso em como não conhecemos de verdade as pessoas que achamos que conhecemos. Como pessoas que deveriam te amar, te abandonam — que nem Jack, meu Pa... Andre. Posso sentir meus dedos sacudindo, as entranhas agitando, enquanto penso em todas as pessoas que vão embora e continuam partindo. Como se tivesse algo de errado comigo... como se eu não fosse bom o bastante.

Jack sabia o quanto a minha Ma lutava, e ele assistiu, sabendo que tudo isso aconteceria.

Antes que possa me acalmar e pensar nas consequências do que quero fazer com ele, já o estou empurrando de novo, e de novo, ele está indo para trás. Agora, eu o estou socando e ele não está revidando; ele permite que eu bata nele de novo e de novo, até que minhas juntas doam e o rosto dele esteja sangrando. Meus olhos borram enquanto o rosto dele se torna manchas de branco, roxo e azul. Nós dois estamos chorando; Jack está no chão e eu estou em cima dele.

Há uma batida na porta e eu ergo a cabeça.

— Jack, está tudo bem aí? — diz o tio dele.

Eu rapidamente me levanto, e, ainda trêmulo, me afasto do corpo dele. Jack olha para mim e, então, olha para longe.

— Sim — ele coaxa. — Está tudo bem.

Sem dizer mais nada a ele, eu me viro e, pela última vez, deslizo a sua porta e cambaleio noite adentro.

Quinta-feira

Sou acordado no dia seguinte pelo meu celular tocando. Está brilhante do lado de fora e a minha cama está vazia, nenhum sinal dos meus irmãos em lugar algum. Minha mão está dolorida, as juntas machucadas. Fico surpreso por ter conseguido dormir.

É como se tudo de que eu precisasse para ter uma boa noite de sono fosse finalmente confrontar Jack.

Pego o meu celular. *Três ligações perdidas de Chiamaka.*

Por que diabo ela está me ligando? Que horas são? Olho para o relógio e me levanto num pulo.

Já passam das 2 horas da tarde.

Por quanto tempo dormi? Ma geralmente me acorda se acha que estou prestes a dormir demais, especialmente em dias de aula. Por que ela não me acordou?

Meu celular toca de novo. Esfrego os meus olhos para afastar o sono e aceito a chamada de Chiamaka.

— Onde você está? Eu te mandei mensagens a manhã inteira! — ela fala, a voz dela apenas um pouquinho mais alta.

— Dormi demais, me desculpa.

Espero que ela grite comigo ou solte um insulto, mas ao invés disso ela fala:

— Tudo bem, quando você chega aqui? Eu já comecei a me

arrumar; o evento ainda vai ser daqui a algumas horas, mas é melhor que chegue aqui rápido para que eu possa ver se os ternos do meu pai servem. Se não servirem, eu vou ter que chamar um alfaiate de emergência — diz ela.

Alguém fora da bolha de Niveus provavelmente teria pensado que ela estava sendo sarcástica, mas por ter namorado Scotty eu sei que coisas como alfaiates emergenciais existem de verdade. E ficam na discagem rápida logo depois do 911.

— Chego aí em uma hora — digo, tentando conter um bocejo.

Como assim, eu ainda estou cansado?

— Okay, te vejo em breve, então — diz ela.

— Até mais — digo antes da ligação ficar muda.

Rolo a tela em busca de qualquer mensagem da minha Ma, explicando por que, pela primeira vez em anos, ela me deixou ficar em casa ao invés de ir para a escola, mas não há nada. Decido mandar uma mensagem para ela.

Eu te amo, Ma. Eu sei que ela não vai ver até que esteja no intervalo, o que deve ser a qualquer momento agora, mas preciso dizer isso a ela antes dessa missão suicida.

Deixo o celular de lado, tomo um banho e pego minha mochila antes de partir.

Ao sair, coloco os fones e a música clássica preenche meus ouvidos, uma das sinfonias de Chopin, e olho outra vez a minha mensagem para Ma. Nada ainda. Tento não me sentir culpado por esconder tanta coisa dela. Saio da conversa e caço outro aplicativo no qual me perder enquanto caminho até a casa de Chiamaka. Clico no Twitter, descendo pela *timeline* lentamente. Na maior parte, eu sigo páginas de inscrições de faculdade e uma ou outra celebridade, então não tem muito o que ver até que encontro o meu *tweet* de ontem.

Não sei no que estava pensando ao postar aquilo.

Desço as páginas, mas paro de forma abrupta quando vejo os números abaixo do meu *tweet*. Eu diminuo o ritmo e clico no *tweet* só para me certificar de que os números estão certos.

24.000 likes.

Puta que pariu.

Tem gente nos comentários falando sobre o quão deturpado é isso, marcando outras pessoas, me dizendo que não estou sozinho.

Não olho muito as minhas redes sociais, não deixo as minhas notificações ativadas. Geralmente ficam ali no meu celular, ocupando espaço de armazenamento, com nenhum outro propósito a não ser dar um *like* em alguma página de admissão.

Tenho mensagens de tanta gente. Isso é bizarro. Clico numa das mensagens.

@neenaK77: Isso é tão fodido, espero que você os denuncie para alguém.

@ty_blm: você tem o meu apoio, não é certo que esse tipo de coisa aconteça nos dias de hoje. Pensei que isso só rolasse nos anos 1950.

Tem outras parecidas com essas, enchendo a minha caixa de entrada previamente vazia.

Se as pessoas viram isso e acreditaram, talvez esta noite elas vejam o que temos a dizer e acreditem na gente também.

@DCurteBatidão: Obrigado, fizemos isso, vamos voltar lá hoje para impedi-los. Escrevo para @neenaK77

Talvez Chiamaka estivesse certa.

Talvez a gente possa derrotar Niveus no fim das contas.

Meu celular vibra e uma mensagem da minha Ma aparece.

Também te amo, espero que tenha dormido bem. – Ma

Por que você não me acordou?

Eu sei que você não tem ido para a escola. Conversamos mais tarde, okay? Te amo, Von.

Ma sabe que não estou indo. Ela sabe de Niveus ou apenas tem o detector de mentiras dela ligado no máximo?

De qualquer forma, isso significa que vou ter que abrir o jogo. Se hoje correr bem, vai ser bem mais fácil explicar.

Espero que corra tudo bem.

38
CHIAMAKA

Quinta-feira

Devon chega em tempo hábil por volta das 15h30, e eu o puxo para dentro e escada acima.

— Tudo bem, temos cinco opções no armário de Papai que acho que serviriam em você. Pegue o que você mais gostar e eu vou te deixar aqui para que se troque — digo a ele, quando entramos no meu quarto.

Tenho os cinco ternos diante dele em cima da minha cama, todos diferentes de alguma forma. Um é feito de veludo, outro, bordado em dourado. Dispus de uma variedade de estilos para que ele escolhesse, levando em conta que não o conheço tão bem assim e, por isso, não sei qual tipo de terno gostaria. Especialmente se considerar que o senso de moda do dia a dia dele não torna seus gostos extremamente óbvios para mim. Devon se veste como se estivesse tentando fazer algum tipo de declaração acerca de roupas feias. É difícil adivinhar o que alguém que veste o mesmo moletom horroroso, calça e tênis todos os dias vestiria no que diz respeito às roupas formais.

Ele escolhe o primeiro. É o mais simples, com lapelas pretas e uma gravata borboleta preta. Eu deveria ter esperado por isso.

— Isso é muito... simples — digo.

— Se não queria que eu escolhesse, por que deixou opções? — ele pergunta.

— Não é que eu não queria que você escolhesse, só acho que é um pouco chato... quero dizer, vamos estar em rede nacional na televisão, na frente de todas as pessoas que nos causaram mal, então... achei que fosse se vestir bem pelo menos uma vez.

Ele me olha sem piscar durante alguns minutos, antes de colocar o terno na cama de novo e pegar o próximo. Este é o mais extravagante.

O blazer é dourado, com lapelas de cetim, uma gravata vermelha e calças pretas.

Sorrio e bato no ombro dele.

— Muito melhor. Vou me trocar agora, volto daqui a pouco — digo, antes de sair do meu quarto e seguir o corredor até o quarto de vestir.

Eu já fiz minha maquiagem e coloquei rolos nos meus cabelos. Geralmente, quando temos grandes eventos assim, consigo alguém para cuidar do meu cabelo e da maquiagem, querendo ser perfeita, como todo mundo espera. Mas qual é o motivo agora? Eles não esperam nada de mim. Talvez nunca tenham esperado. Foi tudo uma enganação.

Meu vestido está pendurado no centro do armário. É um Elie Saab original, que veio de Milão. Eu o escolhi porque parece ter sido feito para uma rainha. Algo que nunca fui — apenas um experimento social, uma peça de xadrez num jogo doentio.

É um dos vestidos mais bonitos que já vi. É sem mangas, com um decote baixo em forma de coração e uma silhueta em A, com bordado dourado caindo da parte de cima e uma malha de ouro rosado bem simples na parte inferior. Eu o encarei durante o dia inteiro, me sentindo uma fraude por querer vestir uma coisa tão bonita e perfeita para o baile.

Eu tiro meu robe e caminho até o vestido, hesitando antes de encostar no material.

Não é como se eu fosse digna desse vestido de qualquer forma. Eu apenas vou ter que fingir, como sempre faço. Só que, dessa vez, não são os alunos e professores de Niveus que precisam acreditar na persona. Os Estados Unidos precisam acreditar.

Tiro o vestido do cabide, abrindo o zíper na lateral antes de entrar nele pela primeira vez desde que o comprei durante o verão. Subo o zíper devagar, fazendo um pouco de força no meio, onde ele fica preso. Sempre ficou meio apertado em mim — Elie Saab não é algo que se faz para caber em você; ou se é perfeita, ou não se é. *Você não conserta um original Saab, você se conserta*, Ruby me falou uma vez ao exibir o vestido dela para a formatura do ano passado, junto com o plano de dieta dela. É uma filosofia fodida, entendo. No entanto, acho que essas marcas de roupa fazem isso de propósito.

Quando está fechado, eu abro a porta na lateral do quarto, onde guardo meus sapatos. As paredes estão cheias dos meus pares favoritos, de McQueen até Saint Laurent, todos tão belos. Mas hoje não tem a ver apenas com parecer bonita; preciso dos meus sapatos de batalha. Aqueles que usarei para pisotear os meus inimigos.

Eu me abaixo, procurando por um par específico: meus Jimmy Choos dourados. É impossível errar com Jimmy Choo. Ao encontrá-los, sento de novo na cadeira no meio do quarto e enfio meus pés neles, já me sentindo mais forte do que antes.

Não que eu tenha escolha. Preciso estar pronta — para mostrar a Niveus que não me derrotou, e nunca irá.

Como Mamãe sempre diz: *Pelo fogo, pela força*. A noite de hoje será a última em que Niveus fará com que pessoas que nem a gente se sintam pequenas e desvalorizadas.

♠

Quando volto para o meu quarto, Devon está vestido e sentado na minha cama, mexendo no celular dele.

Ele ergue a cabeça quando entro, e as sobrancelhas dele sobem um pouco.

— Você está bonita — ele diz.

Eu o observo. O cabelo dele precisa de uma penteada e, com exceção do terno, parece um pouco básico. Ele até mesmo está calçando aqueles Vans detonados que usa na escola.

— Obrigado... Onde estão os seus sapatos? — indago.

Ele olha para os pés.

— Nos meus pés — ele fala com naturalidade.

— Você não pode calçar isso.

— Por que não?

— Não combinam com a sua roupa.

Ele pausa, como parece fazer várias vezes durante as nossas conversas. Eu sempre me pergunto o que está pensando, por que as feições dele ficam tão intensas. Creio que esteja se dando conta de que estou certa e pensando em formas de me agradecer pela minha sabedoria.

— Qual é o seu tamanho? Vou ver se o meu pai tem alguma coisa que possa caber — digo.

Ele deve ter algum mocassim simples ou...

— Estou confortável; não quero trocar pelos sapatos do seu pai — ele fala incisivamente.

Por que ele é tão difícil?

Pelo menos um de nós vai ter a aparência certa esta noite, é isso que conta.

— Você pode pelo menos me deixar fazer alguma coisa com relação ao seu cabelo? — pergunto.

Ele balança a cabeça.

— Okay.

Vou ao meu banheiro, pegando uma escova nova, pente e gel de cabelo do meu armário de produtos. No canto, vejo alguns delineadores pretos e os pego também, antes de ir direto em Richards, na cama. Começo a espalhar um pouco de gel no cabelo dele, penteando da melhor forma que consigo.

Não sou uma especialista capilar, mas cuido o bastante do meu para saber como deixá-lo decente. Ele parecia ter literalmente acabado de sair da cama e vindo aqui, o que não me surpreenderia.

Quando termino de ajeitar o cabelo dele, pego o delineador e vou na direção das pálpebras. Ele se afasta um pouco com a mão erguida, como se estivesse protegendo o rosto.

— O que diabo você está fazendo? — ele pergunta.

— Delineador — digo.

— Pra quê?

— Você tem olhos bonitos... eu achei... achei que ficaria muito legal com um pouco disso. Eu não mentiria para você — digo.

Ele parece muito contrário à ideia, e de início acho que ele vai dizer não, mas ao invés disso ele baixa a mão e fica sentado ali com um rosto impassível. Aceito isso como uma deixa para continuar, e aperto o lápis grosso contra a pálpebra direita.

— O Terrell vem também? — pergunto enquanto desenho uma linha.

— Não, por quê? — ele fala, baixinho.

Dou de ombros.

— Pensei que você fosse trazê-lo como seu acompanhante ou coisa do tipo... Acho que eu estava errada.

— Por que eu o traria como meu acompanhante?

Eu o encaro, com uma sobrancelha erguida. As pessoas acham que são menos óbvias do que realmente são. Eu vejo a forma como se olham.

— Vocês não estão namorando... ou ficando, no mínimo?

Ele fica em silêncio por um momento e sinto que cruzei uma linha. Que coisa.

— Não estamos namorando — ele diz.

Então eles só estão ficando.

— Próxima pálpebra...

Inclino a cabeça dele levemente para o lado. A mandíbula de Devon está tão tensa, seria de pensar que o estou machucando ou coisa parecida.

— Gosto de Terrell. Queria que você o tivesse trazido... ele é uma companhia bem melhor — falo.

Devon não diz nada, por isso termino de aplicar o delineador em silêncio.

— Pronto — digo assim que acabo, dando um passo para trás para admirar o meu trabalho.

Sorrio. Ele realmente parece bonito. Bem melhor do que antes. Eu entrego um espelho a ele, que se olha em silêncio.

Não sei dizer o que Devon está pensando.

— Gostou? — pergunto.

Ele dá de ombros.

O que aceito como sim.

— Antes que me esqueça, eu arrumei máscaras para a gente. Achei que seria esquisito se fôssemos os únicos sem — digo, enfiando a mão numa das minhas gavetas e lhe entregando uma máscara preta.

O Baile de Inverno sempre foi de máscaras. Outra tradição de Niveus.

Sento perto dele agora, checando o horário no meu celular. Acabou de dar 4 horas da tarde. O baile começa às 6 horas.

A jornalista da Central News 1 pediu que mandássemos uma mensagem para ela quando estivéssemos para sair, e assim eles terem tempo de chegar e montar os equipamentos. Devon e eu vamos pela entrada dos fundos, a mesma que usamos para chegar à Biblioteca Morgan no domingo; sem nenhuma câmera de segurança para ninguém checar. Vamos deixar a entrada aberta para a jornalista e a equipe dela passarem.

Então, vamos subir no palco e eles irão filmar.

— Estou bem animada para a noite de hoje — digo a Devon. — Mal posso esperar para acordar amanhã e não ter que ficar olhando por cima do ombro, ou sentir que estou enlouquecendo... mal posso esperar para voltar a focar em Yale e na faculdade de Medicina. Eu sei que você não acha que isso vai dar certo, mas eu acredito. Realmente acredito.

Devon está olhando em silêncio para os próprios sapatos e então, depois de alguns instantes, ele ergue o olhar outra vez.

— Não coloquei muita fé em você no início, ou naquela jornalista... por isso eu tuitei sobre Niveus e o que eles fizeram...

— Você o quê?

— Eu tuitei...

— Eu te ouvi. Se qualquer pessoa em Niveus vir aquele *tweet*, eles podem piorar as coisas pra gente. No que você estava pensando? Apaga! — digo, o pânico subindo um pouco.

Ele me olha cheio de culpa.

— O quê? — digo, porque obviamente tem alguma coisa que ele não está contando para mim.

— Isso... isso viralizou. Eu ia te contar, mas só fui ver quando estava vindo para cá. Já tem mais de 24 mil likes. Muita gente acredita em nós.

Meus olhos se arregalam. *Vinte e quatro mil?* Uau.

— Além disso, você não confrontou aquela menina que te contou sobre o que estavam fazendo? Não acha que talvez ela já não tenha alertado Niveus de que sabemos de tudo? As coisas já estão piores pra gente — diz Devon.

Engulo em seco ao pensar em Belle. Eu nem tinha pensado nisso. Nem tinha pensado nela ou no fato de que a veria hoje. Meu peito se aperta um pouco.

Preciso de uma bebida.

Fico de pé rapidamente.

— Você quer uma bebida?

— Tipo, alcoólica? — indaga Devon.

— Sim, alcoólica — falo.

Ele assente.

— Vamos para o porão — digo, e ele me segue para fora do quarto, descendo dois lances de escada até o porão.

Ele é construído como se fosse um bar subterrâneo, com cadeiras e tudo mais. Abro um dos armários de licor e pego uma garrafa de Chardonnay, a colocando na ilha.

Pego duas taças de vinho e coloco um pouco em cada, antes de deslizar uma para Devon.

Eu nem mesmo aprecio o gosto disso, mas sei que vai me ajudar a relaxar um pouco. Eu só coloquei meio copo para que não ficássemos relaxados *demais* ou apagados, apenas o suficiente para nos dar um pouco de coragem. Pego o copo e o ergo na direção de Devon.

— A que deveríamos brindar, Richards? — indago.

Ele olha para o alto antes de também erguer a taça.

— À destruição da Academia Niveus — diz ele.

— À destruição de Niveus — repito.

39
DEVON

Quinta-feira

Chegamos na entrada de trás da escola, as máscaras cobrindo nossos rostos.

Ao longe, há pessoas gritando, alunos rindo ao entrar no prédio.

Chiamaka pega a chave da entrada dos fundos e rapidamente destranca a porta, nós dois entramos. Combinamos de ficar na Biblioteca Morgan esperando pela jornalista, a srta. Donovan, e a equipe dela. Escolhemos a Morgan porque Chiamaka queria pegar o anuário de 1965 para levar uma prova física com a gente e também pela conveniência de não haver câmeras.

Viramos na Morgan. Chiamaka caminha até a primeira prateleira e se abaixa, pegando um livro de capa dura azul.

— Achei — ela diz, abrindo e folheando algumas páginas.

Ela tem uma pequena bolsa debaixo do braço, segurando os pôsteres e impressos para depois, quando tivermos que ficar na frente de todos.

Engulo em seco, me sentindo ansioso ao olhar a grande biblioteca. Sinto como se tivesse alguém nos observando.

— Será que você pode ir para o lado de fora, perto da entrada dos fundos, e esperar pela jornalista e a equipe dela? Ela falou que já estão quase chegando — diz Chiamaka.

Balanço a cabeça.

Quando chego à porta dos fundos a área tem cheiro de fumaça. A diversão já está começando. As pessoas amam beber, fumar e aplicar trotes todo ano, e depois contar ao pessoal mais novo sobre isso, os animando para o dia em que serão seniores e farão o mesmo. É esquisito que seja isso a animá-los, como se já não fizessem isso o tempo todo em casa: bebendo, fumando, mexendo com a vida das pessoas. Mas acho que há alguma coisa no que diz respeito a fazer isso na escola, sob os olhares de professores e doadores, que os anima.

Meu celular vibra no bolso e eu o pego.

Ligação de Terrell

Por que Terrell está me ligando? Ele sabe que hoje é o dia do baile.

— Alô?

— Você já está na escola? — pergunta Terrell.

— Já, estou esperando os repórteres chegarem, por quê? — digo, baixando a voz.

— Estou aqui — ele diz.

— O quê? Por quê?

— Ei — diz Terrell, mas dessa vez a voz dele não vem do meu celular.

Eu me viro e ele está parado ali, vestido de preto, como se estivesse aqui para um funeral. Camisa preta, *jeans* preto, tênis preto. Acho que nunca vi Terrell vestindo tão poucas cores antes.

— O que você está fazendo aqui? — pergunto, ainda chocado.

Ele não parece ser real.

— Preciso te contar uma coisa… pensei em te contar depois de hoje, quando tudo tivesse se acalmado ou quando não estivesse tão sobrecarregado. Mas isso não é justo com você. Não vou te culpar por me odiar depois disso, okay? Eu só quero que saiba que eu lamento muito, muito mesmo...

— Terrell? Do que você está falando? — pergunto, me sentindo sem ar.

— Eu deveria ter contado há muito tempo, mas... eu tive medo.

Olho para ele com atenção. Os olhos de Terrell estão vidrados, como se ele estivesse prestes a chorar.

— O que foi? — pergunto.

Meu coração está acelerado.

— Eu... eu ajudei a sua escola... ajudei Niveus a te espionar.

40
CHIAMAKA

Quinta-feira

A srta. Donovan me envia uma mensagem dizendo que está aqui e eu mando um recado para Devon:

Chegaram.

Eu me levanto do assento e caminho até a porta, mas assim que me aproximo a porta começa a se abrir.

Dou um passo para trás, procurando um lugar onde me esconder rapidamente. Puxo uma das cadeiras, pronta para me enfiar debaixo da mesa, e a minha máscara cai durante a correria assim que a porta se abre de uma vez e Jamie entra.

Há uma expressão fria no rosto bonito dele. O cabelo está mais curto do que na última vez em que o vi; seu terno é de um azul-escuro impecável, com um laço preto estrangulando seu pescoço.

— Olá, Chiamaka — ele diz, a voz cheia de veneno.

Ele tira a mão do bolso e traz junto o seu isqueiro favorito. Quando o aperta, uma chama suave aparece, e depois desaparece.

— O que você está fazendo aqui? — pergunto, orgulhosa de mim mesma por não gaguejar ou dar um passo para trás.

Fico aqui, com os meus braços cruzados, o encarando da mesma forma que ele me encara.

— Eu que deveria estar fazendo essa pergunta. Você não é bem-vinda aqui.

Eu rio.

— Quem te transformou em Deus? Meus pais pagam a minha mensalidade... eu sou mais do que bem-vinda aqui — digo.

Ele dá um passo adiante, apertando o isqueiro mais uma vez, deixando que a chama apareça tão rapidamente quanto some. O isqueiro tem o nome dele gravado no exterior de metal. As mãos dele estão firmemente presas ao redor daquilo, como se tivesse medo de perder o objeto.

Jamie e o seu isqueiro lembram um garoto mimado e seu brinquedo favorito. Sempre achei que o amor dele por fogo tivesse nascido no acampamento, mas aposto que o desejo deturpado dele de ver coisas queimando e se transformando em cinzas veio de antes. Enquanto outras crianças brincavam de bonecas e caminhões, Jamie devia brincar com isso. Assistia às chamas ganhando vida e depois morrendo, de novo e de novo até se tornar uma obsessão.

— Você não tem o direito de estar aqui — ele diz, a voz ficando mais sombria. — Não entendo gente que nem vocês. Mesmo depois de eu ter te perseguido, mesmo depois de te mostrar aquelas fotos. — Ele aperta o isqueiro, a chama cresce. — Depois de Martha. — Clique. — Depois de te dar tantas chances de desaparecer... você continua forçando a barra. Não pense que não vi o *tweet* do seu amigo. Se acha esperta? Senhorita liderzinha de turma. Achei que você ao menos teria o bom senso de não aparecer aqui, mas... parece incapaz de entender a porra do recado.

Ele gargalha de forma doentia, acendendo o isqueiro de novo. É uma risada que faz as minhas entranhas chacoalharem.

— Você está apaixonada por mim? É isso?

Cheguei à conclusão de que o que eu sentia por Jamie não era amor nem mesmo uma queda. Eu não ligava para como realmente me sentia com relação a ele. Eu apenas sabia que queria estar no topo, através de qualquer meio necessário. Mesmo que isso significasse deixar que um atleta burro e suado segurasse minha mão e contasse para todo mundo que era o meu namorado, ou que um garoto maligno que nem Jamie colocasse as mãos pegajosas em mim sempre que quisesse.

O que eu sentia era um desespero por ser poderosa num mundo que não permite que garotas sejam. Especialmente garotas como eu.

A única vez em que senti amor ou algo parecido com isso foi com Belle. Não acho que nenhum cara no qual coloquei os olhos tivesse chegado perto em comparação com a forma como eu enxergava Belle.

Então... amor? Vai sonhando, Jamie.

— Eu te odeio — digo a ele.

Ele alarga o sorriso.

— Não odeia, não. — Ele dá um passo para mais perto. Eu me mantenho no mesmo lugar. — Você me ama, mas eu não te amo. Como poderia? Você é uma puta. Todo mundo sabe disso. É o motivo pelo qual eu te beijei na minha festa. Pelo qual sabia que eventualmente dormiria comigo. Você dormiria com qualquer um... — Ele inclina a cabeça e se aproxima mais. — Eu nunca gostei de você. Mas estava curioso. Eu tinha que experimentar, e fiz isso...

Meu coração está na garganta. Eu me sinto tão enojada. Estou tentando não chorar.

— Você foi decente... Belle foi melhor — ele acrescenta, acendendo o isqueiro de novo.

Está perigosamente perto do meu rosto. Consigo sentir o calor contra a minha pele. Eu pisco e uma lágrima sai. Mas não me mexo. Eu não ouso me mexer.

— Vou te dar uma última chance de cair fora dessa escola, na qual você não é desejada, caso contrário vai ver do que sou capaz.

Jamie acende o isqueiro de novo, tão perto que o meu cabelo pega fogo. Eu tropeço um pouco para trás enquanto apago as chamas, a risada de Jamie ecoa pela biblioteca.

Não vou deixar que as palavras dele me machuquem. Não vou dar esse poder sobre mim a ele. Eu sou a porra da Chiamaka Adebayo — não preciso que um babaquinha me diga quem eu sou e quem eu deveria ser.

— Já terminou o seu discurso? — pergunto, sem querer uma resposta antes de continuar. — Me chama de puta, eu não ligo. Mas *você*, Jamie, você traz o assunto à tona porque você se importa.

Ele ergue uma sobrancelha.

— Você liga para o fato de que uma garota como eu possa fazer o que quiser e não dar a mínima para o que você ou qualquer outra pessoa pense. Você liga por ter gostado. Por seus pais e essa escola racistas te darem um trabalho, de se aproximar de mim e me apunhalar pelas costas, mas ao invés disso você gostou, gostou de cada segundo. Você gostou de me beijar...

— Cala a boca — ele rosna.

— Gostou do sexo, de fazer tudo escondidinho...

— Eu falei pra calar a boca — Jamie grita.

O que só serve para me dar mais energia.

— Você liga para o fato de eu ter beijado a sua namorada. — Eu sorrio, ainda que doa. — Você se importa que a gente tenha feito mais do que se beijar.

Ele me empurra contra a parede com força, e eu rio da cara dele, com lágrimas caindo. Mas não são lágrimas de tristeza. Parece que estou livre. Como se estivesse voando.

— Você é um perdedor, Jamie. Uma falha. Um desapontamento. Você falhou em me fazer descer ao seu nível rasteiro e isso *te mata*...

Sou interrompida por Jamie enrolando as mãos no meu pescoço e apertando. Ele está tremendo ao me estrangular e estou arfando, rindo e lutando por ar.

Não consigo respirar, mas não consigo parar de sorrir.

Ele continua apertando, o rosto vermelho e vibrando com raiva ao me encarar.

Não quero que o rosto de Jamie seja a última coisa que eu vejo antes de morrer, então eu reúno toda a força que me resta e o chuto na virilha.

Jamie cambaleia para trás, me soltando. Tusso, a garganta queimando, o peito doendo. Não me dou tempo para hesitação antes de chutá-lo de novo. Dessa vez, ele cai no chão. Gemendo alto, o isqueiro caindo junto com ele.

— Vadia do caralho — ele chia.

Esfrego meu pescoço e inclino a cabeça para olhar para ele. Jamie é tão patético, deitado ali, se contorcendo no chão. Aperto o meu salto no lugar onde sei que mais vai doer e ele grita.

Tenho um sentimento perverso de alegria ao vê-lo chorar.

Eu sabia que tinha escolhido os sapatos certos.

— Apodreça no inferno, Jamie — cuspo, antes de me afastar, pegando a minha máscara e caminhando na direção da saída da biblioteca.

Quando saio, noto que minhas pernas estão tremendo, meu coração está batendo forte nos ouvidos. Toco no tufo de cabelo no qual ele encostou a chama. Queimado e torrado.

Ainda consigo sentir o cheiro, a fumaça. Ainda consigo sentir as mãos dele enroladas em mim.

Mas, apesar de tudo, eu sinto um pouco daquele poder voltando. O poder que costumava sentir fluindo pelo meu corpo toda manhã, quando eu entrava na escola e sabia que tinha ganhado essa posição por mérito. Agora, eu me sinto poderosa porque recuperei a minha voz, parei de deixar Jamie me formatar na imagem que ele tem de mim.

De uma garota fraca que ele pode derrubar e machucar sem consequências.

Aquela garota não existe. Ela nunca existiu.

41
DEVON

Quinta-feira

— O que caralhos você quer dizer? — pergunto, me afastando de Terrell.

— Eu não quis machucar você. Nunca te machucaria. Um velho veio na minha escola, me disse que pagaria as contas hospitalares da minha irmã se eu te observasse e contasse tudo pra ele.

Me sinto tão zonzo. Isso não pode estar acontecendo.

— Isso foi depois da gente sair pela primeira vez, e no começo cheguei a considerar. Eu só quero que minha irmã fique bem. Estava desesperado, então pensei em fazê-lo... devo ter feito por um dia, mas logo soube que não ia conseguir. Falei para o cara que não iria. Que não podia fazer isso com você. Aí você começou a falar da sua escola e eu não te falei nada porque não queria que me odiasse, e o cara me disse que, se eu falasse dele ou do nosso acordo, as coisas piorariam para você, então só tentei ajudar vocês da melhor forma que pude...

Meu celular vibrou e desviei o olhar de Terrell para olhar a mensagem de Chiamaka.

Ela enviou uma há poucos minutos, dizendo que a jornalista havia chegado.

Conseguiram entrar pela entrada da frente, estou com eles nas portas dos fundos do salão. Venha logo. –C

— Preciso ir — eu falo, me sentindo enjoado demais para sequer olhar para Terrell no momento.

— Von...

— Apenas pare, ok? — eu grito, sem querer arruinar a maquiagem que Chiamaka fez em meus olhos.

Então, pisco para impedir as lágrimas e me viro, entrando no prédio e deixando Terrell sozinho no lado de fora.

Me torno uma sombra, andando depressa, a cabeça baixa, mascarado, finalmente chegando nos fundos do salão onde está Chiamaka.

— Onde estão eles? — eu pergunto.

— Tomaram suas posições.

Ela abaixa a máscara. Eu percebo hematomas ao redor do pescoço dela, parecidos com dedos. Será que aconteceu alguma coisa?

Não há tempo para respirar, quem dirá fazer perguntas. Ela entrelaça os dedos nos meus e abre a porta dos fundos.

Antes que eu possa perceber, passamos pelas portas e entramos no salão juntos.

42
CHIAMAKA

Quinta-feira

Ninguém percebe nossa chegada furtiva. Há uma cortina na entrada dos fundos, nos impedindo de sermos vistos. Através de uma fresta, eu vejo todos. Estão sentados em mesas grandes e redondas, conversando entre si. O salão está tão lindo quanto sempre imaginei que seria. Pé-direito alto, lustres de diamante e janelas altas pitorescas com vista para o oceano. É perfeito. Sinto como se estivesse em um filme.

Esse salão foi especialmente construído para esse evento e é usado para o Baile de Inverno há décadas. Eles mantêm essas portas fechadas o ano todo, com exceção de hoje. Sonhei com isso desde que cheguei em Niveus.

Achei que quando finalmente chegasse aqui seria um momento feliz. Mais um indicativo de sucesso.

Achei que seria coroada a Rainha do Baile de Inverno. É o que eu mais desejava depois de ser oradora da turma e Líder dos Chefes de Turma.

Mas, quando vejo as coroas sobre as almofadas vermelhas na frente do salão, percebo o quão idiota tudo isso é. A insígnia de

Chefe de Turma, a coroa. Pedaços de metal nos quais coloquei minha autoestima.

Eu inspiro fundo e dou um passo em frente, atravessando as cortinas. As vozes ficam mais baixas e os sussurros, mais altos, rostos se viram para nos encarar.

Estou na dianteira agora e absorvo o ambiente, tentando não tremer. Há mesas tomadas por estranhos familiares, seus rostos cobertos por máscaras brilhantes.

Eles me odeiam. Todas as pessoas nesse salão me odeiam... E saber disso me dá a confiança para abandonar o orgulho que me resta, marchar até as almofadas e agarrar uma das coroas. Devon me lança um olhar esquisito quando coloco o objeto tolo na minha cabeça.

As pessoas parecem surpresas, entretidas, prontas para ver o que farei a seguir.

Eu vejo uma figura passar por uma das portas dos fundos. Terrell? O Devon convidou ele, afinal?

É bom, ele pode nos ver derrubando a Niveus. Ele estava lá nos ajudando com os detalhes, parece natural que esteja aqui agora. Além disso, sei que, além de Devon, há uma pessoa na plateia que não me odeia.

Observo o salão em busca da Srta. Donovan e o câmera dela. Estão ambos vestidos de garçons, se misturando com o restante dos funcionários nos fundos. Não vejo seguranças, mas imagino que estejam escondidos em algum lugar, aguardando para entrar em ação, caso necessário. Donovan começa uma contagem regressiva com os dedos, começando do cinco, o câmera foca em nossa direção e, então, Donovan faz um sinal e eu começo, falando claramente no pequeno microfone que Donovan me entregou para prender no vestido.

— Meu nome é Chiamaka Adebayo e esse é meu amigo, Devon Richards. Por projeto, somos os únicos estudantes negros na

Academia Particular Niveus. A cada dez anos, Niveus aceita dois estudantes negros. A Niveus espera até o último ano deles para atacar, para realçar sua missão de abuso físico e psicológico. O objetivo? Forçar esses estudantes a abandonarem os estudos, arruinando toda esperança que tinham de um futuro. É um jogo que a Niveus chama de eugenia social.

Eu abro o anuário de 1965.

— Aqui está uma foto do Acampamento Ases, um acampamento feito para estudantes filhos de ex-alunos e suas famílias planejarem como irão destruir a vida dos estudantes negros em Niveus. E, desde que esse projeto começou, todos os estudantes negros abandonaram os estudos antes da formatura. Não há explicação para onde foram. Eles apenas desapareceram. E desapareceram porque a Niveus os obrigou. Mas é por isso que estamos aqui hoje. Nós vamos quebrar esse ciclo contando a todos o que realmente está acontecendo nessa escola. Nós estamos aqui para expor Niveus, seus estudantes, professores e doadores pelo que eles são.

Eu desdobro os pôsteres da minha bolsa, passando para Devon aquele com a nossa foto do anuário riscada, enquanto seguro uma das fotos menos incriminadoras que Ases havia tirado e enfiado na entrada de cartas. Eu desvio o olhar da câmera e os encaro.

— Nós recebemos ameaças à nossa integridade física, nós fomos seguidos e fomos enganados. Tivemos nossa privacidade invadida e fotos e informações pessoais vazadas através da escola. E agora dizemos CHEGA — eu termino.

Estou aqui de pé, como sempre sonhei estar. Na frente, a rainha de todos eles. Não é nada como imaginei. Nem um pouco. Ainda assim me sinto poderosa.

Eu me viro em busca da jornalista outra vez. Mas uno as minhas sobrancelhas em confusão ao vasculhar por entre o público. Para onde ela foi? O operador da câmera também sumiu.

Há um movimento na multidão enquanto as pessoas começam a se remexer em seus assentos. Eu logo me dou conta do que estão fazendo. Eles estão trocando de máscaras. Trocando-as por máscaras idênticas. A máscara do corredor. A máscara que me perseguiu até em casa.

Todo mundo no salão tem uma.

Eles ficam sentados ali.

Eu sei que está tudo em silêncio, mas só o que consigo ouvir é o sangue correndo nos meus ouvidos.

Isso é *Ases*. Todas as pesssoas com as quais passei os últimos quatro anos. Todas as pessoas que olhei nos olhos. Com quem sentei dentro de sala de aula. Cruzei no corredor. Todas as pessoas que, desde o início, queriam me humilhar, me ver trabalhando para chegar no topo, só para me derrubar. Todos aqueles que sabiam que poderiam se esconder por detrás daquelas *máscaras* — on-line ou aqui; um culto que não deseja nada além de que Devon e eu falhemos.

— A sua performance acabou? — Uma voz grave, sombria, fala atrás de mim.

Eu me viro rapidamente e sou saudada por um rosto enrugado, sem expressão e de cabelo preto muito familiar; e olhos vazios de luz, me encarando.

— Te demos a chance de ir embora com um pouco da sua dignidade intacta, mas vocês dois claramente querem o tratamento Dianna Walker — diz o Diretor Ward.

— O que você fez com Dianna? — Devon fala, soando aterrorizado.

Eu me sinto num pesadelo.

— Você não nos assusta; gravamos tudo, e está sendo transmitido por todo o país — digo.

— Ah, é mesmo...? Onde estão as câmeras? — indaga o Diretor Ward.

Olho de novo para o mar de Ases. Ainda não há sinal algum da srta. Donovan ou do câmera dela. O que está acontecendo?

— Alice, isso é verdade? São estes os dois que irão nos destruir? — O Diretor Ward continua, se virando para a multidão assim que uma das pessoas mascaradas remove a assustadora máscara branca do rosto, revelando uma sorridente srta. Donovan por baixo.

Não.

— Porra... — sussurra Devon.

Caralho, penso.

Isso não pode estar acontecendo. Como pode isso ser possível? Como ela está envolvida?

Eu me lembro das palavras de Belle, quando a confrontei na segunda-feira.

... não é apenas Niveus; existem outros lugares por todo os Estados Unidos que... que fazem isso.

Central News 1 é parte disso.

Deus sabe quem mais.

Precisamos sair daqui, penso, no momento em que escuto um ressoar baixo. Passos e pessoas gritando.

Dou um passo para trás assim que as portas do salão se abrem e, de repente, um bando de gente entra. Forasteiros. Estão entoando alguma coisa, mas não consigo distinguir do palco.

Alguns sobem em mesas, chutando as porcelanas caras. Outros estão simplesmente gritando e tocando música em celulares e alto-falantes em suas mãos.

Manifestantes?

Eu finalmente entendo o que estão dizendo.

— *Sem justiça, sem paz.*

De novo e de novo.

Tantos rostos marrons, perturbando o oceano de branquitude.

Todos tão raivosos.

Acho que estão lutando por nós.

Olho para Devon e os olhos dele estão arregalados.

Antes que eu possa fazer qualquer coisa, sinto uma mão enorme me agarrar, me arrastando para longe pelas cortinas. Olho para trás, tentando fugir daquele poderoso aperto, e é então que sinto o metal frio contra a minha testa.

Uma arma.

43
DEVON

Quinta-feira

Há manifestantes por todos os lados. Música alta interrompendo a quietude. Pessoas gritando.

É um caos. Mas, ainda mais estranho, acho que nunca vi tanta gente preta fora do meu bairro, nunca.

Eu definitivamente nunca vi tantas pessoas negras em Niveus. Todos esses anos éramos apenas Chiamaka e eu.

Pessoas estão aqui lutando... e parecem estar lutando por nós.

Não queria estar certo sobre a Central News I. Eu queria que fossem bons. Mas uma coisa que notei foi que poucas coisas no mundo são boas.

Eu me viro, esperando ver Chiamaka perto de mim, mas não há ninguém ali. Sinto um pouco de pânico, o mesmo pânico de quando você se perde da sua Ma no supermercado quando é criança. Ouço um barulho atrás de mim e me viro, caminhando na direção da entrada de onde viemos. Vejo duas figuras. Assim que me aproximo, enxergo melhor.

Perto das portas está Chiamaka. Ela parece horrorizada,

congelada no mesmo lugar enquanto o Diretor Ward aponta uma arma para a cabeça dela.

Eu congelo, assistindo meu ex-diretor, que está a instantes de balear Chiamaka.

Dou um passo vacilante na direção da cortina grossa, tentando puxá-la sem que ele note. Se eu for rápido, talvez possa empurrá-lo, pegar a arma e impedi-lo de fazer qualquer coisa.

Uma parte de mim imagina se foi isso o que aconteceu com Dianna Walker. A primeira garota que Ases mirou, lá em 1965. E se... eles a tiverem matado?

Ward começa a dizer alguma coisa para Chiamaka, mas só entendo as palavras *sala* e *ande*. Chiamaka parece aterrorizada. Preciso impedi-lo. Ele a empurra na direção da porta, as mãos segurando o braço dela com força.

Engulo em seco, empurrando a cortina um pouco, só avançando um pouco. Chiamaka me olha brevemente.

Ele a empurra um pouco mais, então estica a mão para encostar na maçaneta da porta, mas rapidamente volta para trás.

Uso esse momento para avançar contra Ward, o acertando, esperando que isso o faça cair. A única coisa que eu não esperava era que fosse tão forte. Ele tropeça, mas não cai.

Ward se vira para me olhar, o nojo escrito ao longo de suas feições. Há gritos de fundo e pessoas entoando protestos.

Noto Chiamaka se aproximando de Ward.

— O que você fez com Dianna? — pergunto, respirando com dificuldade. — Vocês a mataram?

Chiamaka tira alguma coisa de sua bolsa.

Ward ergue uma sobrancelha.

— Por que não vemos por nós mesmos? — ele fala, apontando sua arma para mim, bem no momento em que Chiamaka enfia algo no pescoço dele.

Ward congela e cai no chão, a arma caindo com ele.

Chiamaka pega a arma dele com um lenço e a desliza para longe.

Estou sem fôlego.

Na mão dela há algum tipo de arma de choque.

— Você está bem? — pergunto, me indagando de onde ela tirou aquilo.

Ela enxuga os olhos.

— Sim. Precisamos sair daqui.

Eu assinto e passamos pelas cortinas, saltando de volta quando um enorme *bum* ressoa.

Olho para o alto. Fumaça se espalhando pelo teto.

Espera... fumaça?

As pessoas também olham ao redor, procurando a origem.

Meu coração bate depressa, e assim que pego na mão de Chiamaka há uma explosão.

Eu me abaixo intuitivamente.

Então, como se estivéssemos em algum filme catastrófico, partes do teto se quebram, madeira caindo do céu.

Puta merda.

Gritos começam a preencher o ar. Chiamaka segura no meu braço, me puxando na direção da saída, a fumaça envolvendo o salão de danças.

Quando finalmente passamos cambaleantes pelas portas dianteiras, há ainda mais fumaça no corredor. Pessoas cobrindo suas bocas, tossindo e correndo, desesperadas para escapar.

Corremos tão depressa que quase caio algumas vezes, tropeçando no longo vestido de Chiamaka. Mais explosões soam quando invadimos a entrada da escola, correndo pelos degraus e para o ar fresco da noite. Dou uma tossida, me sentindo sem fôlego e desorientado.

Minha respiração parece um fantasma enquanto um vapor sai girando da minha boca, antes de se desintegrar no ar.

Olho para Niveus, antes um prédio alto, imponente, agora se desfazendo diante de mim, consumido por chamas raivosas.

É esquisito. Não penso nisso até esse momento. Mas, quando me dou conta, quando tudo finalmente se encaixa, o mais óbvio dos pensamentos me ocorre.

A escola está pegando fogo.

A Academia Niveus está em chamas.

44
CHIAMAKA

Quinta-feira

Finalmente saímos e observamos Niveus ser engolfada pelas chamas.

Há sirenes ao fundo, bombeiros entrando no prédio em colapso. Parece horrível, mas uma parte de mim quer rir.

Até mesmo o mais poderoso pode ser derrubado. E estamos testemunhando isso.

Podemos todos ver a *grande* Academia Niveus cair. Finalmente.

— Tem gente lá dentro... sem chance de saírem vivos — alguém fala de modo choroso.

Eu me pergunto como o fogo começou... se foi um acidente. *Quem* deu início a ele?

Sinto o meu peito apertar.

Eu me pergunto se algum manifestante ficou preso lá dentro.

Mordo o lábio inferior, congelando quando um pensamento cruza a minha mente. Terrell no meio daquele povo.

Era de verdade?

Eu o imaginei?

Espero que sim... Deus, espero que sim.

Olho para Devon. Ele parece fora de si – num transe, encarando a nossa velha escola.

— Devon — falo baixinho, mas alto o bastante para que ele ouça.

— Sim? — ele responde de maneira monótona.

— Cadê o Terrell?

— O quê? — ele pergunta, se virando para me encarar, parecendo doente.

— Eu o vi lá dentro... acho... ele veio? Ele estava aqui? — pergunto, esperando que ele diga não.

Mas antes que ele possa responder, outra explosão acontece e um grande pedaço do teto desaba.

45
DEVON

Quinta-feira

Minha mente volta para Terrell me contando sobre o envolvimento dele nisso tudo.

Terrell está aqui.

Ele está lá.

Eu me sinto mal.

Preciso ir até ele.

Não sei o que me impele, mas me encontro correndo na direção do prédio.

É culpa minha. É tudo culpa minha. Eu não deveria tê-lo deixado.

Sinto Chiamaka me arrastando de volta e começo a gritar o nome dele, como se ele fosse me ouvir lá de dentro.

As chamas crescem, consumindo Niveus por inteiro, e eu quero gritar.

— Terrell! — eu berro.

Nenhuma resposta, como esperado.

Não posso perdê-lo também... não posso perder mais pessoas. Eu me sinto fraco, como se estivesse prestes a cair...

— Devon? — alguém fala.

Tenho quase certeza de que é na minha cabeça.

Eu me viro e lá está Terrell. Bem ali na minha frente, com uma feição preocupada ornando com o rosto. Eu me sinto tão aliviado, corro até ele e o puxo num abraço. Esquecendo tudo o que aconteceu. Apenas o abraçando com força, feliz que ele esteja bem. Ele me segura firme e afundo meu rosto no ombro dele, lágrimas caindo.

Eu realmente achei que o tivesse perdido lá dentro. *Graças a Deus você está bem, Terrell*, meus pensamentos sussurram.

Consigo sentir o coração dele martelando.

Depois de alguns instantes, eu me afasto, limpando as lágrimas das minhas bochechas.

— Eu pensei que você estivesse lá dentro — digo a ele.

— Estou bem — responde, os olhos focados em Chiamaka e não em mim. — Fico feliz que os dois também estejam.

— Realmente achei que tivesse morrido — Chiamaka fala, enxugando os olhos.

Fico surpreso com isso. Ela mal o conhece, ainda assim está chorando como se estivesse prestes a perder um grande amigo. O que mais me surpreende é ela o abraçando agora.

Sirenes uivam ao longe e eu me viro na direção do som. Ambulâncias estão estacionadas perto dos caminhões de bombeiros.

— Deveríamos ir embora antes que a polícia chegue — diz Terrell.

Balanço a cabeça.

— Você está certo.

A última coisa que desejo é ter que lidar com qualquer policial.

Acabamos no quarto de Terrell pouco depois.

Ele faz um forte de lençóis improvisados e nos dá roupas para trocarmos. Estou vestindo uma de suas camisetas do Superman e calças de moletom. Chiamaka falou para os pais dela que estava bem e que iria ficar na casa de um amigo. Ela agora está vestindo um conjunto simples de pijamas que Terrell aparentemente tem, ainda que nunca o tenha visto usando algo tão normal, com exceção da roupa de ontem mais cedo.

Todos nós nos sentamos no forte para falar sobre a noite de hoje — os manifestantes, o fogo e a jornalista suja. Eu me abstenho de dizer *eu avisei*. Sabia que era bom demais para ser verdade, fácil demais. Eu sabia que não deveríamos ter confiado em outra estranha. Niveus pode comprar qualquer um, claro que pode.

Deveríamos saber disso. Mas pelo menos agora sabemos.

Pelo menos isso.

Estou tão exausto. Estou pronto para dormir para sempre, mas ficamos até uma da manhã conversando. Concluímos que os manifestantes estavam lá por causa do meu *tweet*, e a mensagem que mandei a todos sobre o baile. Espero que nenhum deles tenha se machucado. Sem eles, não sei onde estaríamos agora.

Talvez Ward tivesse terminado o que começou.

— O que você acha que começou o fogo? — pergunta Chiamaka.

Pareceu sério. Vão precisar reconstruir muitos dos prédios.

Dou de ombros.

— Pode ter sido qualquer coisa — digo.

— Isso significa que será fechada? — indaga Terrell.

— Provavelmente — diz Chiamaka.

Ficamos sentados num silêncio taciturno por alguns momentos.

Minha mente se volta para o que pode acontecer com todo mundo agora... O que acontece com o Diretor Ward... *Ases*? Será que tudo isso será enterrado no fim?

Como se Chiamaka estivesse lendo a minha mente, ela murmura:

— Bem, eu estou cansada. Vou pra cama... onde é o seu banheiro, por favor?

— No fim do corredor, à esquerda — diz Terrell.

Ela sai do forte, nos deixando sozinhos.

Silêncio.

— Podemos conversar? — indaga Terrell.

Balanço a cabeça, porque com Terrell é impossível fugir de conversas. Ele é direto e gosta de confrontar tudo na hora. Ou eu estava enganado. Porque escondeu isso muito bem, durante semanas.

— Me desculpa, a última coisa que eu quero é te machucar. Jamais iria até o fim com isso. Eu jamais te machucaria. Eu falei isso para o cara.

— Tudo bem — digo.

Ele parece nervoso.

— Você me odeia?

Olho para ele. Por mais que queira estar irritado, é como se tivesse alguma coisa em Terrell que me impedisse de ficar com raiva dele. Eu me sinto machucado, mas não o odeio. Não acho que poderia.

Sacudo a cabeça.

— Eu não te odeio — digo.

— Obrigado por não me odiar — ele diz.

— Está tudo bem — respondo.

Não sei se as coisas ficarão bem de imediato, mas posso dizer que eventualmente ficarão.

Há um som esquisito ao longe e, de início, penso que é Chiamaka, mas Terrell se levanta.

— Preciso alimentar o Besteira, ele fica irritado quando atraso as refeições.

— Eu não acho que o seu gato goste de mim — digo, me inclinando um pouquinho para trás.

Terrell ergue uma sobrancelha.

— Acho que ele não gosta de me compartilhar. Mas vai acabar gostando de você.

Acho isso difícil de acreditar. O gato dele me olha como se me quisesse morto. Se não fosse impossível, eu ficaria convencido que Besteira estava envolvido em toda aquela merda de Ases também.

— Duvido — murmuro.

Terrell sorri, o que me faz sorrir de volta, e então nos encaramos em silêncio por alguns instantes. Terrell quebra o contato visual, empurrando os óculos para cima ao se levantar e sair do forte. Eu consigo ouvi-lo conversando com Besteira, o repreendendo por ter interrompido a conversa.

Pego meu celular, procurando notícias sobre o incêndio, preocupado com quem pode ter sido pego no meio dele. Eu me pergunto se Jack tinha ido.

Rolo a página. As reportagens não dizem muito. Apenas que houve um incêndio na escola; causa desconhecida.

Ergo a cabeça de novo, para Terrell no corredor, colocando comida num pote. Eu o observo, acariciando o gato dele que come a comida.

Ele caminha e se abaixa para entrar no forte de novo, sentando na minha frente.

— Comida de gato tem um cheiro de bosta — digo, enrugando o nariz.

Terrell ri.

— Ainda bem que não temos que comer aquilo, né?

Chiamaka volta com uma carranca e os braços cruzados ao caminhar na nossa direção.

— O que foi? — pergunto.

— Onde eu vou dormir? — ela pergunta.

— Pode ficar com a minha cama. Eu não me importo de dormir aqui com Devon — diz Terrell.

Eu me sinto quente, mas ignoro a forma como a frase dele soou. Chiamaka sorri.

— Obrigada, Terrell — ela diz antes de subir na cama dele como se já pretendesse fazer isso desde o início, dissesse Terrell sim ou não.

— Acho que resta o forte para a gente. Quer que eu pegue mais travesseiros ou cobertores? — indaga Terrell.

Sacudo a cabeça. Estou de boa.

Eu deito com as costas primeiro, olhando para os lençóis pendurados acima de mim, ignorando Terrell e a proximidade dele ao se deitar também.

Deitamos ali em silêncio, e começo a me sentir um pouco sonolento. Por causa da combinação do estresse de hoje devido ao baile e até estar emocionalmente exausto, de qualquer forma, eu me vejo voando um pouco.

— Observando as estrelas? — indaga Terrell.

Eu me viro para ele, parecendo confuso.

— O quê?

— Você está olhando para o alto bem intensamente, pensei que estivesse caçando estrelas no meu lençol — ele fala.

Eu assinto.

— Eu estava... milhões de estrelas no céu esta noite — digo, apontando para o nada ao alto.

— Eu as vejo... sei o nome de algumas delas para você também, sabe.

— Me ilumine — digo, observando enquanto Terrell se ajeita e olha para o alto.

— Aquela ali é chamada Tupac, assim nomeada por causa da lenda, claro. Os cientistas ficaram tipo... aquela estrela é brilhante pra caramba, vamos chamá-la de Tupac...

Explodo na risada e Terrell sorri para mim.

— Talvez você devesse considerar uma carreira ensinando as pessoas a como falar bosta — digo.

— Talvez eu devesse — ele responde.

Passamos o resto da noite assim. Conversando, Terrell brincando, me fazendo rir.

A última coisa na qual penso antes de o sono me pegar é:

Não há mais Niveus...

Não há mais Ases.

46
CHIAMAKA

Sexta-feira

As notícias estão passando na TV de Terrell desde que acordei hoje de manhã.

Terrell está sentado no chão, tomando café perto de um Devon ainda sonolento. Os dois assistem em silêncio enquanto a tela exibe os restos de Niveus, assim como imagens do fogo na noite anterior.

Eles noticiam que um circuito elétrico defeituoso causou aquilo, que era uma tragédia inevitável.

Tudo parece um sonho bizarro, mas realmente aconteceu.

Nossa escola queimou.

Eu me sento agora, com o meu próprio copo de café preparado pelo meu novo amigo, Terrell, e assisto as notícias com eles.

Sinto um grande alívio ao ver aquele prédio ser consumido pelas chamas. Parece o final perfeito para essa saga.

A Academia Niveus reduzida às cinzas.

Dizeres em negrito piscam freneticamente na tela.

FATALIDADE: OS CORPOS DE TRÊS ALUNOS FORAM ENCONTRADOS NO LOCAL

Morreu gente?

Aquela notícia me deixa um pouco enjoada. As pessoas em Niveus faziam parte de uma máquina racista, mas eu as conhecia. É difícil não sentir um pouco de tristeza por pessoas que você conheceu e com quem interagiu por anos.

O primeiro rosto aparece, uma foto do anuário escolar. Sinto um soco no estômago.

— CeCe... — falo baixinho.

— Você a conhecia? — indaga Terrell.

Balanço a cabeça.

— Era uma menina popular na escola — acrescenta Devon.

Uma menina popular.

— Eu não era próxima dela. Honestamente, CeCe era uma vaca comigo — digo.

Mas também não era como se eu fosse gentil com ela, e isso não me deixa nem um pouco menos enojada.

CeCe e eu éramos a mesma coisa. Duas garotas espertas e dispostas a fazer de tudo para proteger nossos títulos, querendo estar no topo.

E, agora, ela está morta. Destinada a ser para sempre *uma menina popular na escola* e nada mais.

Outro rosto aparece e é alguém que já vi por aí.

Eu me sinto mal.

— Você o conhecia? — indaga Terrell.

Sacudo a cabeça.

— Estava na minha aula de Música — fala Devon.

— Lamento — digo.

Ficamos sentados em silêncio, esperando pelo terceiro rosto. De repente, eu me sinto ansiosa. Não tenho certeza do motivo. Essas pessoas queriam arruinar a minha vida – nossas vidas. Eles não ligavam pra gente, se vivêssemos ou morrêssemos.

Então, por que me sinto mal?

– Outro cara – diz Terrell enquanto a terceira imagem aparece.

Eu congelo.

Sinto o olhar de Devon em mim, mas não digo nada.

As bordas da minha visão começam a se desfazer. Não sei como devo me sentir com relação a isso, ou reagir, por isso não penso; apenas me sento ali e deixo acontecer.

Meu rosto está molhado e eu me odeio por chorar. Ele não merece isso.

– Preciso de um pouco de ar – digo, colocando a caneca no chão antes de me levantar e sair do quarto de Terrell.

Sinto mais lágrimas se juntando enquanto desço as escadas e vou para fora.

O frio da manhã me envolve e eu me sinto fraca.

Não consigo acreditar. Levanto o punho, limpando os olhos outra vez, enquanto mais lágrimas descem.

Não acredito que Jamie esteja morto.

– Chiamaka? – uma voz diz atrás de mim.

Eu me viro, enxugando rapidamente os olhos.

– Sim? – digo ao me virar para encarar Richards.

Ele parece lamentar por mim.

Ele não deveria. Não há nada a lamentar. Apenas uma garota chorando pelo seu horrível ex-melhor-amigo.

– Quer sair daqui? – ele pergunta.

Ergo uma sobrancelha. *Sim, por favor.*

– Para onde você está pensando em ir?

– Algum lugar mais quieto do que aqui.

Eu assinto. Soa como o tipo de lugar que preciso.

♠

Vamos até a praia perto dali um pouco depois. Decidimos andar, já que nenhum de nós está em condições de dirigir agora.

Visto uma camiseta menos chamativa de Terrell, sem nenhum desenho ou super-heróis esquisitos, e Devon permanece em seu pijama da noite anterior. Terrell ficou para trás, falou que iria fazer um café da manhã.

Quando chegamos à praia, eu vejo quão quieta ela é. Realmente muito quieta. Como se o mundo inteiro tivesse desaparecido.

As ondas batem contra a areia, e Devon se senta no chão.

Eu morei nessa cidade durante a maior parte da minha vida, mas nunca estive aqui. Nem acho que soubesse de sua existência.

— Como você descobriu esse lugar? — pergunto a ele, me sentando ao lado dele agora.

— Costumava vir muito aqui quando era mais novo, quando as coisas na escola e em casa ficaram pesadas demais — diz ele.

Assinto.

Consigo entender o motivo, é bem calmo aqui. Eu me sento mais acima, cruzando as pernas. Estou quase dizendo a ele o quão legal é aqui, mas Devon já está falando de novo.

— Eu tentei me matar aqui, anos atrás — diz ele.

Olho para Devon. Isso é... surpreendente.

— Oh — digo.

Porque isso é tudo que consigo pensar em dizer como resposta para aquilo.

— Achei que seria bom... apenas morrer... me afogar, no meu lugar favorito. Agora, eu encontro outras formas de me afogar e lidar com isso — diz ele.

— O que te impediu? — pergunto.

Ele não responde de início.

— Alguém me seguiu até aqui... me puxou para fora, não deixou que eu fizesse isso — ele fala, baixinho.

— Parece ser uma boa pessoa.

— Ele é — diz Devon.

Ficamos sentados em silêncio, apenas assistindo as ondas.

— Você não é uma pessoa ruim, sabe? Por estar em luto por ele...

Acho que ele está falando de Jamie.

— Não estou de luto por ele — digo.

Devon balança a cabeça.

— Bem, mesmo que estivesse triste por causa disso... você não é uma pessoa ruim. Apenas humana — ele diz.

— Tudo bem — respondo, querendo acabar com a conversa sobre Jamie bem ali.

É difícil separar o Jamie de quem eu gostava, meu melhor amigo desde os meus 14 anos, do verdadeiro Jamie. Aquele que era um racista covarde, que nunca gostou de mim de verdade, que sempre teve um plano de ferrar a minha vida desse jeito.

Mas preciso aprender a me desapegar do Jamie falso de alguma maneira. Eu me recuso a lamentar por uma pessoa que teria celebrado a minha morte se os papéis fossem invertidos.

É inesperado, mas sinto um peso na minha mão quando Devon desliza os dedos dele pelos meus e os aperta. Dou uma olhada estranha para ele, mas Devon não nota.

E eu não puxo a minha mão.

Eu me senti muito sozinha nesse mundo, cheio de pessoas e rostos que não se parecem com o meu. Meus pais estão sempre trabalhando. Meus amigos eram todos atores traiçoeiros. Meus relacionamentos nunca foram reais.

Mas agora, com Devon, eu não me sinto nem um pouco sozinha.

Nem um pouco.

47
DEVON

Sexta-feira

Mais tarde, quando estou sozinho, olho para o meu *tweet* mais uma vez.

O apoio duplicou desde a última vez em que vi. As pessoas estão falando sobre o protesto e o meu *tweet* que iniciou tudo. Várias pessoas estão nos apoiando de verdade.

Espero que as coisas deem certo e a verdade permaneça à vista, não sendo enterrada. Espero que fiquemos bem depois disso tudo.

Vou até as minhas mensagens e vejo que a caixa de entrada está cheia outra vez. Uma mensagem de uma conta verificada chama a minha atenção e, por isso, eu clico na mensagem.

É de uma jornalista negra.

```
@CindyEstáAqui47: Eu vi o seu tweet e amaria
falar com você. Me avise se isso for do seu in-
teresse. - Cindy
```

Não quero confiar em ninguém de qualquer instituição que

possa ser subornada por Niveus. Mas, então, eu clico no perfil dela, os olhos arregalando ao ver as empresas para as quais a jornalista trabalha.

São grandes. Conhecidas por seus artigos honestos e opiniões destemidas. Todos detalhando as vidas de pessoas como a gente, prejudicadas pelos sistemas.

Mostro a mensagem a Chiamaka. Mostro de quem é, vejo o que ela acha.

Mas, por ora, fecho o Twitter.

Estou de volta no meu quarto agora, na minha casa.

Fecho os olhos, fingindo que já é o futuro, e eu estou em outro lugar, vivendo uma vida completamente diferente.

Sonhar é perigoso. Mas eu me permito isso dessa vez.

Acho que merecemos um final feliz.

EPÍLOGO
O FOGO DA PRÓXIMA VEZ

Dezesseis anos depois

Uma carta da Sociedade Subterrânea

Querida sra. Johnson,

 Chegou ao nosso conhecimento que você está planejando matricular o seu filho, Rhys Johnson, na Academia Particular Pollards. Escrevemos para alertá-la e aconselhá-la contra matricular Rhys nessa escola, visto que a Academia Particular Pollards mira os alunos negros, praticando uma forma de eugenia social. Junto com essa carta, enviamos evidências que datam desde 1965, quando o primeiro caso de eugenia social aconteceu na agora extinta Academia Particular Niveus, e que custou, tragicamente, a vida da primeira vítima negra de lá, como detalhado nos documentos anexados. Desde 1965, a escola causou trauma indevido a todos os alunos negros matriculados, incluindo, mas não se limitado a, assédio emocional e físico e trauma mental severo, assim como tentativas de sabotar registros acadêmicos escolares e possibilidades de emprego.

Para garantir a proteção do seu filho de ter que vivenciar uma experiência parecida em Pollards, gostaríamos de convidá-lo para se juntar à Academia Ruby Bridges. Essa é uma escola criada pela Sociedade Subterrânea – uma sociedade fundada para lidar com a desigualdade sistêmica nas escolas do país.

Niveus não era a única instituição praticando eugenia social, e ainda trabalhamos para encontrar aqueles conectados com Niveus enquanto providenciamos soluções alternativas para alunos que identificamos como alvos dessas instituições. Nosso objetivo é reformar todos os sistemas, a começar pela educação.

Esperamos que analise a nossa oferta.

Com estima,

Dra. Chiamaka Adebayo e Professor Devon Richards
Cofundadores da Sociedade Subterrânea

DEVON

Eu o observo dormir tranquilamente, o peito subindo e descendo, subindo e descendo. A barba crescida, bagunçada, a cabeça raspada — sempre. O quarto está escuro, apesar de ser o início da tarde e eu ter que estar em outro lugar, mas sou sugado para dentro dessa beleza e me vejo aprisionado.

Deixo meus olhos caírem no seu torso nu, onde fica a minha tatuagem favorita dele, aquela com números. Passo meus dedos pela data escrita nas costas dele, então me inclino e a beijo.

— Se você for me tocar, pelo menos toque num lugar que conte — sua voz sonolenta murmura.

— Você amaria isso, não é, T?

As covinhas dele aparecem e ele ri.

— Por que você acordou tão cedo? — ele murmura.

— Em primeiro lugar, já são 12h30; em segundo lugar, eu tenho uma consulta médica à uma.

— Você só quer uma desculpa para vê-la — ele diz, se virando para me encarar agora, estreitando os olhos. — Deus, eu jamais vou me cansar de olhar para o seu rosto — ele pondera.

Meu coração está batendo rápido, mas ritmado.

— Eu também jamais vou cansar de me olhar — respondo, me inclinando, dando um beijo rápido nele.

— É mesmo? — ele fala, enrolando os braços ao redor dos meus ombros, me aprisionando.

— Uhum... — eu o beijo de novo.

Quando estou com ele, sinto que estou me apaixonando de novo, como no início. Eu jamais vou me cansar dele. É uma das coisas das quais tenho certeza.

Sei que, se eu não me mexer, vou acabar perdendo o dia inteiro e, por isso, fico de pé antes que ele possa me puxar para baixo de novo.

— Ma preparou o seu café da manhã — digo a ele, pegando minha jaqueta.

Ele sorri.

— Eu a amo mais do que tudo no mundo.

— Vai casar com ela, então — digo a ele, saindo do nosso quarto.

Desço as escadas até a sala, então me viro pra cozinha. Fios cinzas saltam do coque de Ma e há um sorriso no rosto dela enquanto se senta num banquinho para resolver *sudoku* — Ma é viciada nisso — enquanto seja lá o que for borbulha na panela diante dela.

Houve um tempo em que isso não parecia ser o bastante. Uma época em que me ressenti dela por ter escondido aquilo sobre o meu Pa, eu não atendia às ligações dela, não via como ela estava. É difícil perdoar quando você está tão ferido. Mas não estou mais ferido. Agora sei que ela era toda a família da qual eu precisava. E se eu puder acordar todo dia com o rosto de Terrell e Ma resolvendo os joguinhos dela, acho que isso seria tudo para mim.

— Vou à médica, Ma — digo a ela, a abraçando por trás, antes de beijar sua testa.

— Terrell já acordou?

Balanço a cabeça.

— Falei que você tinha feito café da manhã.

— Faça uma boa viagem — ela diz.

Eu saio, correndo pela porta da frente, descendo os degraus da nossa casa e indo direto para o meu carro.

Não demoro para chegar ao hospital, onde passo direto pela recepcionista — muito para o óbvio desgosto dela —, subo as escadas e vou direto para o consultório dela, com seu nome numa plaquinha do lado de fora da porta cor de nozes.

Bato na porta e ela grita "entra" e, por isso, eu abro a porta para vê-la atrás da mesa mexendo em uns papéis. Ela me lança um olhar rápido e eu sorrio, caminhando na direção dela e a abraçando por trás.

— Richards, a menos que o seu coração esteja falhando, você precisa esperar na fila.

Reviro os olhos.

— Sem tempo, tenho uma aula de Música para dar. Só queria passar para dar um oi.

Ela ergue uma sobrancelha.

— Você me trouxe café?

Sento-me na cadeira na frente dela.

— Não sou seu estagiário.

Ela estreita os olhos atrás dos óculos, o cabelo num coque, um casaco lindo e feito sob medida

— Não saberia dizer, você certamente se veste como um — ela murmura para si mesma, um sorrisinho nos lábios.

Na maior parte da semana, eu dou uma passada. Quando ela não está ocupada demais, a gente sai para almoçar. Hoje, claramente, não é um desses dias. Ela volta a olhar para os papéis feito um zumbi, ocasionalmente assinando coisas em tinta preta. O celular dela toca e ela olha para ele brevemente, então desvia o olhar.

— Como está a Mia? — pergunto com um sorriso.

— Ela está bem, muito grávida, mas bem... — responde, ainda sem olhar para mim. — Na verdade, eu queria te dizer uma coisa — ela acrescenta, ainda mexendo nos papéis. — Descobri que esse aluno negro, Rhys Johnson, está se inscrevendo para Pollards. Eu fiz com que membros da sociedade conversassem com a família dele, para que os fizessem reconsiderar, mas a família quer o melhor para ele, e o melhor na cidade é Pollards.

— Então a gente vai simplesmente deixá-lo ser matriculado? — pergunto.

Chiamaka balança a cabeça.

— Vamos ficar de olho; ter gente cuidando dele. Infiltrar alguém lá dentro. Qualquer coisa para nos certificarmos de nunca deixar outra criança negra ser machucada por lugares como Niveus outra vez.

CHIAMAKA

Já está tarde quando saio da minha sala para olhar o meu último paciente.

Balanço a cabeça para a enfermeira empurrando uma grávida na cadeira de rodas, sorrindo enquanto o cheiro, parecido com o de água sanitária, enche minhas narinas.

Meus sapatos rangem contra o piso e cachos do meu coque se soltam, caindo e bloqueando um pouco a minha visão. Mas eu ainda consigo ver o número do quarto ao longe.

Penso no garoto, Rhys. Quanto sofrimento desnecessário ele pode enfrentar naquela escola. Como nós sofremos. Nossos ancestrais sofreram.

Penso em quantos espíritos negros foram mortos pela supremacia branca e suas mentiras. Quantos de nós foram experimentos. Corpos sem valor em um jogo qualquer.

Penso em Henrietta Lacks, cujo corpo foi usado, maltratado e jogado fora, mas que mudou a Medicina para sempre. Lacks nunca conseguiu a vingança dela pela forma como suas células foram roubadas, como se tivessem direito ao corpo dela. Porque era negra e mulher, e nessa combinação, Henrietta, para eles, não valia nada.

Para mim, ela e todos os outros espíritos quebrados por esse mundo e seus sistemas são o motivo pelo qual eu me levanto e faço isso todos os dias.

Entro no quarto.

Lá está, o meu último paciente. O rosto vazio e doentio. Veias azuis e verdes pelos seus dois braços e pescoço. Deitado, os olhos me encarando.

Ele está morrendo.

Fecho a porta atrás de mim e sorrio.

Nossos olhos se encontram e eu me movo adiante, me aproximando da cama dele, olhando para seus batimentos cardíacos pelo monitor.

Consigo ouvir o som dos bipes da máquina enquanto as linhas fazem zigue-zague lentamente.

Tamborilo os dedos na máquina, me virando para encará-lo agora. Ele mexe a boca para falar, mas palavra alguma sai.

E elas não precisam sair.

O choque nos olhos dele é evidente.

— Olá, Diretor Ward — eu digo.

♠ FIM ♠

NOTA DA AUTORA

Caros leitores,

Escrevi *Ás de espadas* em um momento muito conturbado da minha vida. Eu tinha acabado de começar a faculdade, que foi difícil por diversos motivos: eu não tinha amigos; e realmente me odiava; eu estava começando a sair do local submerso e começando a entender o quão ruim as coisas eram para pessoas que se pareciam comigo. Estava lendo mais livros, falando com mais pessoas e percebendo que as circunstâncias nas quais cresci não eram acidentais, mas um sistema que foi criado para trabalhar contra mim.

Cresci no sul de Londres, em um lugar que chamamos de "finais", o que os norte-americanos conhecem como "quebrada". Minha cidade é conhecida por sua diversidade e grande população negra. Meu Ensino Médio tinha pelo menos noventa por cento de alunos negros e apenas ao ir para a universidade, na Escócia, que percebi o quanto a comunidade de Londres significava para mim.

Desde o início da faculdade, pela primeira vez na vida, eu passava dias sem ver outra pessoa negra. Eu andava pelo *campus* e sentia as pessoas me observando, como se todos soubessem algo a respeito de mim, e me deixavam inquieta. Pela primeira vez, eu estava recebendo perguntas do tipo: "Esse é seu cabelo de verdade? Posso tocar nele?". E, na sala de aula, todos me encaravam durante as lições sobre escravidão e a colonização da África.

De verdade, eu sentia como se algo pérfido estivesse acontecendo, e mesmo que, tecnicamente, ninguém estivesse tentando me atacar como o Ases do meu livro estava fazendo com os personagens, havia algo sinistro. Algo fora do meu controle, que tinha tudo a ver com o sistema violento que eu percebia toda vez que ia para aula ou andava pelo *campus*.

Um sistema que faz com que seja raro pessoas de origem como a minha serem capazes de ingressar na universidade e prosperar sem problemas.

No meu primeiro ano, eu tinha acabado de começar a assistir *Gossip Girl* e fiquei obcecada. Assisti a todas as temporadas em poucas semanas. Depois de assistir a série, lembro de querer que tivessem mais pessoas negras. Estava apaixonada por Blair Waldorf e a caracterização dela, e pensei que era uma pena que praticamente não havia seriados famosos como *Gossip Girl* e *Pretty Little Liars* com essas personagens femininas hilárias e malvadas sendo representadas por atrizes negras.

Dali em diante, a ideia de *Ás de espadas* começou a tomar forma e, antes que eu me desse conta, estava no segundo semestre da faculdade e eu tinha um primeiro rascunho.

Esse livro lida com um monte de assuntos e temas importantes, como discriminação de classes, racismo e homofobia. Também é alegórico de várias formas — o que espero que percebam na leitura. Mas uma coisa sobre a qual fui inflexível foi deixar a ambientação a mais neutra possível. Com histórias, é muito difícil calcar os leitores na realidade sem especificar uma cidade ou bairro, e mesmo mencionando lugares que são vagamente familiares, a história é feita para não ter conexão completa com nenhum lugar.

Eu quero que as pessoas leiam este livro e vejam os problemas discutidos não como algo que afeta apenas alguns, mas percebam que o racismo contra os negros é de fato um problema global: que não pode ser diminuído ou relacionado a um único país ou grupo.

Eu comecei *Ás de espadas* como uma caloura de 18 anos – solitária e em depressão, e com muitos questionamentos sobre o mundo e eu mesma – e, através da escrita desse livro, sinto que fui capaz de guiar não apenas meus personagens em suas jornadas, mas também eu mesma. Escrever esse livro foi uma forma de autoterapia, e espero que seja assim também para as pessoas negras que peguem esse livro para ler.

O universo age de formas estranhas, e parece que *Ás de espadas* estava destinado a ser publicado em meu último ano. É como se eu tivesse crescido e me desenvolvido junto desses personagens e estou empolgada que possam conhecê-los!

Torço para que, ao ler essa história, vocês vejam que, apesar da escuridão que nos atormenta, a qual com frequência parece inescapável, finais felizes são possíveis para pessoas negras e nós os merecemos.

Com amor,
Faridah

AGRADECIMENTOS

Há tantas pessoas a quem agradecer e não há árvores o suficiente no mundo para expressar minha gratidão, mas ainda assim, vou tentar o meu melhor – usando o mínimo de troncos que puder.

Quero primeiro agradecer à minha mãe por tudo o que ela fez por mim. Ela sempre me incentivou a ser criativa, abandonando o ditado clássico nigeriano: "Se você não é médico, advogado ou engenheiro, é uma decepção". Em vez disso, ela valorizou a minha felicidade acima de tudo. Com a minha mãe ao meu lado, nunca me senti uma decepção. Enquanto crescia, a vida era difícil às vezes, e ela sempre tornava as coisas melhores com uma história. Na hora de dormir, ela recitava o folclore nigeriano ou inventava uma aventura legal, então aprendi a amar contar histórias com ela.

Obrigado às minhas irmãs, Maliha e Tamera, por me apoiarem e por ouvirem minhas ideias (exigindo pouco suborno).

Um agradecimento especial a todos na The Bent Agency por me fazerem sentir tão bem-vinda.

Obrigado a Molly Ker Hawn por apoiar a mim e a este livro durante um período tão difícil.

Um enorme obrigado à minha maravilhosa agente, Zoë Plant,

que me acolheu e defende a mim e aos meus livros desde então – obrigada também por responder todos os meus *e-mails* noturnos aleatórios.

Um grande obrigado aos meus editores Becky Walker, Foyinsi Adegbonmire e Liz Szabla por acreditarem não apenas no *Ás de espadas*, mas também em mim. Eu jamais poderia ter imaginado encontrar um lar tão perfeito para as minhas histórias e com editores tão incríveis.

Obrigado a todos em Feiwel and Friends, a Jean Feiwel por me receber em Feiwel de braços abertos, a Molly Ellis, Elizabeth Clark e Dawn Ryan e a todos na Macmillan por tornarem meu sonho possível.

Obrigado a Adekunle por ilustrar uma capa tão bonita – eu literalmente engasguei quando a vi. Obrigado por dar vida aos meus personagens de uma forma tão incrível!

Obrigado à minha prima Ade por me tirar do lugar submerso. Sem ela, este livro não teria sido escrito e eu provavelmente ainda estaria numa situação muito ruim.

Obrigado a todos que me apoiaram ao longo desta jornada. Você sabe quem você é. Se começar a listar nomes, eu literalmente não vou parar e, como disse na minha introdução, não quero gastar muitas árvores.

E, por último, obrigado à chaleira que guardo no meu quarto. Eu a chamei de Steve. Fervi muitos chás e você me apoiou em tempos muito difíceis.

Obrigada.

SUA OPINIÃO É MUITO IMPORTANTE

Mande um e-mail para **opiniao@vreditoras.com.br** com o título deste livro no campo "Assunto".

1ª edição, out. 2021

FONTE Centaur MT Regular 13,5/17pt, Frontage Condensed Bold 29/17pt
PAPEL Book Fin 60g/m²
IMPRESSÃO Geográfica
LOTE GEO112790